Honorè Balzac

Tolldreiste Geschichten

Honorè Balzac

Tolldreiste Geschichten

Erstdruck als „Contes drolatiques"; Paris 1832
Deutsche Übersetzung B.Rüttenauer
Bibliographische Informationen der Deutschen Nationalbibliothek
Die Deutsche Nationalbibliothek verzeichnet diese Publikation
in der Deutschen Nationalbibliographie.
Detaillierte bibliographische Daten
sind im Internet über http://dnd.d-nd.de abrufbar.
© 2015 Honorè Balzac
Herstellung und Verlag: BoD Books in Demand. Norderstedt

ISBN 978 3 7347 7099 9

Inhaltsverzeichnis

Tolldreiste Geschichten

Die schöne Imperia	7
Die lässliche Sünde	
1. Wie der wackere Herr Bruyn sich ein Weib nahm	16
2. Wie der Herr Seneschall sich mit seines Weibes herumschug	22
3. Was eine lässliche Sünde besagt	27
4. Wie und durch wen das Kindlein zustande kam	30
5. Wie die Liebessünde gar traurige Buße fand	34
Des Königs Liebste	37
Des Teufels Erbe	46
Die Späße König Ludwigs des Elften	55
Des Konnetabels Weib	64
Die Jugfrau von Thilhouze	72
Die Waffenbrüder	75
Der Pfarrer von Azay le Rideau	82
Buckelchen	87
Die drei Zechpreller	91
Franz des Ersten Fastenfreuden	101
Die klatschhaften Nonnen von Poissy	105
Wie das Schloss zu Azay entstand	113
Die Edelfrau als Dirne	122
Die Gefahren übergroßer Tugend	129
Eine teure Liebesnacht	134
Die Predigt des fröhlichen Pfarrers von Meudon	140
Der Buhlteufel	150
1. Was ein Buhlteufel besagen will	151
2. Das Verfahren wider den weiblichen Dämon	162
3. Wie der Buhlteufel Seelenauszusaugen sich befing	171
4. Wie die Mohrin so hurtig entschlüpfte	176
Liebes verzweiflung	181
Standhafte Liebe	185
Ein vergesslicher Profoß	195
Wie der Mönch Amador ein glorreicher Abt ward	201
Die reuige Sünderin	
1. Wie Bertha als Ehefrau ein Jungferlein blieb	216
2. Wie sehr Bertha ob der neuen Liebeserkenntnisse	223
3. Berthas schauervolle Kasteiungen	236
Wie das schöne Mägdelein seinen Richter mundtot machte	245
Eine Geschichte, die erweisen soll	252
Ein Humpelgreis	269
Kitzliche Reden dreier Pilger	277
Kindsschnabelweisheit	283
Der schönen Imperia Ehezeit	
1. Wie Frau Imperia sich selbst in der Schlinge fing	288
2. Welches Ende diese Ehe nahm	297

Die schöne Imperia.

Zum Gefolge des Erzbischofes von Bordeaux gehörte in der Zeit, da selbiger zum Konzile nach Konstanz kam, ein hübsches Pfäfflein aus der Touraine, das in Wort und Wesen gar gefällig war. Galt es doch auch allenthalben für einen Sohn der Soldée und des Gouverneurs. Der Erzbischof von Tours hatte ihn seinem Amtsbruder bei dessen Durchreise freundschaftlichst zum Präsent gemacht, wie das unter diesen Herren voll glaubensfrohen Dranges üblich ist. Solchermaßen kam das Pfäfflein also zum Konzil und fand im Hause seines sittenstrengen, hochgelahrten Prälaten Unterkunft. Diesem Gönner ein pflichtgetreuer und würdiger Untergebener zu sein, war Philippus von Mala (so hieß das Priesterlein) wohl entschlossen. Doch sah er bald, daß männiglich Besucher selbigen gottgelahrten Konziles ein gar lockeres Leben führten und dabei obendrein mehr Ablässe, Goldgulden und Pfründen einheimsten als fromme Tugendbolde. Und so blies ihm der Teufel in einer anfechtungsreichen Nacht den Gedanken ein, sichs lieber wohl sein zu lassen und gleich den andern aus dem Borne unserer heiligen Mutter Kirche zu schöpfen, des Unerschöpflichkeit allein gar wundersam des lieben Gottes Gegenwart erwiese. Das ging unserm Pfäfflein wohl ein und es schwur sich zu prassen und zu schlemmen, solange man nur seinem leeren Beutel Kredit gewähre. Noch war er keusch gleich seinem guten alten Erzbischof (der sich, allerdings nur mehr der Not gehorchend, derart einen Heiligenschein zugelegt hatte). Doch schuf ihm das oft schwere Anfechtung und trübselige Stunden, maßen er allenthalben die schmuckhaften, verführerischen Buhlerinnen sah, die gen Konstanz geeilt waren, um der Kirchenväter Sinne zu erleuchten. Er platzte schier vor Grimm über die Art, wie jene losen Elstern den Kardinälen, Würdenträgern, Fürsten und Markgrafen auf der Nase herumhüpften, als wären es arme Schlucker, derweile er nicht wußte, wie er eine fangen könnte. Allabendlich nach dem Gebete erwog er zierliche Liebessprüche und wappnete sich für zärtliches Geplänkel. Traf er dann aber tags darauf solch eine Prinzessin, die in prunkender Sänfte inmitten reichen Geleites ihrer Fülle Pracht stolz darbot, dann blieb er mit offenem Maule stehen und glotzte ihr blinkes Antlitz an, bis ihm die Glut zu Kopfe stieg.

Der Sekretarius seines edlen Gönners tat ihm nun einmal kund, daß die hohen Herrschaften die Gunst jener zieren Kätzlein keineswegs so mir nichts, dir nichts gewännen, vielmehr Gold und Geschmeide in schwerer Menge dafür hingäben.

So begann denn der ahnungslose Tropf die Groschen, die durch des Erzbischofes Güte für ihn abfielen, in seinem Strohsack zu sammeln, und er erhoffte solchermaßen einen Schau zusammen zu sparen, mit dem er sich dann holde Gunst erkaufen wollte. Des weiteren gab er sich in Gottes Hand und wandelte nächtens lüstern durch die Gassen, wenngleich er in seiner schäbigen Gewandung einem Edelmanne nicht mehr glich, als eine nachthaubengeschmückte Ziege einem Edelfräulein. Ohne sich um die Hellebarden der Söldner zu scheren, schaute er zu, wie in den Häusern die Kerzen entzündet wurden und durch Fenster und Türen hinausblinkten, horchte auf das geile Lachen der schlemmenden Kirchenfürsten, die der Frau Venus ihr Halleluja sangen, und holte sich dabei gern einen Sack voll Püffe. Denn der Teufel verblendete ihn mit der Hoffnung, früher oder später auch bei solch holder Buhlin den Kardinal spielen zu können, und das machte ihm Mut.

So drang er denn eines abends tollkühn wie ein brünstiger Hirsch in das schönste Haus der Stadt, davor er schon so manche Haushofmeister, Offiziere oder Pagen ihrer Herren beim Fackelscheine harren gesehen hatte. »Ach, die da drinnen muß schön und zärtlich sein!« seufzte er. – Ein waffenstarrender Landsknecht vermeinte, jener gehöre zum Gefolge des bayrischen Kurfürsten (der soeben das Haus verlassen hatte) und käme mit einem Auftrage seines Herrn. Darum kam Philippus hinein und ließ sich, gleich einem Rüden auf der Spur einer läufigen Hündin, von süßen Düften stracks in das Gemach führen, wo sich die Herrin des Hauses von flinken Zofen umringt ihrer Gewänder entledigte. Verdutzt wie ein erwischter Dieb blieb er stehen. Schon war die Huldin ohne Rock und Mieder und bald stand sie hüllenlos in prunkender, anmutsvoller Nacktheit da, also daß dem beglückten Pfäfflein ein liebeheißes »Aah!« entfuhr.

»Was willst du, Kleiner?« fragte die Schöne.

»Bei Euch verscheiden,« ächzte er gierigen Blickes. »So komm morgen wieder,« meinte sie, um ihn zu necken. Und Philippus, des Antlitz glühte, rief stracks: »An mir solls nicht fehlen!«

Da hub sie an wie toll zu lachen, also daß Philippus verblüfft doch wohlgemut stehen blieb und lüsternen Auges weiter ihre wunderzieren Liebesreize bestaunte: ihr prachtvolles Haar, das zwischen lockigen Flechten den Zauber eines Nackens enthüllte – blink und blank wie Elfenbein; strahlende Augen, die feuriger waren als die Rubinen eines Geschmeides ob ihrer schneeweißen Stirn. Die schimmerten von den Tränen ihres hellen Lachens; und dieweil sich die Holde vor Kichern wand, entglitt ihr ein güldener Schuh und so kam ein nacktes Füßlein hervor, ein Füßlein, das schier kleiner war als der Schnabel eines Schwanes.

Ja, die Schöne war heut guter Laune; sonst hätte sie den Kleinen längst kühllächelnd zum Fenster hinaus werfen lassen. Und eine der Zofen meinte: »Er hat schöne Augen!« Eine andre fragte: »Woher mag er kommen?« Und die Herrin rief: »Das arme Kindlein! Seine Mutter wird ihn suchen. Wie müssen ihm den rechten Weg weisen!« Aber unser Pfäfflein ließ sich nicht aus der Fassung bringen und weidete sich wonneächzend an dem Anblick des brokatgeschmückten Lagers, darauf die Huldin alsbald ihren prangenden Leib betten sollte. Solch liebesdurftiger Augenschmaus entflammte die Einbildungskraft der Schönen, die darob halb scherzend, halb bereits verliebt wiederholte: »Also morgen!«, und den Burschen sodann mit einer Handbewegung, die keinen Widerspruch duldete, entließ. »Ach, hehre Frau, da habt Ihr wieder einmal ein Keuschheitsgelübde in Liebessehnen verwandelt!« kicherte ein Zöflein. Und wieder platzten alle heraus, also daß das Gemach wie unter Hagelschlägen erzitterte. – Derweile machte sich Philippus von dannen, nicht ohne blindlings mit dem Kopf wider die Pfosten zu rennen. Denn der leckere Anblick hatte ihn völlig geblendet. Doch prägte er sich die Torwappen sorglich ein und kehrte voll lüsterner Teufeleien und schlechter Gedanken zu seinem biederen Erzbischofe zurück. In seinem Kämmerlein zählte er während der ganzen Nacht seine Batzen: mehr als vier Taler kamen freilich nie heraus, aber da dies sein einzig Gut war, das er so der Schönen hingeben wollte, vermeinte er, sie würde wohl zufrieden sein.

Dem Erzbischof ging seines Schreibers Seufzen und Ächzen mählig auf die Nieren. »Was ist Euch nur?« fragte er endlich. Und das Pfäfflein entgegnete kläglich: »Ach wehe, hoher Herr!

Mir will nicht in den Sinn, daß so ein zieres, zartes Mägdelein einem also schwer das Herze bedrücken mag.« Da legte jener sein Brevier (darin der Edle für die andern las) zur Seite und erkundigte sich: »Welche ist's denn?«
»Ach Jesus! Weh, edler Herr und Gönner, verdammt mich nicht. Gewißlich gehört die zum mindesten einem Kardinale an, in die ich mich vergaffte ... Und nun weine ich, da mir noch manch verflixter Taler fehlt, um sie mit Eurer Erlaubnis zum Guten zu bekehren.« Der Erzbischof furchte die dachförmige Falte über seiner Nase unter bedenklichem Schweigen, also daß der Pfaff vor Angst zu beben anhub und sein Geständnis bereute. Doch schon fragte der heilige Mann weiter: »Sollte sie denn gar so viel kosten?« worauf jener ächzte: »Ach! schon manche Mitra hat sie geplündert, manchen Krummstab seiner Zier beraubt.«
»Ei, ei, Philippus: so du von ihr lässest, will ich dir dreißig Taler aus der Armenbüchse geben!« Aber das Kerlchen gierte nach dem Wonneschmaus, also daß es rief: »Oh, dabei käme ich noch immer zu kurz!«
»Philippus,« versetzte darob der gute Alte, »so willst du denn dereinst zur Hölle fahren, von Gott mißacht gleich all unsern Kardinälen?« Und schmerzbewegt begann er zum Schutzherrn der Keuschlinge, dem heiligen Gabianus, für seines Dieners Heil zu beten. Und weiter mußte der Bursch niederknien und seinerseits den heiligen Philippus anflehen. Aber der verdammte Pfaff erbat insgeheim, daß der Heilige ihm morgen einen huldreichen Empfang bei der Dame bescheere, und darum betete er so voller Inbrunst, daß der gute Erzbischof beglückt rief: »Nur Mut, der Himmel wird dich erhören!«
Tags darauf (derweile der edle Greis im Konzil wieder die Schamlosigkeit geistlicher Hirten donnerte) verschleuderte Philippus seine sauer erworbener Taler für Riechwässer, Bäder und ähnliches Gedüft. Wohl gesalbt wie ein Pomadenhengst wandelte er sodann durch die Stadt, bis er seiner Herzens-Königin Haus erspäht hatte. Als er aber jemanden fragte, wem denn selbiges Haus gehöre, da grinste der und rief: »Was für ein grindiger Schelm, der noch nichts von der schönen Imperia gehört hat!«
Nun ward dem Pfäfflein Angst, sein Geld zum Fenster hinausgeworfen zu haben, denn der Name lehrte ihn, in welch arge Schlinge er aus freien Stücken seinen Kopf gesteckt hatte.

War doch Imperia die anspruchsvollste und launischste Dirne des Erdenrundes und nicht sowohl für ihre unübertroffene Schönheit, als für ihre Kunst bekannt, gleichermaßen Kardinäle, Leuteschinder und rauhe Krieger zu knechten. Die Höchsten wie die Kühnsten umwarben sie, ein Wink von ihr konnte einem das Leben kosten, und selbst unerbittliche Tugendbolde krochen bei ihr auf den Leim und tanzten gleich den andern nach ihrer Pfeife. Unserm Philippus ward bänglich zu Mut und so wandelte er in der Stadt umher, ohne an Essen und Trinken zu denken. Hatte ihm doch Imperias Anblick sogar die Lust nach andern Frauen verdorben.

Und als die Nacht kam, da hatte der Stolz den hübschen Bengel also gebläht, die Gier ihn gepeitscht und einige Flüche ihn soweit ermuntert, daß er kecklich zu der eigentlichen Königin des Konziles, vor der sich alle beugten, hineilte. Der Hausmeister, der ihn nicht kannte, wollte ihn freilich hinauswerfen, als just ein Zöflein oben vom Treppenabsatz rief: »Nicht doch, Meister Imbert! Das ist ja der Kleine von der Gnädigen!« Und schamrot wie ein Jüngferlein stolperte der arme Philippus wonnebebend die Treppe hinauf. Alldorten nahm ihn die Zopfe bei der Hand und führte ihn in das Gemach, darinnen die Gnädige bereits vor Erwartung kochte und also leicht bekleidet war wie eine Frau, die mutvoll höheren Gemissen entgegenblickt. In strahlender Schönheit saß sie bei einem prunkhaft gedeckten Tische, dessen Leckerbissen jedem das Wasser in den Mund getrieben hätten – auch unserm Pfäfflein, wäre er nicht so über die Maßen verliebt gewesen. Denn alsbald ward Frau Imperia dessen inne, daß die Blicke des zieren Kleinen nur ihr allein galten. Und sie, die eigentlich an verliebte Demut geistlicher Herren gewöhnt war, ergötzte sich doch daß an seiner Huldigung, maßen sie sich seit gestern Nacht immer mehr in den Schlingel vernarrt hatte und er ihr tagsüber schon gar nicht mehr aus dem Sinn gekommen war. Nun waren die Vorhänge zu und die Gnädigste so holder Laune, als gälte ihr Empfang einem kaiserlichen Prinzen. Und als solcher fühlte sich der Bengel auch, da ihm die Gunst der hochheiligen Schönheit zu Kopfe stieg. Aufgebläht stolzierte er herzu und machte einen Kratzfuß, der nicht übel gelang. Alsbald beglückte den Wonneschauernden ein glühender Blick und die Holde sprach: »Setzt Euch neben mich; ich sehe, Ihr habt Euch seit gestern verändert.«

»Ei freilich,« brüstete er sich. »Gestern liebte ich Euch – und heute lieben wir uns: so ward ich armer Schlucker reicher als ein König!«

»I du kleiner Strick,« kicherte sie, »mir scheint vielmehr, der junge Pfaff ist ein alter Teufel geworden.«

Damit kauerten sie sich zusammen vor dem Kaminfeuer hin, dessen Glut ihnen noch weiter einheizte. Sie mißachteten die guten Bissen auf dem Tisch und fraßen sich mit den Augen; und schon waren sie im besten Zuge, als sich vor der Tür ein groß Geschrei erhob und Hiebe prasselten.

»Was gibts?!« rief stracks die Gnädige, machtbebend wie ein König, den man kecklich stört.

»Der Erzbischof von Chur«, hauchte ein Zöflein.

»Hol' ihn der Teufel! – Sag ihm, ich habe das Fieber, so lügst du nicht, denn dieses Pfäfflein macht mir heiß und kalt.«

Kaum hatte sie das gesagt und dabei des Philippus Hand so hold gedrückt, daß es dem in allen Gliedern zuckte, da tauchte schon der feiste Bischof wutschnaubend vor ihnen auf und hinter ihm seine Leute mit einer güldenen Schüssel, darauf eine Lachsforelle frisch und lecker prangte, mit vielerlei würzigduftenden Gerichten, mit Obst und Früchten und holden Schnäpsen, wie die heiligen Nonnen sie in den Klöstern brauen.

»Uf,« polterte der grob, »um zur Hölle zu fahren, brauche ich mich von dir nicht vorher peinigen zu lassen, mein Täubchen ...«

»Euer Wanst wird eines Tages eine schicke Degenscheide abgeben,« erwiderte sie und furchte die Brauen, und ihre vorher so sanften, lieben Augen wurden hart und grausam.

»Und der Chorknabe hier soll wohl schon den Totengesang anstimmen?« pöbelte der Erzbischof weiter und wandte sein rotgedunsenes Antlitz wider den zieren Philippus. Der meinte: »Hochwürden, Madame will mir beichten.«

»Was!! kennst du nicht die Regeln?! Damenbeichten zu dieser Stunde sind den Bischöfen vorbehalten. Fort mit dir zu deinen Nonnen!«

»Nein, hiergeblieben!« schmetterte Imperia, die zugleich von Zorn und Liebe verschönt sich selbst übertraf, »Ihr seid hier zu Hause, teurer Freund« (da ward Philippus ihrer Liebe gewiß!). »Sind nicht, wie da geschrieben steht, alle Menschen vor Gott gleich? So sollt auch ihr beide vor mir gleich sein, da ich hienieden eure Göttin bin. Setzt euch und eßt!«

So sprach sie, denn der Lachs und die Schleckereien taten es ihr doch an. Ihrem Schlingel aber zwinkerte sie listig zu, daß er sich vor dem Dickwanst nicht zu bangen brauche, den sie bald abfertigen würde. So ward denn der Bischof von der Zofe um Tische verstaut und ein gewaltiges Prassen hub an. Das Pfäfflein freilich aß keinen Bissen, da ihn nach Imperia hungerte, und schweigend an sie geschmiegt redete er nur jene Sprache, die jedem Weibe auch ohne Laute und Buchstaben verständlich ist. – Der feiste Bischof war ein wüster Schlemmer: ein Gläslein Würzwein nach dem andern ließ er sich von zarter Hand darreichen und schon hallte fröhlich sein erster Rülpsec, als von der Straße lautes Pferdegetrappel heraufscholl. Der Lärm ließ zum mindesten einen liebestollen Fürsten erwarten und richtig stürmte gleich darauf der Kardinal von Ragusa rücksichtslos ins Gemach. Dieser gerissene Italiener, des Anwartschaft auf den heiligen Stuhl man kannte, dieser langbärtige Haarespalter überblickte sofort die Situation. Von seiner Mönchsgeilheit hergetrieben, wollte er natürlich auf seine Kosten konnen, und so winkte er sich nach einer Sekunde Überlegung Philippen herbei. »Komm 'mal her, Freundchen!« – Der Ärmste war mehr tot wie lebendig, denn nun wurde die Sache brenzlich. Dienstbereit nahte er dem furchtbaren Rothute, und der führte ihn zur Stiege, sah ihm stracks in die Augen und sagte ohne langes Fackeln. »Schockschwerenot! du scheinst mir ein lieber Kumpan, den ich nicht gern um einen Kopf kürzen möchte. Also glatt heraus: willst du dich lieber mit einer Abtei auf Lebenszeit vermählen oder heut Nacht mit der Gnädigen, aber dann morgen verscheiden?«
Der arme Bengel murmelte ganz verzweifelt: »Aber wenn Eure Glut gestillt ist, Hochwürden, – dürfte ich dann wiederkommen?« – Der Kardinal verbiß sich das Lachen: »Galgen oder Mitra – wähle!«
»Na,« meinte unser Pfäfflein verständnisinnig, »wenn die Pfründe schön fett ist ...« Da ging der Kardinal flugs ins Gemach zurück und schrieb ein Certificat aus. Der Schlingel suchte darin den Namen der Abtei zu entziffern und derweile grinste er: »Den Bischof von Chur werdet Ihr nicht so leicht abhalftern wie mich. Doch will ich Euch meine Dankbarkeit erzeigen und mit einem guten Rate aufdienen. Ihr wißt ja, wie ekel und ansteckend die Seuche ist, die in Paris wütet: sagt ihm also, Ihr kämet just vom Sterbebette des lieben alten Erzbischofes von Bordeaux – dann wird er verschwinden wie die Wurst im Spinde.«

»Hoho,« blökte der Kardinal, »du verdienst ja sogar noch mehr als eine Abtei – hier, Schockschwerenot! Freundchen, hier nimm noch hundert Gülden für die Reise ...«
Als Imperia die Worte hörte und inne ward, daß Philippus aus dem wonnigen Bereiche ihrer liebesüßen Schmeichelaugen verduftete, da ahnte sie feigen Verrat und hub voll ingrimmiger Enttäuschung an zu schnauben wie ein Delphin. Die tötlichen Blicke, die sie dem Pfäfflein nachsandte, taten dem Kardinal natürlich wohl, denn nun durfte der italienische Lüftling hoffen, seine Abtei recht bald wieder zu bekommen.
Philippus indes ahnte nichts böses, nur trollte er sich davon wie ein begossener Kater. Und die Schöne tat einen tiefen Seufzer: hei, wie wäre sie jetzt gern mit dem Mannsvolk umgesprungen, wo lohe Glut sie erhitzte und draußen wie drinnen zu wabern schien. Denn das war, weiß Gott, das erste Mal, daß ein Pfaff sie verschmähte.
Derweile lächelte der verschmitzte Rothut und vermeinte, nun blühe sein Weizen erst recht. Stracks ging er den Bischof an: »Ach, liebwertester Gevatter, wie ich mich freue, diesen Nichtsnutz verjagt zu haben und nun eure Gesellschaft genießen zu können. Wahrlich, der Bursch war der holden Frau nicht wert und zudem – wie leicht hätte er den Tod ins Haus bringen können ...« »Was?? Wieso?!«
»Aber er ist doch der Schreiber des Erzbischofes von Bordeaux, der sich heute früh die Pest ...«
Des Bischofs Mund sperrte, als sollte er einen Käse schlucken: »Woher wißt Ihr?«
»Tja –« meinte jener, und ergriff des biedern Deutschen Hand, »ich habe ihm doch die legte Wegzehrung gegeben und nun schwebt der Heilige dem Paradiese zu.« Schon zeigte der Bischof, daß Fettwänste auch mal springen können wie Gummibälle: hups, war er zur Tür hinaus und ohne Adieu kugelte er bereits angstschwitzend, schnaufend und totenbleich die Stiege hinab. Als er durchs Tor auf die Straße rollte, hub der Herre von Ragusa gewaltiglich an zu lachen:
»Na, mein Püppchen, bin ichs nicht wert, Papst, und mehr noch – heut Nacht dein Schatz zu werden?« Und da er Imperia bedrückt sah, trat er herzu, um sie schmeichlerisch zu umhalsen und bezärteln, was ja die Herren Kardinäle besser verstehen als jeder andere. Doch sie entwich und giftete:

»Hah, du toller Narr, du willst also meinen Tod! ... dir geilem Bock geht das Vergnügen über alles, und was aus mir wird, schert dich nicht?! Pack dich mit deiner Pest fort, rühr' mich nicht an, oder ich laß dich diesen Dolch kosten!« Und damit zückte sie ein zierliches Stilett, mit dem sie, für alle Notfälle gewappnet, gar wohl umzugehen verstand.

»Aber mein Herzenstäubchen,« entgegnete er lachend, »merkst du denn nicht den Braten?.. Wie wäre ich denn anders den alten Bullen aus Chur losgeworden?!« »Schon gut, ich werde ja sehen, ob Ihr mich liebt. Trollt Euch auf der Stelle! Ich kenne Euch: habt Ihr die Pest im Leibe, dann macht Euch mein Tod auch keine Sorge mehr. Mir aber geht mein Leib und Eigen über alles. Geht, und hat Euch der Sensenmann inzwischen nicht erwischt, dann könnt Ihr ja morgen wiederkommen.«

»Imperia!« rief der Kardinal und warf sich ihr zu Füßen, »Du holde Heilige, verspotte mich nicht!«

»Nein –,« erwiderte sie, »mit heiligen und geweihten Dingen treibe ich auch keinen Spott.«

»Hah, verdammte Vettel! Exkommunizieren werde ich dich – morgen! Satansbraten! – ach, du Holde, Feinsliebchen ... Willst an mein ganzes Geld ... einen Splitter vom heiligen Kreuz?.. Hexe, umgarnt hast du mich! Auf den Scheiterhaufen mit dir!.. Süßes, zieres Täubchen!.. Den schönsten Platz im Himmel schaffe ich dir!.. Wie? Was?.. Du willst nicht?! Dann zum Henker mit dir, du Hexe!!« Und er schäumte vor geiler Wut. »Ihr werdet überschnappen,« spottete sie, »geht lieber heim!« – »Wenn ich Papst werde ...« – »Werdet Ihr mir auch gehorchen müssen, jawohl!« – »Und was soll ich heut Abend tun, um dir zu gefallen?« – »Verduften ...«

Und damit schlüpfte sie hurtig wie eine Bachstelze in ihre Kammer, schob flink den Riegel vor und ließ den Kardinal draußen wettern, bis er es satt bekam und abschob. Und als die Schöne dann einsam ohne ihr Pfäfflein vor dem Kamin hockte, da zerriß sie grimmig ihre güldenen Kettlein und murmelte: »Beim dreimaldoppeltgehörnten Teufel! Wenn mir der Bengel diese Kardinalssuppe eingebrockt und mich zudem noch angesteckt hat, ohne daß ich meine Luft über und über an ihm gestillt habe, dann will ich ihn vor meinem Tode noch lebend geschunden und zerstückt vor mir sehen. – Ach wehe!« Und diesmal waren ihre Tränen echt! –

»Was für ein Jammerleben, – für ein bischen Glück rackst man wie ein Hund und gibt noch sein Seelenheil daran.« Und sie heulte wie ein Schloßhund ... als sie mit einem Male hinter einem venezianischen Spiegel das Pfäfflein gewahrte, das gar verschmitzt hervorlugte.

»I du Prachtkerl, du frecher, zuckersüßer Frag!« rief sie. »Gibts denn in diesem heiligen, verliebten Konstanz noch einen zweiten Spitzbuben wie dich? Ach, komm, du Toller, du Zierer, Feiner, mein Herzensschatz, mein Wonneparadies! Laß mich deine Äuglein trinken, dich schlecken und vor Liebe fressen! Komm, kleiner Pfaff, ich will dich zum König, Kaiser, Papst – will dich glücklicher machen als alle zusammen!.. Zeig deine Glut, nun bin ich dein, nun sollst du bald Kardinal sein, und sollte ich mein Herzblut vergießen um dein Barett damit zu färben.«

Und mit glückzitternden Händen füllte sie des Bischofs güldenen Humpen mit griechischem Wein und bot ihn kniend ihrem Liebsten dar, sie, deren Füßlein die Fürsten der Welt inbrünstiger küßten als des Papstes Pantoffel. Aber das Pfäfflein blickte sie schweigend an mit liebesgieren Augen, also daß sie wonneschauernd hauchte: »Still Kleiner! Komm! ... Greif zu!«

Die lässliche Sünde

Wie der wackere Herr Bruyn ein Weib nahm.

Einstens war der hochedle Herr Bruyn, der das Schloß zu Roche-Corbon-lez-Vouvray an der Loire erbaute, ein übler Kumpan. Schon als Kiekindiewelt jagte er den Jüngferlein nach und übte das ›Fensterln‹, und als gar sein Vater dahinschied, da ward er vollends ein Satansbraten, wie er im Buche steht. Ob der Art wie er sein Geld verpraßte, verlumpte und verhurte, sah er sich bald von anständigen Menschen gemieden und auf die Freundschaft von Wucherern und Halsabschneidern angewiesen. Doch auch die wurden mordsmäßig widerborstig, als sich herausstellte, daß die ›Rupes Carbonis‹ als Königslehen unantastbar war, und somit nur die Herrschaft Roche-Corbon als Pfand dienen konnte. So war Bruyn auf dem besten Wege, sich zum Strauchdiebe zu entwickeln, hätte ihm nicht darob eines Tages sein Nachbar, der Abt von Marmoustier, grambeschwert ins Gewissen geredet:

sicherlich wäre ja ein derartiges Leben ein erfreulicher Beweis ritterlicher Tugenden, doch wäre es am Ende immerhin würdiger, wenn er zum Preise Gottes wider die Muselmänner das Schwert zücke, die das heilige Land verschandelten. Dann würde er zudem einst reichbeladen mit Schätzen und Ablässen heimkehren oder aber ins Paradies eingehen.

Dem wackeren Bruyn ging der kluge Vorschlag gar trefflich ein und vom Kloster gewappnet, vom Abt gesegnet, machte er sich alsbald zur Freude seiner Nachbarn auf die Reise. Und nun ward gar manche Stadt in Asien und Afrika von ihm rücksichtslos gebrandschatzt und er metzelte nieder, was ihm unter die Klinge kam, gleichgültig ob Freund, ob Feind, Sarazenen, Griechen, Engelländer und anderes Volk. Solchermaßen war er für Gott, den König und sich selbst gar eifrig besorgt und schuf sich den Ruf eines guten Christen und getreuen Edelmannes. Schließlich aber bekam er die Sache doch satt und kehrte zum allgemeinen Staunen, schwer beladen mit Gold und Schätzen von seinem Kreuzzuge heim. König Philipp machte ihn zum Grafen und Seneschall und nunmehr ward Bruyn allenthalben geliebt und geehrt, zumal er neben seinen sonstigen Tugenden auch seine Frömmigkeit durch die Gründung der Kirche von Carmes-Deschaulx bewies. Aus dem üblen Nichtsnutz war eben ein gesetzter Mann geworden, des Glatze mählig und in Würden wuchs. Die Säle seines wundervollen alten Schloßes am Ufer der Loire wurden mit königlichem Prunk ausgestattet und mit morgenländischem Hausrat, Schmuck und Ziergerät prächtig geschmückt. Die reichen Ländereien, Mühlen und Gewässer brachten nun überreiche Erträge und das Volk schwelgte fügsam in wohliger Ruhe, maßen er es vor den Wegelagerern und Schnappsäcken schützte, auf die er äußerst scharf war: denn er wußte ja aus eigner Erfahrung, was dieses verdammte Raubzeug für Schaden stiften konnte. Wenn er mal jemand aufknüpfen ließ, so geschah das also um der lieben Gerechtigkeit willen und selbst die Juden ließ er nur dann zur Ader, wenn sie bereits am erwucherten Gelde schier erstickten. Solchermaßen erwarb er sich natürlich die Liebe und Achtung von Groß und Klein.

Da begab es sich einmal, daß eine Bande Zigeuner in der Kirche St.-Martin heiliges Gerät stahl und obendrein zum Spott und Hohn für unseren wahren Glauben an der Stelle, da sich das Bild

Unserer Lieben Fraue befunden hatte, ein verflixt-schönes, blutjunges, splitterfaselnacktes Mädel zurückließ. Ob dieser unerhören Freveltat beschlossen gleichermaßen die Vertreter des Königs wie die der Kirche, daß die Maurin für alle andern mitbüßen und dieserthalben auf dem Marktplatze lebendigen Leibes verbrannt werden solle. Aber der biedere Herr Bruyn erwies in heftiger Widerrede, daß es bei weitem gottgefälliger sei, diese schwarze Seele für den wahren Glauben zu retten; und stäke wirklich der Teufel hartnäckig in diesem Mädchenkörper, dann würden ihm ja doch die Flammen des Scheiterhaufens nichts anhaben. Das fand der Herr Erzbischof über die Maßen fromm und christlich, also daß er ihm beipflichtete. Den Damen aber und den andern wohlgestellten Leuten, die da murrten, daß sie um solch schönes Schauspiel gebracht werden sollten, entgegnete der Seneschall: wenn die Heidin sanftselig in den Schoß der christlichen Kirche eingänge, so gäbe das den Anlaß zu einem weitaus schöneren Feste, und er werde dann für wahrhaft königlichen Prunk sorgen, werde selbst Taufpate sein, und mit ihm eine holde Jungfrau als Gevatterin, maßen er ja selbst unbeweibt sei.

Die Maurin wählte nicht lange zwischen Taufe und Scheiterhaufen. Es dünkte ihr doch schöner, als Christin zu leben, denn als Zigeunerin verbrannt zu werden. Aber indem sie sich den glühenden Qualen weniger Augenblicke entzog, lieferte sie sich schlimmeren für ihr ganzes Leben aus: um nämlich ihrer Bekehrung ganz sicher zu sein, steckte man sie in ein benachbartes Kloster und nahm ihr das Gelübde der Keuschheit ab. Die angekündigte Festivität aber fand im Palaste des Erzbischofes statt, allwo zum Preise des Erlösers getanzt, gesprungen und getafelt wurde, daß es nur so eine Freude war. – Der gute alte Seneschall hatte als Gevatterin die Tochter des edlen Herrn von Azay-le-Ridel erkoren, der fern vor Acre einem Sarazenen in die Hände gefallen war. Um das geforderte fürstlich-hohe Lösegeld aufzutreiben, hatte sein Weib ihr Hab und Gut verpfändet oder hingegeben und nun harrte sie ihres Gemahls in einer ratzekahlen Stadtwohnung, doch stolz wie die Königin von Saba. Just um ihr gleichsam unvermerkt unter die Arme zu greifen, hatte der Seneschall das Töchterlein als Patin erwählt, und so gedachte er, seiner holden Gevatterin eine schwere güldene Kette, die er in Cypern erbeutet hatte, um den Hals zu hängen.

Als er aber besagte Blanche von Azay eine Pavane tanzen sah (denn obgleich die Maurin bei diesem letzten Tanze ihres Lebens sich im Wirbeln, Springen und Biegen schier selbst übertraf, trug Blanche doch durch, ihre jungfräuliche Anmut nach dem einstimmigen Urteil aller den Sieg davon), da blieb es nicht bei der Kette und Bruyn gab sich mit Gut und Habe, Haut und Haaren ihr zu Eigen.

Denn plötzlich ward er inne, daß seinem Heim ein Weib fehlte, und das warf ihn in tiefe Betrübnis. Was war denn ein Schloß ohne Schloßherrin? – ein Klöppel ohne Glocke! Und stracks beschloß er, sie zu ehelichen, und das um so bälder, als er auf ein allzulanges Erdendasein kaum mehr hoffen konnte. Doch dachte er im Grunde wenig an die achtzig Jahre, die seines Lebens Baum schon genugsam entblättert hatten. Vielmehr fand er seine Augen klar genug, um seiner Gevatterin Reize sich darin spiegeln zu lassen. Und als selbige, so wie ihre Mutter es ihr geheißen hatte, sich ihm in Blicken und Gebärden gar zutunlich zeigte, da schlug er vollends alles in den Wind und hub an, zunächst ihre Hand zu küssen, und dann immer mehr, den Nacken und – Hals ... etwas tief, meinte der Erzbischof, der sie acht Tage später traute. Und die Hochzeit war schön, das schönste dabei aber war die Braut.

Blanche war wunderzart und frisch wie kaum eine; und dabei ein spiegelblinkes Jüngferlein, das von Liebesdingen auch nicht den Schimmer einer Ahnung hatte, das sich nicht träumen ließ, wozu so ein Bett alles gut sein könne und vermeinte, daß die Kindelein vom Storch gebracht würden. Denn so hatte ihre Mutter sie in aller Unschuldigkeit erzogen. – Was nun diese betraf, so bekam sie nach der Hochzeit eine ansehnliche Summe, mit der sie sich stracks nach Acre auf den Weg machte. Und sie erwies sich auch als eine überaus getreue Gattin. Denn als sie ihren Mann losgekauft hatte, stellte es sich heraus, daß er aussätzig war: aber sie betreute ihn so wohl, daß er dank ihrer Pflege wieder gesundete.

Als die Hochzeitsfeier (– die zur bassen Freude der Gäste drei Tage währte) zu Ende war, trug Bruyn sein junges Weib nach damaliger Sitte feierlich aufs Ehebett, das vom Abte gesegnet wurde. Alsdann streckte sich der neugebackene Ehemann ihr zur Seite hin.

Und wie er nun so salbenduftend bei ihr ruhte, da küßte er zunächst ihre Stirn, dann das blinke, zarte Brüstelein ... und weiter tat er nichts.

Denn der alte Knickstiefel hatte sich weit überschätzt, als er geglaubt hatte, noch sonstiges leisten zu können. Zwar stärkte er sich mit dem Hochzeitstrunke, der dem Brauche gemäß, in güldenem Pokale neben ihm stund; aber der wärmte ihm nur den Magen, ohne seiner Manneskraft auf die Beine zu helfen. Blanche ahnte natürlich nichts von diesem Mangel ehelicher Pflichterfüllung, da sie von einer Heirat nichts anderes erwarten konnte als Prunk und Schmuck, Ehre und angenehme Stellung. Solchermaßen ergötzte sie sich baß an der reichen Pracht des Bettes, allwo ihre Jungfräulichkeit hätte begraben werden sollen, derweile jener zu spät seine Schuld begriff und törig auf die Zukunft vertraute, die doch nur Tag für Tag mehr von dem zerstören mußte, was heute schon nicht mehr den geringsten Ansprüchen gewachsen war. So füllte er einstweilen die Bresche mit lockenden Worten und versprach unter zartem Geplauder seinem Weiblein die Schlüssel für Kisten und Kasten, ja die unbeschränkte Herrschaft über Haus und Hof und alle Güter. Und sie hielt ihn darob für einen Musterehemann und schwärmte noch frohgemuter über das schöne Brokatbett, derweile sie sich aufsetzte und ihn anlächelte. Als nun aber der gerissene Alte merkte, daß sie zärtlich werden wollte, ward ihm bänglich zu Mute. Denn Jungfern waren ihm noch nicht viele über den Weg gelaufen und seine Erfahrung erstreckte sich auf lockere Dirnen, deren Tätscheln, Küssen und Liebkosen ihm einstmalen recht wohl getan hatte, jetzt aber eiskalt gelassen hätte. Somit retirierte er sich angstvoll zum Bettrande und sagte zu seiner leckeren Bettgenossin: »Ja, siehst du, mein Schau, nun bist du Seneschallin, und was für eine!«

»Ach nein,« meinte sie.

»Wieso, nein?« bangte er, »Du bist doch mein Weib!« »Keineswegs ... Erst muß ich noch ein Kind haben.«

»Sahst du die Wiesen?« lenkte er ab, »die sind dein.« »Ei,« lachte sie, »wie werde ich dort Schmetterlinge haschen. Aber gebt mir doch auch einen Schluck von dem Trunk da, den uns der Schenk so sorglich gebraut hat.«

»Wozu denn, Liebchen! Der erhitzt dich nur.«

»Doch möchte ich,« schmollte sie, »denn ich will Euch schnellstens ein Kind bescheren und weiß sehr wohl, wozu der Trank gut ist.«

»Oho, du Kleinchen,« sagte der Seneschall, der hierin ihre engelsreine Unschuld erkannte, »dazu bedarf es zuvörderst Gottes Willen und zudem muß die Frau dazu reif sein.«
»Und wenn werde ich dazu reif sein?« lächelte sie.
»Wenn es die Natur will,« lachte er zurück.
»Was kann man denn dafür tun?«
»O dazu gehört eine sehr gefährliche kabbalistisch-alchymistische Operation.«
»Aha,« meinte sie nachdenklich, »darum weinte auch meine Mutter beim Abschied so. Aber meine Freundin Bertha, die sich doch als Frau so wohlfühlt, meinte, das sei alles kinderleicht.«
»Das kommt aufs Alter an,« wand sich der greise Knabe. »Und zudem müssen beide Gatten vor Gott schuldlos dastehen, sonst wird das Kind ein arger Sündenlümmel. Darum lassen wir ja auch die Betten segnen, wie es hier der Herr Abt getan hat ... Hast du die Gebote der Kirche nicht übertreten?«
»O nein,« eiferte sie sich, »vor der Messe bekam ich Absolution und seitdem habe ich nicht die kleinste Sünde begangen.«
»Ja siehst du, aber ich habe geflucht wie ein Heide.«
»Ach – aber weshalb denn?«
»Weil der Tanz kein Ende nahm und ich dich deshalb nicht hierher tragen und abküssen konnte.« Und damit nahm der alte Fuchs zärtlich ihre Händchen, die er drückte und schleckte, derweile er ihr unschuldige Schmeicheleien zuraunte, die sie erfreuten und ganz ablenkten. Dann aber machte sich die Müdigkeit vom Tanz und den Feierlichkeiten bei ihr geltend, also daß sie sich bequem hinstreckte und nur sagte: »Morgen werde ich schon aufpassen, daß Ihr nicht mehr sündigt.« Und damit schlief sie ein.
Der alte Knabe aber genoß weiter den Rausch ihrer blinken Schönheit und zarten Anmut. Nur der Gedanke quälte ihn, wie er sie in ihrer Unschuld erhalten könne. Wohl ahnte ihm dunkel, daß die Sache einmal schlimm ausgehen würde, doch beschloß er, dies holde Kleinod nach Kräften zu hüten, und tränenden Auges küßte er ihr güldenes Haar, die Wimpern und den frischen, roten Mund – jedoch sachte, um sie nicht aufzuwecken. Und dann klagte er ob der Verwüstungen, die das Alter bei ihm angerichtet hatte und darüber, daß er nun eine Nuß knacken sollte, wo er doch keine Zähne mehr hatte, sie aufzubeißen.

Die lässliche Sünde

Wie der Seneschall sich mit seines Weibes Jungfernschaft herumschlug.

Während der ersten Tage ihrer Ehe erdachte der Seneschall solchermaßen die hahnebüchensten Märchen, um sein Ehegesponst hinters Licht zu führen und bei ihrer beneidenswerten Unschuld fanden seine Lügen ein gläubiges Ohr. Und allgemach sagte sich Blanche, daß sie mit ihrem Gefrage dem biederen Greise lästig würde, indem er doch ob seines Alters genugsam Erfahrung haben müsse und daher sicherlich recht habe. Somit gab sie die Sache auf und dachte nur noch im Stillen an das Kindelein, nach dem ihr ganzes Trachten stand –das heißt, dieser Gedanke ließ ihr im Grunde keine Minute Ruhe, wie denn eben eine Frau, die sich etwas in den Kopf gesetzt hat, nicht eher zufrieden ist, bis sie das auch erreicht hat. Und Bruyn ging um die Kinderfrage herum wie die Katze um den heißen Brei. Eines Abends aber brachte er selbst die Rede darauf, als er von einem Bengel sprach, den er am Morgen wegen übler Streiche hatte verurteilen müssen. Und daran knüpfte er die Betrachtung: sicherlich stamme dieser Bengel von Eltern, die sich mit Todsünden beladen hätten.

»Ach,« meinte Blanche, »wolltet Ihr mir doch eines bescheren, auch ehe Ihr von Sünden frei seid, ich würde es so wohl anleiten, daß Ihr mit ihm zufrieden wäret.«

Da ward der Graf inne, daß dieser glühende Wunsch sich bei seinem Weibe festgefressen hatte und es höchste Zeit war, wider ihre Jungfernschaft zu Felde zu ziehen, um sie zu meistern, zu vernichten oder einzuschläfern und so auszulöschen.

»Wie willst du denn Mutter werden, Liebste,« hub er an, »solange du die Würden deines Standes noch nicht kennst, noch sie zu üben gewohnt bist, wie sichs geziemt?!«

»Ach so!« entgegnete sie. »Um wahrhaft Gräfin zu werden und ein Gräflein zur Welt zu bringen, muß ich die vornehme Dame spielen? Das will ich gern tun, und gehörig!«

Und fortan hetzte Blanche Hirsch und Hindin, setzte über Gräben, jagte auf ihrem Zelter über Berg und Tal, durch Wald und Wiesen, und ergötzte sich an den Freuden der Falkenjagd.

Das hatte der Seneschall just gewünscht, aber für Blanche hatte es die Folge, daß ihr Sehnen nur wuchs, gleich wie bei einer Nonne hinter Klostermauern. Und derweile sie derart herumtollte, gewahrte sie zudem das Liebesspiel der Vöglein und Tiere und lernte so in dem geheimnisvollen Buche der Natur zu lesen, und ihr Blut, das sich immer mehr erhitzte, tat das seine, um ihr die Lösung dieses alchymistischen Rätsels zu erleichtern. So ward dem alten Knacker mählig klar, daß er sich verrechnet hatte und nun erst recht auf glühende Kohlen gebettet war. Bald wußte er nicht mehr aus und ein und begriff, daß er in diesem Kampfe unterliegen müsse. Nur hoffte er mit Gottes Hilfe dieser argen Wunde wenigstens bei Lebzeiten zu entgehen und beschloß, alles seinen Gang gehen zu lassen und besagte Jungfrauenschaft fortan in Frieden zu lassen, indem er einiges auf die fromme Schamhaftigkeit und Ehrbarkeit seiner Eheliebsten baute. Immerhin schlief er doch nur mehr mit einem Auge, maßen er recht gut einsah, daß Gott die Jungfernschaft eigentlich geschaffen habe, damit man ihr einmal den Garaus mache wie etwa einem Rebhuhn.

Als es nun eines Morgens derart goß, daß nur die Schnecken sich aus ihrem Hause wagten, und somit just das rechte Wetter war, um trüben Gedanken und stillen Träumen nachzugehen, saß Blanche nachdenklich daheim auf weichem Pfühle. Und da es keinen Feuertrunk noch Reizetrank gibt, der eindringlicher wirkt als jene zarte Wärme, die aus einem Polster in den Leib eines Jungfräuleins sacht hineinstrahlt, so begann die Gräfin unvermerkt von ihrer Jungfernschaft gezwickt zu werden, also daß ihr der Kopf heiß ward und alles kribbelte. Der wackere Greis gewahrte voll Unmutes ihr sehnsüchtiges Grübeln, und um in ehelichem Übereifer ihre trüben Gedanken fortzuscheuchen hub er an: »Was quält dich, Liebchen?«

»Ach – die Schande!«

»Wer denn wagt es, dich zu beschimpfen?«

»Ist es etwa keine Schande, daß ich kinderlos bleibe und Euch mit keinem Leibeserben beschenke? Bin ich denn so ohne Kind überhaupt ein Eheweib? Nein, nein ... Seht nur: alle Nachbarinnen haben welche, und ich – habe ich nicht dafür geheiratet, und hättet Ihr mir nicht längst eines schenken können?! Ach, hätte ich doch nur wenigstens ein Stücklein von einem Kinde wie würde ich es herzen und küssen, hegen und pflegen, und tagaus tagein hüpfen und spielen lassen gleich den andern allen.«

»Aber würden die Frauen nicht so leicht im Kindbett sterben und wärest du nicht noch viel zu zart und jugendschlank, dann würdest du längst Mutter sein!« rief der Seneschall, dem ihr Wortschwall an die Nieren ging. »Vielleicht wollen wir lieber ein fertiges kaufen? Das würde dich nicht so viel Qual und Schmerzen kosten.«
»Oh, die will ich ja gern erdulden, denn sonst würde es doch nicht unser rechtes Kind werden. Ich weiß sehr wohl, daß es aus mir heraus erstehen muß, maßen doch in der Kirche gesagt wird, Jesus sei die Frucht von Mariens Leibe.«
»Nun, dann wollen wir zu Gott beten, daß es also geschehe,« ächzte der Seneschall, »und zudem wollen wir zu der heiligen Jungfrau in Esgrignolles wallfahren. Schon manche Dame sah ihren Wunsch erfüllt, nachdem sie dorten ihre neuntägige Andacht gehalten hatte. Das wird auch bei uns zum Ziele führen.«
So machte sich denn Blanche bereits am gleichen Tage zu Unserer Lieben Frau nach Esgrignolles auf. Gleich einer Königin saß sie in einem grünen, goldbestickten Samtgewande, dessen Ausschnitt ihre Brust erschimmern ließ, auf ihrem Zelter. Prunkendes Geschmeide zierte ihren Hut und den güldenen Gürtel ob ihren schlanken Hüften und den ganzen Schmuck wollte sie der Jungfrau darbringen an dem Tage, da sie vom Wochenbette wieder erstünde. – Vor ihr trabte der Herre von Montsoreau, blinkäugig wie ein Bussard, und sorgte dafür, daß nichts der Reiterschar in die Quere kam oder sie behelligte. Der Seneschall, der nahebei ritt, war ob der Hitze selbigen Augusttages eingedröselt und schwankte daher auf dem Sattel wie ein Diadem auf dem Kopfe einer Kuh. Wie nun eine Bäuerin, die am Wege auf einem Baumstumpfe hockte, solch altes Gerippe neben einer so lebensfrischen, anmutsvollen Maid erblickte, da fragte sie ein altes Lumpenweib, das ächzend ein paar Halme auflas: ob jene Prinzessin da im Begriffe sei, den Gevatter Tod ins Jenseits zu geleiten. »I wo,« gnauzte die Alte, »das ist ja die Schloßfrau von Roche-Corbon, die für ein Kindlein eine Wallfahrt macht.«
»Hahaha,« lachte die Bauerndirne mit pfiffigem Gesicht. Und dann wies sie auf den Rittersmann, der vorneweg trabte und rief: »Wenn sie sich an den da hielte, könnte sie sich Kerze und Gelübde sparen.«
»Ach, du loses Dingelchen,« meinte die Bettlerin, »ich wundere mich vielmehr, daß sie nach Esgrignolles wallfahrt, wo doch alle Pfaffen so gar häßlich sind.

Würde sie lieber in der schattigen Kühle des Klosters zu Marmoustiers rasten, dann wäre sie bald gesegneten Leibes, denn dort versteht man das Handwerk.«

»Laßt doch das Pfaffengesindel,« rief eine andere dazwischen, »dort der Herre von Montsoreau ist genügend feurig und schmuck, um den natürlichen Weg zum Herzen der Dame zu finden.«

Und alle lachten hell heraus. Der Herre von Montsoreau wollte sie stracks für ihre losen Worte an der nächstbesten Linde aufknüpfen lassen, aber Blanche rief eifrig dazwischen: »Nicht doch! Sie haben noch nicht alles gesagt, und wenn wir zurückkommen, werden wir den Rest hören!«

Dann wurde sie knallrot und der Herre von Montsoreau durchglühte sie mit einem Blicke, als wollte er sie auf einen Hieb mit allen Liebesenthüllungen spicken. Aber die Reden der Bauernweiber hatten schon das ihre getan und es fiel wie Schuppen von ihren Augen. Nun war ihre Jungfernschaft gleich einem Stücklein Zunder und ein einzig Wort mußte genügen, um sie hellaufflammen zu lassen. So ward Blanche jach des Unterschiedes inne, der zwischen ihrem Ehekrüppel und besagtem Edelmanne, dem jungen Gauttier, bestand, welchselben seine dreiundzwanzig Jahre recht wenig bedrückten, also daß er strick und stramm im Sattel saß und so frisch ausschaute wie der junge Morgen.

Alles das bedachte die Frau Seneschallin so wohl, daß sie bei der Ankunft in Tours bereits in den Herrn Gauttier bis über die Ohren verliebt war, wie es eben nur ein armes Jüngferlein sein konnte. Ja, es war eine wahrhaftige Jungfernliebe, die sie derart blendete, daß sie ihr altes Ehegesponst gar nicht mehr sah, sondern nur noch den jungen Rittersmann, der so gesundheitstrotzend prangte wie ein Pfaffenkinn. – Der Alte erwachte erst bei dem Hallo der gaffenden Menge, derweile man pomphaften Einzug hielt. Blanche begab sich zu der Kapelle, allwo man um Kinder zu beten pflegte, und betrat sie der Sitte gemäß allein, während der Seneschall nebst Gefolge und mit ihnen die Gaffer vor dem Gatter warteten. Als nun der Priester herzutrat, fragte sie ihn, ob es viele kinderlose Frauen gäbe. Jener meinte, er könne nicht klagen und die Kirche hätte davon ihre schöne runde Einnahme. So fragte sie weiter: »Kommen oft so junge Frauen zu Euch, die so alte Männer haben, wie der Seneschall einer ist?«

»Recht selten,« entgegnete er.

»Aber diese Frauen wurden doch guter Hoffnung?«
»Stets,« grinste der Pfaffe verschmitzt.
»Und wenn die Männer jünger sind?«
»Auch dann meistens ...«
»Wie denn? Bei Alten ist mehr Aussicht?«
»Aber freilich,« sprach er gewichtig, »denn bei den jüngeren hilft Gott allein, bei den Alten aber zumeist ein andrer Mann.« (Woraus man leichtlich ersehen kann, daß dermalen die Pfaffen die Weisheit mit Löffeln gegessen hatten).

Blanche also tat ihr Gelübde, das recht ansehnlich war maßen der Schmuck gut und gerne seine zweitausend Gülden wert war. Als dann der Seneschall auf dem Heimritte sah, wie sie ihren Zelter traben und tänzeln ließ, da meinte er: »Du scheinst strahlend froh zu sein!«
»Natürlich!« rief sie, »jetzt bin ich ja sicher, ein Kind zu bekommen, und da, wie mir der Priester sagte, ein anderer mithelfen muß, so werde ich Gauttier nehmen ...«

Den Seneschall traf schier der Schlag. Wäre der Spaß nicht zu teuer geworden, dann hätte er den Pfaffen am liebsten erwürgt; so entschloß er sich aber, ihn lieber mit Hilfe des Erzbischofes hintenherum seine Rache kosten zu lassen. Und bevor sie noch heimgekommen waren, bedeutete er dem Herren von Montsoreau, lieber daheim Schätze zu graben, was der junge Gauttier sich auch nicht zweimal sagen ließ, maßen er seines Herrn kurze Prozesse kannte. An seiner Statt ernannte der Seneschall den Sohn eines Lehnsmannes, einen Herrn von Jallanges. Das war ein junger Bursch von noch nicht vierzehn Jahren; er hieß René und wurde Page, bis er das Alter zum Schildknappen erreicht haben würde. Den Befehl über die Mannschaft aber vertraute Bruyn einem greifen Haudegen an, mit dem er einst Palästina unsicher gemacht hatte. Solchermaßen vermeinte der Biedere, seine entlaubte Stirn vor einem Geweih zu bewahren und auch fürder die widerspenstige Jungfrauenschaft seines Weibes zu bändigen, sosehr selbiges auch wider den Stachel löckte.

Die lässliche Sünde

Was eine ›läßliche Sünde‹ besagt.

Am Sonntage nach Renés Eintreffen ging Blanche ohne ihren Eheliebsten zur Jagd. Und als sie so im Walde dahinzog, gewahrte sie einen Mönch, der sich anscheinend überaus gewalttätig über ein Mädel hermachte. Flugs sprengte sie herzu, indem sie ihrem Gefolge zurief: »Heda, verhindert doch, daß er sie tötet!« – Als sie aber dicht herankam, riß sie jach ihr Roß herum und das, was sie bei dem Mönche gesehen hatte, benahm ihr die Lust weiterzujagen. Nachdenklich ritt sie heim, denn ihr war plötzlich eine Stallaterne aufgegangen, und tausenderlei Dinge, wie ihr solche auf Gemälden, in Dichtwerken oder in Gottes freier Natur aufgestoßen waren, bekamen nun erst die rechte Beleuchtung. Plötzlich hatte sie das holde Geheimnis der Liebe klar erkannt. O welche Narrheit, diese Dinge den Jungfräulein verbergen zu wollen! – Frühzeitig ging sie zu Bett, und alsbald erklärte sie dem Seneschall: »Bruyn, Ihr habt mich beschwindelt und Ihr müßt mit mir tun, was der Mönch heute mit dem Mädel tat.« Der Alte begriff gleich und merkte, was die Uhr geschlagen hatte. Aber die innere Glut belebte nur seine Augen, derweile er sänftiglich lispelte: »Ach, süßer Schatz, als ich dich zum Weibe nahm, war meine Liebe stärker als mein Leib und ich mußte auf dein Mitleid und deine Tugend bauen. Wahrlich, es ist der Gram meines Lebens, daß nur noch mein Herze jung ist. Aber das wird meinen Tod beschleunigen, also daß du balde frei sein wirst. So gedulde dich bis dahin; nur um dies eine bitte ich dich, der ich dich doch tyrannisieren könnte: entehre nicht mein weißes Haar! Wie viele Männer schon haben in diesem Falle ihre Frauen getötet ...« »Was?! Ihr wollt mich töten?!«

»Aber nein – dafür liebe ich dich viel zu sehr! Ach, du bist ja die Blume meines Alters, dein Anblick labt mich und wandelt selbst Kummer in Glück! Nein, du sollst in allem freie Hand haben, wenn du den armen Bruyn nur nicht zu sehr peinigst, der dir Reichtum und Ehren gegeben hat.« Und seine vertrockneten Lider netzten sich mit heißen Zähren, die über sein pergamentenes Antlitz auf Blanches Händlein troffen, also daß selbige von der übergroßen Liebe dieses Greises gerührt ward und ihm zulächelte: »Nein, nein, weinet nur nicht, ich werde warten!«

Und so kam es, daß unser Jüngferlein den Greis völlig in die Hand bekam und unterjochte, also daß er um jenes zieren unbetretenen Venusgärtleins willen von Blanche so recht nach Weiberart drangsaliert wurde wie ein Packesel. Tagaus, tagein hieß es nur noch: Bruyn hier, Bruyn da! und nur seine eiserne Natur verhinderte, daß er nicht von dieser Jungfernschaft zu Tode gehetzt wurde. Eines Abends, nachdem Blanche wieder einmal das ganze Haus derart auf den Kopf gestellt hatte, daß wohl gar dem lieben Herrgott selber die Geduld ausgegangen wäre, sagte sie beim Schlafengehen zum Seneschall: »Mein lieber Bruyn, manchmal überkommt es mich also, daß es mich allenthalben zwickt und zwackt, mein Herze beklemmt, mein Hirn entflammt und mir die schlimmsten Gedanken eingibt; und nachts sehe ich im Traum immer jenen Mönch ...«

»Ach, mein Herzchen,« entgegnete jener, »das sind höllische Anfechtungen, wider die man im Kloster wohl Rat weiß. Bist du also auf dein Heil bedacht, so beichte unserem Nachbar, dem würdigen Abte von Marmoustiers, der wird dich wohl beraten und auf den rechten Weg führen.« »Gleich morgen gehe ich,« sagte sie. Und richtig, schon mit Tagesanbruch eilte sie hophop zum Kloster, allwo ihr holder Anblick die Mönche derart verzückte, daß sie am Abend gar manche Sünde begingen. Zunächst aber geleiteten sie die Schöne feierlich zu dem ehrwürdigen Abte. Selbiger weilte just bei dem kühlen Bronne eines versteckten Gärtleins, und seine verklärte Greisengestalt erfüllte Blanche mit tiefer Ehrfurcht. »Gott grüße Euch,« hub er an. »Was führt Euch junges Blut in den Bereich des nahen Todes?«

»Weisen Rat zu holen,« entgegnete sie mit tiefer Verneigung. »Wolltet Ihr doch mich törig Beichtkind auf den rechten Weg leiten, wie wäre ich Euch von Herzen dankbar.«

»Meine Tochter,« sprach der Greis, mit dem Bruyn zuvor die ganze Komödie abgesprochen hatte, »mögen die hundert Jahre, die meine Schläfen entlaubt haben, mir zur Seite stehen, damit ich Euch den Weg zum Paradiese weisen kann.«

So begann die Seneschallin, sich zuvörderst aller kleinen Sünden zu entledigen, bis sie endlich mit ihrer Beichte bei dem berühmten postscriptum anlangte: »Ach, mein Vater, und dann muß ich noch gestehen, daß ich Tag für Tag von dem Begehren nach einem Kinde gepeinigt werde. Ist das schlimm?«

»Nein,« sprach der Abt.

»Aber mein Mann hat, wie man so sagt, den Schlüssel verloren, und da sagte mir Frau von Jallanges, man beginge in diesem Falle keine Sünde, wenn man anderwärts dazu käme, dafern man nur weder Vergnügen noch Vorteil dabei habe.«

»Vergnügen schafft das immer,« erwiderte der Abt. »Und ist es so ohne Vorteil für Euch, ein Kind zu bekommen? Vielmehr lasset Euch gesagt sein: vor Gott ist es allezeit eine Todsünde, ein Kind mit einem Manne zu erzeugen, mit dem man nicht kirchlich getraut ist!«

»Ach wehe, mein Vater, so ist es also Gottes Wille, daß ich kläglich dahinscheide, oder daß mir, die ich doch bei klarem Verstande bin, das Hirn verzehrt wird? Denn das steht mir sicher bevor, maßen es ja in mir wirbelt und loht, meine Sinne sich verwirren und ich alles darangeben würde, um nur einmal die Glut eines Mannes, wie jenes Mönches, zu kosten. Und wie – Gott, der mir solch' heiße Liebessehnsucht gab, sollte mich darob verdammen?«

Der Pfaffe kratzte sich verlegen hinterm Ohr, denn diese Klagen und Spitzfindigkeiten des Jungfräuleins brachten ihn arg in die Klemme.

»Meine Tochter,« hub er an, »zum Unterschiede von den Tieren verlieh uns Gott den Verstand, der uns helfen soll, die Klippen der Leidenschaften in stürmischen Augenblicken glücklich zu umschiffen. Und wider die Qualen erregter Sinne vermag man mit Fasten, strammer Arbeit und anderen weisen Maßnahmen sehr wohl anzukämpfen: betet also lieber, schlafet auf hartem Lager, schafft eifrig im Hause und hänget nicht dem Nichtstun nach!«

»Schön, mein Vater. Und nun sagt mir zum Schluß: wenn einmal meine Einsicht in die Brüche ginge, also daß ich meiner Sinne nicht mächtig, mich in den Schlingen der Liebe verfinge ...«

»Dann,« versetzte unbedacht der Abt, »dann wäre es mit Euch wie mit der Heiligen Lidoria, die sich an einem heißen Sommertage, kaum bekleidet, mit weit gespreizten Gliedern bequem hingestreckt hatte und fest eingeschlafen war. Kam da sacht ein junger Bursch und stillte unversehens sein Begehr an ihr. Und besagte Heilige ahnte von dem Vorfall so wenig, daß sie ihres Leibes Schwellen für eine schlimme Krankheit hielt und baß erstaunt war, als sie eines Kindleins genaß. Sie hatte nur für eine läßliche Sünde zu büßen, sintemalen sie von dem Streiche nichts gemerkt hatte und der Schurke auf dem Blutgerüst gestand, daß die Heilige sich nicht geregt hatte.«

»Oh, mein Vater,« rief Blanche, »Ihr könnt sicher sein, daß ich mich so wenig regen werde wie die Heilige!« Und damit schlüpfte sie frisch und froh davon und überlegte lächelnd, wie sie wohl am besten solch eine läßliche Sünde ermöglichen könnte. Als sie daheim den Schloßhof betrat, erblickte sie den jungen Jallanges, der just ein Pferd zuritt und in festem Sitz mit sicherem Schenkel alle Sprünge und Launen des Rosses bändigte, kurz, in seiner jugendfrischen Gewandheit ein Bild zum Malen war und wohl gar der Königin Lukrezia gefallen hätte, die sich bekanntlich erdolchte, weil ein Mann sie gegen ihren Willen entehrt hatte.

»Ach wäre der Schlingel nur wenigstens fünfzehn Jahr alt,« seufzte Blanche, »wie gern ließe ich mich dann von ihm im Schlafe überraschen.« Doch trotz seiner großen Jugend beäugte sie bei allen Mahlzeiten sein schwarzes Haar, sein blinkes Gesichtel und zumal seine lebensprühenden Augen. – Als sie nun nach der Vesper nachdenklich am Kamin saß, fragte sie der alte Bruyn, was ihr den Kopf schwer mache.

»Ich überlege eben, daß Ihr recht früh hinter den Röcken hergewesen sein müßt, da Ihr so ausgepumpt seid.«

»Freilich!« lachte er wie alle alten Knacker, die man nach jugendlichen Liebestaten ausfragt, »kaum über dreizehn schwängerte ich schon eine Zofe.«

Mehr wollte Blanche gar nicht hören, denn nun wußte sie René hinreichend gewappnet. Und strahlender Laune hub sie an, den Alten zu zwicken und zu necken und selber vor innerer Wonne wie ein Kreisel zu tanzen.

Die lässliche Sünde

Wie und durch wen das Kindlein zustande kam.

Die Frage, wie der Page flugs zu entflammen sei, kostete der Seneschallin wenig Nachdenken und bald hatte sie die Falle vorbereitet, in der sich natürlich jeder gefangen hätte: Zur Mittagszeit nämlich machte der Alte seit den Tagen seines Kreuzzuges sein Nickerchen, also daß Blanche freie Hand hatte. Dies stille Stündlein nun gedachte sie fortan der Erziehung ihres Pagen zu widmen.

Und sobald am nächsten Tage der Seneschall sanftselig in Morpheus Armen ruhte, machte es sich Blanche in einem würdigen Großvaterstuhle bequem, der erfreulich hoch war: denn solchermaßen boten sich dem, der unten hockte, manch zufällige Anblicke dar. Die pfiffige Maid schmiegte sich hinein, wie ein Schwälblein in sein Nest, und neigte anmutiglich ihr Köpfchen auf den Arm, wie ein Kind, das schläft. Und derweile sie ihre Vorbereitungen traf, schaute sie mit frischen, lachenden Äuglein um sich und genoß schon im voraus, wie der Page alsbald im geheimen erbaut emporschielen und mählig außer Rand und Band geraten würde. Denn sie schob das Sitzpolster für den Ärmsten so sorglich auf den rechten Fleck, daß selbst ein Heiliger aus Stein genötigt gewesen wäre, von dort aus der Glieder Pracht zu gewahren, die ein verräterisches Gewand vor seiner Nase enthüllte. Wie also sollte da nicht so ein schwacher Knabe erliegen! Und nachdem sie sich solange gedreht und gewendet hatte, bis ihre Stellung allen Anforderungen genügte, da rief sie sacht: »René!« und schon steckte der Schlingel, der im Vorzimmer jedes Rufes gewärtig war, seinen Lockenkopf durch die Vorhänge.

»Was ist gefällig?« fragte er, und das Samtbarett in seiner Hand war nicht so rot wie seine frischen Wangen mit den zieren Grübchen.

»Komm her,« lispelte sie, und vor Wonne versagte schier ihre Stimme. Denn wahrlich, Renés Augen waren blinker denn Edelgestein, milchweiß die Haut und frauenhaft schlank seine Gestalt. Und da er ihr nun so nahe war, schien er ihrer Sehnsucht noch weitaus begehrenswerter. Dann sprach sie, und wies dabei auf ein offenes Buch: »Lies mir die Litaneien der heiligen Jungfrau vor, auf daß ich sehe, ob du auch bei deinem Lehrer gut lernst.«

So begann René die süß-geheimnisvollen Litaneien zu sprechen; aber die ›ora pro nobis‹ Blanches wurden immer leiser und als der Page mit heißer Stimme las: »O wundersame Rose du!«, da antwortete die Schloßfrau nur noch mit einem leisen Seufzer. René vermeinte, daß sie schliefe, und hub darob an sie zu beäugen und sich an dem gebotenen Anblick weidlich zu ergötzen. Schon waren die frommen Gedanken liebevolleren gewichen, sein Herz schlug ihm bis zum Halse und derweile seine Augen in Wonnen schwelgten, erträumte er tausend Seligkeiten, davon ihm das Wasser im Munde zusammenlief. Dabei entglitt ihm das Buch; aber nach dem ersten Schreck ward er just hierdurch sicher, daß sie wohl ganz fest schlafen müsse.

Ja, auch wenn schlimmeres passiert wäre, hätte die Listige mit keiner Wimper gezuckt, denn sie hoffte, daß noch ganz andere Dinge fallen würden als das Stundenbuch. Daran kann man sehen, wie sehr ihr Sinn nach einem Kinde stand! – Indes blieben Renés Augen auf dem Füßchen haften, das zierlich beschuht auf einem Schemel stand, maßen sie doch in dem Stuhle so gar hoch saß. Das war zier und klein wie ein Spatz ... ein zuckersüßes Jungfernfüßlein, eines Kusses so wert, wie ein Dieb des Galgens; ein Wonnefuß, der einen Erzengel zu Fall gebracht hätte, wollüstig, ein wahres Teufelsdingelchen, und der Page hätte es um alles gern unverhüllt gesehen. Darum glitten seine glühenden Augen flink empor, um zu sehen, ob die Herrin auch fest schliefe. So lauschte er ihrem Schlummer, trank ihren Atem und wußte am Ende nicht, welcher Kuß wohl süßer sei: einer auf ihre frischen roten Lippen, oder der auf den so verheißungsvollen Fuß. Wars nun Respekt, oder Angst, oder übergroße Liebe, kurz, er wählte endlich den Fuß und küßte ihn wie ein Jüngferlein, das sich nicht recht traut. Und dann ergriff er flugs das Buch und rief, puterrot und lustgepeitscht, laut wie ein Blinder: »Janua coeli, Himmelspforte ...« Aber Blanche erwachte nicht, denn sie dachte, er würde zum Knie emporsteigen und weiter in den Himmel. So ward sie arg enttäuscht, als René seine Litaneien ohne weiteren Zwischenfall beendigte und sich glückstrahlend davonschlich, maßen er sich schon überreich beschenkt glaubte.

Als die Seneschallin allein war, bedachte sie, daß es angebrachter gewesen wäre, den Pagen das ›Magnifikat‹ singen zu lassen, da selbiges viel länger dauerte. Des weiteren beschloß sie, am nächsten Tage ihren Fuß etwas höher zu placieren, um solchermaßen auch ein wenig von jener Schönheit zum Vorschein zu bringen, die man in der Touraine ›vollendet‹ nennt, maßen sie den Unbilden der Witterung nie ausgesetzt ist und daher immer hübsch frisch bleibt. Man kann sich vorstellen, wie ungeduldig der Page auf das erquickliche Lesestündlein harrte, nun sein Begehren ihn peinigte und seine Gedanken lohten. Er ward gerufen und schon nach den ersten Worten versank Blanche wieder in tiefen Schlaf. Diesmal liebkoste René mit zarter Hand ihr wonniges Bein und wagte es gar zu untersuchen, ob das Knie wohl sanft geründet und das weitere auch so sammetweich sei.

Aber inmitten dieser holden Erkenntnisse überkam den Ärmsten wieder blasse Angst, die seine Gier in Banden schlug, also daß er es bei wenigen schüchternen Schmeichelgriffen bewenden ließ und das Seidenfellchen nur mit einem sacht gehauchten Kusse bedachte. Dann verhielt er sich stille. Die Seneschallin hatte schier die Zähne aufeinandergebissen, um sich nicht zu regen. Als sie nun seiner erneuten Zurückhaltung inne ward, lispelte sie: »Nicht doch, René. Ich schlafe ja!« Aber der Page deutete ihren sanften Vorwurf falsch, ließ alles stehen und liegen und lief angstgepeitscht davon: also daß die Gräfin diese Litaneien mit dem Klageruf beschloß: »Heiliger Himmel, wie schwer ist es doch, ein Kindlein zu machen!« Als der Page beim Essen seine Herrin und ihren Gemahl bediente, stand ihm der Angstschweiß auf der Stirn. Da traf ihn jach wie ein Blitz aus heiterem Himmel ein Blick aus Blanches Augen – so wunderzart und liebeheiß, wie wohl ansonsten niemals ein Weib holdseliger geäugt haben mochte. Dieser eine Blick machte mit einem Schlage den Knaben zum Manne. Und so kam es, daß noch am selbigen Abend (derweile der Alte in seiner Kanzlei beschäftigt war) René zu seiner Herrin schlich und der Schlafenden zu einem wunderholden Traume verhalf. Keck sprengte er das Tor, das sie beengte und säete also reichlich, daß es wohl nicht nur für eines, sondern noch für zwei andere Kindlein gelangt hätte. Darob packte die Schöne seinen Lockenkopf, preßte ihn an sich und hauchte: »Ach René, welch wonniges Erwachen!« Denn am Ende hatte sie nicht mehr an sich zu halten vermocht und eine Heilige, die solchen Wecker widerstanden hätte, müßte in einem gar bleiernen Schlafe befangen gewesen sein. So war es denn auch kein sonderliches Wunder, daß auf der Stirne des greisen Gatten jenes zierliche Gehörn zu sprießen anhub, ohne daß er eine Ahnung davon hatte.

Fortan ward das Nickerchen ihres Ehekrüppels für die Seneschallin die Quelle holdester Wonnen, an denen sie immer noch mehr Geschmack fand, derweile ihr der Greis immer widerwärtiger wurde. Und so führten die regelmäßigen zarten Litaneien am Ende zu dem so innig ersehnten Ziele, indem die Schloßfrau mählig in ihren jungfräulich-schlanken Hüften eines Kindleins Keimen verspürte. Maßen nun aber ihre Liebe zu dem gelehrigen Knaben immer wuchs, so begann sie um sein Seelenheil und seine Zukunft in bange Sorge zu verfallen;

und als sie einstens an einem Regentage wie zwei unschuldige Kindelein ihr ›Katz und Maus‹ spielten und Blanche wieder einmal gehascht war, da seufzte sie: »Hör' mal, René: weißt du eigentlich, daß ich zwar ob meines tiefen Schlafes nur einer läßlichen Sünde schuldig bin, du aber eine Todsünde begangen hast?«

»Ach, holde Herrin,« meinte jener, »wo sollte Gott mit all den Sündern hin, wenn das sündigen heißt.«

Blanche lachte hellauf und küßte ihn auf die Stirn: »Still, Schlingel! Du weißt gar nicht, wie ich mich um dich bange, weißt nicht, daß ich ein Kindlein unter dem Herzen trage und das in Bälde nicht mehr verbergen kann. Aber was wird der Abt, was der Seneschall sagen? Der kann dich in jähem Zorne gar erschlagen. Drum denke ich, beichte du dem Abte von Marmoustier und laß dir raten, wie man sich zu meinem Gemahl verhalten soll.«

»Aber wenn er unsre Liebe ächtet,« warf der Page listig ein. »So hilft es nichts! Dein Seelenheil steht auf dem Spiel.«

»Ach wehe: ist Euch wirklich bitterernst?«

»Ja,« hauchte sie beklommen.

»Nun denn, so schlafet noch einmal, auf daß ich Euch so recht Lebewohl sagen kann.«

Und so betete das holde Paar die Abschiedslitaneien, als hätten beide geahnt, daß ihre lenz-junge Liebe keine Sommerblüte erleben sollte. Und schon tags darauf eilte René, mehr aus Sorge für seine Herrin denn für sich selbst, gehorsam zum Kloster.

Die lässliche Sünde

Wie die Liebessünde gar traurige Buße fand.

»Weiß Gott!« schrie der Abt, als er des Pagen Sündenregister vernommen hatte. »Schändlichen Treubruchs wardst du schuldig und schmählichen Verrates! Weißt du, kecker Bursch, daß du in Ewigkeit Höllenqualen leiden, nimmermehr ins Himmelreich eingehen wirst für diese gestohlenen Seligkeiten? O wehe über dich!!« Und der Greis, der aus demselben Teige wie die Heiligen gebacken war, zermalmte des Jünglings Seele mit tausenderlei furchtbaren Verheißungen und christlichen Ermahnungen, und er war schier erfindungsreicher denn ein Teufel, der ein Jüngferlein verführen will.

Als er dann aber sah, daß René windelweich war, da ward er sanfter und befahl ihm, er solle sich seinem Herrn zu Füßen werfen und ihm alles gestehen; und käme er mit blauem Auge davon, so müsse er das Kreuz nehmen und im heiligen Lande fünfzehn Jahr wider die Ungläubigen streiten. Ganz zerknickt kehrte der arme René zum Schlosse zurück und traf gleich als ersten den Seneschall, der im Schloßhofe auf einer Marmorbank saß und im warmen Sonnenschein zusah, wie man seine Rüstungen blank scheuerte. Der war baß erstaunt, als sich der Page vor ihm niederwarf: »Was gibt es denn?« - »Gnädiger Herr, schicket bitte die Leute hinweg.«
Und als selbige fort waren, gestand der Sünder, wie er seine Herrin im Schlummer überfallen und gleich jener Heiligen offenbarlich mit einem Kindlein beladen habe, nunmehro aber auf Geheiß seines Beichtigers ihn um Gnade anflehe. Und damit harrte René geschlossenen Auges und gottergeben seines letzten Stündleins. Der Seneschall ward kreidebleich und die Luft ging ihm schier aus. Dann aber wallte die Manneskraft, die für ein Kind nicht gelangt hatte, jach in ihm auf und mit behaarter Faust packte er einen schweren Streitkolben und ließ ihn wie ein Spielzeug durch die Luft wirbeln, um Renés blasse Stirne damit zu zermalmen. Doch der Anblick solch hold-verführerischer Jugend weckte in dem Greise ein menschlich Rühren, also daß er das Gewaffen wider einen Hund schleuderte, der zerschmettert niederbrach: »Da sollen doch tausend Millionen Teufel in alle Ewigkeit dem Kerl in die Knochen fahren, der den Eichbaum pflanzte, daraus der Stuhl entstand, auf dem du mich hörntest!! Und deinen Erzeugern gleichermaßen, verdammter Bengel! Scher' dich zum Satan! Aus meinem Hause – und nicht gefackelt, sonst laß ich dich auf einem Feuerchen rösten, daß du ein übers andere Mal deine verhurte Buhle verfluchen sollst!!«
Flugs gab der Page Fersengeld, derweile der Alte wetterte, wie er es in seiner Jugend nicht schöner gekonnt hätte. Dann aber raste Bruyn wutschnaubend in den Garten und trampelte nieder, was ihm in die Quere kam, bis er das gewesene Jüngferlein erblickte, das ahnungslos seines Pagen harrte: »Ha, du Weib! Bei des Satans glühender Höllengabel, bin ich etwa ein gängelndes Kind, das glauben könnte, du wachtest nicht auf, wenn man dich multiplizieren lehrt?! Himmelkreuzbombenelement!!«

»Oh,« entgegnete sie, »das sag' ich nicht. Aber da Ihr mich darin nicht unterwiesen hattet, meinte ich zu träumen.«

Darob schwand des Alten Grimm wie Schnee an der Sonne – wer hätte Blanches Lächeln widerstehen können! »Da sollen doch tausend Millionen Teufel diesen Wechselbalg beim Kragen nehmen! Ich schwöre..«

»Nein, nein! Schwört lieber nicht! Ist's nicht Euer Kind, so ist's doch meines, und sagtet Ihr nicht eines Abends, daß Ihr alles lieben wolltet, was von mir käme?«

Und dann wickelte sie ihn mit güldenen Worten, Tränen und Schmeicheleien nach Frauenart gar sänftiglich ein: daß er doch eines Stammerben bedürfe, daß nie ein Kind schuldloser gezeugt worden sei und was noch alles, bis der gute Kerl ganz weich wurde und sie gar wagen durfte, nach dem Pagen zu fragen.

»Der ist beim Teufel!«

»Wie, Ihr habt ihn getötet?« rief sie totenbleich und die Knie versagten ihr. Ihr Jammer brachte den Alten schier um und er ließ schleunigst überall nach René suchen. Aber der war schon über alle Berge und eilte seine Buße zu erfüllen. Als Blanche erfuhr, was der Abt ihrem Herzliebsten auferlegt hatte, versank sie in tiefen Gram; und wenn der Alte auch tat, was er ihr an den Augen ablesen konnte, in einem Punkte konnte er sie nicht zufrieden stellen, und deshalb vielleicht konnte Blanche den Pagen nicht vergessen. – So schenkte sie eines Tages dem ersehnten Kindlein das Leben. Heih, was war das für ein Festtag für den guten Alten! Der Knabe war seinem Vater wie aus dem Gesicht geschnitten und das wurde der Mutter einziger Trost, die nun wieder ein wenig aufblühte. Wie dann aber der Kleine zwischen dem Seneschall und der Gräfin hin und wieder sprang, da war der Alte schon so in ihn verliebt, daß er über jeden Zweifel an seiner Vaterschaft an die Decke gegangen wäre. Und da nie etwas von der Pagengeschichte durchgesickert war, so mußte man ihm seine Greisentat bewundernd glauben. Blanche aber war geradezu ein Musterbild von Tugend geworden, die wahrhaft Bruyns Lebensabend vergoldete, also daß er schier das Sterben vergaß.

Aber eines Abend schlug sein Stündlein doch und Blanche betrauerte ihn so aufrichtig, als hätte sie einen Vater verloren. Auch ging sie keine zweite Ehe ein, zumal sie von ihrem Herzliebsten keinerlei Kunde vernahm und auch ihn für tot hielt. So verbrachte sie gar manche Nacht in heißen Tränen und bald waren vierzehn Jahre in Gram und Kummer dahingegangen. Aber eines Abends sprang ihr Söhnchen, der nun mehr denn dreizehn Jahre zählte und René geradezu unerlaubt glich, heiß und atemlos herzu, warf sich ihr um den Hals und rief freudestrahlend: »Denk dir, Mutter, eben hat mich im Schloßhof ein Pilger umarmt und geküßt!«

»Wie!« herrschte sie des Knaben Wärter an. »Hab' ich nicht verboten, daß irgendwer, und sei es auch ein Heiliger, ihm zu nahe kommt?! Aus meinem Dienste!«

»Ach, edle Herrin!« sprach der greise Diener betreten, »der da hatte sicher nichts böses vor, denn er weinte bitterlich, als er ihn küßte.«

»Er weinte?« rief sie. »Weh! sein Vater!« Und dabei sank ihr Haupt wider die Lehne des Stuhles, darauf sie saß – just desselben Stuhles, auf dem sie einst gesündigt hatte. Und alle waren ob ihrer Worte gar verwundert, und niemand merkte darum, daß sie sanft verschieden war. Auch weiß man nicht, war's Schmerz, war's Freude, die sie dahin raffte. Ihr Tod aber schuf viel Trauer rings umher und der Herr Jallanges ward schier von Sinnen, als man sie zur letzten Ruhe bettete, also daß er am Ende Mönch wurde zu Marmoustier, so dermalen das schönste Kloster in Frankreich war.

Des Königs Liebste.

Damals lebte unweit der Wechslerbrücke ein Goldschmied, dessen Töchterlein ob seiner zauberhaften Schönheit und Anmut in ganz Paris berühmt war. So ward sie allenthalben umworben und zumal ein Advokat beim Parlament, ein Kerl, der mit Silbenstechen mehr Geld verdiente als ein Hund Flöhe hat, war in sie vernarrt und bot dem Vater ein Prunkhaus, um seine Einwilligung zur Ehe zu erkaufen. Der Goldschmied schlug ein und obwohl der Freiersmann eine Affenfratze besaß, deren Backenfalten nur wenige Zahnstümpfe bargen, und er zudem vor Dreck stank wie alle, die zwischen fauligen Prozeßakten und ähnlich mulmigem Müll hocken zwang, er seiner Tochter diese Ehe auf. Selbige aber erklärte stracks auf den ersten Blick: »Gott behüte – nicht um die Welt!« Der Vater schleckte sich bereits den Mund nach dem Hause und rief daher: »Das wollen wir sehen! Ich will es so und du hast zu gehorchen. Mag er dann zusehen, wie er sich dir genehm macht!«

»Ach so,« entgegnete sie. »Nun dann will ich ihm erst meine Ansicht sagen, ehe ich gehorche!«

Und als am selbigen Abende der Advokat nach dem Essen anhub, ihr seine Liebesglut zu entdecken und zu erklären, wie er sie künftig in Gold und Watte packen wolle, da sagte sie kurz und bündig: »Mein Vater hat Euch meinen Leib verhandelt. Aber wißt: wenn Ihr darauf beharrt, dann macht Ihr mich zur Metze, denn eher nehme ich den ersten besten von der Straße als Euch. Und wie man dem Gatten ansonsten Treue schwört, so schwöre ich Euch Untreue bis zum Tode, dem Euren oder meinem!« Und damit weinte sie wie ein richtiges junges Ding (maßen eine rechte Frau nur mehr mit den Augen weint).

Der Advokat hielt das aber nur für Ziererei, die ihn noch gefügiger machen sollte, also daß er sich daran nicht kehrte und sie mit vergnügtem Grinsen fragte: »Also wann die Hochzeit?«

»Morgen,« erwiderte sie, »damit ich mich wenigstens sofort mit Liebhabern ergetzen und ein freies Freudenleben führen kann.«

Der Advokat war vor Liebe blind. Stracks macht er sich auf den Weg, läuft von Hinz zu Kunz, trifft alle Vorbereitungen und läßt über seinen Liebestraum Prozesse Prozesse sein. Indeß vernahm der König, der just von der Reise kam, es gäbe da ein bildhübsches junges Ding, das die glänzensten Anerbieten ausschlüge und die schönsten Mannsbilder abblitzen ließe. Solch Leckerbissen reizte den König und so begab er sich geradeswegs zu dem Goldschmied unter dem Vorgeben, ein Geschmeide für seine Herzliebste zu kaufen, in Wahrheit aber um jenes einzigartigen Juweles willen, das der Laden barg. So konnte er sich natürlich für die vorgelegten Schmuckstücke nicht erwärmen; derweile aber der Alte einen Kasten durchstöberte, um einen besonders prächtigen Diamanten zu suchen, sprach der König zu dem Mägdelein: »Weiß Gott, Ihr seid nicht geschaffen, um Edelsteine zu verkaufen, sondern um sie zu besitzen. Und unter all diesen Schätzen sehe ich nur einen, der mich bezaubert, also daß ich ihm gern minnig zu Diensten wäre und ein Königreich dafür hingeben möchte!«

»Ach, Sire,« erwiderte sie, »morgen werd' ich getraut. Wollet Ihr mir aber jenen Dolch an Eurem Gürtel geben, dann wüßte ich meiner Jugend Blüte Euch zu wahren nach den Worten der Schrift: ›Gib dem Kaiser, was des Kaisers ist‹!«

Flugs gab ihr der König den Dolch; und die Anmut ihrer Antwort warf ihn in einen solchen Liebestaumel, daß er ungesäumt ein Prunkhaus in der Schwalbengasse für sie richten ließ. Indes verlor auch der Advokat keine Zeit und führte zum Kummer seiner Nebenbuhler sein Bräutlein unter Glockenklang und Paukenschall zum Altar. Man praßte bis die Därme platzten, und abends nach dem Tanze betrat er frohgemut das Zimmer, darin die Schöne im Ehebette seiner harren sollte. Aber er fand statt des holden Mägdeleins einen feuersprühenden Drachen, einen rasenden Teufel. Sie kauerte in einem Stuhle vor dem Kamin, dessen Glut ihrem Zorn noch recht einheizte. Als er sich weidlich erstaunt ihr zu Füßen warf, hüllte sie sich noch in totes Schweigen. Als er aber den Rock ein weniges zu lüften suchte, um ein Stücklein ihrer so teuer bezahlten Schönheit zu erblicken, da bekam er einen Schlag, davon die Knochen knackten. Das hob seine Stimmung, sintemalen er so mählig zum erstrebten Ziele zu gelangen vermeinte. Und darum holte er sich vergnügt Hieb auf Hieb und bei der Balgerei konnte es natürlich nicht ausbleiben, daß er ihr bald einen Ärmel zerriß, bald den Rock und so am Ende gar mit der Hand zu dem lieblichen Ziele seines Liebeskampfes gelangte. Darob aber fuhr sie gar grimmig in die Höhe, zückte des Königs Dolch und schrie: »Was wollt Ihr von mir?«

»Alles natürlich!« entgegnete er.

»Hoho, eine Hure wäre ich ja, wenn ich mich wider Willen hingäbe. Glaubtet Ihr meine Jungfernschaft unbeschirmt, so irrtet Ihr. Hier seht des Königs Dolch, mit dem ich Euch töte, sowie Ihr mir nochmals zu nahen wagt!« Dann nahm sie ein Stück Kohle, zog, ohne den Advokaten aus dem Auge zu lassen, einen Strich auf der Diele und fuhr fort: »Dies die Grenze zu des Königs Eigen; wenn Ihr sie überschreitet, gehts Euch schlimm.« Dem Advokaten bedünkte der Dolch kein sonderlich anmutendes Liebesgewaffen. Drum blieb er geknickt abseits und knabberte an dem grausamen Verdikt, dessen Kosten er bereits bezahlt hatte. Wie er nun aber so durch die Risse und Fetzen des Gewandes manch blinkes Stücklein ihres prallen Schenkels und sonstige Herrlichkeiten schimmern sah, da vermeinte er, solch holder Besitz sei auch mit dem Tode nicht zu teuer bezahlt und warf sich mit dem Rufe: »Was schiert mich der Tod!« kühn in des Königs Gebiet. Und sein Überfall gelang so wohl, daß das Mägdelein recht unglücklich auf das Bett taumelte.

Doch verlor es nicht den Kopf und verteidigte sich gar gewandt, also daß er nur das Fell des Tierlein zu packen kriegte und dafür einen Dolchstich abbekam, der ihm ein gut Stück Speck aus dem Buckel setzte, ohne ihn aber ernstlich zu verwunden. So kam er leidlich billig davon und sein karger Erfolg verblendete ihn derart, daß er ausrief: »Ohne diesen Wonneleib und seine Liebeswunder vermag ich nicht zu leben! So töte mich denn!«

Und von neuem lief er wider des Königs Veste Sturm. Aber das Mägdelein entgegnete ungerührt: »Gut: wenn Ihr nicht ablaßt, dann töte ich eben nicht Euch, sondern mich!« Und dabei schaute sie gar ingrimmig drein, warob dem Ärmsten angst und bange wurde. Wehklagend ließ er sich auf einen Stuhl sinken und verbrachte die Nacht unter Jammern, Fluchen, Bitten und Versprechungen; ja, er verhieß ihr gar, sie immerdar ungeschoren zu lassen, wenn sie ihm gestatte, nur eine Lanze zu Amors Ehren zu brechen. Aber sie blieb munter, auch als der Tag dämmerte und erwiderte, sein Tod allein könne ihr eine Freude sein: »Ich betrog Euch nicht, ja ich mildere meinen Eid, indem ich mich dem Könige bewahre und Euch solchermaßen nicht mit Lumpen und Fuhrknechten entehre.«

Als es dann Tag ward, schmückte sie sich bräutlich und wartete geduldig, bis ihr abgeblitzter Gatte seinen Geschäften nachging. Kaum war er weg, so eilte sie auf die Straße, um den König zu suchen. Und schon nach wenigen Schritten stieß sie auf einen Untergebenen des Königs, der ihrer harrte und sie allsogleich fragte: »Suchet Ihr den König?«

»Freilich,« erwiderte sie, worob der Höfling geschmeidig sagte:

»So betrachtet mich als Euern ergebensten Freund und geruhet, gleichermaßen meine Interessen zu wahren, wie ich für die Euren sorge.« Und dann schilderte er ihr des Königs Eigenheiten; wie er zu nehmen sei, wie seine Launen wechselten, wie sie aber mit genügender Erfahrung ihn sehr wohl dauernd an sich ketten könne. Und so war sie durch seine Ratschläge bereits eine vollendete Buhle geworden, als sie das Haus in der Schwalbengasse betrat. – Indeß heulte der arme Ehemann wie ein Schloßhund, als er sein Weib nicht mehr daheim vorfand, und sein Jammer rührte sogar seine stets spottbereiten Amtsbrüder, also daß sie auf seinen Trost bedacht ihm zu erweisen suchten: daß er gar kein Hahnrei sei, maßen er seine Eherechte nicht habe ausüben können;

und daß sie leichtlich eine Scheidung bewerkstelligt hätten, wäre der Hornemacher nicht just der König. Alles das aber minderte nicht seinen Gram, daran er schier verschied. Und nur die Hoffnung hielt ihn aufrecht, daß er sie doch einmal besitzen und solche Nacht gern mit einem Leben voll Schande bezahlen würde. Aber derweile er seinen Beruf vernachlässigte, blieb sein Weib des Königs Liebste, der an ihr gar nicht genug bekommen konnte, so wohl wußte sie ihn durch ihre Liebeskünste immer neu zu entflammen.

Da geschah es, daß ein Herr von Bridoré sich umbrachte, weil sie ihn nicht hatte erhören wollen, obgleich er ihr all sein Hab und Gut geboten hatte, und das ging ihr gewaltig nahe. Und als sie gar ihr Beichtvater ob jenes Falles hart anließ, da schwor sie sich, ohngeachtet ihres ›Amtes‹ doch künftig solche Angebote anzunehmen und geheime Freuden dafür zu gewähren, um fürder kein Leben mehr auf dem Gewissen zu haben. Solchermaßen schuf sie das große Vermögen, das ihr später soviel Achtung erwarb und rettete gar manches Menschenleben, ohne daß der König merkte, wie sie ihm half, seine Untertanen glücklich zu machen. Obgleich sie allerdings nur den schönsten und angesehensten Herren des Hofes ihre Gunst schenkte, so verbreiteten doch ihre Neider, für zehntausend Gülden könne der simpelste Edelmann sich mit dem Könige in dessen Liebste teilen. Davon ist natürlich kein Wort wahr, denn als ihr selbiger das vorhielt, rief sie stolz: »Tod und Teufel über den, der Euch so etwas vorlog. Niemals hab' ich jemanden erhört, der nicht zum mindesten dreißigtausend Gülden darangab!« Darob mußte der König trog seines wilden Grimmes lachen und um den Klatsch zum Schweigen zu bringen, behielt er sie noch etzwan einen Monat bei sich. Alber zurück zur Geschichte.

Eines Tages ließ sich des Königs Liebste in ihrer Sänfte in der Stadt umhertragen, um neuen Schmuck und sonstiges Liebesgewaffen einzukaufen. Und der Anblick ihrer Schönheit ließ jeden Vorübergehenden vermeinen, er sehe den Himmel offen. Da gewahrte sie unweit des Kreuzes von Trahoir ihren Ehegatten, und ihr zierliches Füßlein, das eben zur Erde niedergleiten wollte, schnellte zurück, als sei es auf eine Natter getreten. Denn sie war eine gute Frau und ich kenne welche, die voll schmählich-kränkender Mißachtung ihren Mann völlig geschnitten hätten. Dem beklagenswerten Advokaten barst schier das Herz beim Anblick dieses holden Füßleins und seines vielgeliebten Eheweibes. Heiße Zähren troffen ihm aus den Augen, und er ward so verwirrt, daß er fast einen biederen Greis über den Haufen gerannt hätte, der sich an den Reizen der Königsbuhle die alten Augen labte. Diese Begegnung ließ des Advokaten Liebesraserei wieder neu aufleben und er schwor sich Leben, Gut und Ehre daranzugeben, um sie zum wenigsten einmal zu umfangen.

Es gibt bisweilen ganz eigenartige Zufälle, wie man sie selbst gar nicht ausdenken könnte. Einen solchen erlebte der Advokat: denn just am Morgen nach dieser Begegnung besuchte ihn ein Klient, ein überaus angesehener Hofmann und bat, ihm unverzüglich zwölftausend Gülden zu leihen. Der gerissene Anwalt entgegnete, eine solche Summe ließe sich nicht aus dem Ärmel schütteln, und abgesehen von den notwendigen Sicherheiten und Bürgschaften gelte es zunächst, einen Menschen zu finden, der soviel Geld herzugeben bereit sei. Solchermaßen wand er sich listig und erkundigte sich dann: »Ihr seid wohl einem Halsabschneider in die Fänge geraten?«

»So annähernd!« meinte jener. »Es handelt sich um des Königs Liebste, also bitte strengste Diskretion! Ich will ihr heut abend gegen zwanzigtausend Gülden und mein Gut zu Brie das Maß nehmen.« Darob erblich der Advokat und der Höfling merkte, daß er sich verhauen haben müsse. Maßen er aber erst eben vom Kriege zurückgekommen war, wußte er natürlich nicht, was vorlag. »Weshalb erblaßt Ihr?« fragte er.

»Ich fiebere etwas,« erwiderte der Kravattenmacher. »Also für diese ist das Geld bestimmt?! Aber wer schließt den Handel ab? Auch sie selbst?«

»O nein, die geschäftliche Abwickelung überläßt sie einer Zofe, die mit allen Hunden gehetzt ist und der sicherlich mancher derartige Gülden an den Fingern kleben bleibt.«

»Aha! Ich kenne nämlich einen Geldgeber, aber auch von dem würdet Ihr keinen roten Heller besehen, dafern nicht die Zofe hier bei mir den Handel abschließt, der so zauberhafte Wirkungen hat.«

»Hei, das wäre ein Spaß, wenn Ihr Euch eine Quittung von ihr geben ließet!« lachte der Edelmann. Und richtig kam die Zofe pünktlich zu dem Advokaten. Die Güldenrollen standen sorglich in einer Reihe wie Nonnen beim Vespergang auf dem Tische, und der blinke Glanz der edlen Herrn machte einem das Herz im Leibe lachen. Und auch dem Zöflein lief offensichtlich das Wasser im Munde zusammen.

Angesichts ihrer lüsternen Blicke flötete ihr der Advokat die güldenen Worte ins Ohr: »Dies alles soll Euer sein, ohne Euch sonderlich zu beschweren ...« und dann auf Umwegen: »Jener Herr sagte Euch wohl nicht meinen Namen? So wißt, ich bin der Ehemann Eurer Herrin, die mir der König weggefangen hat. Bringet ihr also dies Geld und seht: hier ist die gleiche Summe für Euch – dafür könnte ich Güter, Männer, Frauen und das Gewissen dreier Pfaffen erkaufen, und so gehe ich wohl nicht fehl in der Annahme, Euch dafür mit Leib und Seele und allem was drum und dran ist, zu kaufen. Als einzige Gegenleistung wünsche ich, daß Ihr dem Edelmann vorerzählt, daß er seine Absichten verschieben müsse, weil der König heute seinen Abend dort verbringen will. Und daß Ihr es sodann einrichtet, daß ich an die Stelle des edlen Knaben und des Königs trete.«

»Aber wie soll ich das machen?« fragte sie.

»Oh, dafür müßt Ihr schon selbst sorgen, sintemalen Eure Schlauheit nun in meinen Diensten steht. Seht Euch nur die Gülden recht gut an, dann wird Euch schon das Nötige einfallen. Und bedenket, daß Ihr ein gar gottgefälliges Werk tut, wenn Ihr ein Pärchen zusammenbringt, das bereits von Priesterhand getraut wurde.«

»I du meine Güte, natürlich!« meinte sie. »Kommt nur: nach dem Essen werden die Lichter gelöscht und dafern Ihr sein den Mund haltet, könnt Ihr Euch an meiner Herrin nach Herzenslust ergegen. Zum Glück pflegt sie in solchem Schäferstündlein mehr zu quietschen als zu schwatzen, zumal sie gar schamhaft ist und so kitzliche Redensarten nicht mag, wie sie bei den Hofdamen im Schwange sind.«

Dann besprachen sie alle Einzelheiten und die Zofe machte sich wie ein Packesel beladen davon. Der Advokat aber stürzt sich in die feierlichen Vorbereiten, als da ist balbieren, salben, parfümieren und was ansonsten einen Aktenwurm zum Stutzer machen könnte; er zieht sich schmucke Wäsche an, verkneift sich beim Essen die Zwiebel, um bei reinlichem Atem zu bleiben, übt sich im Schwänzeln und Schöntun und arztet sogar an seiner Fratze herum. Aber die blieb irreparabel und die Duftwässer hatten nur die Folge, daß er noch ärger stank als sonst. Kurz, er war derselbe widerwärtige alte Rechtsverdreher geblieben, als er sich endlich, trotz der grimmigen Kälte nur schmuckhaft-leicht gekleidet, nach der Schwalbengasse aufmachte. Alldorten mußte er eine gute Weile warten.

Aber als er just vermeinte, daß man ihn zum Narren hielte, öffnete ihm das Zöflein die Tür, nun es genügend dunkel war, und so schob er sich überglücklich in des Königs Haus hinein. Das listige Ding brachte ihn in eine Kammer, daran das Bett seiner Eheliebsten stieß und durch eine Spalte konnte er deren Reize bewundern, maßen sie sich just entkleidete und für den bevorstehenden Liebeskampf mit einem gar durchsichtigen Linnenhemde wappnete. Und da sie sich mit ihrer Zofe allein glaubte, ließ sie ihre Zunge lustig spazieren: »Findest du nicht, daß ich heut Abend wohl die zwanzigtausend Gülden mit samt dem Gute wert bin?«

Dabei umfaßte sie ihre holden Vorgebirge, die so fest waren wie Bastionen, so manchem Ansturme gewachsen sind. Und wirklich hatten ihnen die grimmen Liebeskämpfe bisher nichts anzuhaben vermocht. »Meine Schultern allein sind ein Königreich wert,« prahlte sie weiter, »und der König selbst vermöchte sie mir nicht zu ersetzen. Aber, weiß Gott, mein Amt wird mir langweilig, immer dieselbe Quälerei, nicht die geringste Abwechslung!« Und als die Zofe lächelte, da meinte die Schöne: »Ich möchte dich einmal an meiner Stelle sehen.«

Nun lachte die Kleine hellauf und sagte: »Nicht so laut, Fräulein, er ist da!« – »Wer?« – »Euer Gemahl.« – »Welcher?« – »Der richtige.« – »Sst,« machte die Schöne und ließ sich schnell die ganze Geschichte erzählen. Dann sagte sie: »Schön, er soll etwas für sein Geld haben. Erst mag er noch gehörig frieren und dann wirst du mich würdig vertreten und solchermaßen deine zwölftausend Gülden ehrlich verdienen. Sag' ihm nur, daß er sich frühzeitig davon machen muß, damit ich nichts von dem Betruge merke. Und bevor es dämmert, werde ich mich statt deiner neben ihn legen.«

Indessen fror der Ärmste, daß ihm die Zähne klapperten. Einmal kam die Zofe in die Kammer, angeblich um ein Stück Wäsche zu holen und sagte dabei: »Wärmt Euch noch eine Weile an der Glut Eurer Wünsche. Die Gnädige trifft heute große Vorbereitungen und Ihr werdet auf Eure Kosten kommen. Aber redet um Gottes Willen nicht mit ihr, sonst bin ich verloren.« – Endlich, als er schon schier zum Eisklumpen erstarrt war, ging das Licht aus; die Zofe kündigte leise an, daß der Herr da sei und schlüpfte dann flugs ins Bett, derweile die Schöne hinausging, als ob sie die Zofe sei.

Der Advokat kam darob aus der kalten Kammer, kroch erleichtert unter die Bettdecke und murmelte für sich: »Ha, das tut wohl!« Und alsbald schuf ihm das Zöflein Seligkeiten, die wohl ihre hunderttausend Gülden wert gewesen wären und der Wackere begriff so recht den Unterschied zwischen königlichen Leckerbissen und einer schlicht-bürgerlichen Mahlzeit. Das Kammerkätzlein quietschte und wand sich, sprang und zappelte wie ein Karpfen auf dem Sande und erübrigte durch gefühlvolles Ächzen jedes Plauderwort, kurz, sie spielte ihre Rolle vollendet, nicht ohne vor Vergnügen schier zu bersten. Und sie ging wider alle Angriffe so unermüdlich vor, daß der Advokat schließlich wie ein leerer Sack zusammenklappte und einschlief. Doch hatte er zuvor als Angedenken an diese Wonnenacht seiner Partnerin im Kampfgetümmel ein Büschel Haare ausgerissen (wo, weiß ich nicht, da ich ja nicht dabei war) und diese köstliche Siegesbeute behielt er krampfhaft in der Faust.

Als dann der Morgen dämmerte, glitt die richtige Gattin in das Bett und stellte sich schlafend, worauf das Zöflein ihm auf die Stirn tippte und zuflüsterte: »Es ist Zeit. Rasch in die Hosen und weg! Es wird Tag.«

Der Wackere ward tief betrübt, seinen Schatz schon lassen zu müssen und wollte die Spenderin seines Glückes nochmals anschauen. Dabei blickte er auch prüfend auf seine Beute und murmelte: »Oho! hier blond und dort schwarz?!« Aber die Zofe eiferte:

»Was habt Ihr da angestellt! Wenn nun die Gnädige den Verlust merkt?!« Und dann auf seinen Hinweis mit viel Verachtung: »Wißt Ihr denn bei all Eurer Gelehrsamkeit nicht, daß alles, was man entwurzelt, abstirbt und verblaßt?«

Und damit warf sie ihn hinaus und sie wie ihre Herrin barsten schier vor Lachen über den Spaß. Aber der sprach sich herum und der arme Eisener (so hieß der Alte) starb vor Kummer darüber, daß er am Ende der einzige war, der seine Frau nie besessen hatte. Sie aber, die hinfort nur die schöne Eisenerin hieß, heiratete, nachdem ihr der König den Abschied gegeben hatte, einen jungen Grafen von Buzançois, und noch auf ihre alten Tage lachte sie Tränen, wenn sie diesen Spaß erzählte. Und die Moral davon? Hängt euch nie an Frauen, die nichts von euch wissen wollen!

Des Teufels Erbe.

Lebte da zu Paris ein guter alter Domherr Unserer Lieben Fraue in seinem behaglichen Hause unweit des Petersmarktes. Der war einstmalen als junger Landpfaff, arm wie eine Ratte, hierher gekommen; aber da er ein hübscher Kerl und in jeder Beziehung so wohl gerüstet war, daß er das Amt mehrerer Männer ausfüllen konnte ohne sich Schaden zu tun, so widmete er sich sonderlich den Damen als Beichtiger. Und sein Wirken war so wohltätig, seine Diskretion nebst andern kirchlichen Tugenden so groß, daß er gar zu Hofe gezogen wurde. Um aber auch künftig jegliche Eifersucht der Manneswelt von ihm fern zu halten und seinem Wirken noch mehr Heiligkeit zu verleihen, beschenkte ihn die Marschallin Desquerdes mit einem Knochen des heiligen Viktor, und fortan wurde jede Wundertat des Domherrn diesem Knochen zugeschrieben und neugierigen Fragern geantwortet: »Er hat einen Knochen, der alles heilt!« Seine Sutane beschirmte ihn, wie den Krieger sein Gewaffen, und so lebte er herrlich und in Freuden wie ein König, prägte mit dem Weihwedel Gülden und wandelte Weihwasser in köstlichen Wein. Schließlich wäre er gar zum Erzbischofe gemacht worden, aber er schlug alle gebotenen Ehren aus, um weiter als Seelenhirte seine Beichtkinder zu melken. Es kam aber doch der Tag, wo er seine Kräfte erschlaffen fühlte, sintemalen er bei unermüdlichem Beichtdienste achtundsechzig Jahre alt geworden war und mit stolzer Befriedigung auf das Geleistete zurückblicken konnte: besaß er doch an die hunderttausend Gülden, die er im Schweiße seines Angesichts erworben hatte. Drum beschloß er, seine apostolische Tätigkeit einzustellen und nahm nur mehr höchstgestellten Damen die Beichte ab, derweile sich die jüngeren Pfaffen vergeblich mühten, die Lücke auszufüllen. So ward der Domherr mählig ein schöner Neunziger mit schneeweißem Haar und zitternden Händen, aber noch immer imposant; nur – hatte er einst gespuckt ohne zu husten, so hustete er nunmehr ohne zu spucken, und entgegen seiner früheren Regsamkeit im Dienste der Menschheit war er jetzt in seinen Lehnstuhl gebannt. Nun gabs aber Lästermäuler, die seine Zurückgezogenheit, seine fast sprichwörtliche Gesundheit und ungebrochene Jugendlichkeit zusammen mit den Gerüchten von seinem früheren lockeren Lebenswandel zum Schaden der Kirche ausbeuten wollten und herumerzählten: der richtige Domherr sei längst tot und in seiner sündigen Leibeshülle hause nunmehro der Teufel. Aber da selbiger Teufel doch offenbar selbst für eine zwanzigjährige Königin sich nicht mehr geregt hätte, so fragten erleuchtetere Gemüter zurück, wozu sich jener denn noch weiter in seiner Domherrnrolle dem Weihrauchdufte, dem Weihwassergetröpfel und sonstigen peinlichen Dingen aussetze. Und so kamen manche darauf, daß der Teufel solchermaßen mit den drei Neffen und Erben des würdigen Greises seinen Spott triebe und sie wohl bis zu deren seligem Ende narren würde.

Von all diesem Klatsch war natürlich nur soviel richtig, daß besagter Domherr keineswegs ans Sterben dachte und drei Neffen besaß, mit denen er sich abfand wie mit anderen Schattenseiten des irdischen Daseins. Der eine jener drei Burschen war Soldat und wohl das übelste Elaborat allen menschlichen Eheglücks. Schon als er diese Erde betreten sollte, hätte er schier den bergenden Mutterschoß zersprengt. Pelzig wie ein Tier und zähnefletschend erblickte er das Licht der Welt. Unmäßig war er in allem und hatte seines Oheims Kraft und Ausdauer geerbt, die er an einen Haufen Dirnen verschwendete, ohne ihnen aber je einen Pfifferling zu bezahlen. Im Kampfe war er ein rücksichtsloser Draufgänger, und diese seine einzige Tugend verschaffte ihm den Posten eines Hauptmannes und die Schätzung des Herzogs von Burgund, der sich den Teufel um sein außerdienstliches Lasterleben kümmerte. Der Teufelsneffe hieß Saukopf und seine Gläubiger nannten ihn ob seiner Heimtücke und Kraft: Schweinsaffe. Im übrigen hatte er einen Buckel, aber man hätte niemand raten mögen, ihm den hinaufzusteigen, maßen solch Vergnügen etwas teuer geworden wäre.

Der zweite hatte Landrecht studiert und verdankte seinem Oheim eine gute Klientel unter dessen Beichtkindern. Ihn nannte man daher spöttisch Säueschinder, und er war gar gebrechlich und blaß, fror immer und schaute aus wie ein Luchs. Immerhin war er fünf Pfennige mehr wert als sein Bruder und hatte auch mal ein Quentlein Anhänglichkeit zu seinem Oheim besessen, die aber seit zwei Jahren mählig versiegt war, so daß er nur mehr bei gutem Wetter hie und da den Alten aufsuchte – um nachzusehen, ob der fette Braten noch nicht bald gar sei. Dabei fand er gleich seinem Bruder, dem Soldaten, das zu erwartende Erbteil noch recht karg, da nach Recht und Sitte ein Dritteil an einen armen Vetter ging, der als Schäfer unweit von Nanterre lebte. Selbigem Bauernlümmel nun rieten sie nach Paris zu kommen, allwo sie ihn bei dem Oheime einquartierten in der stillen Hoffnung, er würde es durch Eselhaftigkeiten, Tölpelei und plumpe Unmanieren mit dem Domherrn verschütten und aus dem Testamente hinauskomplimentiert werden.

So kam's, daß der arme Strunk (so hieß der Schäfer) seit einem Monat mit seinem alten Onkel einsam hauste und solchen Wachtdienst gar unterhaltsamer fand, als das Schafehüten. Er ward des Alten Stecken und Stab, sagte ›Wohlbekomm's‹, wenn jener rülpste, und ›Gesegne's Gott‹, wenn er nieste; grüßte ein Fürzlein mit einem fröhlichen ›Zum Wohlsein‹ und sah bei Regenwetter nach der Katze; lauschte andächtig-stumm seinen Worten, ließ sich geduldig anhusten und bewunderte ihn von Herzen in aller Unbefangenheit als das Musterbild eines Domherrn. Dafür sekierte ihn sein Oheim auch nach Noten und erklärte gar den andern Neffen: »Der Strunk ärgert mich noch zu Tode!«, worob dieser sich dann dreimal mehr abrackerte. Aber mit Hinterbacken wie Riesenkürbisse und klobigen Gliedern vermochte er es einem Zephir nicht nachzutun und blieb ein ungeschlachter Bauernklotz mit der Hoffnung, einst als glücklicher Erbe dekorativer zu werden.

Eines Abends plauschte der Alte mit ihm über den Teufel und die Folterqualen der Verdammten. Der gute Strunk riß die Augen auf wie Ofentüren, mochte aber doch nicht recht daran glauben. So meinte der Domherr: »Ich dachte du seiest ein Christ!«

»Das freilich; aber mich bedünkt, der Teufel ist doch zu nichts nütze. Denn just so wie Ihr, verehrter Herr Oheim, einen, der Euch alles verschandelte, einfach vor die Türe setzen würdet, so wäre der liebe Gott doch ein Narr, wenn er in dieser prächtigen Welt einen Teufel beließe, der ihm seine herrliche Schöpfung verdirbt. Nein, so lange es einen Herrgott gibt, gibts keinen Teufel. Und glaubt mir, wenn ich den mal zu sehen bekäme, dann würden mir seine Krallen nicht bange machen.«

»Ach, hätte ich deinen Glauben, dann würde mir meine entschwundene Jugend keine Sorgen machen, jene Zeit, da ich wohl meine zehen Mal die Beichte abnahm! Aber ich fürchte, dein Glaube wird dir schlimme Folgen eintragen.«

»Nein, nein! Gott wird mich vor dem Teufel beschirmen, da er weit klüger ist, als die klugen Leutchen meinen, und so was garnicht duldet.«

Just in diesem Augenblick traten die zwei andern Neffen ein und entnahmen dem wohlwollenden Tone des Alten, daß er den Strunk keineswegs haßte und wohl gar nur unter seinem Gejammere seine Zuneigung verbarg. Und da sie ihn wohlaufgelegt fanden, so fragten sie: »So Ihr jetzo Euer Testament machtet, wem würdet Ihr das Haus bestimmen?«

»Strunk.«

»Und die Zinshäuser?« – »Strunk.« – »Und Euer Lehen?« – »Strunk.«

»Aber dann wird Strunk ja alles kriegen!« polterte der Hauptmann daher.

»O nein,« lächelte der Alte, »denn ich habe ausdrücklich bestimmt, daß der Pfiffigste von euch dreien mein Erbe wird. Ich bin meinem Ende so nahe, daß ich euer Geschick sehr klar voraussehe.« Dabei warf der schlaue Pfaff unserem Strunk einen verständnisinnigen Blick zu, unzweideutig wie das Äugen einer Metze beim Jünglingsfang. Und dieser Blick schärfte dem Schäfer plötzlich Auge und Ohr, wie es die Hochzeitsnacht bei einem Jüngferlein tut.

Indessen ließen sich die beiden andern jene Worte gesagt sein, nahmen ehrfürchtiglich Abschied und wandelten selbander sorgenvoll heimwärts. »Was dünket dich um Strunk?« fragte Säueschinder den Schweinsaffen.

»Mich dünkt, mich dünkt,« knurrte der, »daß ich ihm in der Jerusalemerstraße auflauern und den Kopf vor die Füße legen werde. Mag er ihn wieder auflesen, wenn er Lust hat.«

»Oh nein,« rief der andere, »deine Hiebe kennt man und wird gleich sagen: das war der Saukopf. Ich denke vielmehr, ihn zu Gaste zu birten und ein Sacklaufen zu veranstalten, wie's bei Hof im Schwange ist. Seinen knüpfen wir fein zu, werfen ihn in die Seine und dann mag er seine Schwimmkünste zeigen.«

»Das will reiflich bedacht sein,« sprach der Hauptmann. »Ist schon! Und derart wird die Erbschaft unser.«

»Hols der Teufel, wie viel Worte um solchen Bauernlümmel! Wer ihn zuerst abtut, kriegt eben zwanzigtausend Franken extra. Und ich werde ihm mit Genuß zurufen: ›Heb deinen Kopf auf!‹«

»Und ich: ›Schwimme, Freundchen!‹« rief der Advokat und lachte wie ein Riß im Wams. Und dann trennten sie sich, der Hauptmann ging zu seiner Dirne, der Advokat zu eines Goldschmieds Weib, das seine Buhle war. Wem flimmerten die Augen? Strunken, der sein Todesurteil vom Vorplatz her vernommen hatte, obgleich die beiden so leise sprachen wie in der Kirche. »Höret Ihr, Herr Kanonikus?«
»Ja, ich höre das Holz im Ofen prasseln.«
»Hoho,« meinte Strunk, »glaub' ich auch nicht an den Teufel, so glaub ich doch an meinen Schutzpatron Sankt-Michael und folge seinem Rufe.«
»Geh' nur, mein Sohn!« sprach der Domherr, »und hüte dich vor Wasser und Nackenschlägen, denn mich dünkt, es plätschert und Straßenräuber sind nicht immer die übelsten Kumpane.«
Ob dieser Worte blickte Strunk gar verwundert auf den Alten, der wie immer fröhlich dreinschaute. Doch da es sein Leben galt, eilte er unverweilt zur Stadt wie ein Weibsbild zum Tanze. Seine Vettern hatten immer geglaubt, er habe ein Brett vor dem Kopf, und daher ruhig ihre Streiche vor ihm besprochen. So hatte der Säueschinder eines Abends dem Domherrn zur Erheiterung von seiner Liebschaft mit der Goldschmiedfrau erzählt, die er als ein gar verteufeltes Frauenzimmer schilderte. Da sie sich mit gleichem Schwunge ihrem Haushalte widmete, wie dem Minnespiel, so war sie allenthalben ehrengeachtet und genoß bei ihrem Manne grenzenloses Vertrauen.
»Und wann ist Kosestündlein?« fragte der Domherr.[80]
»Alle Abend. Und oft schlafe ich bei ihr. Denn in einer Kammer steht eine Truhe, darin ich mich verberge. Der Mann geht täglich zu seinem Gevatter, dem Tuchmacher, wo er oft der Frau das Maß nimmt. Kommt er von dort heim, so läßt sie ihn zubettgehen und schlüpft darauf zu mir. Sitzt dann morgens der Goldschmied wieder in der Werkstatt, so verdufte ich; und da das Haus zwei Ausgänge hat, laufe ich ihm auch nie in die Arme.«
Des alles gedachte nun der Schäfer, dem die Gefahr die Sinne schärfte. Flugs eilte er zum Hause des Tuchmachers, wo der Goldschmied eben zu Abend aß, ließ ihn geheimnisvoll hinausrufen und fragte ihn gerade heraus: »Wenn Euch ein Nachbar hörnte, und man lieferte ihn Euch wohlgefesselt, würdet Ihr ihn da wohl ins Wasser werfen?«

»Darauf könnt Ihr Gift nehmen,« sprach jener. »Aber narrt Ihr mich, so gehts Euch schlecht.«

»Nein doch, ich will Euch nur freundschaftlich bedeuten: so oft Ihr mit der Tuchmacherin kost, ergetzt sich Euer Weib mit dem Säueschinder. Geht heim, so werdet Ihr Euern Hauskobold schon finden, dafern er nicht in die große Truhe gekrochen ist. Dann stellt Euch so, als hättet Ihr mir selbige verkauft und laßt sie zur Brücke schaffen, wo ich bereit stehe.«

Stracks nimmt der Goldschmied Hut und Mantel und rennt ohne Abschied heim wie eine vergiftete Ratte; klopft, tritt ein, findet zwei Gedecke, hört die Truhe zuklappen und fragt sein Weib, das aus der Liebeskammer kommt: »Liebste, da sind ja zwei Gedecke.«

»Ei freilich, Schatz, wir sind doch unsrer zwei.«

»Nein, mit dem Gevatter in der Truhe drei!«

»Welcher Truhe?« fragte sie. »Was ist dir? Wo siehst du hier eine Truhe? Seit wann stecken Gevattern in einer Truhe? Seid Ihr bei Troste mit Euern Gevattern und Truhen? Ich kenne nur einen Gevatter, den Tuchmacher, und nur die Truhe mit meinen Kleidern!«

»Denke dir, Frauchen, da hat mir eben so ein Kerl gesteckt, du ließest dir von unserm Advokaten schöntun, und der stecke in deiner Truhe.«

»Ich?« rief sie. »Nein, was die Leute zusammenlügen!« »Ganz recht, Liebchen, ich weiß, du bist eine brave Frau, und ich mag mich nicht mit dir um diese dumme Truhe verzanken. Darum will ich sie auch dem Kerl verkaufen, der mir den Bären aufband. Er bat mich schon darum. Dafür kaufe ich dir zwei kleine, darin kaum ein Kindlein Platz hätte, und der Klatsch ist zu Ende!«

»Wie lieb von Euch – was liegt mir auch an dem Ding. Und nun kommt essen!«

»Nicht doch, die Truhe verdirbt mir den Appetit.« »Hallo!« rief er seinen Gesellen zu, »kommt herunter.« Die waren gleich zur Hand und auf des Meisters Geheiß ward das Liebesmöbel hinausexpediert. Dabei kam der Advokat auf den Kopf zu stehen und aus Mangel an Übung verlor er die Balance.

»Das sind die Pfosten, die krachen,« sagte die Frau.

»Nein, die Knochen, Liebste.« Und die Truhe rutschte hophop die Stiege hinab. »Heda, Fuhrmann!« rief der Goldschmied; und Strunk kam flugs mit dem Eselskarren, darauf die Gesellen die Truhe luden.

»Heh, heh!« machte der Advokat.

»Meister, die Truhe spricht,« sagte ein Lehrling.

»Welche Sprache?« fragte der und gab ihm einen Tritt wider die Hinterbacken, die zum Glück nicht aus Glas waren, darob der Lehrling umkegelte und seine Sprachstudien abbrach. Der Schäfer aber und der Goldschmied geleiteten die Truhe zur Seine, belasteten sie sorglich mit Steinen und warfen sie, ohnbekümmert um die Reden, die das Holz zum besten gab, in den Fluß.

»Schwimm', Freundchen!« rief Strunk mit viel Behagen, als sie hurtig wie eine Ente in die Fluten tauchte. Und dann eilte er zur Andreasstraße, allwo er ein Haus suchte und dort stürmisch pochte: »Aufmachen! Im Namen des Königs!«

Schon kam ein alter Knacker, der berüchtigte Wucherer Versoris, zur Tür und bangte: »Was gibt's?«

»Der Profoß schickt mich, Euch zu sagen: Ihr sollt heut Nacht gut aufpassen, und er wird auch Leute bereitstellen, denn der Bucklige, der Euch schon einmal bestohlen hat, macht die Gegend wieder unsicher. Schaut zu, daß er nicht noch den Rest holt.«

Damit rannte er weiter zur Fratzengasse, wo der Hauptmann Saukopf mit Gänseblümchen, der schönsten, verbuhltesten und unverschämtesten aller Huren ein Gelage hielt. Strunk war voll Bangen, das Haus nicht zu finden oder die beiden im Bette anzutreffen. Aber sein Schutzengel half ihm wohl. Denn just, als er die Gasse betrat, hub in einem schönen Hause ein groß Geschrei an: »Mörder! Zu Hilfe!« und er hörte den Schweinsaffen blöken: »Totschlag ich das Saumensch! Schrei nur, du Metze! Ach, Geld willst du? Paß mal auf!« Und Gänseblümchen wimmerte: »Au, au! Ich sterbe! Zu Hilfe!« Dann tats einen Schlag, man hörte die Dirne schwer zu Boden fallen und dann wurde alles totstill: die Lichter erloschen und die Dienerschaft lief herzu, mit allen auch Strunk, der also just zurecht gekommen war. Aber als sie Flaschenscherben, zerfetzte Decken, Teller, Tische, Stühle, alles in wüstem Haufen auf dem Boden erblickten, blieben sie versteinert stehen. Nur Strunk drang mutig, seinem Ziel getreu, ins Schlafzimmer, allwo Gänseblümchen in Fetzen, mit aufgelöstem Haare und anscheinend verreckt auf dem blutüberströmten Teppich lag und Schweinsaffe etwas kleinlaut herumstand und nicht recht wußte, was weiter werden sollte: »Hop, mein kleines Gänseblümchen, stell dich doch nicht tot! Komm, ich will ja wieder gut sein. Hier, einen Kuß, weil du so hübsch bist!«

Und er packte sie schlau und trug sie aufs Bett. Als sie aber darauf schwer wie ein Gehenkter niederfiel, ward dem Kumpan mulmig zumute und ihm schien gut zu verduften. Doch vor dem Weggehen sagte er voll Arglist: »Ach, das arme Gänseblümchen! Wie konnte ich nur meinen Herzensschatz ermorden! Ach, sicher hab' ich sie getötet, denn nie, so lange sie lebte, hing ihre hübsche Brust so schlaff wie jetzt. Weiß Gott, wie ein leerer Sack!«

Da öffnete Gänseblümchen ihre Augen, blickte schnell auf ihren blinken, festen Busen, und dann gab sie ein deutliches Lebenszeichen in Gestalt einer schallenden Ohrfeige, die sie dem Hauptmann versetzte. »Ich will dich lehren, Tote zu verläumden!« rief sie lachend.

Flugs fragte Strunk:

»Weshalb schlug er Euch denn so, schöne Base?«

»Weil mir der Büttel morgen alles wegholt und er, der so wenig Geld wie Tugend hat, nicht leiden will, daß ich mir die Gunst eines reichen Gönners erkaufe.« »Ach, wenn's weiter nichts ist!« rief Strunk, den Schweinsaffe nun erst erkannte, »da sorgt Euch nicht, mein Lieber, ich bringe Euch einen Haufen Geld.«

»Wo hast du's?« verwunderte sich der Hauptmann.

»Kommt, ich will's Euch ins Ohr sagen: Wenn nächtlings einige dreißigtausend Gülden im Schatten eines Birnbaumes umherspazierten, würdet Ihr Euch nicht ihrer Schutzlosigkeit erbarmen?«

»Strunk, wie einen Hund bring' ich dich um, wenn du mich narrst. Aber einen Kuß kriegst du, wenn du mir die Gülden weist, und koste es auch drei Krämern das Leben!«

»Nicht 'mal eine Nachtmütze braucht Ihr zu töten. Die Sache liegt so: ich bin in allen Ehren der Magd eines Wucherers zugetan und so erfuhr ich, daß selbiger heut früh über Land gereist ist, nachdem er zuvor jenen Schatz unter einem Birnbaum vergrub. Er meinte, nur die Englein schauten ihm dabei zu; aber das Mädel war zufällig wach und sah ihm vom Fenster aus. So Ihr nun schwört, ehrlich mit mir zu teilen, dann leihe ich Euch meine Schultern, damit Ihr über die Mauer zu dem Birnbaum klettern könnt. Also wie ist's, bin ich wirklich ein schwerfälliges Viech?«

»Nein, nein! Du bist ein Prachtkerl und wenn du 'mal jemanden um die Ecke zu bringen hast, so komm' nur zu mir, ich tu's und wäre es ein Freund von mir.

Ich bin fortan nicht mehr dein Vetter, sondern dein Bruder.« »Heh, Schatz!« rief er dem Gänseblümchen zu, »Auf! Putz' dich und lache, so will ich's. Und stracks vom besten Wein herbei, hier mein Better muß gefeiert werden, denn morgen sind Kisten und Kasten wieder gefüllt. Und jetzt 'ran an den Speck!«

Da war mit einem Schlage das Jammern aus und die Tränen wandelten sich in Lachen. Der Hauptmann Saukopf aber tobte vor Vergnügen und traktierte seinen Vetter, bis der sich trunken stellte und allerlei Zeug schwatzte: da führte ihn der Hauptmann schnell hinweg, aus Angst, er könnte aus der Schule plaudern, im Grunde aber wohl zufrieden. Denn er gedachte, ihm vor der Beuteteilung den Bauch zu schlitzen, um nachzuschaun, ob er keinen Schwamm darin habe. So kamen sie zu der Gartenmauer, dahinter des Wucherers Gülden barmten. Saukopf nahm Strunkens breiten Rücken als Sprungbrett und wollte sich auf den Birnbaum schwingen; aber Versoris saß auf der Lauer und eins, zwei, drei hatte er ihm den Kopf abgesäbelt, derweile der Schäfer gar vernehmlich rief: »Heb' ihn nur auf, Freundchen!« Dann aber bedünkte es Strunken, dessen Tugend so ihren Lohn fand, es sei klug, zu des Domherrn Haus zurückzukehren, maßen nunmehro durch Gottes Gnade die Erbfolge sachgemäß vereinfacht war. So lief er heim, was Zeug hielt, und schlief alsbald den Schlaf des Gerechten. Als er nun am nächsten Morgen nach Schäferart mit Sonnenaufgang sich erhob und nach seinem Oheim schauen wollte, sagte ihm die Schaffnerin, der Herr Kanonikus sei heute zur Frühmette gegangen, um sodann mit dem ganzen Kapitel beim Erzbischofe zu frühstücken. Worob Strunk meinte: »Ist er denn nicht bei Troste? Will er sich bei der Kälte das Reißen oder kalte Füße holen? Da werd' ich schnell ein Feuerchen machen, das ihn wärmt, wenn er heimkommt.«

Und flugs ging er in die Stube, darin sich der Domherr immer aufzuhalten pflegte; dort aber sah er ihn im Sessel und ward starr: »Was hat mir nur die Närrin gesagt?! Ich dacht's mir schon, daß Ihr so früh nicht zur Messe geht.«

Der Domherr schwieg und der Schäfer achtete sein Schweigen, setzte sich ehrfürchtiglich abseits und harrte des Momentes, da jener mit seinen Gedanken wieder da wäre. Dabei ward er inne, daß des Alten Fußnägel mählig durch die Schuhe hindurch wuchsen, und daß seines lieben Oheims Füße bei näherer Betrachtung feurig-rot erschienen und durch die Strümpfe durchschimmerten. Und bangend dachte er: »Wäre er gar tot?« Aber just in diesem Augenblick tat sich die Tür auf und herein trat der Domherr mit blaugefrorener Nase. »Gott behüte!« rief der Strunk. »Was ist Euch, teurer Oheim, daß Ihr zu gleicher Zeit in der Tür steht und am Kamin sitzt?! Seit wann habt Ihr Euch verdoppelt?« »Ach, mein Lieber, die Zeiten sind vorbei, wo ich gern an zwei Stellen zugleich hätte sein mögen. Leider ist uns Menschen dies Glück nicht beschieden und du scheinst mir nicht bei Troste, denn ich bin doch hier!«

So blickte Strunk schnell wieder nach dem Sessel: aber der war leer und als jener verdutzt herzutrat, fand er auf der Diele ein Häuflein Asche, das nach Schwefel roch. Da rieb er sich verwundert die Augen und sagte: »Somit hat sich der Teufel zu mir gar ehrenhaft gezeigt und ich werde für ihn beten!« Und dann erzählte er dem Domherrn offenherzig, wie der Teufel ihm beigestanden und von seinen Vettern befreit hatte; und der Alte, der ja schon gar manches erlebt hatte, ward staunend inne, daß auch das Schlimmste bisweilen seine guten Früchte tragen könne. Worob er dem Schäfer riet, fürder alles Fragen über das Jenseits zu lassen, zumal das arge Ketzerei sei.

Derart also kamen die Strünke zu ihrem Reichtum, der ihnen erlaubte, jene Michaelsbrücke zu erbauen, darauf der Teufel zu Füßen des Erzengels gar trefflich ausschaut, – zum Gedächtnis an das hier erzählte wahrhaftige Erlebnis.

Die Späße König Ludwigs des Elften.

König Ludwig der Elfte war ein lustiger Kumpan und liebte saftige Späße. Hatte er seinen Pflichten als König und frommer Christ obgelegen, dann widmete er sich ausgiebigst den Freuden der Tafel und der Jagd nach Schürzen und weiblichem Edelwild, und die Chronisten, die ihn als Duckmäuser schilderten, bewiesen damit nur, daß sie ihn nicht kannten. Andere wieder suchten ihn zum Hurenjäger zu stempeln: das aber ist schon eine grobe Lüge, maßen seine Liebsten, deren eine ihm sogar angetraut wurde, sämtlich guter Abkunft waren und angesehene Familien begründeten.

All dieser Klatsch stammt eben von Leuteschindern und ähnlichem Gesindel, das er nicht um sich dulden wollte, weil er alles streng nach seinem Werte einschätzte und die Königswürde nachdrücklichst in Ehren hielt (was man seinen Nachfolgern nicht gerade nachsagen konnte). Darum hielt er auch seine Freudengelage nicht im Schlosse ab, als er sich in Plessis-lez-Tours einrichtete. Nun begab es sich in der ersten Zeit seines dortigen Aufenthaltes, daß er sich in Nicole Beaupertuys verliebte – um die Wahrheit zu sagen: eine Bürgersfrau, deren Mann er verschwinden ließ, derweile er für sie ein Haus weit außerhalb der Stadt mietete. Besagte Nicole war schwatzhaft wie ein Papagei, wohlgestalt und gut bei Wildpret, mit zwei engelweißen prächtigen Naturpolstern, und in Liebesdingen gar erfindungsreich und wohlerfahren, sodaß der König ihrer nie müde wurde. Munter wie ein Buchfink trällerte und sang sie tagaus tagein und fing nie Grillen, kurz, sie war wie alle Frauen, die in jeder (jeder!) Beziehung wohl versorgt sind.

Oftmals kam der König mit wackeren Zechgenossen zu ihr, doch nur nachts und ohne Gefolge, um kein unnötiges Aufsehen zu erregen. Wider etwaige Überfälle aber ward er durch ein Rudel bissiger Köter geschützt, die Nicole aus dem Zwinger in den Garten ließ, sobald der König zu ihr kam. Während sich selbiger dann hinter wohlgewahrten Türen sorgenlos bei Trank und Spiel ergetzte, wachte Gevatter Tristan über die Nachbarschaft, und wer sich dort unerlaubt herumtrieb, konnte dank ihm im Handumdrehen die Welt mit seinen Füßen segnen. Die Bürger von Tours hielten über des Königs Zerstreungen sein den Mund, und sie wußten, warum! Erst nach seinem Tode sickerte manches Späßlein durch. So soll er das Spielchen ›Leck mich am ...‹ erfunden haben und obgleich es mit meiner Geschichte nicht gerade viel zu tun hat, will ich die Sache doch hier kurz berichten, da sie des Königs Ausgelassenheit und seinen natürlichen Witz kennzeichnet.

Damalen lebten zu Tours drei berüchtigte Geizhälse.

Deren gedachte der König eines Nachts beim Zechgelage und hieß einem Diener, zum ersten durch den Schatzmeister sechstausend Gülden herbeischaffen zu lassen, zum andern jene drei ›im Namen des Königs‹ unverweilt hieher zu holen. Erwartungsvoll diskutierte er sodann einstweilen mit den anderen gewichtige Fragen, wie zum Exempel:

welcher Kuß wohl eine Frau köstlicher anmute, der erste oder der letzte. Worauf die Beaupertuys meinte: gewiß der letzte, maßen sie dann wisse, was sie verlöre, hingegen sie beim ersten noch nicht wisse, was sie zu gewärtigen habe. Während dieser und ähnlicher Reden, die zum Unglück der Vergessenheit anheim gefallen sind, kamen die sechstausend Gülden und wurden nach des Königs Geheiß auf dem Tische aufgeschichtet, allwo sie blinkten wie der Zecher Augen bei ihrem Anblick. Und alsbald kamen auch die Geizhälse, angstbebend mit Ausnahme des einen, Cornelius, der schon des Königs Späße kannte.

»Nun seht Euch 'mal die Gülden an,« begann der König, – »die sollen Euer sein!« Und schon musterten sich die drei wie verkniffene alte Affen und ihre Fratzen wurden herzerquickend lüstern, wie Jüngferlein in der kitzlichen Erwartung ihrer Brautnacht. Der König fuhr fort: »Sie sollen dem gehören, der dreimal zu den andern beiden sagt: ›Leck mich am ...‹ und dabei ernsthaft, ohne mit der Wimper zu zucken, seine Hand auf das Geld legt. Wer auch nur den Schatten eines Lächelns zeigt, muß zehn Gülden an die Hausfrau zahlen; aber jeder darf dreimal anfangen.«

»Das werden wir bald haben,« meinte Cornelius, der als geborener Holländer gar ernst und gravitätisch war; kecklich griff er zu, wog erst einige Goldstücke prüfend und redete dann seine Gefährten höflich an: »Leckt mich am ...,« worob die beiden andern stracks erwiderten: »Wohl bekomm's!« als ob er genießt hätte. Denn sie waren ob seiner Gravität voll Bangen. Und so erhob sich ein weidliches Gelächter, in das auch Cornelius einstimmen mußte.

Der zweite platzte schon heraus, ehe er noch ein Wort sagen konnte, aber der Dritte, ein verkniffenes Galgengesicht, blieb ernsthaft, als er alle, auch den König, anblickte und spöttisch sagte: »Leckt mich am ...«

»Ist er geputzt?« fragte der Zweite. Aber jener erwiderte kühl: »Schaut doch nach, wenn's Euch Spaß macht!«

Da ward dem König um seine Gülden bange und schon ließ der Galgenvogel seine dritte Aufforderung in allem Ernste vernehmen, als die Beaupertuys sich anschickte, der Einladung nachzukommen. Das brachte ihn aus dem Geleis und er barst vor Lachen wie ein Jungfernhäutchen.

»Wie konntest du so ernst bleiben?« fragte ihn Dunois. »Ach, edler Herr, ich dachte an meinen Hausdrachen.« Der Wunsch, dieses runde Sümmchen einzuheimsen, ließ sie noch manchen Versuch wagen und ihre Affenfratzen, Grimassen und gegenseitigen Schikanen ergetzten den König mehr denn eine Stunde. Aber es ging immer wieder schief und am Ende mußten sie gar wehmütigen Herzens noch jeglicher hundert Gülden an die Hausfrau zahlen. Die fragte, als jene weg waren, den König: »Sire, darf ich jetzt 'mal versuchen?«
»Gott behüte!« rief Ludwig. »Ich küßte den Euren auch für weniger Geld!« Woraus sich leichtlich des Königs Sparsamkeit ermessen läßt.
Nun begab es sich, daß der feiste Kardinal La Balue zu besagter Beaupertuys eines Abends weitaus beredter und handgreiflicher wurde, als die Kirchenregeln das gestatten. Aber sie war keineswegs auf den Mund gefallen und erklärte ihm daher kurz: »Herr Kardinal: Was der König liebt, bedarf der letzten Ölung noch nicht!«
Ein andermal mußte sie die plumpen Zärtlichkeiten von Olivier Le Daim nachdrücklichst abwehren. Und da selbiger sie nicht einmal bat, dem König nichts zu sagen, so kam ihr der Gedanke, am Ende stecke dieser selbst dahinter und ließe so ihre Treue erproben. Maßen sie sich nun am König nicht rächen konnte, so gedachte sie wenigstens den Herren die Sache heimzuzahlen und dabei dem König eine ergötzliche Kurzweil zu schaffen. Als daher einmal eine hochgestellte Dame bei ihr zu Gaste war, nahm Nicole sich den König zur Seite und bat ihn, die Tischgenossen nach Möglichkeit zum Zugreifen zu nötigen und während des Essens durch Scherze aufzumuntern, nach dem Essen aber sie unter dem Hund zu behandeln: dann würde er an ihren Verdauungsfreuden schon seinen Spaß haben. Und der König freute sich gleich wie närrisch über die Unterhaltung, die sie ausgedacht hatte und für die er ihr ganz arglos von Herzen dankbar war. Stracks eilte er zu den Gästen und rief: »Frisch auf, meine Herren, zu Tische, zu Tische!«
Und die Gäste: der Kardinal, Olivier, ein schottischer Hauptmann und mehrere andere folgten den beiden Damen zur Tafel, wo man alsbald die Kiefern wetzte. Die Wänste füllten sich zusehends, denn es gab Leckerbissen ohne Ende und der König hatte schier nicht nötig, jegliches dieser schlemmerhaften Gerichte anzupreisen: »Ach, meine Herrn, was für Krebse!

Habt Ihr schon die leckere Wurst versucht? Lockt Euch die Lamprete nicht? Weiß Gott, die Barbe hier ist ein Prachtexemplar! So, nun gehts der Pastete an den Kragen. Dieses Reh hab' ich selbst erlegt und wer nicht zugreift, beleidigt mich persönlich! Trinkt nur, ich sehe nicht hin! Die Früchte hat die Gnädige selbst eingemacht. Hier, selbstgezogene Weintrauben – und die Mispeln, ei wie köstlich!«
Solchermaßen nudelte er sie und scherzte so ausgelassen, daß alle frisch drauflos schnatterten, witzelten, spuckten und prusteten, als wäre der König gar nicht dabei. Und darum wurde auch so viel Gefräß in den Wänsten verstaut, so viel Wein geladen, daß die Wangen in Glut gerieten und die Därme prall gefüllt waren wie Cervelatwürste. Als sie dann vom Tische aufstunden, ächzten sie bereits und huben an, ihre Unmäßigkeit zu verwünschen. Und des Königs plötzliches Schweigen war ihnen zunächst durchaus willkommen; denn so konnten sie sich ruhig der inneren Tätigkeit widmen und dem Poltern ihrer schwer arbeitenden Därme lauschen. Der Kardinal aber, so am meisten geladen hatte, schnaufte wie ein Ackergaul und ihm auch entschlüpfte in der Not der erste Rülpser. Alsbald schaute der König mit gerunzelten Brauen auf den Bauchredner und fuhr auf: »Was soll diese Rüpelei heißen? Bin ich denn nur ein simpler Pfaff?!«
Darob erzitterten die Herren, denn ansonsten hörte der König einen wohlgelungenen Rülpser mit Vergnügen schallen. So beschlossen sie, sich anderweitig der Dünste zu entledigen, die sich in ihren Därmen ballten. Zunächst allerdings suchten sie ihnen jeden Ausweg zu versperren, worob die Wänste sich mählig ründeten wie Geldsäcke. Bei diesem Anblick flüsterte die Beaupertuys dem Könige zu: »Ihr müßt wissen, daß ich mir zwei Figuren besorgt habe, die mir und jener Dame gleichen. Nun werden wir beide tun, als gingen wir zu der gewissen stillen Klause und wenn die Herren unterm Drange der Pülverchen, mit denen das Essen gewürzt war, Linderung suchen, werden sie den Platz immer besetzt finden. Merkt nur auf, wie sie sich dann winden werden!« Flugs schlüpfte sie mit der Dame hinaus und kam nach geraumer Weile allein zurück, als ob die andere noch ihren alchymistischen Studien obläge. Nunmehro winkte der König dem Kardinale, der sich leise klagend erheben mußte. Der König hielt ihn bei der Quaste fest und sprach von Regierungsfragen; aber Le Balue entgegnete immer nur: »Ja, Sire,« um nur schnell davon zu kommen;

denn das Wasser stand ihm schon ›bis an die Knie‹ und das Schloß zum Hinterpförtlein wackelte fühlbar. Die Zechgenossen wußten samt und sonders nicht mehr aus noch ein, denn in ihrem Gedärm tobte es wie ein Fliegenschwarm, der hinauswill, wie bekanntlich nichts so rücksichtslos ins Freie drängt wie der Inhalt eines wohlgefüllten Darmes. So wanden sie sich schmerzbewegt in drangvoller Pein und boten alles auf, um sich nicht in des Königs Gegenwart die Hosen zu füllen, derweile selbiger seine Gäste huldreichst ansprach und innerlich schier barst über die Leibesnöte, die sich auf ihren angstverzerrten Gesichtern spiegelte.

»Wehe!« ächzte Olivier bei sich, »es geht doch nichts über einen wohlgelungenen Abgesang! Und heute habe ich sogar für die zahllosen Fliegenflecke mitfühlendes Verständnis.«

Dem Kardinal bedünkte, die Dame habe ihr Teil glücklich weg; er ließ die Quaste in des Königs Hand und sprang mit kühnem Satze, als hätte er das Abendgebet vergessen, zur Tür hinaus.

»Was habt Ihr so eilig?« rief ihm der König nach.

»Was ich habe? Weiß Gott, Majestät scheinen uns wirklich in jeder Beziehung überlegen zu sein!« Damit entschwund er, derweile die andern seine Schlagfertigkeit bestaunten. Wonneverklärt stürmte er zur stillen Klause und lockerte schon das Hosenband; aber als er die Paradiesespforte öffnete, sah er jene Dame in Würden tronen, wie einen Papst vor der Weihe. So hielt er die reife Frucht im Falle auf und rollte die Stiege hinab, um den Garten zu erreichen. Aber der Hunde Gebell ließ ihn um seine Hinterbacken fürchten, und so machte er verzweifelt kehrt und wankte, zähneklappernd wie im dicksten Froste, in den Saal zurück. Darob vermeinten die andern, er habe seine natürlichen Stauanlagen entleert und sein geweihtes Bäuchlein entlastet, und sie beneideten sein Glück. Flugs erhob sich Olivier, schlängelte sich an den Wänden entlang, als beschaute er die Wandteppiche, und glitt wie ein geölter Blitz zur Tür hinaus. Trällernd eilte er dem Zufluchtsorte zu und lockerte schon im Voraus den Schließmuskel. Aber auch er mußte der Unermüdlich-tronenden Entschuldigungsworte stammeln, die Tür jählings wieder schließen und mit überfülltem Gesäß zurückkehren. So taten der Reihe nach alle Gäste, ohne der erhofften Erleichterung teilhaftig zu werden, und ihre verständnisinnigen Blicke bewiesen, daß ihre Leibesnöte sie herzlicher einte, als die lauteste Freundschaftsbeteurung.

»Mich dünkt, das Weib tront bis morgen,« ächzte der Kardinal. »Wie kann die Beaupertuys nur jemand mit derartigem Durchfall einladen.« »Weiß Gott, im Handumdrehen hätte ich erledigt, woran sie seit einer Stunde herumwürgt. Der Schlag soll sie treffen!« keuchte Olivier.
Und die Höflinge hüpften schon von einem Fuß auf den andern, um dem Därmezwicken zu widerstehen, als jene Dame eintrat. Kein Engel konnte da den Herren schöner und anmutsreicher erscheinen und voll Entzücken hätten sie ihr gern die Stelle geküßt, wo sie just so grimmig litten. La Ballu erhob sich und respektvoll ließen die andern ihm den Vortritt, derweile sie verzweifelt nach Fassung rangen und mit ihren Grimassen den König und Nicole weidlich ergötzten. Der schottische Hauptmann hatte von dem Gerichte mit dem bewußten Mittel am meisten gegessen, und da er nicht mehr aus und ein wußte, ließ er einem Fürzlein freien Lauf. Aber das nahm Gesellschaft mit und mit vollen Hosen verkroch sich der Hauptmann in eine Ecke in der wohlgemeinten Hoffnung, die Düfte würden sich vor dem König in respektvoller Entfernung halten. In diesem Augenblick erschien der Kardinal mit angstverzerrtem Antlitz auf der Bildfläche, denn er hatte die Beaupertuys auf dem Throne vorgefunden und nicht bemerkt, daß sie den Saal gar nicht verlassen hatte. Als er sie nun beim Könige erblickte, entfuhr ihm ein satanisches Wutgeheul.
»Was soll das heißen?« donnerte der König den Pfaffen an, der unter seinem Blicke erschauerte, aber mit dem Mute der Verzweiflung erwiderte:
»Sire, in Höllenqualen bin ich Fachmann, und ich muß sagen, in diesem Hause treibt der Teufel sein Spiel.« »Hah, du Pfaff, willst du mich äffen?« schnaubte der König, und nun war es um die Fassung der Anwesenden geschehen: die Angst sprengte die wankenden Pforten und ließ entgleiten, was nicht mehr zu halten war. Aber wie erblichen die Herren, als sie der König anschrie:
»Nennt ihr Kerle das Respekt?!« Und durchs Fenster rief er: »Holla, Gevatter Tristan! komm herauf!«
Flugs erschien der Oberprofoß und fand die Gäste schlotternd und halbtot vor, denn sie waren durch des Königs Gunst aus dem Nichts emporgestiegen und so stand für sie alles auf dem Spiel; nur der Kardinal wagte auf den Schutz zu bauen, den seine Soutane ihm lieh.
»Führe die Herrn auf den Gerichtsanger, lieber Gevatter. Sie haben zu viel gefressen und sich nun eingedreckt!«

»Hab' ich das nicht fein ausgeheckt?« fragte Nicole. »Oh ja! Wenn nur der Gestank nicht wäre,« lachte Ludwig. Daran merkten denn die Höflinge, daß es diesmal noch nicht um den Kopf ging und priesen den Himmel. Und sie äußerten, daß der König trotz seiner saftigen Späße gar gutherzig sei, derweile sie auf dem Anger ihren Gefühlen freien Lauf ließen. Und Tristan leistete ihnen dabei als guter Franzose getreulich Gesellschaft.

Ich mag dieses Kapitel nicht beschließen, ohne noch einer Schweinerei zu gedenken, die der König der Godegrand einbrockte. Das war ein älteres junges Mädchen, so während vierzig Jahren vergeblich nach dem Deckelchen zu ihrem Topfe gesucht hatte. Ihre Wohnung lag so dicht am Hause der Beaupertuys, daß man von einem Balkon aus nicht nur ihr Wohnzimmer bis ins kleinste übersehen, sondern auch das leiseste Wort vernehmen konnte. Und oft bereits hatte sich der König unvermerkt an ihrem Gehabe erheitert. Nun begab sichs eines Tages, daß ein junger Bursch in Tours eine etwas betagte Edelfrau vergewaltigt hatte in dem Glauben, ein Jüngferlein zu fassen. Das wäre nun nicht arg und für die Dame vielmehr schmeichelhaft gewesen, aber der Bengel entrüstete sich, als er den Irrtum merkte, schmähte sie und nahm ihr zur Strafe einen wertvollen Humpen fort. Darob ließ ihn der König hängen, und da er ein hübscher, schmucker Kerl war, so drängte man sich um den Galgen – voran die Damen natürlich, denn es war doch herzerquickend, ihn da so baumeln zu sehen, versteht sich: mit gefüllter Lanze, wie's einem wohlerzogenen Galgenvogel geziemt. Das lieferte denn erbaulichen Gesprächsstoff und gar manche Dame barmte um des Lanzenträgers allzu frühes Ende. Die Beaupertuys aber fragte den König: »Wie wär's, wenn wir der Godegrand diesen hübschen Gehenkten ins Bett legten?«

»Der Schreck brächte sie um!« meinte Ludwig.

»Sicher nicht, denn in ihrer Liebessehnsucht nimmt sie auch mit einem Toten vorlieb. Gestern sah ich sie um eine Männermütze so närrisch tanzen, daß Ihr Euch totgelacht hättet.«

Während also die vierzigjährige Jungfrau zur Abendandacht ging, ließ der König den Kerl abschneiden und in einem sauberen Hemde in ihr Bett schaffen. Dann setzte sich Ludwig mit der Beaupertuys auf die Lauer und bald kam auch die Godegrand mit zimperlicher Anmut in ihre Stube getänzelt und entledigte sich ihres magdlichen Gepränges,

als da sind Täschchen, Rosenkranz et caetera. Schürt dann das Ofenfeuer, liebkost ihre Katze, schlürft seufzend ob ihrer Einsamkeit ihre Suppe und läßt mit Schwung einen fahren. (»Wie wär's, wenn der Gehenkte jetzt ›Prosit‹ riefe!« meinte der König.) Weiter folgte die Entkleidungsszene: bewundernd beschaute sie ihre jungfräulichen Reize, riß hier ein Härlein aus, kratzte dort ein Wimmerl, putzte dann die Zähne und widmete sich den diversen Umständlichkeiten, die allen Weiblein, ob mit oder ohne Jungfernhaube, unumgänglich sind – gottlob! denn sonst wären die Damen von noch unausstehlicherem Eigendünkel. Und nach diesem wohltönenden Geplätscher kroch sie ins Bett und dort tat sie allsogleich einen schönen, klangvollen und verwunderten Schrei, als sie wider des Gehenkten jugendlichen Körper stieß. Magdlich verschämt sprang sie zur Seite. Da sie jedoch glaubte, er stelle sich nur im Scherz tot, so kam sie gleich wieder zurück und lispelte: »Schnell hinaus, arger Schelm!«
Ihre Worte klangen eigentlich wahrhaft zärtlich und einladend; und da er sich nicht regte, besah sie seine männliche Schönheit sorglich in der Nähe. So erkannte sie, daß es der gehenkte Jüngling war und darob begann sie flugs allerlei prüfende Manipulationen, um seine Lebensgeister zu wecken.
»Was macht sie nur?« fragte die Beaupertuys.
»Wiederbelebungsversuche – aus Nächstenliebe!«
Ja! Das Jungfräulein rieb und knetete an ihm herum unter heißen Gebeten zur heiligen Maria von Ägypten, den Ehemann, der ihr da in den Schoß gefallen war, doch ja wieder zum Leben zurückzurufen. Und plötzlich, derweile sie den Toten mit ihrem keuschen Leibe mitleidsvoll wärmte, vermeinte sie ein leises Zucken der Lider zu gewahren. Schnell tastete sie nach seinem Herzen: es schlug ganz sacht. Denn die Wärme des Bettes und zumal die wahrhaft afrikanische Glus ihres vereinsamten Jungfrauengemütes hatte den hübschen Kerl, der zum Glück schlecht gehenkt worden war, aufs neue belebt.
»Tüchtige Leute, meine Henker!« lachte Ludwig.
»Aber er kommt doch nicht wieder an den Galgen?« meinte die Beaupertuys, »dazu ist er zu hübsch.«
»Im Urteil steht nicht, daß er zweimal baumeln soll. Aber die alte Jungfer wird er nun heiraten!«

Eben eilte die reife Maid wie der Wind zum Bader in der nahen Abtei und schleifte ihn mit sich. Der versuchte flugs einen Aderlaß, aber das Blut wollte nicht kommen und so meinte er: »Leider ist's zu spät, das Blut ist schon ins Gelüng übergetreten!«
Aber plötzlich ballte sich ein Tröpflein und dann rieselte immer mehr, bis ein kräftiger Blutstrom die Stauungen behob, die der Jüngling sich durch eine übermäßige Bekanntschaft mit Galgenholz und -strick zugezogen hatte. Bald regte sich der Bursch, aber dann verfiel er naturgemäß in eine große Erschlaffung, der kein Glied standhielt. Die alte Jungfer hatte mit allen Augen zugeschaut und als sie nun so auffällige Veränderungen vor sich gehen sah, da zupfte sie den Bader am Ärmel, zwinkerte nachdrücklichst auf den Ort, der sie mit ängstlicher Sorge erfüllte, und fragte: »Wird das immer so sein?«
»Wohl nicht, aber oft genug,« sprach der aufrichtig. »Ach, als Gehenkter war er da aber schöner!« rief sie. Nun platzte der König laut heraus und wie der Bader und die Jungfrau durchs Fenster seiner ansichtig wurden, da fuhr ihnen der Schreck in die Glieder und sie fürchteten ein zweites Todesurteil für den Galgenvogel. Aber der König hielt Wort und vermählte die zwei und verlieh dem Gatten den Namen eines Herrn von Mortsauf (d.i., mit dem Leben davongekommen), maßen er ja den seinen auf dem Galgen verwirkt hatte. Und da die Godegrand recht wohl bei Gelde war, so begründeten sie eine Familie, die noch heute in Ehren steht. Aber um Galgen und alte Weiber machte der Herre von Mortsauf fortan große Bogen und zumal nächtliche Liebesbegegnisse waren ihm für immerdar gründlich verleidet.

Des Konnetabels Weib

Der Konnetabel von Armignac heiratete aus Geldgier die Gräfin Bonne, die insgeheim einen Sohn des Kämmerers König Karls des Sechsten, den kleinen Savoisy, liebte. Der Konnetabel war ein grober Kriegsmann und ein hariger, widerwärtiger Kumpan, der nur ans Hängen dachte und über das Schlachtgetümmel verliebte Kämpfe vergaß. So war ihm auch seine Ehe nur ein Mittel, schneller vorwärts zu kommen, und da solche Kerle den Frauen in den Tod zuwider sind, so entflammte die schöne Gräfin als Weib des Konnetabels nur um so heftiger für Savoisy, und der war nur allzu bereit in dem Liebesduo die Partnerrolle zu übernehmen.

Wie jeder weiß, hütet man sich in den ersten Zeiten solchen Liebeslenzes sorglich, sein Herzensgeheimnis preiszugeben, aber dann kommt doch ein Tag, wo man durch eine winzige Unachtsamkeit alle frühere Vorsicht zunichte macht. So begab es sich denn einmal, als der Herre von Armigniac just Urlaub hatte, daß er seinem Weibe einen guten Morgen wünschen und sie zärtlich wecken wollte. Sie aber schwelgte noch in süßen Träumen und ohne die Lider zu heben erwiderte sie: »Laß mich doch, Karl!«

»Hoho!« knurrte der Konnetabel, als er diesen Namen hörte, der dem seinen so gar nicht glich, »was für ein Karl spukt ihr da im Kopfe?!« Stracks stellte er seine Zärtlichkeiten ein, sprang aus dem Bett und stürmte wutflammend mit bloßem Degen in die Kammer, wo die Zofe schlief. Denn er war sicher, daß diese ihre Hand mit im Spiel hatte und zornbebend schnob er sie an: »Hah, du Satansbuhle, sprich dein Sterbegebet, denn den Karl, der ins Haus kommt, sollst du mit dem Leben büßen!«

»Weh! wer sagte Euch das?« fuhr die Zofe auf.

»Auf der Stelle ersteche ich dich, wenn du nicht gestehst, wie sie mich hintergehen! Und nicht erst lange herumgedrückt; heraus mit der Sprache, sonst breche ich dir mit der Klinge die Kiefern auf!«

»So erstecht mich: denn Euch sag' ich kein Wort!« Aber so viel Mut half ihr nichts. Der Konnetabel spießte sie in rasendem Grimme an die Wand und stürmte dann zurück zu seiner Frau. Auf der Stiege traf er seinen Stallmeister, der auf der Zofe Wehegeschrei herbeieilte, und rief ihm zu: »Sieh nach Billette, ich habe sie etwas arg gezüchtigt.« In seines Weibes Zimmer packte er sein schlafendes Söhnlein mit brutaler Faust, und dessen Geschrei weckte die arme Mutter, die mit entsetzensstarren Augen sah, wie ihr Mann mit bluttriefender Hand ihr Kindlein hielt und mit rohen, mordlustigen Blicken Sohn und Mutter anstierte.

»Was habt Ihr?« fragte sie.

»Weib!« rief der blutgierige Kumpan, »ist dies Kind meines Samens oder zeugte es Euer Geliebter Savoisy?« Darob erblich Bonne jählings und stürzte auf ihr Kind zu:

»Natürlich ist es unser beider Kind!«

»So gesteht mir ohne Zaudern, dafern sein Kopf Euch nicht zu Füßen rollen soll: Habt Ihr mir einen Stellvertreter gegeben?«

»Ja.« – »Wer ist es?«

»Es ist nicht Savoisy, aber nie werde ich Euch den Namen eines Mannes nennen, den ich nicht kenne!« Und als der Konnetabel sie grob beim Arm packte, um ihr mit einem Schwertstreiche das Wort abzuschneiden, rief sie mit hoheitsvollem Blicke: »Tötet mich, aber berührt mich nicht mehr!«

»So lebt,« versetzte er, »um eine noch schlimmere Strafe zu leiden als den Tod.« Mit dieser wilden Drohung verließ er sie und erwog dann grübelnd all die Ränke und Schliche der Frauen, um der Sache auf die Spur zu kommen. Unerbittlich, wie Gott beim jüngsten Gericht, vernahm er die Dienerschaft, aber ihr angstvolles Stammeln ergab, daß sie nicht das geringste damit zu tun hatten. Nur ein Köter ward verdächtig, nächtlings im Garten geschlafen statt gewacht zu haben, und ihn erwürgte er mit eignen Händen. Einzig durch die Gartenpforte am Flusse also konnte der Vizegalte gekommen sein. Man muß nun fürs folgende wissen, daß das Schloß allseitig stark befestigt war. Nach der Straße lag eine prächtige Vorhalle und die Ufermauern waren mit Türmen bewehrt. Lange zergrübelte der Konnetabel sich den Kopf, bis er sich einen Hinterhalt erdacht hatte, in den der Liebhaber geraten mußte, wie der Hase in die Schlinge. Und zwar machte er's so: in jenen Türmen postierte er seine besten Bogenschützen und befahl ihnen unter furchtbaren Drohungen unterschiedslos, mit einziger Ausnahme seines Weibes, auf jeden zu schießen, der beim Garten hinaus wollte, hingegen bei Tage wie bei Nacht den verliebten Edelmann hinein zu lassen. Gleiches tat er auch bei der Vorhalle zur Straße hin. Den Hausleuten hingegen war bei Todesstrafe verboten, das Schloß zu verlassen, und zudem ließ er noch die benachbarten Straßen überwachen. Solchen Fangeisen konnte natürlich selbst der Pfiffigste nur mit Gottes Hilfe entgehen, und da die Gräfin wußte, daß der Konnetabel nach dem Essen wider Poissy aufbrechen wollte, mit dessen Bewohnern er in Fehde lag, so war anzunehmen, daß der jugendliche Liebespartner bereits zu dem holden Kampfe geladen war, daraus sie stets siegreich hervorzugehen pflegte. Während jener nun aber das Schloß mit mörderischen Fallen umgab, war auch sein Weib keineswegs müßig.

Schon hatte sich die sterbende Zofe zu ihr geschleppt, erzählt, daß der gehörnte Gatte nichts wisse, und die geliebte Herrin im Verscheiden beschworen, sich ihrer Schwester anzuvertrauen, die im Schlosse als Wäscherin diente und für die Gräfin durchs Feuer zu gehen bereit war. Diese spielte zudem ob ihrer Schliche und Pfiffigkeit in der ganzen Gegend die Ratgeberin in kniffligen Liebesfällen. So ließ die Gräfin, kaum, daß sie ihrer Zofe weinend die Augen zugedrückt hatte, jene Wäscherin holen und überlegte mit ihr hin und her, wie man Savoisy rechtzeitig warnen könne.

Zunächst versuchte die gute Magd wäschebeladen aus dem Schlosse zu gelangen; aber an der Tür trat ihr ein junger Krieger in den Weg, der all ihren Vorstellungen taub blieb. Darum versuchte sie in ihrer Opferbereitschaft ihn bei seiner schwächsten Seite zu packen und solch zärtlichen Lockungen widerstand er nicht: gerüstet und gewappnet, so wie er war, wagte er mit ihr ein Tänzlein, und alles ging vortrefflich: nur ließ er sie am Ende doch nicht hinaus. So versuchte sie ihr Glück erst bei einem hübschen Kerl, der ihr gefühlvoller schien, dann bei den andern, aber keiner wollte ihr auch nur das kleinste Pförtlein auftun und so rief sie entrüstet: »Pfui, was für undankbare Gesellen, die nicht gleiches mit gleichem vergelten.«

Doch kannte sie nun wenigstens die Sachlage, eilte zu ihrer Herrin zurück und beschrieb ihr des Grafen Anordnungen. Und wieder hielten beide Kriegsrat, da ja das Feuer auf den Nägeln brannte. Als die Gräfin hörte, daß sie allein das Haus verlassen dürfe, da wollte sie flugs von ihrem Rechte Gebrauch machen. Doch sah sie sich schon nach wenigen Schritten von vier Pagen und zwei Kriegern gefolgt und kehrte so hoffnungslos in ihr Gemach zurück, allwo sie herzbrechender weinte, denn alle Magdalenen auf den Kirchengemälden zusammengenommen. Plötzlich rief die Wäscherin: »Wie wär's, wenn wir den Küchenjungen, der in mich so närrisch verliebt ist, in Edelmannskleider steckten und zur Pforte hinausschickten?«

Die beiden blickten sich verständnisinnig an wie zwei höllische Mordbuben. Aber dann griff die Gräfin wehmütig an ihr Herz und sagte kopfschüttelnd: »Leider wird ihn der Graf erkennen. Nein, nein, meine Liebe, hier muß edles Blut fließen, da hilft nichts!« Dann aber, nach kurzer Überlegung, sprang sie fröhlich der Wäscherin um den Hals und rief:

»Dein Rat wird ihm doch das Leben retten und bis zum Tode werd' ich dir das danken!«

Flugs trocknete sie ihre Tränen und begab sich mit zuversichtlichem Gesicht zur Messe in die Paulskirche, gefolgt von den vier Pagen und zwei Kriegsleuten. Stets waren bei dieser letzten Messe die reichsten und schönsten Edelleute und Edelfrauen versammelt und gar mancher dieser geschniegelten Jünglinge pflegte raubvogelgleich die Gräfin zu umkreisen und den Schnabel beutegierig aufzusperren. Unter ihnen war einer, dem die Gräfin gar bisweilen mildtätig einen Blick gönnte, weil er aufrichtiger und ehrbarer ausschaute als die andern. Er lehnte stets an demselben Pfeiler und blickte unverwandt auf sie hin, derweile sein bleiches, schwermütiges Gesicht die Hoffnungslosigkeit seiner Liebe spiegelte. Nach seinem schlichten, aber geschmackvollen Aussehen hielt ihn die Gräfin für einen armen Edelmann und sie hatte recht: Julian von Holzstecken hatte von seinem Ahn nur das Holz geerbt, das seinen Namen zierte. Und maßen selbiges nicht einmal zu einem Zahnstocher gelangt hätte, so hatte sich der Jüngling an den Hof begeben, allwo er seine äußeren Vorzüge verwerten wollte. Denn er wußte wohl, wie die Damen hinter so vielversprechenden kräftigen und schönen Herrlein her sind. Aber bei der Messe hatte er der Gräfin siegreiche Schönheit erblickt und sich also leidenschaftlich in sie verliebt, daß er Essen und Trinken darüber vergaß. Und dieser Jungherr war's, den des Konnetabels Weib nunmehr in den Tod schicken wollte.

Als sie in die Kirche trat, sah sie ihn bereits getreulich an dem Pfeiler ihrer harren, wie ein Kranker der Frühlingssonne entgegenharrt. Nun wollte sie zunächst zur Königin gehen und sie um Beistand anrufen; denn trotz ihrer verzweifelten Lage tat ihr der Jüngling leid. Aber stracks trat ihr einer der Kriegsleute in den Weg und sprach in ehrfürchtigem Tone: »Gnädige Frau, uns ward befohlen, Euch daran zu hindern, daß Ihr mit irgend jemanden sprächet und wäre es selbst die Königin oder Euer Beichtvater. Es würde uns den Kopf kosten!«

So mußte sie geradeswegs ihren gewohnten Platz aufsuchen; doch schaute sie auf den Jüngling und er schien ihr noch bleicher und hohläugiger denn je. Darob sagte sie sich, daß er sowieso mit einem Fuße im Grabe stehe und warf ihm, solchermaßen innerlich beruhigt, einen glühenden Blick zu, der alsbald ihres Anbeters Herz mit wehem Glück erfüllte.

Glühe Röte bedeckte jach sein Antlitz und das sagte ihr mehr als die heißesten Worte. Um aber sicher zu gehen, setzte sie ihr Spiel fort und als sie mehr denn dreißig Flammenblicke entsandt hatte, war sie überzeugt, daß er ohne Zagen für sie in den Tod gehen würde. Voll Rührung beschloß sie, ihn in einer einzigen Umarmung mit allen Seligkeiten der Liebe zu beschenken, um nicht ganz sein Schuldner zu bleiben. Als nun der Priester seine Herde heimsandte, ging sie an jenem Pfeiler vorbei und hieß ihm durch einen ausdrucksvollen Blick ihr zu folgen; und um ihre Aufforderung zu bekräftigen, drehte sie sich nach ein paar Schritten ein weniges um und wiederholte ihren Wink. War er zuerst noch unentschlossen, so ward er nun seiner Sache gewiß und mischte sich schüchtern unter die Hinausgehenden, gelenkt und gelockt von immer neuen Funkelblicken: kurz, die Gräfin handelte wie eine Dirne, die ihre Schlingen auswirft. Und als der Jüngling vor dem Tore ihres Schlosses zögerte, da umflammte ihn ein wahrhaft höllischer Blick, der ihn blindlings zu seiner Herzenskönigin eilen ließ, als hätte sie ihn gerufen. Alsbald reichte sie ihm die Hand und erschauernd standen nun beide voreinander im Schloßhofe. Aber er bebte vor Liebe, sie vor Reue ob ihrer Dirnenränke, die Savoisy verrieten um ihn zu retten. Doch ihre Reue ging nicht tief und kam auch zu spät. Das sah sie schnell ein und kurzentschlossen stützte sie sich nachdrücklich auf des Edelmanns Arm und sprach: »Kommt schnell in mein Gemach, denn ich muß mit Euch sprechen.«
Und ihm in seiner Ahnungslosigkeit schnürte die Hoffnung auf ein nahes Glück die Kehle zu, also daß er ihr schweigend folgte. Als die Wäscherin sah, was für ein hübscher Jüngling so schnell ins Garn gegangen war, dachte sie: »Wirklich, den Hofdamen kann man's nicht nachmachen!« Und dann besah sie ihn mit jener Mischung von Achtung und Spott, die jeder erweckt, der für so wenig den Tod wagt. Die Gräfin nahm sie zur Seite und sprach:
»Ach, mir gebricht der Mut ihm zu gestehen, wie ich seine vertrauensvolle Liebe lohnen will.«
»Aber wozu es ihm überhaupt sagen?! Schickt ihn, beglückt wie er ist, zum Gatter. Wie viele sterben im Kriege für nichts, während er einem guten Zwecke geopfert wird.« Doch die Gräfin fuhr auf:
»Nein – ich will ihm alles gestehen: das sei meine Strafe.« Und damit wandte sie sich zu dem Edelmanne, der bescheiden abseits stand und sich teils ob der Keckheit der Gräfin verwunderte,

teils sie mit tausend Gründen entschuldigte, zumal er sich selbst einer Tollheit wohl wert hielt. Aus diesen Gedanken riß ihn Bonne, indem sie ihn in ihr Gemach treten hieß. Und dorten nun legte sie alles Selbstbewußtsein ihrer hohen Stellung ab, warf sich ihm als schlichtes Weib zu Füßen und sprach:

»Weh mir, wie hab' ich mich wider Euch vergangen: wisset, daß Ihr im Schloßhofe den Tod findet; denn von Liebe zu einem andern verblendet, liefre ich Euch seinen Mördern aus, ohne Euer Opfer durch sein Glück zu erkaufen. Das ist's, wofür ich Euch hierher lockte.« »Oh, wie danke ich Euch, daß Ihr über mich als Euer Eigen verfügt,« erwiderte er in hoffnungsloser Ergebenheit. »Stets erträumte ich, Euch mein Teuerstes zu opfern: so nehmt denn mein Leben!« Und er sah sie also innig an, daß sich vor Rührung ob seines Mutes ihr Herz zusammenkrampfte in dem Gedanken, er könne sie verlassen, ohne selbst die geringste Gunst zu erflehen. So erhob sie sich, um ihn zu umarmen und rief:

»Kommt, ich will Euch Kraft geben!«

»Weh, edelste Frau!« entgegnete er und seine blinken Augen feuchteten sich, »wollt Ihr mich mit allzu festen Liebesbanden ans Leben ketten?«

Soviel Liebesglut raubte ihr die Besinnung: »Komm, komm! Mag werden, was will. Komm, und hernach wollen wir beiden drunten in den Tod gehen!«

Jähe Glut umlohte beide, wie von Sinnen fielen sie sich in die Arme und in tollem Liebesrasen versanken um sie die Gefahren, die Savoisy und sie selbst bedrohten, versank Gatte, Tod, Leben, alles, alles im Nebel seligen Vergessens.

Indessen war dem Konnetabel von der Vorhalle her gemeldet worden, trotz der warnenden Blicke der Gräfin sei ihr Liebster ihr ins Schloß gefolgt. Aber von der Ufermauer her meldete man zu gleicher Zeit: »Der Herre von Savoisy naht,« und so beachtete er die andern Boten nicht und rief mit herrischer Gebärde, die keinen Widerspruch duldete: »Der Fuchs sitzt dort in der Falle!« und sogleich warfen sich die Mannschaften wider Karl Savoisy, der just die Pforte durchschritten hatte: und eine merkwürdige Fügung wollte es, daß sie ihn unter den Fenstern der Gräfin in dem gleichen Augenblicke erschlugen, da jene sich in heißen Liebeswonnen wand, also daß sich in ihr leidenschaftliches Ächzen der Krieger Lärm und Savoisys Todesstöhnen mischte. Darob fuhren die Liebenden jählings empor und die Gräfin rief schreckenbleich: »Weh mir, er stirbt für mich!«

»So laßt mich für Euch leben!« sprach der Herre von Holzstecken, »und ich werde mich selig preisen, wenn ich mein Glück mit gleichem Opfer bezahlen kann wie er.« »Flink in die Truhe, der Konnetabel kommt!« unterbrach sie ihn. Und wirklich trat gleich darauf der Herre von Armagniac ein, stellte ein blutiges Haupt, das er mitbrachte, auf den Kamin und sprach: »Dies Bild mag Euch eheliche Pflichttreue lehren!«

»So habt Ihr einen Schuldlosen getötet,« erwiderte sie ohne zu erbleichen: »Savoisy war nicht mein Geliebter.« Und dabei blickte sie ihm also kühnlich und voll weiblicher Selbstbeherrschung ins Auge, daß er betreten ward wie ein Mägdelein, das sich am falschen Orte vernehmen läßt. Und voll Bangens, einen Fehlgriff getan zu haben, stammelte er:

»Von wem denn träumtet Ihr heute früh?«

»Vom Könige,« entgegnete sie.

»Aber warum sagtet Ihr das nicht, Liebste?«

»Hättet Ihr mir in Eurer viehischen Wut geglaubt?« Darob zwickte er sich verlegen ins Ohr und fragte: »Aber wie kam Savoisy zu dem Schlüssel für die Mauerpforte?«

Worauf sie kurz erwiderte: »Das weiß ich nicht! Zumal Ihr ja doch nicht achten wollt, was ich Euch sage.« Und damit wandte sie sich hurtig wie eine Wetterfahne um, als wolle sie im Hause nach dem Rechten schauen. Und derweile Holzstecken sich wohlweislich stille verhielt, betrachtete Armignac das Haupt Savoisys voll nagender Beklommenheit, knurrte wilde Flüche vor sich hin, tat endlich einen gewaltigen Faustschlag auf den Tisch und rief: »So mags denen von Poissy an den Kragen gehen!« Damit stürmte er davon, während Holzstecken später im Dunkel der Nacht wohl verkleidet aus dem Schlosse schlich.

Der arme Savoisy ward von seiner Liebsten gar heiß beweint, da sie doch alles menschenmögliche zu seiner Rettung versucht hatte. Aber später ward er von ihr nicht nur beweint, sondern auch, was mehr ist, arg vermißt: denn als die Königin Isabeau von der Gräfin, ihrer Base, die Geschichte erfuhr, machte sie ihr den Herrn von Holzstecken abspenstig, maßen seine edlen Tugenden sie bezauberten.

Überhaupt war dieser nunmehr der Löwe des Tages; aber seine Erfolge stiegen ihm zu Kopfe und so zog er sich den Neid der Höflinge zu, die dem Könige verrieten, daß er ihn hörne. Darob ward er eines Tages kurzerhand in einem Sacke in die Seine geworfen. Dem Konnetable aber rieb sein Weib den blutigen Fehlgriff so andauernd unter die Nase, daß er am Ende gefügig ward wie ein zahmer alter Kater, und als demütiger Ehemann sein Weib allenthalben pries und bewunderte.

Die Jungfrau von Thilhouze

Hauste da auf seinem Schlosse unweit des Fleckens Thilhouze der Herre von Valesnes, der ein gar gebrechlich Weib sein Eigen nannte. Die enthielt ihm, war's nun Laune, war's ob ihrer Hinfälligkeit, jahraus jahrein jene Freuden vor, die doch jedes Ehegelöbnis in sich schließt. Allerdings war er aber auch ein abstoßend schmutziger Kerl, der nur an die Jagd dachte und daheim unausstehlich war wie Ofenqualm. Zudem war er seine geschlagenen sechzig Jahre alt; aber die Natur verteilt ihre Gaben ohne hinzuschaun, ob einer blind, verwachsen oder häßlich ist. Und wie das Sprichwort sagt: »Jedes Töpflein findet sein Deckelchen,« so schaute auch der Herre von Valesnes allenthalben nach Töpflein aus, die er decken könnte und ging solchermaßen auch oft auf die Schürzenjagd. Jungfräulein allerdings waren kaum aufzutreiben, aber nach endlosem Suchen und Spüren ward ihm doch eines Tages zugetragen: in Thilhouze lebe eine alte Weberswittib, deren Mädel, ein Ding von sechzehn Jahren, ein wahrer Schatz sei, ihrer Mutter immer am Rocke hinge, bei ihr schlafen und arbeiten müsse und vor plumpen Witzen der Dorfburschen, und gar vor deren Handgreiflichkeiten sorglich behütet sei. Doch hätten die beiden jetzt nichts zu nagen und zu beißen, lebten bei einem armen Verwandten und wüßten kaum, mit welchem Lumpen sich kleiden, geschweige womit im Winter heizen. Und während die Tochter zur Jungfrau erblühe, verkäme die Mutter im Elend, einzig bedacht auf des Mägdleins Jungfernschaft, wie ein Alchymist auf seine Schmelztiegel.

Da sich das alles bestätigte, benutzte der Edelmann eine Gelegenheit, wo er eingeregnet war, trat in die Hütte, wo die beiden spannen, und ließ vor allem Holz holen, um sich beim Feuer zu trocknen. Inzwischen setzte er sich auf einen Schemel und beschaute im Dämmerlicht der Hütte die Reize der Jungfrau von Thilhouze: ihre kräftigen roten Arme, ihre festen Vorbauten, die ein kühles Herz deckten wie Bastionen, ihre wuchtigen runden Hüften, alles war so verlockend frisch wie ein Frosttag, jugendlich wie Maigrün, und im ganzen besehen überaus appetitlich und lecker. Dabei schaute sie mit ihren blauen Augen gar bescheiden drein, und wenn man ihr gesagt hätte: »Komm, laß mich deine Liebe kosten,« so hätte sie gewißlich in aller Unschuld gefragt: »Aber wie denn?« So ward denn auch dem Edelmann gar kitzlich zu Mute und beim Hinschauen renkte er den Hals wie ein alter Affe beim Nüsse-stehlen. Das sah die Mutter wohl, doch hielt sie fein ihren Mund, da er in der Gegend allmächtig war. Als nun das Feuer brannte, hub der Jägersmann an und sagte zu der Alten: »Hah, das heizt ein wie die Äuglein Eures Mädels.«
»Leider,« meinte jene, »machen die unsere Suppe nicht wärmer.«
»So tut sie zu meiner Frau als Kammermädchen, dafür würden wir Euch gern täglich zwei Bündel Holz liefern.« »Was nützt das Feuer, wenn nichts zu kochen da ist.« »Vier Metzen Korn im Jahr sollt Ihr auch haben.« »Wohin damit? Ich habe weder Topf noch Kasten.« »Gut, gut,« rief der Jungfernjäger, »Ihr sollt Schränke, Töpfe, Kessel und noch ein gutes Bett obendrein bekommen.«
»Das wird im Regen faulen,« seufzte die Alte, »denn ich habe kein Haus.«
»So sollt Ihr auch zeitlebens das Häuslein haben, wo einst mein Jägermeister wohnte.«
»Sapperlot!« rief die Alte und ließ den Spinnrocken fallen, »ist das wahr? Und was wird mein Mädel haben?«
»Es ist wahr, und Euer Mädel kriegt seinen Dienstlohn.«
»Ach, gnädiger Herr, wenn Ihr nicht meiner spottet, so wollte ich bitten, solches beim Notare zu bestätigen.« »Aber bin ich nicht Edelmann? Mein Wort genügt!« »Da will ich auch nichts wider sagen; aber ich liebe meine Tochter über alles und gestern noch sagte der Pfarrer, daß wir unsre Kindlein allezeit hüten müssen.« »Gut, gut! Also laßt den Notar rufen.«

Bald kam ein alter Holzhacker angewackelt, der gut und gerne einen Vertrag aufsetzte und von dem Edelmanne unterzeichnen ließ – mit einem Kreuze, denn dem Herrn von Valesnes war die Kunst des Schreibens fremd. Und als so alles verbrieft und versiegelt war, hub dieser an: »Also, Mutterchen, nun sind Eure frommen Sorgen ob Eurer Tochter Jungfernschaft behoben?«

»Freilich, denn der Pfarrer sagte: ›bis sie selbst vernünftig sind,‹ und meine Tochter ist überaus vernünftig.« Und zu dieser sagte die Alte: »Marie Ehrlein, deine Tugend ist dein höchstes Gut. Dorten, wo du nun hingehst, werden ihr alle nachstellen, und der gnädige Herr vornweg. Aber du weißt nun was sie wert ist und darum hab' wohl acht und sorge, daß du sie nur daran gibst, wenn du zuvor sicher im ehelichen Fettnäpfchen sitzt, sonst bist du verratzt.«

»Jawohl, liebe Mutter,« sprach die Jungfrau und dann verließ sie die Hütte und trat bei der Edelfrau in Dienst, die mit ihr wohl zufrieden war.

Als man in der Nachbarschaft hörte, wie hoch die Jungfernschaft in Thilhouze im Preise stand, da wurden die Hausmütter inne, daß die Tugend doch ein recht profitlich Ding sei, und waren fortan eifrig besorgt, daß ihrer Töchter Jungfernschaft blühte und gedieh. Leider war ihr Mühen just so riskabel wie die Zucht von Seidenraupen; denn auch Jungfernschaften sind empfindliche Werte und gehen gar leicht drauf. Immerhin gab's einige Mägdelein, die in den Klöstern für Jungfrauen gehalten wurden, doch mag ich nicht meine Hand dafür ins Feuer legen, da ich es nicht nach Vervilles trefflichem Rezepte nachprüfen konnte. Kurz, Marie Ehrlein befolgte ihrer Mutter weise Ratschläge und war für keinerlei Versprechungen des Edelmannes zu haben, und als er anfing, handgreiflich zu werden, da fauchte sie wie eine wilde Katze und schrie: »Ich sag's der gnädigen Frau!« Und so kam es, daß der Wackere nach sechs Monaten noch nicht auf die Kosten des ersten Holzscheites gekommen war. Je mehr er drängte, um so widerborstiger wurde sie, und einmal antwortete sie auf seine zärtliche Frage kurz: »Wenn Ihr mich drum gebracht habt, werdet Ihr sie mir ersetzen?« ein andermal: »Und wenn ich so viele hätte, wie Löcher im Sieb, Ihr kriegtet nicht eine, denn Ihr seid mir zu häßlich!«

Dem Edelmann dünkte jedes ihrer Worte lichtester Tugendseim und wenn er so durch den Rock und sonsten ihre runden Reize sich abzeichnen sah, dann wuchs seine Greisenliebe noch beträchtlich.

Um ihr aber alle Ausreden abzuschneiden, ließ er eines Tages seinen alten Schaffner holen, der seine siebenzig und etliche alt war, und erklärte ihm, er müsse sich verheiraten, um sich sein altes Fell wärmen zu lassen, und Marie Ehrlein sei dazu just die rechte. Dem Schaffner, der sein ruhiges Auskommen hatte, schien es gar nicht lockend, Pflichten zu übernehmen, denen er sich entwachsen glaubte, aber sein Herr setzte ihm auseinander, daß er ihm einen Gefallen damit täte und sich um sein Weib nicht zu kümmern brauche. Und so biß der Schaffner denn in den sauren Apfel. Marie Ehrlein aber ließ sich am Verlobungstage vor allem eine gehörige Mitgift verschreiben, die sie über den Verlust ihrer Jungfrauenschaft trösten sollte; und als dann so alle Bedenken aus dem Wege geräumt waren, gab sie dem Edelmann auch die Erlaubnis, sie nach vollzogener Trauung so oft heimzusuchen, als er nur könne.

Das ließ sich der Herre gesagt sein und kaum war die Hochzeit aus und sein Weib im Bette, da schlüpfte er schon in das Zimmer, darinnen wie in einem Schmuckkästlein die Perle ruhte, für die er Holz, Renten, Korn, Haus und seinen Schaffner drangegeben hatte. Um kurz zu sein: die Jungfrau von Thilhouze war wirklich wunderschön, wie er alsbald beim sanften Scheine des Kaminfeuers feststellen konnte: wie er sie so lecker und jugend-duftend im Bett liegen sah, reute ihm sein Geld nicht. Und da er sich den königlichen Bissen nicht länger versagen wollte, so hub er flugs an mit erfahrener Hand in dem Buche ihrer jugendlichen Schönheit zu blättern. Aber da nun geschah es, daß er aus übergroßem Eifer plötzlich den Zusammenhang verlor, mitten im Verse zu stammeln anfing und endlich kläglich stecken blieb. Worauf das Mägdelein in aller Unschuld meinte: »Mich dünkt, hier wäre etwas mehr Schwung recht am Platze!«

Dieser Satz sickerte bald durch und Marie Ehrlein wurde, ich weiß selbst nicht wie, darob berühmt. Denn heute noch spricht man bei uns von einer ›Jungfrau von Thilhouze‹, wenn man eine Ehefrau meint, die so ist, wie ich – sie Euch nicht wünschen möchte, dafern Ihr nicht geborene Stoiker seid!

Die Waffenbrüder

Zu Anbeginn der Regierung König Heinrichs des Zweiten, welchselbiger die schöne Diana so sehr liebte, bestand noch eine Sitte, die dann in Bälde verschwund, wie so manches Schöne der guten alten Zeit: das war die Waffenbrüderschaft. Wenn nämlich zwei Männer sich gegenseitig als mutig und warmherzig erkannt und erprobt hatten, dann gingen sie ein Bündnis ein fürs Leben; wie zwei Brüder hielten sie zueinander, halfen und unterstützten sich im Kampfgetümmel wie in dem ränkevollen Getriebe des Hoflebens, kurz, sie waren sich im Guten wie im Bösen schier inniger verbunden, denn durch Bande des Blutes. Wurde der eine in seiner Abwesenheit schlecht gemacht, so forderte der andere den Verläumder und trug den Ehrenkampf unverzüglich aus, und solchermaßen zeitigte diese Sitte Ruhmestaten, die an Schönheit denen der alten Griechen oder Römer zum mindesten gleichzustellen sind.

Solche Waffenbrüderschaft schlossen auch zwei junge Edelleute der Touraine, ein jüngerer Sohn des Hauses Maillé und der Herre von Lavallière. Im Hause des Herrn von Montmorency waren sie unter den Augen trefflicher Lehrmeister aufgewachsen und in der Schlacht bei Ravenna fand ihr edler Mut den Beifall der graubärtigsten Krieger. In diesem wilden Kampfe begab es sich aber auch, daß Maillé von Lavallière herausgehauen wurde und da die beiden vordem im Zwiste gelegen hatten, so zeugte dieser Vorfall von seltenem Edelmute. Das erkannte Maillé sehr wohl, und so tauften sie ihre Brüderschaft auf der Stelle mit dem Blute ihrer eben empfangenen Wunden und taten ihr Bündnis dem Herrn von Montmorency kund. Nun muß gesagt werden, daß Maillé etwas aus der Familie geschlagen und daher nicht sonderlich schön war, wohl aber schlank und dabei doch breitschultrig und riesenstark wie einst Pipin. Hingegen glich Lavallière schier einer Zierpuppe, so schön war er mit seinem langen Lockenhaar, und die Kronprinzessin meinte deshalb einmal lachend zur Königin von Navarra: ›Dieser Page sei ein Pflaster, das wohl alle Leiden heilen könne!‹

Als nun Maillé von Italien zurückkam, hatte ihm seine Mutter schon ein Bräutlein erwählt, das er mit Freuden zum Weibe nahm. Denn das Fräulein von Annebault war nicht nur steinreich, sondern auch von bezaubernder Anmut und Schönheit.

Aber wenige Tage nach dem Hinscheiden des Königs Franz (darüber man allenthalben erschüttert war, weil er an der italienischen Krankheit zu Grunde ging), mußte Maillé für wichtige Geschäfte nach Piemont reisen und es ging ihm wahrhaft nahe, sein zuckersüßes Weiblein ungeschützt den liebesgierigen Nachstellungen der schmucken Hofherren zu überlassen. Deshalb bat er seinen Waffenbruder für den Morgen, da er abreisen wollte, zu sich, und als er ihn in den Schloßhof einreiten hörte, sprang er flugs aus dem Bett und ließ sein holdes Ehegemahl in seinem wohligen Morgenschlummer allein. Alsbald begrüßten sich die beiden Gefährten mit herzlichem Händedruck und dann sprach Lavallière: »Gern wäre ich schon heut Nacht gekommen, doch hatte ich zuvor noch einen Liebesstrauß mit einer Dame auszufechten, der keinen Verzug gestattete. Nun aber sprich: soll ich dich begleiten? Gern laß ich jene, denn der Freund geht über die Geliebte.«

»Ach, teurer Bruder,« erwiderte Maillé gerührt, »viel härter ist die Prüfung, die ich dir zumuten will. Willst du mein Weib bewachen, vor allen Verführungen behüten, mein Haupt vor schmählichem Hörnen schützen? Du sollst hier im Schlosse wohnen, und sollte Gott mir beschieden haben, dennoch Hahnrei zu werden, so wäre mein Gram immerhin linder, wenn's mir durch dich widerführe! Aber, weiß Gott, ich würde darob vor Herzeleid sterben, so innig liebe ich mein holdes, gutes Weib.« Und dabei wandte er sich ab, um nicht der Tränen Strom gewahren zu lassen. Doch der andere merkte das wohl, ergriff des Freundes Hand und sprach: »Geliebter Bruder, ich schwöre dir bei meiner Ehre: eh' einer dein Weib berührt, bekommt er mein Schwert zu kosten. Dafern ich nicht zuvor sterbe, sollst du ihren Leib unangetastet wiederfinden und einzig für ihres Herzens Reinheit kann ich dir nicht einstehen, weil die nicht zu bewachen ist.«

»Sei der Himmel mein Zeuge, daß ich ewig dein Schuldner bleibe!« rief Maillé. Und dann brach er flugs auf, ohne von seinem Weiblein Abschied zu nehmen, da er ihre Tränen und Klagen fürchtete. Lavallière aber wartete, bis Marie von Annebault sich erhoben hatte, und tat ihr dann des Gatten Abreise und seine Dienstbereitschaft kund. Ob seiner züchtigen, gefälligen Worte wäre sicherlich auch die tugendhafteste Frau von dem Wunsche gekitzelt worden, ihn für sich einzufangen.

Aber Marie bedurfte dessen nicht einmal, da sie das Gespräch der Waffenbrüder belauscht hatte und in ihres Mannes Mißtrauen eine schwere Kränkung sah. Ach, weiß je einer es den Frauen recht zu machen! Sie haben halt etwas zu eigen, das noch weiblicher ist als sie selbst (nur aus Achtung werde ich nicht deutlicher). Darum also muß man allezeit auf der Hut sein.

Während sich also Marie an des Edelmannes bezaubernder Liebenswürdigkeit freute, lag über ihrem lächelnden Antlitz ein Schimmer von Pfiffigkeit: rund herausgesagt, sie gedachte ihrem jugendlichen Tugendwächter die Wahl zwischen Ehre und Liebesglut recht kitzlich zu machen und mit zärtlicher Fürsorge und heißen Blicken seine Freundestreue ins Wanken zu bringen. Deshalb mußte er nun täglich bis zur tiefen Nacht hinein neben ihr am Kamine sitzen, derweile sie ihm Minnelieder sang und sorglich ihre blendenden Schultern und die blinken Verführer zur Geltung brachte, die aus ihrem Mieder vorquollen; lehnte sich schwer auf seinen Arm, wenn er mit ihr im Garten lustwandelte, preßte sich seufzend wider ihn und ließ ihn die Schuhbänder knüpfen, die sich immer wieder lösten; war Tag für Tag liebevoll um ihn herum: ob sein Bett auch gut, sein Zimmer in Ordnung sei; ob ihn die Sonne nicht störe und was er früh im Bette wünsche, Milch oder Würzwein; und stets kam sie in so verräterisch-leichtem Gewande zu ihm, daß wohl ein Patriarch, selbst alt wie Methusalem, darob lüstern geworden wäre. Und der Waffenbruder ließ sie gern gewähren, sintemalen er solchermaßen sicher war, daß sie sich nicht mit andern beschäftigte.

Doch brachte er allezeit das Gespräch auf ihren Mann, und zumal eines abends, als ihm ob ihrer Blicke ach und wehe ward, hub er an, ihr Maillés glühende Liebe und empfindsame Ehrbarkeit zu schildern. Wogegen sie einwarf: »Wie dann konnte er Euch hierher setzen, wenn er so empfindlich ist? Meint er gar, daß Ihr mich hüten solltet?«

»So ist's,« sprach er, »und ich bin stolz darauf.«

»Wahrlich, dann hat er schlecht gewählt,« entgegnete sie und warf ihm dabei einen so wollustschauernden Blick zu, daß er entrüstet aufstand und sie verließ. Solche Ablehnung ließ sie in tiefes Grübeln versinken. Denn kein Weib wird je glauben, daß ein Mann einer Frauen Gunst mißachten könne. Und während ihr Sinnen sie in immer heißere Liebe verstrickte, kam sie auf einen Gedanken, den sie zum Ausgangspunkte hätte nehmen sollen:

daß der Edelmann in andern Liebesbanden läge. Dabei tauchte die schöne Limeuil, eine Tochter der Königin Katharina, vor ihrem inneren Auge auf, und sie ward inne, daß er in diese sterblich verliebt sein müsse. Die Eifersucht bestärkte sie natürlich noch in ihrem Vorhaben, und zudem sind schwer erreichbare Früchte nur um so verlockender.

Fortan umspielte sie ihn also wie ein Kätzlein, umschmeichelte und umschmiegte ihn, und so mußte es ihm denn wohl auffallen, als sie eines Abends scheinbar in tiefem Kummer, innerlich freilich gar vergnügt dasaß, also daß er endlich fragte: »Was ist Euch nur?« Worob sie wie aus Träumen heraus dem Jüngling, der in Wonnen lauschte, zu wissen tat: sie habe Maillé nur wider Willen geheiratet und sei gar unglücklich; in Tränen verginge ihr unverstandenes Dasein und im Grunde sei sie noch immer reine Jungfrau, denn der Ehe Seligkeiten seien ihr fremd geblieben. Und doch müsse die Liebe seltene Wonnen bieten können, sintemalen doch alle so darauf erpicht seien. Dafür wolle sie gern ihr Leben hingeben; aber der, in dessen Armen sie solch Glück erhoffe, wolle sie nicht erhören, und darob würde sie bald verscheiden.

Alle Verslein dieses Liedes, das die Frauen ja schon von Geburt an kennen, trug sie inmitten ausdrucksvoller Pausen, herzzerreißender Seufzer, mit Augenaufschlägen und holdem Erröten gar beweglich vor. Und die Würzen taten ihren Dienst; denn am Ende sank er vor ihr nieder und küßte weinend ihre Füßchen; und sie gewährte ihm das um so lieber, weil sie wohl wußte, daß man unten anfangen muß, wenn man einen Rock aufheben will. Aber es stund geschrieben, daß an diesem Abend ihre Tugend nicht angetastet werden sollte; denn Lavallière sprach im Tone der Verzweiflung: »Weh mir, wie wenig bin ich Eurer würdig« ... (»Nein, nein, laßt Euch nicht irre machen!«) » ... und solch Glück ist mir versagt ...« (»Aber nein doch«) » ... vor Scham wage ich Euch kaum zu sagen ...« (»Sprecht nur, ich decke mein Gesicht mit der Hand,« und dabei blinzelte sie zwischen den Fingern hindurch.) » ... Ach, wißt denn: als Ihr neulich so huldreich zu mir sprachet, da entglomm ich in jäher Glut. Und da ich solch Glück nicht zu erhoffen, mein Begehren nicht Euch zu gestehen wagte, entrann ich zu einem Dirnenhause. Aber ich trug die Strafe heim und nun ... werde ich wohl an der italienischen Krankheit dahinsiechen.«

Voll Entsetzens schrie die Dame auf, als ob sie in den Wehen läge, und stieß ihn unwillkürlich von sich. Der Ärmste erhob sich und ging schmerzgebeugt hinaus; aber ihre Blicke folgten ihm und just in der Türe hörte er, wie sie leise vor sich hin sprach: »Wie schade um ihn!« Und in schwermütige Gedanken versunken, verliebte sie sich nur umsomehr in ihn, da er ja nun eine dreifach verbotene Frucht war. Aber eines Abends, als er ihr noch schöner dünkte als sonst, sagte sie: »Wäre Maillé nicht, dann würde ich Eure Krankheit nicht scheuen: geteilter Schmerz ist halber Schmerz ...«

»Meine Liebe zwingt mich, den Gesetzen der Klugheit getreu zu bleiben,« entgegnete er und ging hinweg zur schönen Limeuil. Aber Mariens Liebesblicke wurden nicht kälter, sintemalen ihr nun Berührungen verwehrt waren und ihr Auge alles sagen mußte. Und dieses Spiel feite sie wider alle Nachstellungen der Hofherren; denn die Liebe ist der sicherste Schutz für eines Weibes Treue.

Nun begab es sich, daß Lavallière eines Abends seines Freundes Ehefrau zu einem Balle geleitete, den die Königin veranstaltet hatte. Und wie er mit der heißgeliebten Limeuil tanzte, so waren auch die an dern Liebespärlein miteinander beschäftigt. Die Königin begünstigte solche Herzensbünde aus politischen Gründen und sagte mit zufriedenem Rundblicke zu ihrem Gatten: »So lange sie hier plänkeln, können sie nicht wider uns minieren. Da gehen selbst Glaubensprinzipien in Rauch auf: seht nur, wie meine liebe Limeuil den Lavallière zu bekehren versteht. In Bälde wird er ...«

»Glaubt das nicht, hohe Frau,« rief Marie dazwischen, »die italienische Krankheit, die Euch zum Throne verhalf, hat ihn beim Kragen!«

Ob dieser unüberlegten Offenherzigkeit mußten Katharina, die schöne Diana und der König, die zusammenstanden, laut herausplatzen, und bald ging die Kunde von Mund zu Mund. Lavallière wurde allenthalben gehänselt, man zeigte mit Fingern auf ihn, und die schöne Limeuil, der es natürlich gleich hinterbracht wurde, ließ ihn eisig abfallen: bald war der Ärmste gemieden wie ein Aussätziger, und als ihn gar der König ungnädig anfuhr, verließ er das Fest, gefolgt von Marie, die nun erst ihre Torheit begriff. Sie hatte ihren Geliebten für immer entehrt, und nie konnte er mehr auf eine Ehe hoffen; denn auch der schönste Edelmann wäre abgewiesen worden, wenn er nur in dem Verdachte stand, einer von denen zu sein, die Meister Rabelais ›seine teuren Schörflinge‹ nannte.

Wie Lavallière nun auf dem Heimwege trübselig schwieg, hub seine Gefährtin an: »Ach, mein vielgeliebter Herr, wie sehr habe ich Euch geschadet!«

»Mein Schaden ist zu heilen,« entgegnete er, »aber was habt Ihr Euch angetan?! Wie durftet Ihr mein Liebesgebresten kennen?«

»Oh, ich bin nun sicher, daß niemand Euch mir raubt und meine Schande schenkt mir das Glück, Euch allezeit lieben, hegen und pflegen zu dürfen. Denn fürwahr, ich will in unvergänglicher Sorge Euch betreuen, und sollte Euer Leiden schon so eingefressen sein wie bei weiland dem Könige Franz, so würde es mich glücklich machen, an der gleichen Krankheit zu sterben wie Ihr. Ach,« schluchzte sie, »keine Qual könnte ja zu schlimm für mich sein, nachdem ich Euch solches Unrecht tat.« Heiße Tränen rannen ihr aus den Augen, ihr tapferes Herz krampfte sich und leichenblaß sank sie um. Voll Schreckens umfaßte er sie und legte, nach ihrem Herzen tastend, seine Hand unter ihren unvergleichlichen Busen. Und die Berührung dieser geliebten Hand belebte sie wieder, aber die Wonne, die sie empfand, hätte ihr schier erneut die Besinnung geraubt, und sie rief: »Ach, diese linde Liebkosung mag nun fortan die einzige Freude unserer Liebe sein. Ist sie doch tausendmal köstlicher als alles, was Maillé mir bieten kann! Nehmet Eure Hand nicht fort, sie liegt dort auf meiner Seele und streichelt sie.« Und als der Edelmann ihr mit wehmütiger Offenherzigkeit gestand, daß sein Entzücken seiner Krankheit Leiden verschärfe und er solchen Qualen wohl den Tod vorzöge, da rief sie aus: »So wollen wir sterben!«

Indessen war die Sänfte im Schloßhof angelangt; und da es folglich mit dem Sterben etwas unbequem war, so gingen lieber die beiden ein jeglicher in seinem Bette schlafen, um sich fern voneinander ihren Liebesgedanken hinzugeben, er dem Leid um den Verlust seiner schönen Limeuil, sie dem Entzücken über das eben erlebte unvergeßliche Glück. – Aber war er nun auch von allem Verkehr hoffnungslos abgeschnitten, sah er, wie teuer ihn dieses Wächteramt zu stehen kam, so dünkte ihm doch auch dieses Opfer nicht zu hoch, um seinem Waffenbruder in Treuen zu dienen. Die letzten Tage seines Dienstes jedoch schufen ihm wahre Höllenqualen.

Denn nun, wo Marie sich widergeliebt glaubte und unter dem Eindrucke der gekosteten Seligkeit ihr Unrecht gut zu machen bestrebt war, wagte sie all die verstohlenen Zärtlichkeiten, die sich die Damen seit Franzens Tode erdacht hatten, um zwar eine Ansteckung zu meiden, doch aber der Liebe Glück zu genießen. Und Lavallière mußte seine Rolle durchführen, durfte ihre Liebkosungen nicht ablehnen. So saßen sie nun allabendlich eng aneinandergeschmiegt; Marie hielt seine Hände in den ihren, küßte ihn mit Blicken, lehnte ihre Wange an die seine. Und er, der sich fühlte wie der Teufel im Weihwasserkessel, sprach ihr von seiner innigen Liebe, die in ihrer Unendlichkeit dem Weltall gliche. Dann flammten ihre Augen noch lichter, und er genoß wenigstens ein kleines Teil ihrer Seligkeit, wenn er seine Hand auf ihrer Brust ruhen ließ. Aber mochten sie sich auch tränenden Auges umhalsen, nie ließ Lavallière mehr zu, denn er hatte versprochen, wenn nicht ihr Herz, so doch ihren Leib unberührt zu erhalten.

Als endlich Maillé seine Rückkunft anzeigte, war es wirklich die höchste Zeit, denn länger hätte die größte Tugend solchen Gluten nicht widerstehen können. Eilends verließ der Getreue das Schloß und ritt seinem Freund nach Bondy entgegen, wo beide der Sitte gemäß in einem Bette übernachteten. Und dorten plauderten sie nun; der eine erzählte seine Reiseerlebnisse, der andere Hofklatsch. Gleich auf Maillé's erste Frage nach Marien schwur Lavallière, daß jener kostbare Ort, allwo des Gatten Ehre wohnt, völlig unversehrt geblieben sei, worob der verliebte Ehemann seligfroh ward. Tags darauf waren sie dann zu dritt beisammen, aber Marie war davon nicht beglückt; denn hatte sie auch in weiblicher Klugheit ihren Mann mit tausend Zärtlichkeiten begrüßt, so wies sie doch vor Lavallière heimlich auf ihr Herz, als wollte sie sagen: »Dies gehöret dir!«

Beim Nachtessen kündigte Lavallière an, er wolle in den Krieg ziehen, und Maillé erklärte sich sofort voll Kummer bereit, ihm zu folgen. Aber jener lehnte es glatt ab; und zu Marien sagte er alsdann: »Ich liebe Euch mehr, denn mein Leben, aber die Ehre über alles.« Dabei ward er leichenblaß und Marie gleichermaßen, denn niemals hatte er so aus heißem Herzen gesprochen. Maillé geleitete seinen Freund bis Meaulx; und als er heimkam, begann er sogleich mit seinem Weibe über die Gründe dieser plötzlichen Abreise zu sprechen.

Sie aber gedachte jenes Geständnisses und meinte: »Sicherlich floh er aus Scham, denn jeder weiß, daß er die italienische Krankheit hat.« »Er?!« rief Maillé verdutzt. »Aber ich sah ihn doch neulich, als wir in Bondy zusammen übernachteten, und weiß darum: er ist gesund wie Euer Auge!« Da brach sie in wehe Tränen aus und begriff nun erst ganz, wie edelmütig er gehandelt, wie namenlos er gelitten hatte. Und die Liebe wich nimmer aus ihrem Herzen, und als Lavallière vor Metz fiel, da starb auch sie aus Gram um ihn: so wenigstens hat uns der Herre von Brantôme berichtet.

Der Pfarrer von Azay-le-Rideau

Dermalen konnten die Pfaffen schon nicht mehr Frauen ehelichen, sondern nahmen sich Beischläferinnen, natürlich möglichst hübsche. Wie man weiß, wurde das hernach durch die Konzilien ebenfalls verboten, erstlich, weil es unerwünscht war, daß die Beichtgeheimnisse einer Vettel zu Ohren kamen, die sich darüber lustig machte, und dann aus vielen anderen kirchenpolitischen Gründen. Der letzte Pfaffe, der hierzulande sein legitimes Weib mit scholastischen Liebesbeweisen beglücken durfte, war ein Pfarrer zu Azay-le-Rideau. Ehrlich gesagt: in unsere Zeit hätte dieser Pfarrer nicht über die Maßen hineingepaßt; er war ein Kerl von echtem Schrot und Korn, sonnengebräunt, groß und stark, und aß und trank als ginge es ums Leben (womit er wohl recht hatte; denn als er später die Kirchengesetze einzuhalten suchte, schnitt er sich damit selbst den Lebensfaden ab). Im übrigen war er dunkelhaarig wie ein echter Turaner, flammenäugig genug, um alle Herdfeuer zu entzünden, und kurz und gut – nie hat Azay je wieder so einen prächtigen, freudewiehernden, lustigen, frommen und vielseitigen Pfarrer gehabt.
Ach, was für Späßlein hat man nicht alles von ihm erzählt! Er war es, der bei der Hochzeit des Herrn von Valesme alle so zum Lachen brachte. Damals war die Mutter selbigen Ehemannes voll Eifer, die Gäste, die meist weit her kamen, auch reichlich zu atzen.
Just nun, wie der Pfarrer von einem Abstecher in den Festsaal zurückkehrt, trifft er einen kleinen Küchenjungen, der seiner Gnädigen kund tun wollte: es sei nun alles zur Füllung der leckeren Wurst bereit,

welchselbige die Hausfrau als besonderen Wonneschmaus für die Gäste ob der selbsterprobten knifflichen Vorschriften auch selbst überwachen wollte. Mein Pfaff gibt dem Töpfepfuscher einen Katzenkopf und sagt ihm: in solch schmierigen Aufzuge könne er sich nicht vor der Gesellschaft sehen lassen, und er wolle daher den Auftrag für ihn ausrichten. Damit geht der Spaßvogel in den Saal, krümmet die Finger der linken Hand zu einer Scheide und stopft in diese mehrmals ausdrucksvoll den Mittelfinger der rechten; und dabei blickt er die Hausfrau verständnisinnig an und spricht: »Kommt, alles ist bereit!« Stracks brachen die Gäste in fröhliches Gelächter aus, als sie sahen wie die Gnädige aufstand und mit dem Pfarrer hinausging. Denn sie wußten ja nicht, wie jene, daß es sich um die Wurst handelte und keineswegs um etwas anderes!

Wahr ist auch die Geschichte, die von dem kläglichen Ende seines Eheweibes berichtet, der er auf erzbischöfliche Weisung hin keine legitime Nachfolgerin geben durfte, womit nicht gesagt sein soll, daß er deshalb fortan des nötigen Hausgeschirres ermangelt hätte: denn seine Pfarrkinder machten sich eine Ehre daraus, ihm alles nötige zu leihen. Also eines Abends kam der Pfarrer gar traurig heim und erzählte seinem Weibe: »Weißt du, ich bin noch ganz zerschmettert von der Art, wie der arme Pächter, der Saukopf daran glauben mußte ...«

»Was ist denn nur geschehen?«

»Denke dir: Saukopf hatte auf dem Markt sein Korn und zwei Mastschweine verkauft und ritt auf seiner hübschen Stute heim; aber die war seit Azay brünstig, wovon er allerdings nichts ahnte. Wie er nun so des Weges trabte und seinen Verdienst nachrechnete, kam er dort an die Kreuzung der alten Heeresstraße, allwo in einer Koppel ein Deckhengst des Herrn de la Carte graste, ein Prachttier, schön, groß und riesenstark. Kaum witterte nun der verteufelte Hengst das Stütlein, da legt er schon die Ohren zurück, setzt über ein Rebstück mit wohl vierzig Weinstöcken, und jagt hinterdrein. Der Boden dröhnte unter dem Stampfen der Hufe, und sein Liebesgewieher ging einem durch Mark und Bein: bis nach Champy hörte man's und auch dem Mutigsten mußte dabei angst und bange werden. Saukopfen wird es schwummelig, aber er vertraut auf seiner Stute flinke Beine, lenkt stracks in die Heide, gibt die Sporen, und vorwärts geht es wie der Wind, ihm nach der Hengst mit seinem beängstigenden Trabtrab!

Der Pächter spürt den Tod im Genick und als er endlich zum Hofe kommt, ist er totenbleich. Aber er findet die Stalltür zu, schreit: ›Zu Hilfe, Frau, zu Hilfe!‹, dreht wieder um, jagt um den Teich und sucht immer nur dem Hengst zu entrinnen, der vor Brunst rast und sich immer toller gebärdet. Die Hofleute trauen sich nicht die Stalltür zu öffnen, weil sie des verliebten Hengstes Huftritte fürchten; aber endlich macht die Pächtersfrau auf: die Stute stracks hinein, aber schon an der Tür ist der Hengst hintendrauf, wirft die Beine um sie, quetscht, stößt, tobt und zerstampft und zermalmt dabei den armen Saukopf, der am Ende nur mehr eine formlose Masse war, just wie ein ausgepreßter Nußkuchen. Es war herzzerreißend, sein Wehegeschrei zu hören, und mitten hinein immer das Liebesgewieher des Gaules.«
»Ach, die Stute!« rief die Pfarrersfrau.
»Und was?« fragte er verwundert.
»Ach, als ob ihr Männer auch nur eine Pflaume zerdrücken könntet.«
»Wart nur, das werde ich dir gleich zeigen!« Damit warf er sie grimmig aufs Bett und ließ sie einen Liebesgesang vernehmen, davon sie glatt auseinanderbarst und verstarb, ohne daß die Ärzte für die Risse in Muskeln und Sehnen eine Erklärung finden konnten. Weiß Gott, der Pfarrer war ein verteufelter Prachtkerl! Aber nicht nur bei dieser Gelegenheit bewies der hochgemute Mann seine gewaltige Kraft. Schon früher leistete er sich ein Stücklein, das allen Spitzbuben die Luft verdarb, bei ihm ihr Glück zu versuchen. Saß er da eines Abends, nachdem er sich an einer Gans, seinem Weibe und einem herzhaften Trunke gütlich getan hatte, in seinem Lehnstuhl, als ein Bote ihm vermeldete, der Herre von Saché ließe ihn eilig rufen, maßen er am Verscheiden sei und noch rasch mit seinem Gotte sich versöhnen wolle. »Gut, ich komme!« ruft er, eilt in die Kirche, holt das silberne Ciborium, und um den Messner nicht zu wecken, läutet er selbst das Glöcklein, derweile er rüstig fürbaß schreitet. Aber wie er zum[138] Brücklein über die Grad-Furt kommt, sieht er einen Wegelagerer, der auf die wertvolle Silberbüchse lauerte. »Ei, ei,« meint unser Pfaff und setzt das Ciborium auf den Brückenkopf: »bleib du hier und wart' ein bissel!« Dann geht er stracks wider den Strolch, gibt ihm einen Mordstritt, reißt ihm den eisenbeschlagenen Stock aus der Hand, und wie jener erneut anspringt, haut er ihm eins aufs Gedärm, daß ihm für immer die Luft ausgeht. Dann nimmt er das Viatikum wieder und sagt:

»Hätte ich auf deinen heiligen Schutz vertraut, dann wär' ich verratzt.« Damit gedachte er nämlich eines Falles, wo er die faulen Bauern heruntergekanzelt hatte: eine gute Ernte käme nicht sowohl durch Gottes Gnade als durch fleißige Arbeit zustande; und darob war er vom Erzbischof als gar ketzerisch angefahren worden.

Und nun noch eine Geschichte, die erweist, wie eifrig er nach der Heiligen Vorbilde besorgt war, auch die Ärmsten zu beglücken. Einst ritt er auf seinem Maultier fröhlich von Tours heim. Sieht er da dicht vor Ballan ein hübsches Mägdelein des Weges schreiten, das dem Gange nach weidlich müde schien. Darob krampft sich sein mitleidig Herz, flugs holt er sie ein und heißt sie sänftiglich, mit aufzusitzen. Erst zierte das Mädel sich natürlich, aber dann stieg es doch gern hinten auf, und weiter trabt das Maultier mit Hirt und Schäflein auf dem Rücken. Maßen die Dirn' aber allezeit hin und her rutschte, so riet er ihr, als sie Ballan hinter sich hatten, sich hübsch an ihm festzuhalten, worob sie bereitwilligst ihre prallen Arme um seine Brust legte.

Das tat ihm über die Maßen wohl; denn solcherart ward sein Rücken von zwei Halbkugeln gar köstlich erwärmt und die Hitze breitete sich mählig auch weiter aus, kurz, nach einer Weile war den beiden Reitern wohliger eingeheizt als des Maultiers sanftes Wiegen zustande bringen konnte, und so kam es, daß jeder der beiden des andern Gedanken erriet. Darob wandte sich der Pfarrer um und meinte: »Was denkst du von dem Busche da?«

»Er liegt zu nahe am Weg und wird seine Zweige bald verlieren.«

»Bist du nicht verheiratet?« fragte er und ritt weiter. – »Nein.« – »Nicht einmal ein kleines bischen?« – »Nein.« – »Ei, welche Schande in deinem Alter.«

»Freilich, Herr Pfarrer! Aber wenn so ein armes Mädel ein Kind weg hat, dann taugts schlecht zum Haustier.« Ob solcher Unwissenheit ward der gute Pfaff von tiefem Mitleiden erfüllt und sintemalen die Kirchenregeln fordern, daß ein Seelenhirte seine Lämmlein wohl unterweise, um sie auf ihre Pflichten vorzubereiten, so hub er alsbald mit sanften Worten an: sie möge sich ohne Bangen seiner Gewissenhaftigkeit anvertrauen und eine eheliche Kostprobe machen, die niemand erfahren würde. Natürlich entgegnete sie trotz besagter lüsterner Seelenwärme eindringlichst: »Wenn Ihr so redet, steige ich ab!«

Aber er setzte seine sanften Ermahnungen fort, bis sie zum Walde von Azay kamen, wo sie mit dem Absteigen Ernst machte. Ihm war das sehr lieb, denn im Sattel konnte er seine Absichten nicht wohl zu Ende führen. Zwar lief der tugendsame Schalk flink ins dichte Gesträuch und rief: »Etsch, nun sucht mich, Herr Schelm!« Aber schon war sie gestolpert und der Pfarrer sprang herzu, und dann nahmen beide einen großen Vorschuß auf die Wonnen des Paradieses. Er war dabei wohl bedacht darauf, sie bis ins kleinste richtig zu unterweisen, und sie zeigte sich recht gelehrig, denn ihre Seele war nicht minder zart denn ihr Leib. Maßen sie aber schon nahe bei Azay waren, mußte er sich doch ziemlich kurz fassen, und das betrübte ihn, denn wie jeder gewissenhafte Lehrer hätte er die Lektion gern noch einmal wiederholt. »Ach, mein Schmuckchen, warum hast du dich nur so lange geziert, bis wir nun Azay vor der Nase haben?!«
»Ja, weil ich in Ballan zuhause bin,« lachte sie.
Bei solcher Herzensgüte war's begreiflich, daß sich bei des wackern Pfarrers Tode ein trostloses Wehklagen in Azay erhob und nicht nur die jüngeren, nein alle unter Tränen riefen: »Wehe, wir haben unsern Vater verloren.« Und zumal die Weiblein, jung wie alt, greinten: »Der war mehr denn ein Pfarrer, er war ein Mann!«
Ach, heute ist diese Saat vom Winde verweht und alle Seminare der Welt werden uns solche Pfarrer nicht mehr wiedergeben!

Buckelchen

Die schöne Wäscherin von Portillon hatte soviel spitzbüsche Pfiffigkeit mit auf den Weg bekommen, daß sie es wohl zum mindesten mit sechs Pfaffen oder drei Frauen aufnehmen konnte. So mangelte es ihr denn auch nie an Herzliebsten, die sie umschwärmten wie Immen den Bienenstock. Ritt da einst ein alter Seidenweber, ein stinkisch-reicher Kerl, der in der Misthaufenstraße sein Haus hatte, von seinem Gartenhofe heim, und wie ihm just der warme Sommerabend wohlig in den Gliedern lag, erblickte er die schöne Maid vor ihrer Tür. Längst schon hatte er ein Auge auf sie geworfen, aber diesmal gings ihm durch und durch, also daß er kurzerhand um sie anhielt; und wenig später war aus dem Wäschermädel eine Färberin geworden, die in Reichtum prunkte und sich trotz ihres Gatten recht glücklich fühlte, sintemalen sie selbigen sachgemäß zu betrügen wußte. Der Färber nun hatte zum Gevatter einen Mechanikus, ein verwachsenes, boshaftes Kerlchen, das schon am Hochzeitstage zu ihm sagte: »Wir werden da ein leckeres Weibchen haben« und was der üblichen Zweideutigkeiten mehr sind. Buckelchen also machte der Schönen den Hof, aber sie hatte für schlechtgewachsene Männer nichts übrig und deshalb lachte sie ihn einfach aus. Aber er ließ sich nicht abschrecken und setzte ihr weiter so zu, daß sie sich entschloß, ihm durch einige Streiche den Appetit zu verderben. Als er ihr daher wieder einmal in den Ohren lag, da hieß sie ihn, sich bei der Hintertüre einzustellen: um Mitternacht werde er alle Pförtlein offen finden. Nun war das, wohlvermerkt, im dicksten Winter, und die Misthaufenstraße ist besonders zugig. Trotzdem fand sich Buckelchen pünktlich ein und lief, in einen dicken Mantel gehüllt, auf und ab, um nicht derweile einzufrieren. Schon fluchte er wie eine Herde Teufel beim Kirchensegen und wollte die Sache aufgeben, da sah er Licht durch die Ritzen schimmern und neu belebt lauschte er durchs Schlüsselloch.

»Seid Ihr da?« fragte die Färbersfrau.

»Freilich!«

»Hustet, damit ich's höre« (er hustet), »nein Ihr seid's nicht!« Worob Buckelchen schrie:

»Wieso bin ich's nicht? Kennt Ihr meine Stimme nicht mehr? Macht auf!«

»Wer ist da?« rief der Färber zum Fenster hinaus.

»So, nun habt Ihr meinen Mann geweckt, der heut Abend unversehens zurückgekommen ist.« Derweile hatte der Färber im Mondschein eine Gestalt vor der Tür erblickt, einen Kübel eisiges Wasser hinuntergeschüttet, und schrie nun: »Ein Dieb, zu Hilfe!« also daß Buckelchen die Beine in die Hand nahm und fort rannte. Aber in seiner Angst sprang er schlecht über die Kette hinten bei der Straße und fiel in eine Senkgrube. Und während er in diesem duftigen Bade schier verreckte, verfluchte er die schöne Tascherette (so hatte man sie nach ihres Mannes Namen gar zierlich getauft) und schwur ihr höllische Rache. Denn Carandas, so lautet sein richtiger Name, war nicht so liebeverblendet, um an ihre Schuldlosigkeit zu glauben.

Als er jedoch einige Tage später, kaum noch von jenem Bade erholt, bei dem Färber zu Nacht aß, da war das Weiblein so gar zutunlich und honigsüß zu ihm,

daß ihm jeder Verdacht schwand und er sie neuerlich bestürmte. Und sie entgegnete mit einem Gesichte, als stünde ihr Sinn nur einzig nach ihm: »Kommt morgen abend. Mein Mann geht für drei Tage nach Chenonceaux, um mit der Königin deren neue Aufträge durchzusprechen. Da hat er eine gute Weile zu tun.«
Carandas also erschien zur angegebenen Zeit prunkhaft ausstaffiert und siehe: auf dem Tische lächelte ihm ein leckeres Mahl entgegen; aber was waren diese Köstlichkeiten gegen die bezaubernde Tascherette, die so einladend und wonnig ausschaute wie eine vollreife, sonnensüße Frucht. Dem Mechanikus lief das Wasser im Munde zusammen, und eben wollte er sie im Sturme nehmen, als just Herr Tascherau laut wider die Straßentüre pochte. »Himmel, was geschieht!« ruft sie. »Flink in den Schrank! Schon einmal ist er mir Euretwegen aufs Dach gekommen; trifft er Euch jetzt, dann zählt Eure Knochen, denn in der Wut kennt er sich nicht mehr.«
Also hinein in den Schrank, Schlüssel in die Tasche und die Haustür aufgemacht! Natürlich wußte sie genau, daß ihr Mann zum Essen zurücksein würde. Sie begrüßte den Färber mit einigen schallenden Küssen, die er nicht minder klangvoll erwiderte; dann speisten sie und schäkerten, und schließlich gings ins Bett. Der Mechanikus mußte alles mitanhören ohne sich zu regen; wie ein Hering in der Tonne stand er dort zwischen Wäsche geklemmt und schnappte nach Luft wie ein Ertrinkender. Dazu erklang ihm gar tröstlich die Liebesmusik des Pärchens, seine Seufzer und ihr Gezirp. – Endlich glaubt Buckelchen, der Alte schliefe, und versucht den Schrank zu öffnen. Aber stracks ruft der Färber: »Wer ist da?«
»Was ist dir, Schatz?« fragt die Frau und guckt über die Bettdecke.
»Irgend etwas hat geraschelt, dünkte mir.«
»So wirds morgen regnen, das war die Katze,« meinte die Frau. Und während der Mann sich wieder niedergelegt hatte, spottete sie: »Nein, hast du aber einen leichten Schlaf. Weiß Gott, bei dir dürfte man's nicht wagen, sich einen Liebsten zuzulegen.«
Am andern Morgen kam dann die Schöne zum Schranke und ließ den Mechanikus hinaus, der totenbleich ausschaute. »Luft,« ächzte er, »Luft!« und dann machte er sich schleunigst davon. Von seiner Liebe war er ja nun geheilt, aber dafür barst er schier vor Haß. Er wandte Tours den Rücken und zog nach Brügge,

wohin er von einigen Kaufleuten geladen war, um Maschinen zur Herstellung von Panzerhemden zu bauen. Und während seiner Abwesenheit dachte Carandas, der maurisches Blut in den Adern hatte, vom Morgen bis zum Abend, vom Abend bis zum Morgen nur an seine Rache, und oft genug sagte er: »Ihr Fleisch werde ich essen, ihre Brüste werde ich mir braten, nein, selbst roh werde ich sie verschlingen!«

Und so kam der Tag, wo er wieder heimkehrte, reich beladen mit dem Gelde, das ihm seine mechanischen Geheimnisse eingebracht hatten. Davon kaufte er in der Misthaufenstraße ein schönes Haus, das heut noch ob seiner possigen Steinfiguren eine Sehenswürdigkeit ist. Bei seinem Gevatter hatte sich inzwischen mancherlei geändert, insofern, als der Färber nunmehr zwei Kindlein sein Eigen nannte, die weder dem Vater noch der Mutter glichen (in welchem Falle man dann sagt: ›ganz die Großeltern!‹, dafern die Goldchen hübsch sind; denn irgendwem müssen sie doch gleichen). Der Färber meinte, die Göhren sähen einem seiner Oheime ähnlich, aber böse Zungen schoben sie einem hübschen Pfaffen der Nachbarsgegend in die Schuh, dem sie wie aus dem Gesichte geschnitten waren. Und als Carandas gleich beim ersten gemeinsamen Essen die glückliche Familie und den geistlichen Gast beaugenscheinigen und zudem zu seiner Enttäuschung konstatieren konnte, daß die saftigsten Bissen dank Tascherettens Fürsorge auf des Pfaffen Teller glitten, da sagte er sich: »Mein Gevatter wird von seinem Weibe gehörnt und die Kindlein wurden mit Weihwasser gezeugt. Aber jetzt sollen sie eines Buckligen Gaben kennen lernen!« Natürlich tat er, als hätte er seine alte Liebe längst abgestreift, war zu allem gleichmäßig liebenswürdig, und nur als er zufällig mit Tascheretten allein war, wies er auf den bewußten Schrank und sagte: »Weiß Gott, damals habt Ihr mich aber fein an der Nase herumgeführt.«

»Daran waret Ihr selbst schuld,« lachte sie, »denn hättet Ihr Euch damals aus Liebe weiter von mir narren und hineinlegen lassen, vielleicht wäre es Euch dann genau so gelungen, mich herumzukriegen, wie allen den andern.«

Darob lachte auch Carandas, aber innerlich platzte er vor Wut, zumal da Tascherette noch hübscher geworden war, wie alle Frauen, die im Jungbronnen der Liebe zu baden pflegen.

Sorglich studierte er voll Rachedurst die näheren Umstände in seines Gevatters Hahnreischaft: denn solche wechseln von Fall zu Fall, wie nie ein Mensch dem andern völlig gleicht. Und so bekam er bald heraus, daß die geistliche Hornung doch bei weitem am schlauesten zustande kommt. Die Färberin zum Beispiel richtete sich folgendermaßen ein: jeden Samstagabend begab sie sich auf den Gutshof draußen, derweile der Gevatter noch Wochenabschluß machte und darum erst Sonntag früh mit dem Pfaffen die Stadt verließ und zu ihr eilte. Der verdammte Pfaff aber hatte dann schon am Abend vorher auf einer Fähre die Loire durchquert, der Färberin das Bett vorgewärmt und ihre Nachtruhe mit holden Träumen beglückt. Am Morgen eilte der Galgenstrick heim und ließ sich von Tascherau alldorten aus dem Bette holen. Und da er den Fährmann gut bezahlte und immer vom Dunkel der Nacht geschützt war, so blieb natürlich alles wohl verborgen.

Als nun Carandas das Programm genau kannte, erwartete er einen Tag, wo die beiden nach unfreiwilligem Fasten besonders ausgehungert wieder zusammenkamen und versicherte sich zunächst, daß der Pfaff auch richtig die Fähre bestieg. Darauf stürmte Buckelchen zu dem alten Färbersmann, der in seiner Liebe immer noch vermeinte der einzige zu sein, der seinen Finger in seines Weibes schönen Weihwasserkessel stecke. »Guten Abend, Gevatter!« rief der Mechanikus, und da platzt er auch schon mit seinem Geheimnis heraus und peitscht des Färbers Eifersucht, bis der den beiden blutigste Rache schwört. Darob sagt Buckelchen befriedigt: »Ich habe aus Flandern einen Degen mitgebracht, der ist vergiftet und schon die geringste Schramme wird dadurch tötlich.«

»Kommt, wir wollen ihn holen,« brüllt der Färber und stracks eilen beide zu des Buckligen Hause, nehmen den Degen und machen sich dann nach dem Gutshofe auf. »Werden wir sie auch im Bette abfassen?« grollt Tascherau.

»Nur Geduld!« höhnt Buckelchen.

Richtig war das Pärchen just dabei, den Vogel zu haschen, der allemal wieder entschlüpft und kichernd wiederholten sie immer und immer von neuem das gleiche Spielchen. »Ach, Schätzelein,« rief Tascherette und preßte den Pfaffen wider sich, als wolle sie sich von ihm zermalmen lassen,

»ich hab dich zum Fressen lieb – nein, ich möchte dich so wohl in meiner Haut geborgen wissen, daß du nimmermehr hinaus könntest.«
»Mir wär's recht,« neckte er zurück, »aber da es im Ganzen nicht geht, mußt du schon mit einem Stücklein von mir vorlieb nehmen.«
In diesem holden Augenblicke betrat der Ehemann mit gezücktem Degen die Stube. Die Schöne kannte sein Gesicht zu gut, um nicht auf den ersten Blick zu verstehen, daß es um sie und ihren Liebsten geschehen war. Aber jählings warf sie sich halbnackt, mit aufgelöstem Haar, schön vor Scham, schöner noch vor Liebe, dem Färber in den Weg und rief: »Halt ein, Unseliger, du willst ja den Vater deiner Kinder töten!«
Und war's nun die majestätische Würde seiner Hahnreischaft, die ihn so unvermittelt blendete, war's seines Weibes Flammenblick, kurz, der Färber ließ den Degen seiner Hand entgleiten, und der fiel dem Bucklichen, der nachdrängte, auf den Fuß und tötete so den Verräter.

Die drei Zechpreller

Im Gasthause ›Zu den drei Barben‹ aß man dermalen sicherlich am besten von ganz Tours, und der Wirt war sogar in der Umgegend weit und breit ob seiner Kochkunst berühmt. Das war ein Kerl, der es hinter den Ohren hatte: das ›Über-den-Löffel-balbieren‹ übte er mit einer Kunstfertigkeit, daß er selbst an den Eiern noch zu scheren fand. Und während er mit seinen Gästen herumpokulierte und kräftige Späße verzapfte, berechnete er womöglich, ob er ihnen nicht die Aussicht und gute Luft auf die Rechnung schreiben könnte. Solchermaßen wurde er natürlich steinreich, wie eine Tonne feist zum Platzen, und ließ sich ›Herr‹ anreden.
Beim letzten Jahrmarkt nun begab es sich, daß drei Kerle, aus dem Teige, davon man eher Gauner denn Heilige backt, Galgenvögel, die ihrem erhabenen Geschicke immer wieder zu entschlüpfen wußten, den edlen Vorsatz faßten: sich's einige Tage auf anderer Leute Kosten wohlsein zu lassen. Zu dem Ende kniffen die verteufelten Tintenkleckser ihrem Lehrherrn, einem Advokaten in Angers, einfach aus und ließen sich im Gasthofe ›Zu den drei Barben‹ vor allem die besten Zimmer anweisen.

Sie spielten sich als Großkaufleute auf, taten mordsmäßig verwöhnt, stellten das ganze Haus auf den Kopf, und der Wirt sprang immer nur treppauf, treppab, drehte die Bratspieße, zapfte vom Besten und richtete den drei Taugenichtsen einen wahren Advokatenschmaus. Aber hatten die Kunden auch schon für hundert Gülden Krach gemacht, so gedachten sie nicht einmal die zwölf Dreier herzugeben, mit denen einer von ihnen ständig in der Tasche klimperte. Dafür fraßen und soffen sie natürlich um so fröhlicher, und binnen fünf Tagen hatten sie ärger in den Vorräten gehaust, denn eine ganze Horde Landsknechte beim Plündern.

Hatten sich die drei gesiebten Halunken beim Frühstück den Wanst vollgeschlagen, dann suchten sie zur Abwechslung den Jahrmarkt heim, stahlen hier, hängten dort die Schilder um, zerschnitten dem das Leintuch, warfen jenem Dreck in die Bude, schlugen die Hunde, machten die Gäule scheu, fragten einen: »Seid Ihr nicht der Herr Sitzfleisch aus Angers?«, behaupteten etwas verloren zu haben und suchten den Damen die Kleider durch, indem sie unter Tränen riefen: »Es muß in ein Loch gerutscht sein!«, kurz, der leibhaftige Satan war der reinste Waisenknabe dagegen. Hatten sie diese Scherze endlich satt, so ging's wieder übers Essen her: bis zur Vesperstunde wurde dann durchgepraßt, worauf sie auf die Dirnenjagd gingen und sich nach Noten gütlich taten. Bezahlen gab's natürlich nicht, denn sie riefen höhnisch: »Jeder muß sein Scherflein zahlen und jetzt wäret eigentlich ihr dran.« Und dann kam das Nachtessen, und weil sie dann niemand mehr fanden, um Schindluder mit ihm zu treiben, so verprügelten sie sich gegenseitig oder verlangten vom Wirt, er solle die Fliegen festbinden, wie das anderorts Sitte wäre.

Als nun aber besagter Wirt am fünften Tage (der ja auch bei Fieber immer kritisch ist) noch nicht den ersten Heller zu sehen bekommen hatte, so sehr er auch die Augen aufriß, da gedachte er, daß nicht immer alles Gold ist, was glänzt, und sein Eifer kühlte ab. Darob bestellten die Kerle flugs mit wahrhaft erzbischöflichem Selbstbewußtsein ein leckeres Abendessen, da sie abzureisen gedächten, und ihre Sicherheit machte ihn doch schwankend. Immmerhin hoffte er, sie gehörig betrunken zu machen, um sie im Notfalle leichter vom Büttel abführen lassen zu können. Derweile fraßen und soffen die drei Kumpane mit wütendem Ingrimme, denn es war ihnen noch völlig schleierhaft, wie sie auskneifen könnten:

der verdammte Wirt ließ sie nämlich nicht aus dem Auge, machte einen Schritt vorwärts, um sein Geld zu retten, zwei zurück, um sich nichts zu verderben, für den Fall es wirklich Standespersonen wären, und so war er unter dem Vorgeben, für gute Bedienung zu sorgen, immer mit dem Ohr im Gastzimmer, mit dem Fuß in der Küche. Beim kleinsten Laut erschien sein Gesicht in der Tür, umfangreich wie seine Rechnung, die er präsentieren wollte: »Was ist den Herren gefällig?«, so gar verständnisinnig, daß sie ihn am liebsten zehnmal gespiest und gebraten hätten und am Ende wie auf glühenden Kohlen saßen. Schon stand die Nachspeise auf dem Tische und die Stimmung war dicht am Gefrierpunkt angelangt, da rief der Pfiffigste der drei, ein Burgunder, mit frohem Lächeln: »Meine Herrn, ich beantrage Vertagung!«

Und trotz der drohenden Gefahr erhoben die beiden andern ein wieherndes Gelächter. Dann rief der mit den Dreiern im Sack: »Was macht die Zeche?« und dabei klimperte er so stark damit, als würden sie davon Junge kriegen. Das war ein Pikarde, ein wahrer Teufel, jähzornig, händelsüchtig und darum drauf und dran, den Wirt kurzerhand zum Fenster hinauszuwerfen. Zunächst nahm er mal das Maul voll, als hätte er zehntausend Dukaten Rente: »Die Rechnung?!«

»Sechs Gülden, meine gnädigen Herren,« flötete der Wirt mit Salbung und tat die Hand auf.

»Auf keinen Fall leide ich, Graf, daß Ihr zahlt!« rief stracks der Dritte, der zu Angers gebürtig war.

»Ich ebenfalls nicht!« krächzte der Burgunder.

»Meine Herren, Ihr spaßt,« entgegnete der Pikarde.

»Ich werde mir doch das nicht nehmen lassen!«

»Schockschwerenot!« brüllte der aus Angers, »sollen wir etwa dreimal die Zeche zahlen? Der Wirt nähme das ja gar nicht an!«

»Gut also, wer die schlimmste Geschichte erzählt, zahlt.«

»Und wer soll Richter sein?« fragte der Pikarde, und ließ die zwölf Dreier wieder zurückgleiten.

»Natürlich der Wirt, der hat einen fein entwickelten Geschmack und muß es drum verstehen! Auf, Meister Quirl, nehmt Platz. Wein her und Ohren auf: die Sitzung ist eröffnet.« Der Wirt schenkte allen reichlich ein, setzte sich, und der aus Angers rief: »Also ich werde anfangen!«

»In unserm Herzogtum Anjou sind die Landleute gar gehorsame Diener des alleinseligmachenden Glaubens, und keiner möchte sein Plätzlein im Paradiese drangeben. Nun geschah es, daß eines Abends so ein braver Kerl aus Jarzé vom Wirtshaus heimwandelte, allwo er beim Dämmerschoppen etwas reichlich geladen und dadurch seine fünf Sinne stark in Verwirrung gebracht hatte. Wie er nun unterwegs das Wasser lassen wollte, plumpste er in seine höchsteigene Pfütze und machte es sich darin bequem in der Meinung, es sei sein Bett. Sein Nachbar Godenot findet ihn schon halb festgefroren (denn es war Winter) und fragt spöttisch: ›Worauf wartet Ihr denn da?‹
›Aufs Tauwetter!‹ lallt der andre weinselig, als er merkt, daß ihn das Eis festhält.
Darob eist ihn Godenot als guter Christ los und hilft ihm in sein Haus. Der Säufer gerät dort in das Bette der Magd, wo selbiges hübsche, ziere Ding bereits sanftselig ruhte. Aber der biedere Knabe vermeinte zu seinem Weibe gelangt zu sein, hub, vom Trunke wohlgestärkt, an, den jugendlichen Grund zu pflügen und murmelte dankbarverwunderte Worte, noch Reste einer Jungfernschaft vorzufinden. Das hört die Frau, schreit, als ob sie am Spieße stäcke, und so wird der Ackersmann inne, daß er verbotene Wege wandelt.
Das fiel ihm unsagbar schwer auf die Seele. ›Wehe mir,‹ klagte er, ›Gott hat mich dafür gestraft, daß ich den Vespergottesdienst versäumt habe!‹ Schmerzbewegt kroch er bei seinem Weib ins Bett und entschuldigte die Irrwege seiner Manneszierde mit den Wirkungen des Dämmerschoppens. Inzwischen hatte die Magd ihrer Herrin erklärt, sie habe von ihrem Liebsten geträumt, worob selbige ihr ein paar Maulschellen verabfolgte. Dann suchte sie ihren Mann zu beruhigen: ›Das macht ja nichts.‹ Aber er weinte heiße Säufertränen und wehklagte ob seiner argen Sünde, bis sie endlich sagte: ›So geh also morgen beichten. Jetzt aber sei ruhig.‹
Drum wandelte die edle Seele tags darauf zum Beichtstuhle und gestand in Demut das Verbrechen. Der Seelenhirte war ein Greis voll tiefen Mitgefühles: ›Irrtümer zählen nicht! Fastet morgen und Ihr seid der Sünde ledig.‹
›Fasten? Wie wundervoll! Dann darf ich ja auch wieder ein Schöpplein heben!‹
›O nein! Ihr werdet nur Wasser trinken und nichts weiter essen als ein Viertel Brot und einen Apfel,‹ sprach der Pfarrer.

Worob der Sünder heimging und derweile das Sprüchlein ununterbrochen nachbetete, um keine Verwechslung anzurichten. So kam er dann natürlich nach Hause mit der schönen Verordnung: ›Ein Viertel Apfel und ein Brot.‹ Und um seine Seele flugs reinzuwaschen, machte er sich gleich an die Arbeit: sein Weib holte ihm ein Brot und einen Apfel und er begann wehmütig einzuhauen. Aber wie er den letzten Bissen schlucken sollte, da tat er einen tiefen Seufzer, denn er stack bis zum Halse voll und wußte nicht, wie er noch etwas hineinbringen sollte. Sein Weib meinte darob, Gott wolle doch nicht den Tod des Sünders, und es käme sicher nicht darauf an, ob der Brocken da noch in seinen Wanst käme oder nicht. Er aber fuhr auf: ›Schweig stille, Weib! Ich halte meine Fasten und wenn ich darob zerplatze!‹«

»So, meine Zeche ist bezahlt!« schloß der Gauner mit schlauem Blinzeln. »Nun bist du dran, Graf!«

»Die Humpen sind leer,« rief der Wirt. »Holla, Wein her!«

»Natürlich, man muß die Kehle feuchten!« schrie der Pikarde, leerte seinen vollen Becher bis auf den letzten Tropfen und begann dann mit einem verheißungsvollen Räuspern:

»Ihr wißt wohl, daß in der Pikardie alle Mädel sich vor der Ehe zuerst ihre Ausstattung erarbeiten. Darum gehen sie in der Umgegend in Stellung als Mägde oder was sich sonst etwa bietet, und da sie immer reichliche Ersparnisse heimbringen, sind sie sehr begehrt zu Ehezwecken. Da war nun mal so ein Ding, das von Paris schier Wunderdinge gehört hatte und sich in den Kopf setzte, dort sein Glück zu versuchen. So machte es sich eines Tages auf den Weg und gelangte vollzählig hin, d.h. sie in Person und an ihrem Arm ein Körblein, darin sich eine ansprechende Leere breitmachte. Gleich beim Tore des heiligen Dionys gerät sie auf ein Häuflein Landsknechte, die dort auf Wache standen. Der Wachtmeister sieht nicht sobald diesen Leckerbissen über den Weg laufen, da wirft er sich schon unternehmungslustig in die Brust, also daß die Feder auf seinem Hute ausdrucksvoll wippt, wichst seinen Schnurrbart, kommandiert mit Stentorstimme, rollt die Augen, stemmt die Hand in die Seite, hält das Mädel an und fragt, ob bei ihr auch alles wohl in Ordnung sei, maßen er sie sonst nicht hineinlassen könne. Spielt dann den Schwerenöter und erkundigt sich, was sie in Paris vorhabe; ob sie vielleicht die Stadt im Sturme nehmen wolle.

Und die Dirn erzählt offenherzig, daß sie eine Stellung suche und keine Arbeit scheue, wenn sie nur ihren Lohn kriegte.
›Das trifft sich glänzend, Mädel,‹ sagt der Spaßvogel. ›Ich bin ein Landsmann von dir, – tritt bei mir in Dienst: manche Königin würde dich darum beneiden, wie gut du's haben wirst, und du wirst manchen Goldfuchs verdienen.‹ Dann führt er sie in die Wachtstube, zeigt ihr, wie sie zu kehren, zu kochen, zu heizen und zu putzen habe, und kündigt ihr an, jeder seiner Leute würde ihr einen halben Taler geben, wenn er mit ihr zufrieden sei. So habe sie im Monat gut und gerne ihre zehen Gülden und wenn die Wache abgelöst würde, sei anzunehmen, daß auch die andern sie im Dienste behielten. Das Mädel ist hochbeglückt, kehrt, putzt, kocht und trällert dabei so fröhlich, daß die Landsknechte sich wie in Abrahams Schoße vorkamen. Und deshalb gab ihr auch jeder stracks den versprochenen Tageslohn. Wie dann der Wachtmeister in die Stadt zu seinem Weibe ging, brachten die Soldaten das Mädel gar zärtlich in dessen Bett, darinnen es sich überaus behaglich fühlte. Die Soldaten aber wollten allen Streit vermeiden, deshalb losten sie untereinander, gingen dann hübsch einer nach dem andern in das Kämmerlein, und jeglicher tat sich bei dem Mädel für ein ganzes Vermögen gütlich.
An diesen Dienst war sie nun freilich nicht gewöhnt und er bedünkte sie recht hart. Immerhin tat sie ihr Bestes, und so schloß sie in der ganzen Nacht kein Auge. Als dann aber die Soldaten gegen Morgen alle fest schliefen, da erhob sie sich sachte, und seelenfroh, bei der Rackserei sich nichts verrenkt zu haben, aber immerhin etwas abgespannt stiefelte sie mit ihrem Lohne der Heimat zu. Da begegnete ihr auf der Landstraße eine Freundin, die es ihr nachmachen wollte und voller Erwartung auf Paris zusteuerte. Und die fragt natürlich gleich wie's ihr ergangen sei.
›Ach, Perrine,‹ sagt das Mädel, ›geh' lieber nicht hin. Denn da muß man einen Hintern aus Eisen haben und selbst der ginge mit der Zeit drauf.‹«
»So, nun kommst du, Fettwanst!« rief der Pikarde und gab dabei seinem Nachbar mit Schwung eins auf den Allerwertesten. »Spuck deine Geschichte aus oder bleche!« Und der Burgunder blökte:
»Bei der Königin aller Fleischwürste, ich will euch ein Ding erzählen, das sich in Dijon zutrug, als ich dorten Stadthaupt war.

Lebte da ein Büttel namens Schanzer, ein boshafter, alter Quälgeist, der selbst für die Deliquenten auf dem Wege zum Galgen kein Wort der Ermunterung übrig hatte und, kurz gesagt, selbst auf einem Kahlkopf Läuse fand. Nun fügte es das Schicksal, daß besagter Schanzer, den kein Mensch besehen mochte, ein Weiblein heiratete, mild wie eine Zwiebel, welchselbige ihres Gatten mißratenes Temperament durch rührende Fürsorge zu sänftigen bestrebt war. Um ihn zufrieden zu stellen, riß sie sich schier Arme und Beine aus, hätte ihm am liebsten gar Dukaten gesch ... (dafern Gott sie mit dieser Gabe beglückt hätte) und sah sich für alle ihre Mühe immer nur von ihm geschmählt und gar geprügelt. So wandte sich das arme Weib am Ende verzweifelt an ihre Verwandten um Beistand und die kamen denn auch, um in diesem Hause einmal nach dem Rechten zu sehen. Aber der Mann erklärte ihnen kurz und gut: sein Weib sei offenbar verrückt. Denn er habe tagaus tagein nur Schererei und Ärger mit ihr, im Hause ginge alles drunter und drüber und sein Leben sei nur eine Kette von Plagen. Darob zeigte ihnen die Frau, wie alles bei ihr gut gehalten war, wie die Wäsche, das Geschirr, die Stuben nur so vor Sauberkeit blitzten und überall die schönste Ordnung herrschte. Flugs schalt nun der Büttel, er könne es mit ihr nicht aushalten, und zumal das Essen sei miserabel, unpünktlich, immer dreckig und ungenießbar. Und als sie zu widersprechen suchte, schrie er: ›Halt den Mund, Schmierfink, und lüge nicht. Und ihr da, eßt nur heute bei uns, dann werdet ihr ja sehen, ob ich recht habe, und wenn sie es mir dies eine Mal recht macht, will ich gern alles verzeihen und sie in Frieden lassen!‹

›Gott sei Dank!‹ rief sie seelenfroh, ›dann werde ich also fortan endlich Hausfrau sein und meine Ruh' haben.‹

Der Mann rechnete natürlich auf die unvermeidlichen kleinen weiblichen Schwächen und befahl ihr, daß in der Laube auf dem Hofe gegessen werden sollte, in der Hoffnung, daß sie sich beim Hin- und Herlaufen verspäten würde. Die Frau ihrerseits war wie der Teufel hinterher, daß das Geschirr blitzblank, das Essen heiß, der Wein kalt war, und alles geriet so, daß selbst ein Bischof seine Freude daran gehabt hätte (was schon etwas heißen will!) Aber just, wie sie den letzten prüfenden Blick wirft und ihr Mann schon in der Tür auftaucht, läßt so ein verdammtes Huhn, das auf der Laube hockt um Weintrauben zu fressen, sein Dreckelchen mitten aufs Tischtuch fallen. Die Frau wäre beinahe tot umgesunken, und weil sie sonst keinen Ausweg wußte, stellte sie auf die bedenkliche Stelle eine Schüssel und füllte diese mit Früchten, die sie noch just zur Hand hatte. Dann holte sie schnell die Suppe um abzulenken, wies jedem seinen Platz an und bat fröhlichen Gesichtes, tüchtig zuzugreifen. Alle äußerten natürlich laut ihren Beifall über den schöngedeckten Tisch, nur der Satan von Mann knurrte unzufrieden, schnupperte mit wütendem Gesicht überall herum und suchte, wie er ihr an den Kragen könnte. Sie aber faßte sich ein Herz und sagte glückgeschwellt: ›Nun also: das Essen ist warm, der Tisch in Ordnung, das Tischtuch sauber, der Wein kalt, das Brot frisch; also was fehlt nun noch? Was willst du noch alles?‹

›Einen Dreck will ich!‹ schrie er fuchsteufelswild.

›Da hast du ihn!‹ entgegnete sie und nahm flink die bewußte Schüssel fort. Wie der Büttel das sah, vermeinte er, der Teufel stände mit seinem Weib im Bunde, und er blieb wie aufs Maul geschlagen. Die Verwandten kamen ihn nun natürlich mordsmäßig auf den Kopf, und so wurde er am Ende windelweich und lebte mit seinem Weibe fortan in schönster Eintracht. Denn zog er nur je die Stirne kraus, dann fragte sie einfach: ›Willst du vielleicht einen Dreck?‹«

»Also wer hat vertan?« schrie nun der aus Angers und klopfte dem Wirt auf die Schulter.

»Er natürlich!« dröhnten die beiden andern, und nun hob ein Streit an wie auf einem Konzile. Alle brüllten, schlugen, warfen und lauerten nur auf den Augenblick, wo sie im allgemeinen Durcheinander verschwinden könnten.

»Ich werde entscheiden!« donnerte der Wirt dazwischen, der plötzlich merkte, daß alle die drei vordem so bereitwilligen Zahler nun überhaupt nicht zahlen wollten. Den Gaunern blieb vor Schreck das Wort in der Kehle stecken. »Ich werde euch eine viel bessere erzählen und dann möget ihr jeder mit zehn Dreiern quitt sein.«

»Der Wirt hat das Wort!« rief der aus Angers.

»Also: In unserer Vorstadt, in der auch dies Gasthaus liegt, lebte einst ein hübsches Mägdelein, das nicht nur mit seinen natürlichen Vorzügen, sondern zudem noch mit einem ansehnlichen Haufen Gülden gesegnet war.

So hatte sie natürlich, kaum daß sie mannbar wurde, Bewerber wie Sand am Meer. Sie erwählte darunter einen, der es, mit Verlaub zu sagen, bei Tag wie bei Nacht mit zweien Mönchen an Leistungsfähigkeit aufnehmen konnte. So nahte die Hochzeit, aber nicht ohne dem Bräutlein immer wachsende Sorgen zu bereiten. Denn ein Fehler ihrer unterirdischen Leitung hatte zur Folge, daß die angesammelten Dünste immer mit einem Bombenkrach entwichen. Maßen sie nun fürchtete, just in der Brautnacht, wo man doch an anderes zu denken hat, diesen windigen Bosheiten nicht gewachsen zu bleiben, so wandte sie sich endlich flehendlichst an ihre Mutter um Rat. Und die erklärte ihr: auch sie sei früher weidlich durch diese peinliche Sache belästigt worden, sintemalen das ein Familienerbfehler sei. Später allerdings habe Gott ihr gnädigst verliehen, nach Belieben zu lüften, und solchermaßen habe sie seit vielen Jahren nur noch einmal, beim Hinscheiden ihres Gatten, gleichsam die Abschiedssalve gegeben. ›Aber meine gute Mutter hat mir ein sicheres Mittel als Vermächtnis hinterlassen, den Überfluß lautlos zu beseitigen, so daß, falls es nicht schlecht riecht, jedes Aufsehen vermieden wird. Dazu muß man nur den Vorrat hübsch vor der Türe sammeln und dann fest drücken; derart gleiten sie hinweg, lautlos wie ein Verdacht. In unserer Familie heißt man das: den Furz erwürgen.‹

Dankbar konnte sich nun die Tochter dem Tanze am Hochzeitstage hingeben und sie speicherte dabei fröhlich die Luft auf wie ein Bälgetreter vor dem ersten Orgela Mord. Und als sie dann ins Brautgemach schlüpfte, gedachte sie das Ganze in dem Augenblick hinauszujagen, wo sie ins Bett stieg. Aber die listigen Winde hatten es anders im Sinn. Kommt der Ehemann und ihr mögt euch selbst ausmalen, was nun für ein fröhliches Gefecht anhub. Mitten in der Nacht mußte dann das Bräutlein für ein kleines Geschäft aus dem Bette, und just, wie sie wieder hineinklettert, fällt es ihrem Hinterpförtlein bei zu nießen, und es tat einen Kanonenschlag, daß ihr sicher, wie ich, geglaubt hättet, die Vorhänge werden zerfetzt. ›Ach, nun ist es doch schief gegangen,‹ klagte sie. Aber ich sagte: ›Weißt du, Schatz, sei künftig sparsamer. Denn mit einem so wirkungsvollen Geschütz kannst du im Kriege ein Vermögen verdienen.‹ Es war nämlich meine Frau!«

»Bravo, bravo!« brüllten die Schreiber und lachten, daß sie sich die Seiten hielten. Und dann hub ein Lobgesang an: »Hast du je eine großartigere Geschichte gehört, Graf?« – »Ja, das ist eine Geschichte!« – »Eine Meistergeschichte, eine Königin unter den Geschichten!« – »Weiß Gott, das stellt alles in den Schatten!« – »Man hört den Furz förmlich knallen.« – »Ich möchte das Blasinstrument küssen!« – »Wirklich,« rief der aus Angers, »wir können hier nicht weg, ehe wir nicht die Frau des Hauses begrüßt haben. Und nur aus Achtung vor Euch, dem meisterhaften Erzähler, wollen wir darauf verzichten, besagtes Instrument zu küssen!«

Und dann lobten sie den Wirt, die Geschichte und die – Reize seines Weibes so begeistert, daß der Alte alles für bare Münze nahm und endlich selbst sein Weib rief. Als sie aber nicht kam, da sagten sie voll Hinterlist: »So wollen wir zu ihr hinausgehen!« und gingen hinaus. Der Wirt nahm die Kerze und stieg dann die Treppe vorauf, um ihnen zu leuchten. Aber die drei sahen, daß die Haustür offen war, und so entwichen sie lautlos wie Schatten und überließen es dem Wirt, sich die Zeche von seiner Frau in Fürzlein bezahlen zu lassen.

Franz des Ersten Fastenfreuden

Jeder weiß, wie König Franz, der erste seines Namens, gleich einem törigen Vögelein ins Garn ging und nach Hispaniens Hauptstadt Madrid geschleppt wurde. Dort ließ ihn Kaiser Karl der Fünfte so sorglich bewachen, wie es einem solchen Wertgegenstande geziemt, und so saß nun unser unvergeßlicher Herr in einem kaiserlichen Schlosse eingesperrt und verging schier vor Langeweile. Seltsame Schwermut umfing ihn und bald entnahmen die Frau von Angoulême, seine Mutter, Katharina, die Kronprinzessin, der Kardinal Duprat und alle die andern Mitglieder des Staatsrates, als man seine Briefe dort verlaß, was dem armen Wollüstlinge fehlte. Und man beschloß nach reiflicher Überlegung die Königin Margarete zu entsenden, die er ob ihrer Fröhlichkeit und vielgewandten Erfahrung so sehr liebte. Und als sie einwandte, solches Zusammensein könne doch für ihr Seelenheil recht bedenklich werden, so entsandte man eiligst einen Boten zum Heiligen Vater, um für alles, was sie etwa zur Zerstreuung des armen Königs nötig fände, Generalablaß im voraus zu erlangen.

Dem Papste ging das alles sehr zu Herzen, weshalb er zunächst durch einen besonderen Gesandten Hispaniens Hof auf die argen Nöte aufmerksam machte. Kaiser Karl aber war überaus mißtrauisch, und deshalb bedurfte es endloser Verhandlungen, ehe die Königin von Navarra endlich abreisen konnte, und derweile sprach man am Hofe von nichts weiter als von des Königs betrüblichen Fasten und der Verhinderung aller Liebesbetätigung, an welche er doch so sehr gewöhnt war. Kurz, man dachte am Ende mehr an des Königs Latz, denn an ihn selbst. Und die Frau Admiralin machte dem lieben Gotte schier Vorwürfe, daß man dem guten Könige nicht durch Eilboten zusenden konnte, was er so dringend ersehnte. Allerdings meinte die Kronprinzessin lachend: »Gott tat wohl daran, das besagte fest anzubringen, denn sonst würden unsere Männer es mit auf die Reise fortnehmen und wir hätten traurig das Nachsehen.«

Endlich brach die Königin Margarete auf und beeilte sich, auf Maultieren das Gebirge trotz der Schneemassen zu durchqueren. Inzwischen war aber beim Könige die Glut seiner Lenden auf einem schier unglaublichen Höhepunkt angelangt, also daß er dem Kaiser Karl seine Qualen eindringlichst zu Gemüte führte und ihm erklärte, es sei doch eine Schande, wenn jener seinesgleichen an solchem Liebesweh zu Grunde gehen lassen würde. Der Castilianer bedachte darob, daß er ja solche Liebesdienste leichtlich beim Lösegeld mit verrechnen könnte; und so spielte er den Gutmütigen und hieß den Wache-habenden Schloßmannschaften, ihrem Gefangenen in diesem Punkte Entgegenkommen zu zeigen. Nun war da ein armer Hauptmann Don Hijos de Lara y Lopez Barra di Ponto, dessen langer Name sein einziges Gut war und der deshalb schon oft bedacht hatte, ob er nicht am französischen Hofe sein Glück versuchen solle.

Der überlegte nun flugs, wie er dem Könige ein sanftes Pflaster aus zartem Menschenfleisch beschaffen könne, um sich solchermaßen in allen Ehren den Zugang zu den erhofften Fleischtöpfen Ägyptenlands zu eröffnen.

Als besagter Hauptmann also Dienst im Zimmer des Königs hatte, bat er um die Erlaubnis, eine Frage stellen zu dürfen, die ihm schwer auf der Seele laste. Und als der König zustimmend mit dem Kopfe nickte, bat der Hauptmann zuvörderst ob seiner Offenheit um Entschuldigung und meinte dann: der König erfreue sich doch des Rufes, einer der größten Frauenjäger Frankreichs zu sein, und deshalb wolle er ihn fragen, ob wirklich die Hofdamen dorten so überaus liebesgewandt seien. Darob tat der König in weher Erinnerung einen gewaltigen Seufzer aus tiefster Seele und rief: weder auf der Erde noch auf dem Monde gäbe es Frauen, die jenen an Kenntnissen in diesen wunderbaren alchymistischen Geheimnissen gleichkämen. Und dabei funkelten die Augen des Königs, dessen Brunst doch alles dagewesene übertraf, so glühend auf, daß der ansonsten gar mutige Hauptmann bis in sein tiefstes Innere hinein erbebte. Dann aber faßte er Mut und suchte die Hispanierinnen in Schutz zu nehmen, indem er sagte, nur in Castilien wisse man recht, was Liebe sei, denn hier sei man am frömmsten auf der ganzen Welt, und jemehr die Frauen ob ihrer Liebessünden die Verdammung fürchteten, um so leidenschaftlicher genössen sie ein Glück, das ihnen ihre Ewigkeit koste. Und weiter meinte er: dafern der König eine gar einträgliche prächtige Herrschaft seines Königreiches Frankreich dawidersetzen würde, so wolle er ihm eine hispanische Liebesnacht einrichten, in welcher der König sich wohl in acht nehmen müsse, daß nicht am Ende nur sein leerer Balg übrig bliebe.

»Schnell, schnell!« rief der König und sprang vom Stuhle auf. »Und, bei Gott, du sollst die Herrschaft Frauenstätt in der Touraine mit allen Jagdrechten und der gesamten Gerechtsame bekommen!« Flugs eilte der Hauptmann zu der Liebsten des Kardinal-Erzbischofes von Toledo, die er genugsam kannte, und bat sie, den König mit Zärtlichkeiten zu zermürben und ihm die Überlegenheit castilianischen Erfindungsgeistes über französische Schlichtheit eindringlichst zu beweisen. Die Marqueza von Amaesguy hatte bisher nur Kirchenfürsten unter den Fingern gehabt; darum lockte es sie, zu erproben, aus was für einem Teige Könige gebacken sind. So eilte sie also hin gleich einer tobenden Löwin, die eben ausgebrochen ist; unter ihrer Leidenschaft erkrachten des Königs Knochen, sein Mark bebte und einen andern hätte diese Glut wohl sicherlich umgebracht. Aber der Fürst war also wohlgerüstet und ausgehungert, daß er ihre Bisse gar nicht spürte und also die Marqueza aus diesem schauerlichen Zweikampfe als die Unterlegene davonging und sich vorkam, als sei sie beim Teufel selbst zur Beichte gewesen.

Der Hauptmann war seiner Sache so sicher gewesen, daß er am Morgen ankam, um womöglich gleich seinem neuen Herrn zu huldigen.

Aber der König empfing ihn spöttisch und meinte: die Hispanierinnen seien zwar nicht ohne Schwung und gingen scharf vor, aber ihre Raserei ließe leider auch dort nicht nach, wo Zartheit am Platze sei. Ein Freudenfest sei doch kein Gewaltakt! Die Französinnen hingegen wüßten den Gegner immer noch liebesdurstiger zu machen und seien darin unermüdlich; darum sei auch ihre Zärtlichkeit eine Wonne ohne gleichen und nicht die Arbeit eines Bäckers beim Teigkneten.

Das war dem Hauptmann ein harter Schlag; schier meinte er, der König halte ihm diesen Vortrag nur, um sich von seinem Versprechen zu drücken. Immerhin war er nicht sicher, ob die Marqueza dem Könige nicht vielleicht doch gar zu hispanisch gekommen sei, bat den König um Revanche und verpfändete Wort und Lehen, ihm diesmal eine wahre Zauberfee zu beschaffen. Der König war viel zu höflich und ritterlich, um dies Anerbieten abzulehnen, und erklärte gar königlich, er hoffe die Wette zu verlieren. Und so geleitete nach der Vesper die Wache in des Königs Gemach eine Dame, die in Huldreiz erstrahlte, die mit ihrem langen Haar, ihren samtenen Händen, ihrer schlanken und doch vollen Gestalt, ihrem zauberhaft lächelnden Mund und den feuchtschimmernden, vielversprechenden Augen eine Hölle beseligen konnte, deren erstes Wort genügte, damit vor freudigem Herzklopfen dem Könige die Hosen zu enge wurden. Und als der neue Tag hereinbrach, die Schöne entschwunden war und der Hauptmann siegesbewußt beim Könige eintrat, da rief der Gefangene begeistert: »Freiherr von Frauenstätt, mag Gott Euch gleiche Freuden bescheren! Jetzt ist mir mein Kerker lieb geworden! Bei Unserer Lieben Fraue, nicht mag ich über die Liebe in unsern Ländern entscheiden, aber die Wette zahl' ich!«

»Das wußte ich wohl,« lächelte der Hauptmann.

»Wie denn konntet Ihr das wissen?!«

»Sire, es ist doch meine Frau.«

Solches ward der Ursprung der Larray von Frauenstätt, wobei man den allzu langen Namen Lara y Lopez in Larray verkürzte. Was die Königin von Navarra betrifft, so kam sie bald danach – just zur rechten Zeit, maßen der König der hispanischen Kunst doch satt wurde und sich nach heimatlichen Freuden zurücksehnte. Das aber hat mit dieser Geschichte nichts mehr zu tun, und ich gedenke ein andermal auch zu berichten, wie der päpstliche Legat die Sünden wieder abwusch und wie schlagfertig die Königin damals das rechte Wort fand. Wahrlich, die königliche Erzählerin so wundervoller Geschichten verdiente wohl einen besonderen Platz in unserem Reigen.

Die klatschhaften Nonnen zu Poissy

Die Abtei zu Poissy wurde von alten Chronisten als eine Stätte zügelloser Lebensfreude gepriesen, allwo die Sittenlosigkeit der Nonnen ihren Ursprung nahm, und man hat eine endlose Reihe von Späßlein verbreitet, um das Publikum auf Kosten der heiligen Kirche zum Lachen zu bringen. So erzählte man, die Nönnlein sähen lieber eine Metze denn eine achtbare Bürgersfrau im Hemde. Andere warfen ihnen scherzhaft vor, sie pflegten den Heiligen gern nachzutun und zumal der Maria von Ägypten in der Art, wie sie die Fährleute bezahlte. Woher das Sprichwort stammt: die Heiligen nach der Art von Poissy ehren. Gleichermaßen sprach man von den Messen zu Poissy, allwo die Chorknaben gegen Ende eine wichtige Rolle spielten. Eine liebeserfahrene Hure nannte man: Nönnlein von Poissy, und jenes Utensilium, das ein Mann nur leihweise hergeben kann, wurde Schlüssel zur Abtei Poissy benannt. Von dem Tore besagter Abtei wußte man, daß es vom frühen Morgen an offenstand und gleich allen Pforten und Pförtlein dort nicht sorglich geschlossen wurde, maßen es leichter zu öffnen denn zu schließen war und fortwährend große Reparaturkosten erforderte. Kurz, es gab damals kein kitzliches Späßlein, das man nicht dem guten Kloster aufhalste und da war natürlich vieles ausgedacht oder doch wenigstens übertrieben. Denn selbige Nonnen waren gar liebe Fräulein, die wohl gern einmal hier und da über die Stränge schlugen und so dem Teufel Wasser auf die Mühle lieferten, aber das begegnet andern Leuten auch, sintemalen und alldieweil wir eben von Natur unvollkommen sind und die Nonnen auch. Auch bei diesen gab es einen Ort, wo ihre Hülle nicht ganz zureicht, und da steckte das Hauptübel. Wahr ist zudem, daß eine Äbtissin arges Unheil anstellte, maßen sie vierzehn Kinder gebar, die alle am Leben blieben – waren sie doch auch in Freuden gezeugt. Später wurde das Kloster bekanntlich reformiert und damit kamen diese heiligen Nönnlein um das bischen glücklicher Freiheit, deren sie sich bis dahin erfreut hatten. In dem Archiv der Abtei zu Turpenay fand ich nun eines Tages unter der Aufschrift: ›Das Gebetbuch von Poissy‹ Bruchstücke eines Manuskriptes, so offenbar ein fröhlicher Abt alldorten zur Ergötzung seiner Nachbarinnen in Ussé, Azay und andern Orten jener Gegend verfaßt hatte, und das ich hier ganz unverantwortlich mit den Veränderungen, die mir bei der Übertragung aus dem Lateinischen angebracht schienen, wiedergeben will.

Es heißt da: Die Nonnen daselbst hatten die Gewohnheit, wenn ihre Äbtissin, die Tochter des Königs, zu Bette lag ... (selbige war es, die den Namen ›Gänslein spielen‹ erdachte für die anmutigen Vorstudien, Einleitungen, Vorreden, Bei- und Zwischenreden usw. usw. beim Liebesstudium, wenn man das fröhliche Buch nicht eigentlich aufschlagen möchte, um darin wieder und wieder eingehendst zu lesen, den Inhalt durchzuarbeiten und sich fest einzuprägen; solchermaßen hatte sie all die scherzhaften Ausnahmeregeln jener holden Sprache, die lautlos mit den Lippen erzeugt wird, in einen Leitsatz zusammengefaßt, den sie selbst meisterhaft beherrschte, also daß bei ihrem Tode offenbarlich ihre Jungfrauenschaft in aller Pracht erhalten geblieben war; und diese fröhliche Wissenschaft wurde fortan von den Hofdamen sorglich ausgebaut, welch selbige sich für das ›Gänsleinspiel‹ besondere Liebhaber hielten. Also, ich beginne wieder:) wenn jene tugendsame Prinzessin in holder Nacktheit, ohne sich dessen zu schämen, in den Leintüchern ihres Bettes ruhte, dann schlüpften die Nönnlein mäuschenstill aus ihren Zellen zu einer ihrer Schwestern, der sie allesamt herzlich zugetan waren. Und dorten huben sie alsbald an zu schwatzen und zu klatschen, schnatterten und kicherten wie die richtige junge Brut, zogen über die älteren her, erzählten Späßlein zum Tränen-lachen, verglichen, wer die kleinsten Füße, die weißesten, rundesten Arme habe, zählten ihre Sommersprossen, beschrieben, wo ihre Muttermale saßen, stritten, wer die schlankeste Taille habe, erzählten sich ihre Träume und sonstigen Gesichte. Und oft kam es vor, daß ein oder zwei, manchmal alle von dem Schlüssel der Abtei geträumt hatten. Dann hechelten sie ihre verschiedenen Leiden und Mängel durch, einen Nagelwurz, ein rotes Geäder im Auge; eine hatte sich einen Finger beim Rosenkranzbeten verstaucht; dann balgten sie sich wie Kätzlein, liebten sich, zankten sich, stritten sich und versöhnten sich wieder, waren eifersüchtig, zwickten sich, kicherten und neckten die Novizen. Fragten etwa mal: »Wenn uns ein Wachtmeister vom Himmel regnete, wo steckten wir den wohl hin?«

»Zur Schwester Ovidia; ihre Zelle ist am größten: da ginge er mitsamt dem Federbusch hinein.«

»Was soll das heißen?« eiferte Schwester Ovidia, »sind unsere Zellen nicht alle gleichgroß?« Worob die Gänslein schier barsten wie reife Feigen. Eines Abends ließen sie ihrem Konzile auch eine hübsche Novize von siebzehn Jahren beiwohnen, die unschuldig ausschaute wie ein neugeborenes Kind, und der im Gedanken an diese heimlichen Plauderstündchen, damit die Nönnlein sich ihres Leibes gottselige Gefangenschaft versüßten, das Wasser im Munde zusammenlief.

»Nun also, hast du gut geschlafen, mein Holdchen?« fragte Schwester Ovidia.

»Ach nein, die Flöhe haben mich so gebissen!«

»Wieso? Hast du Flöhe in deiner Zelle? Die mußt du schleunigst verjagen. Weißt du, wie unsere Ordnungsregeln uns das vorschreiben?«

»Nein,« meinte die Novize.

»Also dann will ich dir's erklären. Sobald der Floh dich beißt, mußt du dich entkleiden, dein Hemd ausziehen, aber nicht etwa durch Beschauen deines Leibes sündigen. Du darfst dich nur mit dem verdammten Floh beschäftigen und sorglich nach ihm suchen, ohne auf anderes zu achten. Das ist nicht leicht, indem du ihn mit den kleinen dunklen Flecken verwechseln könntest, die dir von Natur verliehen sind. Hast du solche, mein Kleinchen?«

»Freilich, sogar zwei, einen an der Schulter und einen ganz unten am Rücken, so daß sie verdeckt sind.«

»Wie konntest du sie dann sehen?« fragte Schwester Perpetua.

»Nicht ich, sondern der Herre von Montrezor hat sie entdeckt.«

»Ei, ei!« kicherten die Schwestern. »Und weiter hat er nichts gesehen?«

»Doch, alles! Denn ich war damals noch ganz klein und er etwa so neun Jahre alt. Wir spielten zusammen.« Woran die Nonnen merkten, daß sie etwas zu eilig gelacht hatten. Schwester Ovidia sagte deshalb weiter:

»Besagter Floh also wird hinundherhüpfen, in Höhlen, Wäldern, Gräben sich zu bergen suchen, über Berg und Tal eilen um zu entschlüpfen,
aber die Regel befiehlt, ihn mutig zu verfolgen und immer Ave zu sagen. Beim dritten Ave ist das Tier zumeist erwischt ...«
»Der Floh?« fragte die Novize.
»Natürlich der Floh! Vor allem aber ist's nötig, daß du immer nur ihn packst, wo er auch immer sei. Ohne dann auf sein Jammern und Winden zu achten, dafern er wie zumeist widerstrebt, mußt du ihn fest zwischen die Finger nehmen und halten, mit der andern Hand ihm die Augen verbinden, damit ihm das Springen vergeht und dann, um ihn am Beißen zu verhindern, ihm das Maul vorsichtig öffnen und sachte ein Stücklein geweihten Buchs hineinstecken, wie er über deinem Bett beim Weihwasser hängt. Dann wird er schon gehorsam werden. Bedenke nun zum ersten, daß die Ordensregel uns jeden Besitz verbietet, selbiges Tierlein dir also nicht gehören kann, zum zweiten, daß es als eine Kreatur Gottes bekehrt werden muß. Da ist nun zuvörderst festzustellen, ob er männlich, weiblich oder jüngferlich ist. Nehmen wir letzteres an (ein seltener Fall, da die Tierlein in ihrer brünstigen Sittenlosigkeit sich dem ersten besten an den Hals werfen), so mußt du ihn bei den Hinterpfoten nehmen, diese mit einem Haar an seinen Brustkorb festbinden und ihn so zur Oberin tragen, die weiteres entscheidet. Ist's ein Männchen..«
»Woran sieht man, ob es eine Jungfrau ist?« fragte die neugierige Novize.
»Eine solche ist trauriger Gemütsart, beißt nicht sehr, hat das Maul nicht sehr weit offen und wird rot, wenn man sie berührt, du weißt schon wo.«
»O, dann wurde ich sicher von einem Männchen gebissen,« rief die Kleine, worob die Schwestern dermaßen lachten, daß einer ein Fürzlein entfuhr und noch einiges Wasser obendrein. Und Schwester Ovidia wies auf die Diele und meinte:
»Seht ihr, Wind bringt immer Regen.« Auch die Novize lachte mit, weil sie dachte, das Gekicher gälte dem Fürzlein. Schwester Ovidia aber fuhr fort:
»Ist's also ein Männchen, so nimm die Schere oder den Dolch deines Liebsten, dafern er dir vor deinem Eintritt ins Kloster einen geschenkt hat, und schneide ihm die Seite auf.

Mag er auch ächzen, spucken, zappeln, zärtlich tun, laß dich dadurch nicht beirren; nimm vielmehr die Eingeweide und alle inneren edlen Teile heraus,
wasche sie mit Weihwasser und stecke sie dann also geweiht wieder hinein; denn solchermaßen ist seine Seele katholisch geworden; nähe mit Nadel und Faden seinen Leib mit inniger Sorgfalt zu, und bald wird er an deinem Gebete durch Kniebeugen teilnehmen, nie mehr schreien noch beißen wollen und gar vor Freuden über seine Bekehrung sterben. Die andern aber werden dann forteilen, weil sie in ihrer Verworfenheit Angst haben, gleichermaßen bekehrt zu werden.«
»Wie unrecht von ihnen,« meinte die Novize.
»Freilich, denn hier im Schutze der Kirche sind wir vor allen den vielen Gefahren der Welt und der Liebe gefeit.«
»Gibts denn noch andere Gefahren als die, unversehens ein Kind zu kriegen?« fragte eine junge Schwester. »Seit der Herrschaft des neuen Königs,« erklärte Schwester Ursula, »hat die Liebe aus Lepra, Fieber und sonstigen argen Gebresten in ihrem hübschen Hexenkessel eine Mixtur gebraut, die unseren Klöstern gar förderlich wurde, sintemalen nun aus Angst davor viele Frauen ins Kloster flüchten. Genügt es doch, nur ein einziges kleines Mal einen Edelmann zu lieben, um zu erleben, daß euch Haare und Zähne ausfallen, alle Reize entschwinden und ein Tier wie ein Krebs oder Tausendfuß an euch nagt und bohrt, wo ihr nur etwas zartes besitzt. Und so mußte der Papst diese Liebeskrankheit unter Acht und Bann tun.«
»Welches Glück, daß ich davon nichts abbekommen habe,« rief die Novize und die Nonnen hatten darum gleich den Gedanken, sie sei wohl dem Kreuze von Poissy schon irgendwie begegnet; drum fragten sie fröhlich, weshalb sie in ihren Kreis eingetreten sei.
»Ach,« meinte sie, »ich ließ mich von einem großen Floh beißen, der schon getauft war.« Worob die musikalische Schwester wiederum vernehmlich seufzte.
»Jetzt bitte gleich Nummer drei,« rief Schwester Ovidia. »Wenn du diese Töne im Chor verlauten ließest, würde dich die Äbtissin zwingen, der Schwester Petronella nachzutun. Also setze einen Dämpfer auf dein Instrument.«
»Ach ja, du hast ja Schwester Petronella noch gekannt,« sagte Schwester Ursula. »Ist es wahr, daß Gott ihr die Gabe beschied, nur zweimal jährlich ihres Leibes Notdurft zu verrichten?«

»Freilich,« erwiderte Schwester Ovidia. »Einmal hielt sie bis zur Frühmette ununterbrochen Sitzung und dachte nur geduldig: ›Ich halte still, wie Gott will.‹

Aber beim ersten Glockenklang wurde sie befreit, um die Messe nicht zu versäumen. Dennoch wollte die verstorbene Äbtissin nie zugeben, daß ihre Gabe eine besondere Gottesfügung sei, maßen selbiger sich nicht so weit erniedrige. Die Sache lag so: Besagte Schwester, deren Heiligsprechung nunmehro betrieben wird, lebte immer in heißem Gebet und lag dauernd in Verzückung vor dem Altar der Heiligen Jungfrau; sie nippte kaum je am Essen und hatte gelobt, Fleisch weder roh noch gekocht zu genießen. Nur ein Krüstlein Brot aß sie täglich und an ganz hohen Fest- und Feiertagen dazu etwas gesalzenen Fisch, aber ohne das kleinste Tröpflein Sauce. Bei dieser Lebensweise wurde sie so mager wie ein Friedhofsknochen und gelb wie Safran, denn sie lohte von innerem Feuer. Immerhin blieben, wie bei uns andern Erdenmenschen, gewisse Leibesfunktionen auch bei ihr bestehen, nur daß ihre Ausscheidungen hart und trocken waren wie bei Hirschen in der Brunstzeit. So war garnichts überirdisches an ihr; bemerkenswert blieb nur ihre innere Glut, bezüglich welcher einige Schwestern behaupteten: wenn man sie ins Wasser gesteckt habe, dann habe sie gezischt wie glühende Kohle.

Manche gar behaupteten, sie habe heimlich des Nachts Eier zwischen ihren Zehen gesotten, um die Fasten leichter zu überstehen. Das sind natürlich böswillige Erfindungen des Neides. Wahr hingegen ist, daß sie einst nach acht Monaten zum ersten Male wieder den bewußten Ort aufsuchte und alldorten mit sittsam aufgehobenen Röcken jene Stellung einnahm, die uns armen Sünderinnen gewöhnlich öfters nötig ist. Aber über einen knappen Anfang mochte die Sache durchaus nicht hinaus; vergeblich preßte sie, runzelte sie die Stirne, wandte sie alle nur denkbaren Nötigungsmittel an: der Gast wollte ihren heiligen Leib nicht verlassen, steckte nur ein wenig die Nase zum bereitliegenden Fenster hinaus, wie ein Frosch zur Wasseroberfläche auftaucht, um etwas Luft zu schnappen, und zeigte keinerlei Bedürfnis, das irdische Jammertal aufzusuchen, sintemalen ihm alldorten der Geruch der Heiligkeit nicht mehr anhaftete. Als nun die Heilige sah, daß sie vergeblich all ihre Muskeln und Sehnen bis zum Reißen anspannte, daß ihr Leiden alle Qualen der Welt übertraf und wohl schon einen unerträglichen Höhepunkt erreicht hatte,

da rief sie mit einer letzten Kraftaufwendung: ›Herr Gott, dir sei er geweiht!‹ Und darob barst die steinige Masse zwischen den Torwänden und polterte krach-krach-plumps wie ein Kiesel wider die Wände des Abtrittes.
Ihr werdet begreifen, daß Schwester Petronella keines Wisches bedurfte und den Rest fürs nächste Mal aufhob.«
»Haben die Engel eigentlich auch einen Hintern?« erkundigte sich plötzlich eine Schwester.
»Aber nein!« rief Ursula. »Weißt du denn nicht, daß Gott ihnen einstmals hieß niederzusitzen, und sie erwiderten, sie hätten nichts worauf?!«
Und so gingen sie schlafen, einige allein, andere beinahe allein; denn es waren gute Mädchen, die höchstens sich selbst Schaden zufügten. – Aber jetzt will ich noch schnell eine Geschichte erzählen, die sich zur Zeit jener großen Reform des Klosters zutrug. Saß damals zu Paris auf dem Bischofsstuhle ein großer Heiliger, der in seiner herzlichen Fürsorge für die Armen und Leidenden aufging und sein Hab und Gut, selbst seine Sutanen, Mäntel und Kleidungsstücke hingab, um nur die Blößen seiner Schäflein als hingebender Hirte zu bedecken. Seine Dienerschaft mußte für ihn sorgen, und oft genug schalt er sie, wenn sie neue Sachen anbrachten; denn lieber ließ er die alten ›in extremis‹ flicken. Nun hörte der einmal, daß der Herre von Poissy bei seinem Tode eine Tochter in ärgster Not zurückgelassen habe, da er selbst alles versoffen hatte. Gern hätte der gute Prälat sie passend unter die Haube gebracht; inzwischen aber gedachte er, ihr seine zerschlissenen Hosen zum Flicken zu geben, um ihr so unter die Arme zu greifen. So gab er eines Tages sein ältestes Beinkleid seinem Diener und hieß ihn: »Bring das den Fräulein von Poissy, Saintot!« ›Dem‹ Fräulein wollte er sagen, aber er hatte eben durch die Reform des Klosters seinen Kopf etwas voll Saintot machte sich fröhlich auf den Weg, goß hier und dort einen hinter die Binde und kam so endlich zum Kloster, allwo er der Äbtissin die Hosen im Namen seines Herrn übergab. Dann ging er wieder und so verblieb in den Händen der hochwürdigen Mutter jenes Kleidungsstück, das ansonsten des Prälaten umfangreiche Sitzgelegenheit und jene Teile umschlossen hatte, die bei dem würdigen alten Herrn kaum reichlicher vorhanden waren als bei den Englein, denen Gott der Herr sie versagt hatte.

Auf die Nachricht, der gute Erzbischof habe dem Kloster ein köstliches Geschenk gesandt, kamen die Nönnlein eiligst herbeigelaufen; aber als die Hose, die gar erschrecklich klaffte, ausgepackt wurde, da gab's ein arges Gekreisch,
als würde gleich der leibhaftige Teufel daraus auftauchen. Flink bedeckten sie die Augen mit ihren Händchen und die Äbtissin sagte: »Verbergt euch, Kinder, hier wohnt die Todsünde.«
Die Novizenmutter aber hatte zwischen den Fingern hindurchgeblinzelt und beruhigte nun die heilige Herde, indem sie mit einem Ave bekräftigte, daß hinter dem Latze kein lebendes Getier mehr verborgen sei. Worob alle vor Freude errötend selbiges Habitavit beaugenscheinigten und die Verwüstungen in ihrem tugendsamen Herzen, ihr inneres Beben überwanden. Und als sie gar einiges Weihwasser in des Abgrundes Tiefen geträufelt hatten, da wagten sie schon, das Ding zu betasten und die Finger durch die Löcher zu stecken. Die Äbtissin fand sogar mählig die Fassung, um mit ziemlich fester Stimme zu fragen: »In welcher Absicht mag uns wohl unser würdiger Vater diese für Frauen so bedrohliche Sache schicken?«
»Ach, seit fünfzehn Jahren sah ich nicht mehr solche Behausung des Teufels!«
»Schweig, meine Tochter, und behindere mich nicht im Nachdenken, was hier zu tun sei!« Und dann ward das Ding erneut hin und her gedreht, beschnuppert und bewundert; nachts träumten die meisten davon, aber am nächsten Tage verkündete ein Nönnlein: »Ich habe die Parabel gelöst: Der Erzbischof schickte uns das, um es zu flicken und so in emsiger Arbeit den Müßiggang zu bekämpfen, der aller Laster Anfang ist!« So gings nun an die Beratung, wer zuerst Hand ans Werk legen sollte. Zunächst behielt die Äbtissin sich und der Unterpriorin die Arbeit für zehn Tage vor, und beide stopften und fädelten, legten Seide unter und Stoff drüber, kurz, waren emsig wie die Bienen. Dann aber beschloß das versammelte Kapitel, dem Erzbischofe in Dankbarkeit ob seines Gedenkens an seine Schwestern in Christo ein köstliches Geschenk darzubringen, und nunmehr quälten sich alle bis zur jüngsten Novize hinab, all ihr Erkenntlichkeit und Verehrung in jene vielsagenden Hosen hineinzuflicken.
Inzwischen hatte der Prälat im Drange der Geschäfte seine Hose längst vergessen.

Hatte er doch einen Edelmann am Hofe kennen gelernt, der unlängst seines Satans von Weib ledig geworden war und sich nun als ehrsamer Witwer nach einer Lebensgenossin umschaute, in die er ob ihrer Tugend und Gottergebenheit Vertrauen haben, mit der er schöne, gesunde Kinder erzeugen könne.

Diesem Herren also führte er das Fräulein von Poissy so lange eindringlichst zu Gemüte, bis selbige zur Frau von Genoilhac gemacht wurde. Die Hochzeit fand in des Erzbischofes Palaste statt und alldorten war ein Kranz der schönsten und schmuckhaftesten Edelfrauen und Herren vereint. Aber die Braut überstrahlte alle, maßen ihre Jungfräulichkeit außer Zweifel stand: hatte doch der Prälat selbst dafür gebürgt. Als nun aber der Nachtisch aufgetragen wurde, kündete Saintot dem heiligen Manne: »Euer Ehrwürden, die Fräulein von Poissy senden Euch einen schönen Tafelaufsatz!«

»Setz' ihn her!« befahl jener, und schon brachte man einen hohen Aufbau aus Samt, Seide, Bändern und Schleifen in Form einer altertümlichen Vase und von wundersamem Gedüft. Darunter fand die Braut köstliches Zuckerzeug, Marzipan und tausenderlei Leckerbissen. Aber eine neugierige Dame zupfte an einer Schleife und wie die aufging, kam die Wohnstätte des menschlichen Kompasses zum Entsetzen des Prälaten, aber zum tollen Gelächter der Gäste zum Vorschein. Und der Ehemann sagte: »Wirklich, die Damen haben mit diesem Tafelaufsatz viel Verständnis gezeigt: von dorten stammt das Zuckerwerk der Ehe!« Gibt's etwa eine bessere Deutung als diese? Ich finde keine.

Wie das Schloß zu Azay erstand

Johann war der Sohn des Simon Fourniez, genannt Simonnin, zu Tours, der es bis zum Amte des Silberbewahrers bei weiland König Ludwig dem Elften gebracht hatte, dann aber in Ungnade gefallen und mit seinem Weibe nach Languedoc geflüchtet war. Seinen Sohn ließ er aller Mittel entblößt in der Touraine zurück, also daß selbiger nur Leib und Degen zu Eigen hatte, was den Alten aber ganz genug dünkte. Wirklich beschloß auch der Bursch, seinen Vater zu retten und zudem sein eignes Glück am Hofe zu machen, welcher damals nach der Touraine übersiedelte.

Gleich am nächsten Morgen verließ daher der Jüngling sein Haus, wickelte sich bis zur Nasenspitze in seinen Mantel und wandelte mit einem Magen, der nicht gerade unter Überladung zu leiden hatte, maßen er leer war, aufs Geratewohl durch die Stadt. Er ging in die Kirchen, staunte sie an, besichtigte die Kapellen, fing Fliegen auf den Gemälden und zählte die Wölbungen wie ein neugieriger Reisender, der viel Zeit und Geld totzuschlagen hat. Dann wieder richtete er, scheinbar in ein Gebet versunken, stumm-beredte Blicke auf die Damen, reichte ihnen an der Türe Weihwasser, folgte ihnen von weitem und suchte durch solche kleine Gefälligkeiten eine Gelegenheit zu erhaschen, die ihm, selbst wenn's unter Lebensgefahr wäre, zu einem Gönner oder einer anmutigen Gebieterin verhülfe. Er besaß noch zwei Dublonen, die er mehr schonte denn seine Haut, sintemalen selbige sich mählig erneut, was Dublonen nicht zu tun pflegen. So erwarb er täglich nur ein Stück Brot und ein paar klägliche Äpfel, und begoß dies Mahl reichlich mit dem Wasser der Loire; und diese Lebensweise war nicht nur seinen Dublonen gar bekömmlich, sondern auch ihm selbst, der dabei frisch und hurtig blieb wie ein rechter Windhund.

So wandelte Jakob von Beaune, wie er sich nach seines Vaters Geburtsort nannte, eines Abends am Ufer dahin und verwünschte seinen Unglücksstern, sintemalen die letzte Doublone drauf und dran war, ihn schnöde zu verlassen. Da plötzlich wäre er an einer Straßenecke fast auf eine verschleierte Dame geprallt, von der eine wahre Wolke von Wohlgerüchen entströmte und ihm die Nase umsäuselte. Selbige Dame, die auf hohen Stöckelschuhen dahertrippelte, trug ein prächtig Gewand aus italienischem Sammet; durch ihren Schleier blinkte im Abendrot ein gar ansehnlicher Diamant zwischen einem Haargebäude, an dessen Löckchenzier sicher die Zöflein ihre drei Stunden gearbeitet hatten. Hinter ihr, der man anmerken konnte, daß sie mehr daran gewöhnt war, in einer Sänfte getragen zu werden, schritt ein bewaffneter Page: kurz, es war entweder die Buhle eines hochgestellten Herren oder eine Hofdame, schon nach der Art, wie sie ihren Rock etwas reichlich raffte und sich in den Hüften wiegte. Aber gleichgültig, ob Dame oder Dirne: Jakob spielte nicht den Wählerischen, sondern faßte den verzweifelten Entschluß, ihr zu folgen, und ginge es in den Tod.

Sie wandelte am Ufer entlang auf Plessis zu, und sog in tiefen Zügen die wasserfrische Luft ein. Der Page aber ward alsbald inne, daß Jakob der Dame auf Schritt und Tritt folgte, mit ihr stehen blieb und sie mit unverfrorener Selbstverständlichkeit anglotzte. Deshalb wandte er sich plötzlich wider ihn um und machte ein Gesicht wie ein bissiger Köter vorm Zuschnappen. Wohingegen der Jüngling sich sagte: kann ein Hund den Papst angucken, so darf wohl ein Christenmensch eine hübsche Frau bestaunen. Und so widmete er dem Pagen nur ein notdürftiges Lächeln und umschlängelte weiter die Dame, so da ruhig schwieg und den Himmel besah, der sich zur Nacht rüstete, die Sterne und was ihr sonst noch Spaß machte. Solchermaßen kamen sie gen Portillon, allwo die Dame einen Augenblick stehen blieb, den Schleier zurückwarf, um besser zu sehen, und den Gesellen sachverständig musterte, ob sie auch keinen Hereinfall zu gewärtigen habe. Nun sei gesagt, daß Jakob es wohl mit drei Ehemännern aufnehmen konnte und sicher auch einer Prinzessin keine Schande gemacht hätte; kühn und entschlossen schaute er aus, just so, wie's den Damen gefällt, und so schien ihm auch, daß der Blick, damit ihn jene spickte, wesentlich lebhafter war, als wenn sie ihr Gebetbuch angeschaut hätte. Er fühlte neue Hoffnung keimen, beschloß mählig bis zum Saum ihres Gewandes zu dringen und an weitere Erfolge selbst seine Ohren dranzuwagen, und folgte ihr weiter durch Gassen und Straßen bis zu dem Platze, allwo heute der Palast von Crouzille steht und wo sie vor einem schönen Hause halt machte. Aber der Page klopfte, ein Diener öffnete und schloß dann hinter ihr wieder die Tür, und so stand der Herre von Beaune sprachlos und verdutzt da, so etwa wie der Heilige Dionys, bevor er auf den Gedanken kam, seinen abgehauenen Kopf von der Erde aufzuheben. Er wandte eine Nase nach oben, um festzustellen, ob nicht von dorten ein gnädiger Wink zu ihm gelangen würde; aber er sah nur ein Licht die Treppe emporsteigen und von Zimmer zu Zimmer wandern, bis es, offenbar im Gemache der Dame, halt machte. So verfiel er in trübes Sinnen, als jählings ein Fensterflügel kreischte; in neuer Hoffnung blickte er auf; aber nur eine Fensterbank schützte ihn vor einem reichlichen Guß eiskalten Wassers und den Scherben des Gefäßes, alldieweil nur der Henkel in der Hand jenes liebesfeindlichen Spaßvogels verblieb. Diese Gelegenheit ergriff Jakob fröhlich beim Schopfe und ließ sich stracks zu Boden sinken, indem er mit erlöschender Stimme rief:

»Ich sterbe!« Und dann legte er sich zwischen die Scherben und stellte sich voller Erwartung tot. Schon kam angstvoll die Dienerschaft aus der Tür gestürzt und lud ihn auf, derweile er sich mühsam das Lachen verbiß. »Er ist schon kalt,« stammelte der Page. Der Hausmeister machte sich beim Betasten die Hände naß und sagte: »Wie das Blut trieft!« Der Schuldige schluchzte: »Eine Messe stifte ich, wenn er am Leben bleibt.« Worob ein andrer meinte: »Wenn du nicht gehenkt wirst, kannst du froh sein. Du weißt, die Gnädige hat das Temperament ihres Vaters geerbt; und dieser hier ist sicher tot, denn er ist mordsmäßig schwer.« »Aha! eine hochgestellte Dame,« dachte Jakob.

»Riecht der Tote schon?« fragte der Unheilsstifter. Und so wurde Jakob von den Dienern der Regentin (denn es war König Ludwigs Tochter) mühsam die Treppe hinaufgehißt und voll Hoffnungslosigkeit im Saal auf den Boden gebettet.

»Holt einen Wundarzt!« befahl Frau von Beaujeu. Und während die einen die Treppe hinabjagten, schickte sie die andern nach Salbe, Verbandzeug, Branntwein, und endlich war sie mit ihm allein. Nunmehro bestaunte sie seine kraftvolle Gestalt und die schönen Züge des Verblichenen und sagte laut: »Wehe, Gott will mich strafen! Taucht da ein winziges Mal in tiefster Seele ein Begehren auf und schon entreißt mir mein Schutzpatron zürnend diesen schönsten unter den Jünglingen. Gottes Tod! alle Unheilsstifter werde ich hängen lassen!« »O, edle Frau!« rief Jakob und sprang flugs empor, »ich lebe, um Euch zu dienen und bin so wenig tot, daß ich Euch für heute Nacht so viele Freuden verspreche, wie das Jahr Monate hat.« Und weiter log er frisch drauflos: »Seit zwanzig Tagen schon bin ich wie toll in Euch verliebt, doch wagte ich Euch nicht zu nahen; und wie trunken ich von Euer königlichen Schönheit bin, mag Euch dieser mein Einfall beweisen, der mir endlich erlaubt, Euch zu Füßen zu fallen.« Und damit küßte er selbige gar innig und schaute die Dame mit versengenden Blicken an. Nun stand die Regentin, sintemalen das Alter auch Königinnen nicht verschont, dazumal in ihrer zweiten Jugend, in welcher auch die tugendsamsten Frauen sich nach einer Liebesnacht umtun, damit sie nicht in Ermanglung gewisser Erfahrungen mit leeren Händen, leerem Herzen und was sonst leer sein könnte, ins Jenseits wandeln. So schien ihr auch des Jünglings Versprechen keineswegs verwunderlich, maßen Könige alles dutzendweise haben müssen. Vielmehr prägte sie sich das wohl ein (sei es in ihrem Hirne, sei es in ihrem Liebesregister, das sich schon im voraus wohlig gekitzelt fühlte): sie hob den Schlingel auf, und der fand den Mut, ihr entgegenzulächeln, die in der Pracht einer welkenden Rose vor ihm stund. Immerhin war sie wohl hergerichtet, und ihre Gestalt, der königliche Fuß, die schlanken Hüften ließen ihn verborgene Schönheiten erhoffen, die ihm zur Erfüllung seines leichtsinnigen Versprechens behilflich sein konnten.

»Wer seid Ihr?« fragte sie nunmehr, und sah dabei knurrig aus wie weiland der König.

»Alleruntertänigst Jakob von Beaune, Sohn des Silberbewahrers, der jüngst in Ungnade fiel.«

»Schnell, legt Euch,« rief sie darob. »Ich höre Schritte und will nicht, daß die Leute mich für Eure Mitwisserin in dieser Komödie halten.« Aber ihre Stimme klang milde, so daß jener begriff, daß ihm seine ungeheure Liebe in Gnaden verziehen war. Und so legte er sich flugs und sehr zufrieden nieder. Die Regentin aber sagte zu den Zofen: »Dem Edelmanne gehts besser und er braucht weiter nichts mehr. Gott sei Dank, der mein Haus nicht mit einer Mordtat belasten wollte.« Dabei glitten ihre Hände durch das Haar ihres Geliebten, der ihr da vom Himmel in den Schoß gefallen war; sie rieb ihm die Stirn mit Branntwein, knöpfte dann sein Wams auf und untersuchte ihn, gleichalsob sie um sein Wohl bemüht sei, eingehend wie ein Inquisitor, wobei sie feststellte, daß der so vielversprechende Jüngling ein entzückend zartes Fellchen sein Eigen nannte. Die Dienerschaft war zwar erstaunt, aber solche Beweise wahren Menschlichkeit stehen königlichen Personen immer wohl an. Jakob richtete sich auf, als erwachte er aus tiefer Ohnmacht, dankte alleruntertänigst der Regentin und schickte die ganze schwarze Teufelsbande von Ärzten und dergleichen heim, da er wieder wohl sei. Dann nannte er seinen Namen und wollte fortgehen. Aber Frau von Beaujeu rief: »Nie werde ich das erlauben, nachdem meine Leute Euch so übel mitgespielt haben!« Und zum Hausmeister: »Der Herr von Beaune wird hier zu abend speisen. Der Übeltäter wird ihm auf Gnade und Ungnade ausgeliefert, dafern er sich gleich meldet. Andernfalls wird ihn der Hansprofoß finden und aufknüpfen.«

Alsbald trat der Page vor, der die Dame begleitet hatte. Aber Jakob sprach:

»Hohe Frau, ich flehe Euch an, ihm zu vergeben; denn ihm verdanke ich das Glück bei Euch speisen zu dürfen, vielleicht gar die Wiedereinsetzung meines Vaters.«

»Wohlgesprochen,« sagte die Regentin. Und zu dem Pagen: »Du sollst eine Rotte Bogenschützen bekommen; aber wirf künftig nichts mehr aus dem Fenster.« Und da ihr nach Beaune schon das Wasser im Munde zusammenlief, ergriff sie seine Hand und ließ sich von ihm in ihr Gemach geleiten, allwo sie plauderten, derweile das Essen gerichtet wurde. Jakob erwog inzwischen, daß es der Regentin etwas schwer fallen dürfte, alle Leute zu entfernen und hoffte bereits, ohne das verdammte Dutzend heil hinweg zu kommen. Immerhin beängstigte ihn der Gedanke, dennoch zahlen zu müssen, genügend, und oft tastete er nach und fragte sich in Gedanken: »Wird's auch langen?« Ähnliche Gedanken beschäftigten auch die Regentin. Sie befahl einen ihrer Sekretäre zu sich, auf den sie sich verlassen konnte, und hieß ihm, während des Essens eine falsche Nachricht für sie auszufertigen. Dann, als das Essen kam, ward sie von ihrem übervollen Herzen derart beengt, dasi sie kaum einen Bissen aß. Darüber kam der erwartete Bote und schon furchte sie grimmig die Stirn wie weiland der König und grollte: »Kann man denn in diesem Lande nicht einmal einen ruhigen Abend haben?« Sprang auf und tat majestätische Schritte: »Holla! meinen Zelter! Wo ist mein Stallmeister? In der Pikardie? D'Estonteville, Ihr trefft mich mit dem Gefolge im Schlosse Amboise! Herr von Beaune, Ihr werdet mein Stallmeister sein. Kommt, wir brauchen treue Diener, um die Unzufriedenen niederzuwerfen.«

Im Handumdrehen war alles bereit und schon ging es trabtrab zum Schlosse Amboise. Kurz gesagt: der Herre von Beaune dort wurde fernab von allen Späherblicken kaum zwölf Klafter von der Regentin untergebracht. Vergeblich fragte sich das Gefolge, wo denn der Feind sei; der Dutzendmann wußte es sehr wohl. Da aber die Tugend der Regentin für uneinnehmbar galt, so fiel kein Verdacht auf sie. Als dann zur Nacht das Schloß in lautlose Stille versank, schickte Frau von Beaujeu ihre Zofen fort und rief ihren Stallmeister. Und die beiden machten es sich vor dem Kamin bequem. Mit zärtlicher Stimme fragte die Regentin neugierig:

»Seid Ihr auch nicht abgespannt? Nach Eurem Mißgeschick soll Euch der lange Ritt arg ermüdet haben. Das macht mir Sorge und ich wollte nicht einschlafen, ohne Euch zuvor noch gesehen zu haben. Ihr leidet?«

»Vor Ungeduld!« rief der Dutzendmann, für den es nun kein Zurückweichen mehr gab: »Wie bin ich glücklich, wohledle Herrin, Gnade vor Euren Augen gefunden zu haben!«

»Schon gut, aber wenn Ihr nicht loget, daß Ihr mir schon oft anderorts begegnet seid, so wundere ich mich, solch mutvollen Jüngling erst heute bemerkt zu haben. Denn Ihr gefallet mir und ich will Euch wohl.« Damit hatte für Jakob das verteufelte Stündlein geschlagen flugs kniete er nieder und küßte ihre Füße, Hände, alles, alles. Immerhin wollte sie, die sich für diese Nacht schon so reich geschmückt und mit Duftwässern begossen hatte, alle Verantwortung auf ihren Liebsten laden und widerstrebte, bis er sie auf ihr Prunkbette trug, allwo die beiden eine gar einträchtigliche Hochzeit feierten. Und beim Scheine der Nachtampel entschwand das Alter der edlen Fraue, also daß Jakob weitaus mehr Freuden erlebte, als etwa einer, der auf dem Wege zum Galgen dem Könige begegnet, und daher mutig seine Wette erneute. Voll Staunens versprach ihm die Regentin, gar wohl standzuhalten, und als Preis, im Falle sie unterliegen sollte, die Herrschaft Azay-le-Bruslé mit allen Beilehen und zudem die Begnadigung seines Vaters. Worob jener als guter Sohn bei sich sprach:

»Dies für meinen Vater! Dies für das Lehen, dies für die Wiesen, item für das Fischrecht ...« und so fort, bis daß er der Regentin elfmal in klaren, unzweideutigen Worten seine Ehrerbietung bezeugt hatte. Was nun den Schlußgesang betraf, so nahm er sich vor, ihn seiner Partnerin beim Erwachen mit Schwung vorzutragen, als eine Huldigung, wie sie dem Herren von Azay gegenüber seiner Königin wohl geziemt. Das war sehr nett gedacht; aber die Natur hat so ihre Mucken und so kam es, daß besagte Huldigung den blinden Salutschüssen aufs Haar glich, wie sie zu Ehren der Könige üblich sind. Als das Paar daher aufgestanden war und zusammen frühstückte, da hatte die Regentin an dieser Stelle ein und meinte: er habe seine Wette verloren und somit auch deren Einsatz.

»Kreuzbombensabel!« fluchte Jakob. »Dicht genug war ich am Ziel.

Aber mich bedünkt, wir beide können hierüber nicht entscheiden: es handelt sich hier um einen Allodialfall, der vor Euern Hohen Rat kompetiert, da Azay ein Königslehen ist.«

»Gottes Tod!« lachte die Regentin (was sie nicht oft tat!) »Ihr sollt mein Stallmeister bleiben, Eures Vaters Begnadigung, Azay und ein Amt beim Könige erhalten, wenn Ihr diesen Fall vortragt, ohne meine Ehre zu gefährden.« Denn da sie ihre schöne Nacht hinter sich hatte, lockte sie dieser knifflige Fall mehr als der Vorschlag eines neuen Dutzends. Inzwischen waren die Räte, Schreiber und sonstigen Dienstleute ebenfalls auf dem Schlosse eingetroffen und erkundigten sich eifrig nach den Gründen des plötzlichen Abmarsches. Um allen Argwohn abzulenken, berief die Regentin sie alsbald zu sich und legte ihnen zunächst eine Reihe nichtiger Fragen vor, die sie voll tiefgründiger Weisheit beantworteten. Kam dann der neue Stallmeister, um seine Herrin zu geleiten; und als er sah, daß man die Sitzung just aufheben wollte, bat er keck um Lösung eines Streitfalles, der seine und des Königs Interessen beträfe.

»Hört ihn an,« sprach die Regentin. »Er sagt die Wahrheit.« Worob Jakob frisch heraus etwa so anhub:

»Hochedle Herrn, zwar werde ich nur von Nußschalen reden, doch bitte ich um sorgliche Aufmerksamkeit Einmal kamen zwei Herrn, die selbander lustwandelten, zu einem Nußbaum, der da schön, kraftvoll, prächtig und herrlich-duftend dastund. Ob dieses Nußbaumes nun entstand zwischen den Herren ein kleiner Streit, und sie schlossen eine fröhliche Wette, wie das Freunde so zu machen pflegen. Der jüngere der beiden machte sich anheischig, zwölfmal seinen Stock in das Blattwerk zu werfen (einen Stock, so wie jeder von uns einen bei Spaziergängen in Parkanlagen zu haben pflegt), und jedesmal sollte eine Nuß zur Erde fallen. – So war doch der Kernpunkt der Rechtsfrage?« wandte er sich zur Regentin. Und die erwiderte voll Überraschung ob seiner Mundfertigkeit: »Ganz recht, ganz recht!« Worob Jakob fortfuhr:

»Der andere wettete also dagegen. Und nun geschah es, daß jener derart geschickt zu werfen anhub, daß beide ihre Freude daran hatten. Sicherlich gings den Heiligen ebenso, denn dank ihrem Beistande fiel bei jedem Wurfe eine Nuß, so daß wirklich zwölf zusammenkamen.

Aber der Zufall wollte es, daß die zuletzt abgeschlagene Nuß hohl war und nicht, wie die anderen, einen Kern hatte, der beim Stecken einen neuen Baum hätte erstehen lassen. Hat nun der Mann mit dem Stock gewonnen? Dies der Fall, bitte richtet!«

»Der Fall liegt klar genug,« versetzte der Großsiegelbewahrer. »Dem andern bleibt nur ein einziger Ausweg..«

»Und was für einer?« fragte die Regentin.

»Zu zahlen, hohe Frau.«

»Er ist gar zu schlau,« meinte sie und gab ihrem Stallmeister einen leichten Schlag auf die Wange. »Sicher wird er noch einmal an den Galgen kommen.«

Sie meinte zu spaßen, aber sie kündete sein Schicksal; denn ob der Rache einer alten Vettel und durch seines Schreibers Verrat fiel der Silberbewahrer des Königs später bei diesem in Ungnade und mußte am Galgen baumeln. Um aber auf sein Jugendabenteuer zurückzukommen, so erhielt er seine Wette voll ausgezahlt, und er wurde auch noch Freiherr von Semblançay und einer der höchsten Würdenträger. Für Ausbau des Schlosses Azay aber gab er ein wahres Vermögen aus, so daß es das prächtigste der Gegend wurde. König Franz, der Erste seines Namens, war dort bei ihm zu Gaste. Und als es beim Schlafengehen zwölf schlug, da meinte der greise Freiherr: »Zwölf Schlägen eines Hammers, der nunmehr allerdings kaum noch verwendbar ist, verdankte ich dies Schloß, meinen Reichtum und das Glück, in Euren Diensten zu stehen.«

Und da der König solche Geschichten liebte, erzählte er ihm den Fall. Franz fand sie über die Maßen drollig und lachte um so mehr darüber, als just seine Mutter an dem bewußten Wendepunkte ihres Lebens hinter dem Konnetabel von Bourbon her war, um etzliche Dutzend einzuheimsen. Aber das war die arge Liebe eines argen Weibes, denn sie brachte das Königreich in Gefahr und war schuld, daß der König gefangen genommen und, wie schon gesagt, der arme greise Freiherr von Semblançay zu Tode gebracht wurde.

Die Edelfrau als Dirne

Die Wahrheit über den Tod des Herzogs von Orléans, des Bruders von König Karl dem Sechsten, ist nur wenigen bekannt. Diese Mordtat war durch mancherlei herbeigeführt worden; einer der Gründe soll in dieser Geschichte dargelegt werden. Besagter Prinz war sicherlich der schlimmste Wollüstling sämtlicher Sprossen vom Stamme des Heiligen Ludwig, welchselbige in ihrer Zügellosigkeit unserem tapferen und fröhlichen Volke durch Laster wie durch seltene Vorzüge so wundersam gleichgeartet waren, daß man sich eher die Höllen ohne den Herren Satan, als Frankreich ohne diese seine mutigen, ruhmvollen und liebestollen Könige vorstellen kann. Die Ausschweifungen jenes hohen Herren (eines Liebhabers der Königin Isabeau, die selbst in Liebesdingen eine wilde Draufgängerin war) führten zu mancherlei pläsierlichen Begebnissen: er erdachte zuerst die Einrichtung der ›Stationsdamen‹, welche sich in der Weise vollzog, daß er beispielsweise auf dem Wege von Paris nach Bordeaux auf jedem Halteplatz ein treffliches Mahl und ein Bett fand, das mit einer Frau sorglich gepolstert war. Einen seiner köstlichen Streiche hat des ferneren unser herrlicher König Ludwig der Elfte in seine Sammlung »die hundert neuen Erzählungen«;[1] aufnehmen lassen. Die Namen sind allerdings geändert, doch kann jeder die Geschichte nachlesen, sie heißt: »Die Kehrseite der Medaille«. Nun aber zu meiner Geschichte.

Zu Diensten des Herzogs stand ein Edelmann der Pikardie, Rudolf von Rockstädt, dessen Ehe mit einem reichen, dem Hause Burgund verwandten Edelfräulein dem Prinzen dermaleinst verhängnisvoll werden sollte. Sie war blendend schön (was reiche Erbinnen sonst nicht zu sein pflegen) und stellte bei Hofe selbst die Königin und die Prinzessin Valentine in den Schatten. Aber ihr höchstes Gut war ihre fleckenlose Reinheit, ihre bescheidene, keusche Seele. Der Herzog brauchte natürlich an dieser Himmelsblüte nicht lange zu schnuppern, um ein Liebesfieber zu bekommen. Er ward trübselig, fragte nicht mehr nach Dirnenhäusern und tat sich nur noch selten und gleichsam mit Bedauern an den königlichen Leckerbissen der schmuckhaften Isabeau gütlich. Bald aber raste er bereits und schwur durch Zauber, Gewalt, List oder Überredung diesen anmutigen Leib zu besitzen, der ihm die Nächte einsam und freudelos gemacht hatte.

So umschmeichelte er sie mit zuckersüßen Worten. Aber er begriff bald, daß sie ihre Tugend nie opfern würde; denn ohne Staunen, ohne zwecklose Entrüstung erwiderte sie mit ruhiger Offenheit: »Hoher Herr, ich will mir die Achtung aller, zumal aber die meines Gatten bewahren, der für mich die ganze Welt bedeutet: so will ich vor ihm ehrenhaft dastehen. Und darum bitte ich Euch, störet mich nicht in meinem häuslichen Frieden, weil ich mich ansonsten unverweilt meinem Herrn und Meister anvertrauen müßte, der darob Euren Dienst verlassen würde.«

Solch wackere Antwort heizte natürlich dem Bruder des Königs nur noch mehr ein und verschlagen, wie er war, beschloß er, sie in eine Falle zu locken. Fortan hielt er über sein Begehren fein den Mund, richtete es aber ein, daß die Frau von Rockstädt ein Amt bei der Königin bekam. Als dann eines Tages letztere nach Vincennes zum Krankenlager des Königs fuhr und den Herzog als Herren des Palastes zurückließ, bestellte dieser ein wahrhaft königliches Mahl, das in den Gemächern der Königin aufgetragen werden sollte. Darauf ließ er die spröde Geliebte durch einen Pagen gar dringlich herbeirufen. Selbige vermeinte von der Königin für einen Amtsdienst oder zur Unterhaltung gerufen zu sein, und der ehrlose Liebhaber hatte alles so eingerichtet, daß sie von jener Abreise nichts erfahren konnte. So eilte die Edelfrau in aller Hast in den Palast und kam stracks in den Prunksaal, der unmittelbar neben dem Schlafgemache der Königin lag. Als sie aber dorten nur den Herzog gewahrte, da schwante ihr Unheil; flugs ging sie in die Kemnate: aber statt die Königin zu finden, hörte sie den Prinzen geradeheraus lachen.

»Ich bin verloren!« sagte sie sich und suchte zu fliehen.

Doch alle Türen waren von ergebenen Dienern auf Befehl des herzoglichen Schürzenjägers verrammelt und abgeschlossen, also daß sie in diesem riesigen Palaste wie in ödester Wüste nur mehr auf den Beistand ihrer Schutzpatronin und Gottes rechen konnte. Aufs Schlimmste gefaßt erbebte sie am ganzen Leibe, und während ihr des Herzogs fröhliches Lachen bewies, daß sie in einer vortrefflich erdachten Falle saß, sank sie auf einen Sessel. Kaum aber versuchte er ihr zu nahen, da sprang sie auf und suchte ihm zunächst mit vernichtenden Worten und Blicken zu widerstehen: »Nur an meinem Leichnam sollt Ihr Eure Luft büßen! So zwinget mich nicht zu einem Kampfe, über dessen Ausgang kein Zweifel sein kann.

Lasset mich fort und nie wird mein Gemahl von dieser Unheilsstunde hören, mit der Ihr unverlöschlich mein Leben verunziert habt. Welch treuer Diener er Euch ist, das wüßtet Ihr, wenn Ihr nicht den Gesichtern der Damen mehr Beachtung schenktet als den Männern. Aber heiß wie seine Liebe ist auch sein Haß: der kleinste Schrei, den Ihr mir entlockt, würde Euch das Leben kosten. Darum bitte ich, laßt mich hinaus!«

Der Lüstling pfiff. Darob floh die hochgemute Frau jählings in das Schlafgemach und holte einen spitzen Stahl, den sie dort wußte. Als dann der Herzog herzukam, wies sie auf die Diele und schrie ihm ins Gesicht: »Wenn Ihr diese Bohle überschreitet, töte ich mich!« Der Herzog setzte sich mit größter Seelenruhe vor jener Bohle auf einen Stuhl und begann alsbald auf sie einzureden in der Hoffnung, solchermaßen ihre Sinne zu entflammen, und ihr Hirn, Herz und Leib derart mit lüsternen Vorstellungen zu verwirren, daß ihr Hören und Sehen verginge. Somit schilderte er ihr, welch zarte Aufmerksamkeiten die Prinzen zu üben pflegten, wie schlecht die tugendsamen Frauen daheim ihre Ehrsamkeit bezahlt bekämen, wie sie für zweifelhafte jenseitige Verheißungen auf irdische Seligkeiten verzichten müßten, wie die Gatten den Schatz der Liebesfreuden verborgen hielten, maßen deren heiße Wonnen und berückende Lüste den Frauen das Vergnügen an der Nüchternheit des Ehelebens verdürben. ›Das sei eine gar sündhafte Schändlichkeit der Ehemänner, die vielmehr die Mühen und Tugenden ihrer Frauen mit dem Zuckerzeug wahrer Liebesseligkeiten erkaufen müßten. Sie brauche nur einmal an diesem seraphisch-holden Kosegeschleck genippt zu haben, das ihr bis dato unbekannt sei, um fortan die Nichtigkeit ihres sonstigen Daseins zu erkennen. Er würde sicherlich wie ein Toter darüber schweigen und sie solchermaßen vor Entehrung bewahren.‹ Und wie der verschlagene Lüstling inne ward, daß sie sich keineswegs die Ohren verstopfte, hub er an, ihr mit zierlichen Umschreibungen darzulegen, was für lasterhafte Ausschweifungen man damals zu üben liebte; seine Augen lohten, seine Worte wurden immer zündender, seine Stimme klang verführerisch wie Musik, und er berauschte sich selbst an der Beschreibung der verschiedenen Liebesformen, wie seine Freundinnen sie pflegten, und die er ihr alle aufzählte; selbst die lesbischen Künste, Schmeichelgriffe und Liebkosungen der Königin Isabella schilderte er ihr, und also glühend und bestrickend waren seine Worte, daß ihm endlich schien, als ließe die Frau von Rockstädt mählig ihren Stahl entgleiten. Flugs wollte er ihr von neuem nahen; aber da überkam sie jähe Scham, daß er sie bei einer Träumerei abgefaßt hatte. Stolz blickte sie den höllischen Versucher an und rief: »Ich danke Euch, schöner Herr. Nun liebe ich meinen edlen Gatten nur um so mehr, der mich sicherlich hochachtet, da er sein Ehebett nicht durch Dirnenlüste besudeln will. Ewig hielte ich mich ja für entehrt und geschändet, wenn mein Fuß in diesen Lasterpfuhl geriete. Ein Eheweib ist nicht die Buhle ihres Mannes!«

»Ich wette,« meinte der Herzog grinsend, »daß Ihr fortan dem Herrn von Rockstädt etwas lebhafter zusetzen werdet.« Worob sie zornbebend auffuhr: »Ihr seid ein Schandbube: ich verachte, ich verabscheue Euch! Wie denn! Weil Ihr meiner Ehre nichts anhaben könnt, wollt Ihr meine Seele beflecken?! Oh, das werdet Ihr teuer bezahlen!«

»Ich kann Euch binden lassen!« rief er zornesbleich.

»O nein, ich bin frei!« Und sie schwang den spitzen Stahl. Der Lüstling lachte höhnisch:

»Bangt Euch nicht. Ich will Euch bis über den Kopf in den Lasterpfuhl tauchen, der Euch so anwidert, Eure Füßchen, die Händchen, die Brüste wie Elfenbein, den schneeweißen Leib, Zähnlein, Haare, alles!! Freiwillig und brünstig wie eine hitzige Stute, die da stampft und wild schnauft, so werdet Ihr hineinspringen, das schwöre ich Euch.« Und dann pfiff er einem Pagen, der schnell herzukam und ins geheim befohlen wurde, die Herren Rockstädt, Savoisy und noch mehrere Genossen zum Mahle zu laden und zudem noch einige schmucke Weiberhemdlein nebst ihrem leckeren, frischen Inhalte aufzutreiben. Alsdann setzte er sich wiederum zehn Schritte von der Dame nieder und meinte: »Rudolf ist eifersüchtig. Darum will ich Euch einen guten Rat geben: Dortdrin (er wies auf ein Seitengelaß) sind die Duftwässer und Salböle der Königin, und hier in jenem Winkel macht sie ihre Waschungen und sonstigen Berrichtungen als Frau. Aus reicher Erfahrung weiß ich, daß ihr Weiblein alle euern besonderen, leicht kenntlichen Duft habt. Sollte also Rudolf wirklich so bedauerlich eifersüchtig sein, so macht Euch jene Wässer zunutze.«

»Was meint Ihr damit?«

»Im gegebenen Augenblick werdet Ihr das schon verstehen. Ich will Euch wohl und gebe mein Ehrenwort, daß ich Euch fortan nie mehr nachstelle und über alles strengstens schweigen werde. Ihr sollt mein gutes Herz kennen lernen und sehen, wie edel ich mich für die Mißachtung einer Frau räche, indem ich ihr selbst den Weg zum Paradies erschließe. Aber lauschet wohl auf die fröhlichen Gespräche im Nebenzimmer, und vor allem: wenn Ihr Eure Kinder liebt, hustet nicht.«

Das Gemach der Königin besaß keinen anderen Ausgang, und durch das Fenstergitter vermochte man kaum den Kopf zu zwängen. So konnte der Lüstling, nachdem er die Durchgangstür verschlossen hatte, sicher sein, daß die Dame fest eingesperrt war. Schon kamen die fröhlichen Gefährten eilig herbei und fanden auf dem prächtig gedeckten Tische in hellem Kerzenscheine ein treffliches Mahl. Der Herzog rief alsbald: »Heran, Freunde. Als mich eben die Langeweile heimsuchen wollte, kam mir der Gedanke, mit Euch ein Gelage nach Art der alten Griechen oder Römer zu begehen, die dem wohledlen Priapus und dem gehörnten Gotte Bacchus ihr ›Pater‹ beteten. Das soll heute ein richtiges Schlemmen werden, denn es wird die hübschen dreigeschnäbelten Krähen geben, bei denen ich trotz meiner vielen Versuche noch nicht weiß, welcher Schnabel der leckerste ist.«

Ob dieser fröhlichen Ansprache waren alle höchlichst erbaut; einzig Rockstädt trat zu dem Herzog und sagte: »Hoher Herr, Ihr wißt, ich scheue keine Schlacht, es sei denn wider Weiberröcke. Meine Gefährten dort haben kein Weib daheim, wogegen ich eine holde Gattin besitze, der ich Gesellschaft leisten und für mein Handeln einstehen muß.«

»Das heißt: ich als Ehemann sündige also?!« fuhr der Herzog auf.

»O nein, teurer Gebieter: ein Prinz kann alles!« Bei diesen hochgemuten Worten wurde der Gefangenen begreiflicherweise heiß und kalt, und sie dachte:›Ja, Rudolf, du bist wahrhaft ein Edelmann!‹

Der Herzog aber sprach: »Ich schätze dich hoch und halte dich für meinen treuesten Diener. Wir andern (und er blickte auf die drei Herren) sind Bösewichter. Aber setze dich ruhig dazu. Wenn die Dirnen kommen – Prachtexemplare, sage ich dir – dann magst du heimgehen. Gottes Tod, ich hatte gedacht: ›dieser Musterknabe kennt außereheliche Freuden nicht‹, und hatte dir darum dort nebenan ein wahres Teufelsweib, eine Königin unter den Huldinnen Lesbos', bereitgehalten. Wie gern hätte ich dich ein für alle Mal die berauschenden Wunder geheimster Seligkeiten kosten lassen. Denn es ist doch eine Schande, daß einer meiner Gefolgsleute einer hübschen Frau nicht nach allen Regeln der Kunst zu dienen weiß.«

So ließ sich Rockstädt am Tische nieder, um den Prinzen nicht zu kränken. Und flugs huben alle an, mit Scherzen und Lachen über die Frauen herzuziehen. Wie's so Brauch, prahlten sie mit ihren Erlebnissen, verschonten nur die derzeitige Liebste und gingen alles haarklein durch: was jede so besonderes an sich hatte, dann die verschiedensten anmutigen Scheußlichkeiten, und je mehr sie tranken, um so schlimmer ging's her. Der Herzog war ausgelassen wie ein Universalerbe, stachelte sie durch geschickte Fragen weiter auf und jagte sie durch Leckerbissen und Wein in die schlüpfrichsten Späße. Rockstädt ward glühendrot, aber mählig stumpfte er ab, und trotz seiner Tugend meldete sich manch schmutziges Begehren, und er versank in diesen Pfuhl, wie ein Heiliger ins Gebet. Das merkte der Herzog, der immer nur seiner Rache gedachte, und er hub lachend an: »Holla, Rudolf, wir stecken alle unter einer Decke und sagen nichts weiter. Also komm, diese himmlischen Seligkeiten zu kosten. Hier drin (und er schob ihn zur Türe des Schlafgemaches) weilt eine Hofdame, eine Freundin der Königin, die brünstigste Venuspriesterin, die jemals auf Erden weilte. Sie ward erzeugt, als das Paradies jubelte, die Natur in Luft erbebte, die Pflanzen Hochzeit feierten, die Tiere vor Gluten barsten und alles in Liebesflammen lohte. Ob sie aber gleich im Stande wäre, einen Altar zum Lotterbette zu machen, so ist sie doch wiederum zu selbstbewußt, um sich sehen zu lassen oder durch Sprechen zu verraten. Doch was bedarf es des Lichtes, wo ihre Augen Flammen sprühen, was der Worte, da ihre Bewegungen, die es an Hurtigkeit dem flinken Wilde gleich tun, alles sagen. Nun, mein Lieber, packe solch feuriges Roß recht fest in die Mähne, nimm guten Sitz und laß dich nicht abwerfen, denn sonst könntest du im Handumdrehen am Balken kleben wie eine geklatschte Fliege. Sie lebt nur auf den Kissen des Bettes, loht Tag und Nacht und giert nach dem Manne. Unser armer Giac ging dabei drauf: in einem Frühjahr war ihm das Mark ausgesaugt.

Doch wer gäbe nicht gern für solche Jubelnacht ein Dritteil, für eine zweite gar seine ganze ewige Seligkeit daran!«

»Aber wie kann es nur in so einfachen Dingen solche Unterschiede geben?« fragte Rudolf. Darob erscholl ein dröhnendes Gelächter. Des Weines voll und durch des Herzogs Augenblinzeln angefeuert, huben die andern alsbald an, unter Kreischen und Toben mit tausenderlei pläsierlichen Abarten und Feinheiten auszupacken. Sie wußten ja nicht, welche keusche Schülerin sie anhörte, und so schilderten sie in der Schamlosigkeit ihres Rausches Dinge, darob Kamin-und Simsfiguren erröten könnten; und der Herzog tat es allen über. Dann aber schob er Rudolf, dem nun schon derart eingeteufelt war, daß er kaum widerstrebte, in das Gemach, darinnen die Dame nunmehro entscheiden mußte, welchem Dolche sie sich opfern wolle. Um Mitternacht kehrte Rockstädt wonnetrunken wieder; einzig quälte ihm der Gedanke, sein Ehgemahl betrogen zu haben. Der Herzog aber ließ nun flugs selbige Gemahlin durch eine Gartenpforte hinaus, damit sie vor ihrem Manne heimkäme. »Das wird uns allen teuer zu stehen kommen,« flüsterte sie ihm zu.

Ein Jahr später spaltete Rudolf in der alten Tempelgasse dem Herzoge, dessen Dienst er verlassen hatte, das Haupt und beförderte ihn so hinüber, wie jeder weiß. Im Laufe selbigen Jahres war sein Weib dahingeschieden, wie eine Blüte, daran ein giftiger Wurm genagt hatte. Als Rockstädt dem Herzoge von Burgund, mit dem Zunamen ›Ohnefurcht‹ vor seinem Tode sein wehes Herz ausschüttete, da sagte selbiger, wenngleich er doch ansonsten nicht weichen Sinnes war: das sei unter all den Schandtaten seines Vetters Orléans eine derart schauerliche, daß er ihn darob wohl gern zum zweiten Male hätte ermorden mögen, wenn das möglich gewesen wäre; denn selbiger habe die engelreinste Tugend in den Sündenpfuhl des Lasters gezerrt und zwei edle Herzen eines durch das andere besudelt. Und diese Tat war so widerwärtig gemein, daß der nachmalige König Ludwig der Elfte diese Geschichte, als sie ihm erzählt wurde, nicht mit in jene Sammlung der ›hundert Erzählungen‹ aufnehmen wollte. Dennnoch leuchtet die Frau von Rockstädt darin ob ihrer Tugend und Seelengröße in so lichter Reinheit, daß man mir um ihretwillen verzeihen mag, wenn ich sie in diesem Rahmen, trotz des Herzogs teuflicher Bosheit und Rachsucht, erzählt habe.

Die Gefahren übergroßer Tugend

Der Herre von Montcontour war ein kühner Krieger Tourainer Abkunft, der zu Ehren des Sieges, so der Herzog von Anjou, der nachmalige ruhmvolle König, zu Vouvray davontrug, alldorten das gleichnamige Schloß erbaute. Und da er sich selbst damals viele Lorbeeren errungen hatte, so durfte er selbigen Namen dem seinigen beifügen. Dieser nun hatte zween Söhne, deren ältester bei Hofe gar beliebt war. Als aber der Alte während des Waffenstillstandes, der vor der Bartholomäusnacht geschlossen war, in sein Schloß eilte, ward er durch die betrübliche Nachricht überrascht, daß jener Sohn im Zweikampfe gefallen war. Das ging dem Ärmsten um so näher, als er bereits alles eingeleitet hatte, um selbigen mit einem Fräulein aus dem Hause Amboise zu vermählen, und nun die hierdurch erhofften Vorteile zu entschwinden drohten. In gleichermaßen ehrgeizigen Absichten hatte er seinen zweiten Sohn ins Kloster gesteckt, allwo er unter der Leitung eines gar hochheiligen Mannes aufwuchs. Der Alte wollte gern zum mindesten einen machtvollen Kardinal aus ihn machen, und darum wurde des Jünglings Seele in so blitzeblanker Reinheit erhalten, daß auch nicht der Schatten eines sündlichen Gedankens auftauchen konnte: mit seinen neunzehn Jahren kannte er keine andere Liebe, denn die zu Gott, keine Englein, denn die droben im Himmel.

Nunmehro allerdings beschloß der Herre von Moncontour, das Unschuldslamm aus dem Kloster zu holen, damit es sich mit weltlichem Ruhm bedecke und vor allem jenes Mägdelein eheliche, das dem Verstorbenen bestimmt gewesen war; ein gar trefflicher Gedanke, sintemalen das Mönchlein ob seiner Enthaltsamkeit in Saft und Kraft strotzte, und somit sein Ehegesponst sicherlich besser mit ihm fuhr, denn mit dem Älteren, der in den Händen der Hofdamen schon reichlich abgenutzt und zerfleddert war. Der entmönchte Mönch fügte sich geduldig den geheiligten Wünschen seines Vaters und stimmte der Ehe zu, ohne überhaupt zu wissen, was eine Frau, schlimmer noch: was ein Mägdelein sei. Kam dazu, daß seine Reise sich verzögerte, und der unerhörte Tugendbold dadurch erst am Tage vor der Hochzeit auf dem Schlosse eintraf. – Jetzo muß auch über die Braut einiges gesagt werden.

Ihre Mutter war seit langem Wittib und lebte bei dem Herren von Braguelongne, dessen Weib hinwiderum zum großen allgemeinen Ärgernis mit dem Herren von Lignières lebte. Immerhin hatte dermalen ein jeglicher so viele Balken in seinem Auge, daß er nicht allzusehr auf die Splitter in den Augen seiner Nächsten achten konnte: der Teufel machte glänzende Geschäfte und Frau Tugend saß schlotternd in irgendeinem Mauseloch und tauchte nur hie und da bei ein paar prüden Damen auf. Im ganzen Hause Amboise gab es nur die uralte Wittib des Herrn von Chaumont als einzige Vertreterin wohlerprobter Tugend und Frömmigkeit. Diese hatte das Jungfräulein, um welches sich unsere Geschichte dreht, seit seinem zehnten Lebensjahre unter ihre Fittiche genommen, und das war der Frau von Amboise keineswegs ungelegen, weil sie hierdurch ungebundener leben konnte. Nur einmal jährlich auf der Durchreise besuchte sie ihr Töchterlein; aber trotz dieser mütterlichen Zurückhaltung wurde sie zur Hochzeit geladen, und mit ihr der Herre von Braguelongne. Denn Moncontour wußte als erfahrener Haudegen, wie's in der Welt ausschaut. Die greise Pflegemutter war schon gar zu klapperich und mußte betrübt daheim bleiben. Ihr Trost blieb, daß die holde Jungfrau in die Hand eines halben Heiligen überging. Und so wurden denn die beiden am Tage nach ihrer Ankunft mit viel Glanz durch den Bischof von Blois zusammengetan, und die Hochzeitsfeier dauerte unter Tanzen und Festgepränge bis zum Morgen.
Allerdings die Braut war Schlag Mitternacht von den Brautjungfern zu Bette gebracht worden, so wie es dermalen dort Sitte war. Derweile neckten alle den armen Tugendbold, er solle sein Weiblein nur nicht warten lassen; und in seiner Unschuld war er schon drauf und dran, ihr nachzueilen, als sein Erzeuger die Späßlein unterbrach und ihn kurzerhand zu seinen Ehepflichten schickte. So wandelte selbiger zu dem Brautgemache und ward flugs inne, daß sein Gemahl schöner war als alle heiligen Jungfrauen der Welt, mochten sie nun von einem Italiener, Flämen oder sonstwem gemalt worden sein. Hatte er aber vor jenen seine Gebetlein zu sprechen gewußt, so wußte er bei dieser nicht, was anzufangen. Denn der so jählings neugebackene Ehemann hatte aus Schamhaftigkeit nicht gewagt, sich nach seinen Pflichten zu erkundigen, auch bei seinem Vater nicht, der ihm nur kurz gesagt hatte: »Du weißt ja, was du zu tun hast; also frisch drauf los!«

Solchermaßen glotzte er das ziere Mägdelein an, das in den zarten Linnen, zur Wand gewendet, aber verteufelt neugierig dalag und mit einem nadelspitzen Blicke hauchte: »Ich muß ihm in allen Dingen fügsam sein!« Worin, das wußte sie nicht und harrte der Absichten ihres etwas klösterlichen Gemahls. Der hinwiederum kratzte sich endlich hinterm Ohr, trat zum Bette und kniete nieder, wie er's gewöhnt war:

»Habet Ihr schon gebetet?« fragte er salbungsvoll.

»Nein, ich vergaß! Wollt Ihr vorbeten?« Und so begann das Pärlein seine Ehe mit einem Gebete, was nie schaden kann. Leider war Gott just mit den verdammten Ketzern beschäftigt, also daß der Teufel die Sache in die Hand nahm.

»Was hat man Euch geheißen?« fragte der Ehemann. »Euch zu lieben,« sprach sie voll holder Unschuld.

»Mich hieß das niemand. Aber ich liebe Euch und mehr denn Gott, das muß ich voll Scham gestehen.« (Sein Eheweib schien keineswegs darob entsetzt!) »Und jetzt, dafern es Euch nicht stört, käme ich gern zu Euch ins Bett.«

»Und ich mach' Euch gern Platz, denn ich soll fügsam sein.«

»So schaut nicht hin: ich ziehe mich flink aus und komme.« Und das Mägdelein drehte sich ob dieser tugendsamen Worte zur Wand und ward voller Erwartung, maßen es doch zum ersten Male im Leben von einem Manne nur durch die Leinen eines Hemdes getrennt sein sollte. Gleich darauf schlüpfte der Tugendbold zu ihr und nun waren sie vereinigt; aber dem Wesentlichen kamen sie darum keinen Schritt näher. Gebet einem Affen aus fernen Zonen zum ersten Male eine Wallnuß! Er wird wohl den süßen Kern unter der bitteren Schale ahnen, wird schnuppern und anstellen, sorglich untersuchen, daran herumdrücken, sie hinundherrollen, wohl gar zornig draufschlagen und oft, wenn's ihm an Einsicht mangelt, sie liegen lassen: so gings dem Tugendspiegel, der am Morgen seinem holden Weiblein gestehen mußte, daß er weder wisse, wie er seinen Pflichten obliegen müsse, noch worin selbige überhaupt beständen, und daß er sich nach Rat und Beistand umschauen und über die Sache angelegentlichst erkundigen wolle.

»Das tut nur,« meinte sie, »denn leider weiß ich auch nicht Bescheid.«

Und so schliefen die zwei Unschuldslämmer, nachdem sie die verzwicktesten Einfälle gehabt und vergeblich ausprobiert hatten, endlich ein, und beide waren gar betrübt, daß sie diese Ehenuß nicht hatten knacken können. Doch vereinbarten sie klüglich, sich vor allen Fragern hochbeglückt zu stellen. Solchermaßen rühmte sich die junge Frau, die doch immer noch Jungfer war, da niemand ihr Tugendpförtlein gesprengt hatte, am nächsten Tage: wie gar herrlich die Brautnacht gewesen sei, und wie ihr Ehegemahl alle Männer überträfe. Sie prahlte, wie man so zu tun pflegt, wenn man keine Ahnung hat, und darum fand man allgemein, die Knospe sei etwas zu eilig entfaltet; zumal, als eine Nachbarin scherzend fragte: »Wieviel Brote hat Euer Mann aus dem Ofen geholt?« und sie erwiderte: »Vierundzwanzig!« Und wie nun der Ehemann etwas bedrückt daherschlich und sie ihm beklommen nachschaute in der Hoffnung, er würde sich bald eine Stallaterne aufstecken lassen, da bedünkte es den Damen, ihm sei die Nacht etwas zu teuer zu stehen gekommen und sein Weiblein empfände Reue, ihm derart mitgespielt zu haben.

Beim Frühstück hagelte es nur so die üblichen zweideutigen Witzlein: von dem nächtlichen Lärm im Schlosse, von den Dingen, die nunmehr unwiederbringlich verloren gegangen seien, und so hin und her. Keiner der Gäste war ob der Tanzerei ins Bett gekommen, und daher warf Frau von Amboise, welcher die Gedanken an ihrer Tochter Ehefreuden einheizten, dem Herrn von Braguelongne tiefbedeutsame Flammenblicke zu. Der Ärmste aber stellte sich blind, da ihm ihre Liebe reichlich zum Halse hinausging. Nur weil er Richter und somit Hüter der Sittenstrenge war, vermeinte er sie nicht abhalftern zu dürfen. Aber bereits reisten viele Gäste ab, und so fehlte es nicht mehr an Schlafgemächern. Kaum nahte daher das Nachtessen, so begann Frau von Amboise an den Oberrichter dringliche Worte zu richten, denen er nicht, wie bei Prozessen, durch Vertagungsanträge ausweichen konnte. Auch stund die Dame wiederholendlich auf, um ihn aus der Gesellschaft der Braut fortzulocken. Aber statt des Richters erhob sich plötzlich der junge Ehemann, dem jählings beifiel, seine Schwiegermama lustwandelnderweise über die peinliche Sache auszuholen. Zwar war er anfangs über die Maßen verschämt, und fand beim Auf- und Niederschreiten nicht die rechte Anknüpfung. Und sie hinwiederum schwieg hartnäckig voller Wut über ihres Liebsten vorgebliche Blindheit.

Innerlich dachte sie: ›Dieser Waschlappen! Dieser alte, zerzauste Zottelbart, der ein Weib nicht achtet, sich blind und taub stellt: mag ihm die italienische Krankheit in die Knochen fahren und ihn ins Jenseits befördern, damit ich diese Trüffelnase nicht mehr zu sehen brauche! Wie konnte ich mich auch an solchen Schlappschwanz hängen, diesen verrosteten Riegel, der nicht mehr zuschnappen kann. Der Deubel hol' diesen alten Knickstiebel, diesen fadenscheinigen Fetzen! Ich werde mir einen jungen Heirater suchen, der sich aufs Freien versteht, einen, der mich zu beglücken weiß, oft ... alle Tage; der mich ...‹

Just in diesem Augenblick schwang sich der Tugendbold auf und legte los. Schon bei seinen ersten Worten glimmte sie auf wie alter Zunder auf der Soldatenflinte. Aber es dünkte sie klug, ihn erst ausreden zu lassen, derweile sie dachte: ›Ei, wie wohlig solch Jünglingsbärtlein duftet. Und sein Näslein, wie frisch! Tugendbärtlein, lustiges Schnuppernäslein, Frühlingsbart, welch holder Liebesschlüssel!‹ Und weiter wandelte sie den Parkweg dahin und vereinbarte mit dem Musterknaben, daß er bei Anbruch der Nacht aus seinem Zimmer zu ihr schlüpfen solle, allwo sie ihn kenntnisreicher machen wollte, denn jemals sein Vater gewesen sei. Und der Jüngling dankte ihr hoch beglückt und bat sie nur, ja reinen Mund zu halten.

Derweile hatte der Alte Braguelongne innerlich dahergewettert: ›Ha, du verdammte alte Schreckschraube, ersticken magst du, die Pest soll dich holen, du ausgetretener Latschen, du lahme Giftspinne, Satansamme, vor der dem Tode das Heulen kommt! Ausgeleierter Orgelbalg, abgetretene Altarschwelle, alter Opferstock, darein alle Welt sein Scherflein abgeladen hat! Meine Seligkeit gäbe ich dran, um dich los zu sein!‹ – Inzwischen gedachte das Bräutlein des schweren Kummers, der auf dem jungen Ehemanne ob jenes so wesentlichen Eheproblems lastete. Und der Schönen bedünkte, es würde jenem viel Scham und Pein ersparen, wenn sie selbst die nötigen Erkundigungen einzöge. Wie würde er freudig erstaunt sein, wenn sie ihm in der künftigen Nacht alles zeigen könnte: »Siehst du wohl, so muß man's machen!« Und da ihre Pflegemutter sie in der Hochachtung vor alten Leuten aufgezogen hatte, so beschloß sie, den zutunlichen betagten Herrn neben ihr bezüglich der fraglichen Geheimnisse gar anmutiglich anzuzapfen.

Just in diesem Augenblick riß sich selbiger aus seinen Gedanken mit der ziemlich knappen Frage, ob sie mit ihrem tugendsamen Ehemanne auch glücklich sei.

»O ja!« meinte sie, »er ist die Tugend selbst!«

»Vielleicht gar zu sehr?« fragte jener lächelnd. Und so fädelte sich kurz und gut die Sache so wohl ein, daß der Herr von Braguelongne flugs andere Töne anschlug und der Tochter von Frau von Amboise frohgemut verhieß, er wolle sie aufs beste unterrichten, dafern sie bei Nacht zu dem Zweck zu ihm käme. So kam es, daß nach dem Abendessen besagte Frau von Amboise ihrem Liebsten mordsmäßig auf den Kopf kam: nach einer halben Stunde hatte sie noch kaum ein Viertteil ihres Grolles abgeladen. Und derweile lag das junge Pärchen in seinem Bette und jeder erwog in seinem Sinne, wie er entwischen könne, um künftig dem andern Freude zu bringen. Endlich meinte der Tugendbold, er sei ganz unbegreiflich erregt und wolle etwas frische Luft schnappen. Worob das Jüngferlein ihm einen Blick in die Mondscheinlandschaft anriet. Kurz, beide sputeten sich, aus des Wissens Bronn zu schöpfen, und kamen voll ungeduldiger Hast zu ihren Lehrmeistern. Und die entledigten sich gar trefflich ihrer Pflicht – wie, das kann ich nicht sagen, denn jeder hat seine eigenen Methoden, zumal auf einem so vielseitigen Gebiet. Nie aber gab's auch je gelehrigere Schüler. Und als beide wieder in ihrem Bette lagen und freudestrahlend ihre Kenntnisse auskramten, da meinte die Holde: »Potzblitz, du bist ja noch besser beschlagen als mein Lehrmeister!«

Daher also stammte das eheliche Glück der beiden und ihre Treue, maßen sie gleich von Anbeginn her merkten, daß sie allen anderen über waren, die Lehrmeister inbegriffen, und darum keine Seitensprünge mehr versuchten. Und der Ehemann sagte noch als Greis zu seinen Freunden: »Tut wie ich: jung gehahnreit hat noch niemand gereut.« Worin offenbar ein gar empfehlenswerter Gedanke steckt.

Eine teure Liebesnacht

In jenem Winter, da der Religionskrieg anhub und Amboise seinen Aufruhr versuchte, stellte ein Advokat namens Avenelles sein Haus in der Fratzengasse den Hugenotten für ihre Zusammenkünfte zur Verfügung.

Das war ein widerwärtiger Rotbart, dem es ein Fest war, Leute baumeln zu sehen, geschmeidig wie ein Aal, bleich wie der Tod und ein gewissenloser Verräter obendrein. Die Chronisten, die ihm in diesem Aufstande eine zweideutige Rolle vorwarfen, hatten, wie sich gleich zeigen wird, damit vollkommen recht. Dieser Kerl hatte ein wunderschönes Weiblein aus Paris geheiratet, auf das er dermaßen eifersüchtig war, daß er es für eine bedenkliche Falte im Bettlaken hätte ermorden können – als ob es nicht hochehrenwerte Falten dort geben könnte. Sie erkannte seine blutdürstige Bosheit sehr wohl und hielt das Bettuch wohlgeglättet, lebte in gutbürgerlicher Treue und war ihm allezeit zur Hand wie ein Leuchter, dienstbereit wie ein Schrank, den man nach Belieben benutzen kann. Trotzdem ließ er sie von einer alten Magd unablässig strengstens bewachen, einer häßlichen alten Vogelscheuche, die bei ihm aufgewachsen und ihm mit Leib und Seele ergeben war. Die einzige Zerstreuung für die arme junge Frau inmitten dieser eisigen Ehe war der Kirchgang: in der Johanneskirche traf sich bekanntlich die hochgestellte Gesellschaft, und so konnte sie während ihrer Gebete gierigen Auges alle die geschniegelten Herrlein eingehendst bestaunen. In einen bildschönen italienischen Edelmann aber, einen Freund der Königin-Mutter, vernarrte sie sich am Ende so, daß ihr rechtschaffenes Bürgerherz sich wider die Bande der Ehe aufbäumte und diese Fesseln gern gesprengt hätte. Und ihm erging's nicht besser, denn, der Teufel weiß selbst nicht wie – er merkte ihre stumme Bewunderung, und bald waren sie einverstanden. Sie putzte sich für den Kirchgang mit erwähltesten Schmuckstücken, und er trat stets zu ihrem Betschemel und umgaukelte sie mit beredten Blicken. Guckte die Magd nicht hin, dann drückten sie sich verstohlen und liebkosten und schleckten sich mit lohenden Augen, die eine Lunte entzündet hätten. Und solche Liebe mußte natürlich zum Ziele führen.

Der Edelmann verkleidete sich als Student, freundete sich mit des Advokaten Schreibern an und zechte mit ihnen, um sie über des Ehemannes Treiben und seine Lebensgewohnheiten auszuholen. Und eine Gelegenheit, selbigen zu hörnen, hatte er bald erlauscht. Der Advokat blieb über die Verschwörung immer auf dem laufenden, um seine Glaubensbrüder gegebenen Falles zu verkaufen. Als nun der Hof in Gefahr schwebte, zu Blois entführt zu werden, beschloß er, dorthin zu reisen.

Sobald der Edelmann das hörte, eilte er ihm voraus und tiftelte eine Falle aus, in die auch der gerissene Advokat fallen mußte. Der liebestolle Italiener ließ nämlich sein gesamtes Gefolge kommen und verteilte es so in der Stadt daß der Advokat alle Gasthöfe besetzt finden mußte. Dem Wirt zur ›goldenen Sonne‹ aber mietete er seinen Gasthof ab, schickte ihn mit seinen Leuten sicherheitshalber aufs Land, verteilte seine Freunde in alle Zimmer bis auf dasjenige, so der Advokat mit Weib und Magd beziehen sollte, und das darüber, so er für sich nahm. In dem Fußboden seines Zimmers ließ er eine Falltür aussägen, sein Schaffner mußte den Wirt, seine Pagen die Dienerschaft spielen, und so erwartete man die Hauptpersonen der Posse, die auch alsbald eintrafen. Ob der Anwesenheit des jungen Königs und des Hofes war die Stadt mit Gefolge und Soldaten so überfüllt, daß kein Mensch auf die Vorgänge in der ›goldenen Sonne‹ achtete. Und aus gleichem Grunde war der Advokat seelenfroh, als er dorten unterkam. Kaum war er eingezogen, so schlenderte schon der Edelmann über den Hof, um einen Blick seiner Herzliebsten zu ergattern, und da die Frauen immer neugierig Umschau halten, brauchte er nicht lange zu warten. Als sie ihr Schätzlein erschaute, da bubberte ihr Herz und sie seufzte: »O, du holder Sonnenstrahl!« als ob sie mit dem blinkenden Tagesgestirn redete. Der Advokat aber sprang herzu, sah drunten den Edelmann und schrie: »Aha! Dem da gilt das!« Und er packte sie beim Arm und warf sie wie einen Sack aufs Bett: »Du meinst wohl, mein Taschenmesser taugt nicht als Degen?! Bis zum Herzen reicht es, wenn's not tut. Das merke dir!«
Angewidert von seiner Bosheit sprang sie auf und rief: »Jawohl, tötet mich nur. Bis heute hätte ich mich geschämt, Euch zu hintergehen, aber nun sollt Ihr mich nimmermehr berühren, und ich werde nur noch streben, Euch mit einem Liebsten zu betrügen, der nicht so abstoßend ist wie Ihr.«
»Nun, nun!« meinte der Advokat verdutzt, »ich bin zu weit gegangen, Liebchen. Komm, einen Kuß und verzeih!«
»Weder Kuß noch Verzeihung. Ihr ekelt mich!«
Wutschnaubend wollte er beides erzwingen. Aber in dem Kampfe wurde er übel zugerichtet und dann mußte er zur Beratung der Verschworenen, also daß ihm nichts übrig blieb, als sein Weib unter der Wacht der Magd zurückzulassen.

Kaum war der Stänker aus dem Hause, so stellte der Edelmann einen Späher an die Straßenecke, eilte dann in sein Zimmer, hob lautlos die Falltür und machte: »Pst, pst!«; kaum vernehmlich – aber was hört nicht ein liebend Herz! Das Weiblein schaute empor und sah ihn, vier Flohsprünge über sich. Zwei Seidenstricke mit Metallringen glitten nieder, sie hing sich in die Ringe und im Nu hob sie eine Winde in das Zimmer oben. Flugs die Klappe zu, so leise wie zuvor, und die alte Magd war drunten allein. Als sie sich umschaute, und von ihrer Herrin auch nicht ein Zipfelchen erblickte, ward ihr schlecht vor Schreck. Entführt! aber wie, von wem, wohin?!! Zerschmettert wartete sie auf ihren Herrn, harrte sie ihres Todes: denn bei dessen Wut mußte alles daran glauben, und entweichen konnte sie nicht, maßen er die Stube abgeschlossen hatte. – Inzwischen fand die Schöne droben ein treffliches Mahl, und ihres Liebsten Herz lohte heißer, denn die Flammen im Kamin. Mit Freudentränen umhalste und küßte er sie, erst auf die Augen, dann auf das Schnäbelchen, und sie ließ sich gern von ihm herzen und liebkosen, streicheln und drücken, wie seine lechzende Liebe es ihm eingab. Beide beschlossen, die Nacht zusammenzuverbringen, mochte kommen was da wollte, und ohne viel an das Essen zu rühren, schlüpften sie flugs ins Bett, allwo wir sie ruhig lassen wollen, sintemalen kaum Engelszungen ihre holden Wonnen und Seligkeiten beschreiben könnten.

Indeß die zwei das Hörnen übten, war's dem Ehemanne auch sonsten quer gegangen: die Hugenotten hatten unter Condé die Entführung des Hofes fest beschlossen, worob dem Advokaten um seinen Kragen bange ward. Ohne seinen keimenden Stirnschmuck zu merken, lief er zum Kardinal von Lothringen und verriet die Sache. Der nahm ihn zu seinem Bruder, dem Herzoge; alle drei berieten, und erst um Mitternacht konnte der Advokat, mit Verheißungen wohl bedacht, aus dem Schlosse schleichen. Um diese Zeit feierten die Pagen des Edelmannes just dessen Liebesglück mit einem Festgelage, wo es hoch herging. Als Avenelles in dies Konzert von trunkenem Geschrei und Rülpsen hineinschneite, hagelte es anzügliche Bosheiten, also daß er bereits zornesbleich auf sein Zimmer kam. Dorten fand er nur die Magd, die gar nicht erst zum Reden kam, maßen ihr ein Faustschlag den Mund stopfte. Während er einen Dolch herauskramte, vernahm er hold-verliebtes Kichern und gar unzweideutiges Geflüster.

Der pfiffige Kerl blies flink die Kerze aus, und sah nun droben einen Lichtschein durch die Ritzen der Falltür schimmern, was ihm das Rätsel löste, zumal er seines Weibes Stimme erkannte. So packte er die Magd beim Arme, glitt mit Katzentritten die Stiege hinauf, erspähte die verdächtige Stube, sprengte mit einem wilden Anprall die Tür und stürzte auf das Bett zu, wo er sein Weib halbnackt in den Armen ihres Liebsten erblickte.

Sie kreischte auf, der Edelmann packte die Faust des Rechtsverdrehers und suchte vergeblich, ihm den Dolch zu entreißen, und der Ehemann hatte in diesem Kampf um Tod und Leben nicht so sehr unter seines Stellvertreters Eisengriffen, denn unter den grimmigen Bissen seines Weibes zu leiden, das an ihm hing wie ein Hund am Knochen. Um seiner Rache zu frönen, hieß der neugehörnte Teufel daher der Magd im Bauernplatt, die zwei mit jenen Seidenstricken einzuschnüren, warf seinen Dolch von sich, und im Handumdrehen war das Pärchen überwältigt, gebunden und geknebelt. Just griff er wieder nach seinem Dolche, als mehrere Offiziere des Herzogs von Guise in das Zimmer drangen, die bereits das ganze Haus nach dem Advokaten durchsucht hatten. Ein Page des Edelmannes, der seinen Herrn in diesem Zustande sah, rief ihnen zu, den Tobenden zu entwaffnen; die Soldaten warfen sich auf Avenelles, und da sie den Auftrag hatten, ihn zu verhaften, so schleppten sie ihn nebst Weib und Magd in das Schloßgefängnis. Den Edelmann aber, mit dem die Königin dringend Rats zu pflegen wünschte, baten sie, mitzukommen. Schnell wurde er losgebunden und angekleidet, worauf er den Anführer der Truppe zur Seite nahm und bat, ihm zu Gefallen und auf seine Verantwortung den Advokaten und sein Weib getrennt unterzubringen. Ja, er versprach ihm hohe Auszeichnungen, wenn er die Frau zu ebener Erde nach dem Garten hin unterbrächte, den Mann aber in einem Kerkerloche in Ketten legte, und erklärte ihm die Sachlage und die Mordlust des Ehemanns. Der Offizier versprach ihm das alles und der Edelmann durfte seine Liebste sogar bis zur Tür des Gefängnisses begleiten. Dort wurde Avenelles in ein unterirdisches Verließ geworfen, sein Weib aber über ihm in einer kleinen Zelle untergebracht. War doch ihr Liebster der schwerreiche Scipio Sardini aus Lucca, der Freund der allmächtigen Katharina von Medici. Zu dieser eilte selbiger alsbald, erfuhr in geheimer Beratung, um was es sich handelte, und riet den Verzagten, den König einfach ins Schloß Amboise zu überführen und die Ketzer wie Füchse im Bau zu stellen und zu töten. Bekanntlich wurde solchermaßen der Aufstand erstickt, aber das gehört nicht hierher. Als die Ratgeber gen Morgen die Königin verließen, vergaß Sardini seine Liebste keineswegs, obwohl er scharf hinter der schönen Limeuil her war. Er fragte den Kardinal von Lothringen, warum der Advokat eingelocht sei, worob jener erwiderte: ›Nur zur Vorsicht, bis die Sache erledigt ist. Nachher wolle er ihn freilassen.‹

»Freilassen!« rief Sardini. »Um Gottes Willen! In einen Sack und in die Loire mit ihm! Der wird Euch seine Gefangenschaft nie verzeihen, und solches Ketzers Tod kann Gott nur wohlgefällig sein. Für die Frau werde ich dann sorgen.«

»Ganz recht,« meinte der Kardinal. »Ein guter Rat! Ich werde gleich das Nötige anordnen.« Flugs befahl er dem Profoß, die beiden strengstens zu überwachen und besonders den Advokaten als wichtige Persönlichkeit zu behandeln. – Aus gleichem Grunde war selbiger auch nicht ausgeraubt worden, und da er so über dreißig Gülden verfügte, beschloß er, selbige seiner Rache zu opfern und mit ihrer Hilfe die Gefängniswärter zu überzeugen, daß er sein Eheweib sehen müsse. Sardini fürchtete für seine Liebste diese blutdürstige Nachbarschaft, und um allem Unheil vorzubeugen beschloß er, sie über Nacht zu entführen. Er mietete also Schiffer mit ihrem Boote, die sich an der Brücke bereit halten mußten, ließ durch drei seiner gewandtesten Leute die Gitterstäbe durchfeilen und befahl ihnen, die Frau herauszuholen und zur Gartenmauer zu bringen. Er selbst eilte zur Königin-Mutter und bat sie für all seine Anordnungen um gnädige Zustimmung, die er auch erhielt. Auf ihr Geheiß wurden die Wächter vom Turme entfernt, die Leute des Edelmannes nahmen das Gitter heraus, und die Frau kam alsbald heraus und wurde zu dem harrenden Edelmanne geleitet.

Als aber die Mauerpforte zufiel und der Italiener mit seiner Liebsten draußen war, da warf selbige ihren Mantel ab und siehe da – es war der Advokat, der jach dem andern an die Kehle sprang, ihn würgte und zum Ufer zerrte, um ihn zu ersäufen. Sardini kämpfte, schrie, zog den Dolch, aber mit diesem Satan konnte er nicht fertig werden.

Überwältigt sank er in den Morast, und während ihm die Sinne schwanden, sah er noch im Mondschein, daß seines Gegners wutentstellte Fratze von dem Blute der armen Frau troff. Der Advokat hielt den Italiener für tot; schon eilten Gewaffnete mit Fackeln herbei, doch fand er noch Zeit, in den Kahn zu springen, und floh eiligst davon.

Aber sein Weib war die Einzige, die ihr Leben ließ, denn Sardini überstand den Mordanfall und gesundete mählig von dessen Folgen. Später führte er bekanntlich die schöne Limeuil heim, nachdem selbige heimlich in dem Zimmer der Königin eines Kindleins genesen war. Die Ehe mit Sardini mußte das bemänteln und zum Lohne kriegte er noch obendrein das Schloß und die Herrschaft Chaumont. Aber lange hielt er nicht vor, denn der Advokat hatte ihm doch zu arg mitgespielt, und so ward die schöne Limeuil in ihrer Ehe Maienzeit Witwe. – Dem Advokaten aber hatte man nicht weiter nachgesetzt, vielmehr gelang es ihm gar, später mit in die Amnestie aufgenommen zu werden, worob er zu den Hugenotten zurückkehrte und für sie in Deutschland wirkte.

Die Predigt des fröhlichen Pfarrers von Meudon

In jenem Winter, da Meister Franz Rabelais den Gesetzen der Natur folgen und sein irdisches Wams, seinen Leib, abstreifen mußte, um für alle Ewigkeit in seinen so tiefsinnigen, glorreichen Schriften wieder aufzuerstehen, auf die man doch immer wieder zurückkommen muß – im selbigen Winter kam er auch zum letzten Male an den Hof König Heinrichs, des Zweiten seines Namens. Damals zählte der wackere Mann also seine geschlagenen siebenzig Lenze. Sein homerisch Haupt war wohl des Haarschmuckes entkleidet, aber dafür prangte sein Bart noch in voller Schöne, atmete sein stummes Lächeln noch immer den Duft des Frühlings, thronte noch immer die lichte Weisheit auf seiner breiten Stirn. Er war ein prächtiger Greis, das sagten alle, die das Glück gehabt hatten, sein Antlitz zu erschauen, darin die einstigen Feinde Sokrates und Aristophanes in inniger Eintracht sich zu gleicher Zeit abkonterfeit hatten. Als er also sein letztes Stündlein schlagen hörte, da beschloß er, den König von Frankreich nochmals zu begrüßen; denn selbiger war just in sein Schloß des-Tournelles eingezogen, und da der wackere Alte bei den Gärten von Sankt-Paul wohnte, so hatte er nur einen Katzensprung bis dorthin. Im Gemache der Königin Katharina weilten damals gerade: Frau Diana, die sie voll kluger Berechnung bei sich empfing, der König, der Herr Konnetabel, die Kardinäle von Lothringen und von Bellay, die Herren von Guyse, der Herr von Birague und andere Italiener, die sich bereits unter dem Schutze der Königin bei Hofe vordrängten; der Admiral Montgomery, die Dienstmannen der verschiedenen Grade und einige Dichter, wie Melin von Saint-Gelays, Philibert von Orme und der Herre von Brantôme.

Als der König den Wackeren erblickte, den er ob seiner Späßlein so hochschätzte, da sprach er nach einigem Geplauder gar huldvoll lächelnd: »Hast du eigentlich deinen Pfarrkindern zu Meudon jemals eine Predigt gehalten?«

Meister Rabelais vermeinte, der König wolle scherzen, maßen die einzigen Sorgen seiner Pfründe waren, daß die Einnahmen auch pünktlich zur Stelle kamen. Darum antwortete er: »Sire, meine Pfarrkinder sind über die ganze Welt verstreut, und meinen Predigten lauscht die gesamte Christenheit.«

Und dann blickte er alle die Hofleute an, die ihn immer nur für einen gelehrten Possenreißer hielten, wo er doch der König der Geister war und mehr König als jener, dessen Höflinge nur die Macht seines Amtes verehrten. Und da überkam ihn der boshafte Wunsch, bevor er der Welt Ade sagte, erst noch einmal allen gar philosophisch auf den Kopf zu pinkeln, wie der gute Gargantua den Parisern vom Turme der Liebfrauenkirche herab die Köpfe wusch. Und so setzte er hinzu:

»Ihr seid heut guter Laune, Sire, und so kann ich Euch mit einer kleinen Predigt für den alltäglichen Gebrauch aufdienen, die ich mir unter dem Trommelfelle meines linken Ohres aufbewahrt habe, um sie bei passender Gelegenheit als Hof- und Antrittspredigt zum besten zu geben.« - »Meine Herren,« rief der König, »Meister Rabelais hat das Wort. Es geht um unser Seelenheil, also seid still und spitzt die Ohren: es wird gleich eine gute Ernte evangelischer Späßlein absetzen.« »Ich werde also beginnen,« sprach der Edle.

Und sogleich schwiegen die Hofleute und lauschten, im Kreise um ihn geschaart,

141

den Worten, die der Vater Pantagruels mit seiner erhabenen Beredsamkeit dahinfluten ließ. Maßen aber diese Erzählung nicht wörtlich überliefert worden ist, so mag dem Autor verziehen sein, wenn er seine eigenen Worte wählt:

»Auf seine alten Tage trug Gargantua ein gar merkwürdiges Gebahren zur Schau. Darob waren die Leute im Hause zwar sehr verwundert, aber sie verziehen es ihm, denn er war ja nun schon siebenhundertundvier Jahre alt, obgleich allerdings der heilige Clemens von Alexandrien in seinen ›Stromates‹ behauptet, es habe damals noch mindestens ein Viertel Tag daran gefehlt. Das braucht uns aber nicht zu scheren. Also dieser väterliche Mann ward inne, daß alles in seinem Hause drunter und drüber ging und jeder nur für sich sorgte. Darob befiel ihn die schwere Angst, er könne in seinen letzten Stunden von allem entblößt sein, und er beschloß, eine bessere Verwaltung seiner Güter auszudenken. Daran tat er gut. Denn in einem Gelasse des Hauses lagerte ein prächtiger Haufen roter Käse, zwanzig Töpfe Mostrich und allerlei Leckerbissen, wie Schlehen und Halleberger aus dem Tourer Land, Weißbrote, Schweineschnitten, Käse von Olivet, Ziegenkäse und andere, wie man sie in Langeais und Loches so schätzt, Buttertröge, Hasenpasteten, gefüllte Enten, Schweinsfüße und Flußwild, gesalzen oder gedörrt, gepökelte Zunge und tausenderlei andere kaiserliche Schöpfungen der damaligen Kochkunst. Setzte da also der Wackere seine Brille auf die Nase oder klemmte die Nase in die Brille und suchte nach einem Drachen oder Einhorn, das ihm diese köstlichen Schätze hüten könne. So wandelte er in tiefen Gedanken durch den Garten; bald fiel ihm dies, bald jenes ein, aber er verwarf alles und war bereits ganz überzeugt, daß er all sein Gut verlieren müsse, als er auf seinem Wege ein zierliches, kleines Spitzmäuslein aus der edlen Rasse jener Spitzmäuse traf, die ein azurblaues Feld voller roter Mäulchen im Schilde führen. Ei, der Schlag! Das war ein wunderfeines Männchen mit dem schönsten Schwänzlein, das seinesgleichen nur aufweisen konnte, erging sich in der Sonne, wie's einem braven Spitzmäuslein geziemt, das stolz ist, in dieser Welt seit der Sintflut zu gedeihen auf Grund der Gesetze, die im Weltenparlament ausgearbeitet und ihm als unantastbares Adelspatent ausgefertigt waren, wie ja auch in dem oecumenischen Schriftsatze ein Spitzmäuslein unter dem Bestande der Arche Noahs ausdrücklich aufgeführt ist.«

Hier lüftete Meister Alcofribas ein weniges sein Mützlein und sagte andachtsvoll: »Noah, meine Herren, war's, der die Weinreben pflanzte und sich als erster am Wein berauschte. Sicherlich,« fuhr er fort, »war ein Spitzmäuslein in dem Schiffe, daraus wir alle entstammen, aber die Menschen sind vom Wege reiner Rassenzucht abgewichen, hingegen die Spitzmäuslein nicht, sintemalen die Spitzmäuslein über ihre Wappenehre eifersüchtiger wachen, denn alle anderen Tiere, und niemals eine große Feldmaus bei sich einließen, selbst wenn diese Maus die besondere Gabe besäße, Sandkörner in schöne, frische Haselnüsse zu verwandeln. Diese Edelmannestugend gefiel dem guten Gargantua gar wohl, und ihm fiel bei, diesem Feldmäuslein die Überwachung seines Speichers mit den weitesten Vollmachten zu übertragen. Das Feldmäuslein versprach auch seine Pflicht getreulich und seiner Abstammung würdig zu erfüllen unter der einzigen Bedingung, in dem Kornhaufen leben zu dürfen, und diese Bedingung schien dem guten Gargantua durchaus gerechtfertigt. Da hättet ihr mal mein Spitzmäuslein sehen sollen, wie es in seinem schönen Wamse Purzelbäume schlug und glücklich war wie ein Prinz, der glücklich ist; denn nun durfte es sich ja in dem weiten Lande des Senfes ergehen, im Zuckergebirge, in den Provinzen des Schinkens, den Herzogtümern der Rosinen und allerlei Grafschaften, durfte auf die Kornhaufen klettern und überall mit seinem Schwänzlein herumschwänzeln. Kurz, das Spitzmäuslein wurde allenthalben mit großen Ehren aufgenommen: die Töpfe verharrten in ehrfurchtsvollem Schweigen, bis auf zwei güldene Humpen, die wie Kirchenglocken widereinanderwankten, und also gar fromme Töne hervorbrachten. Darüber war das Mäuschen sehr zufrieden und bedankte sich bei ihnen rechts und links durch Kopfnicken, derweile es in einem Sonnenstrahle einherwandelte, der sein Wams schimmern machte. Und die bräunliche Farbe seines Pelzes blinkte so licht, daß ihr hättet meinen können, ein König aus hohem Norden spaziere dort in seinem Zobelpelze. Nachdem es solchermaßen hin und wider geschritten war und zierliche Sprünge und Purzelbäume zum Besten gegeben hatte, knabberte es zwei Getreidekörner, setzte sich auf den Kornhaufen wie ein König inmitten seines Hofes und dünkte sich das tüchtigste Feldmäuslein der Welt zu sein. In diesem Augenblick kamen die Herren des nächtlichen Hofgetriebes aus ihren heimischen Löchern hervor und trippelten über die Dielen mit kleinen Pfötchen;

das sind nämlich die Ratten und Mäuse und all dies verfressene, diebische, nichtsnutzige Gesindel, über das Bürgersleute wie Hausfrauen klagen. Kaum erblickten sie das Feldmäuslein, da ergriff sie bange Furcht, und sie blieben still auf der Schwelle ihrer Hütte. Unter den kleinen Köpfen drängte sich trotz der Gefahr ein alter Taugenichts vor, aus der Rasse der trippelnden grauen Hausmäuse. Der steckte seine Schnauze zum Fenster hinaus und hatte den Mut, Freund Feldmaus zu betrachten, der gar stolz mit erhobenem Schwanz auf seinem Hinterquartier saß. Und der Alte ward alsbald inne, daß er da mit einem verteufelten Kerl zu tun haben würde, bei dem man sich nur Krallenhiebe holen konnte. Das aber kam so. Der gute Gargantua wollte doch, daß seines Stellvertreters Autorität in ihrem vollen Umfange, von allen Spitzmäusen, Katzen, Wieseln, Mäusen, Ratten und sonstigen Übeltätern aus gleichem Teige anerkannt würde. Und deshalb hatte er ihm sein spitzes Schnäuzlein in ein Moschusöl getaucht, davon die Spitzmäuslein später einiges geerbt haben, sintemalen jener trotz Gargantuas weisen Ratschlägen sich an anderen Genossen gerieben hat. Daher entstanden dann jene Unruhen unter den Spitzmäusen, davon ich euch gar erbauliches erzählen könnte, wenn es mir nicht an Zeit gebräche. Also eine alte Maus oder Ratte, die alten Talmudisten sind sich noch nicht ganz einig, was es eigentlich für eine Sorte war, erschnupperte gleich an diesem Duft, daß jenes Spitzmäuslein über das Korn Gargantuas wachen sollte, und mit genügender Macht und reichlichem Gewaffen ausgestattet war. Aber die Maus war schlau wie ein alter Höfling, der schon zwei Regentschaften und drei Könige miterlebt hat, und beschloß, die Gedanken des Spitzmäusleins zu sondieren und zum Wohle aller dieser Kinnladen Ergebenheit zu heucheln. Das wäre für einen Mann schon eine schöne Leistung gewesen, aber sie war hier noch viel größer in Anbetracht der Selbstsucht all dieser Mäuse, die keine Scham kennen, wenn sie unter sich sind. So näherte sich die Maus mit anmutigen Verbeugungen, und das Spitzmäuslein ließ ihn auch näher kommen, denn die Spitzmäuse sind von Natur, das sei hier gesagt, etwas kurzsichtig.
Und der Curtius der Hausmäuse hub alsbald an und sprach – nicht in seinem Mäuseplatt, sondern in schönstem Spitzmaus-Toskanisch:

›Viel schon vernahm ich, hoher Herr, von Eurer erlauchten Familie, und so seid versichert, daß ich Euer ergebenster Diener bin, und Eure ganze Ahnengeschichte am Schnürchen weiß. Aber Euer so wundervoll pelzverbrämtes Gewand ist so wahrhaft königlich umduftet, daß ich im Zweifel war, ob Ihr wirklich zu dieser Rasse gehört, denn nie sah ich noch ein so prächtiges Gewand. Auf Eurer Schnauze tront lichte Weisheit, Ihr habt dreingehauen wie eine echte, rechte Spitzmaus. Aber, wenn Ihr eine richtige Spitzmaus seid, dann müßtet Ihr, ich weiß nicht, wo an Euerem Ohr, ich weiß nicht, was für ein überhellhöriges Gänglein mit einem, ich weiß nicht, was für einem Türlein haben, das sich, ich weiß nicht, wie wundersam in, ich weiß nicht, welchen Augenblicken, auf Euern Befehl schließt, um Euch, ich weiß nicht, wie zu ermöglichen, daß Ihr nicht, ich weiß nicht, was für Dinge, hört, die Euch nicht behagen könnten, maßen die Vollkommenheit Eures allerheiligsten, stets gespitzten Ohres Euch erlaubt, alles zu hören, und Euch das oftmals schmerzen könnte.‹
›Ganz recht,‹ meinte das Spitzmäuslein. ›Jetzt ist die Tür zu und ich höre nichts.‹
›Wir wollen sehen,‹ meinte der pfiffe Alte.
Er kroch mitten in den Kornhaufen hinein und begann für seinen Wintervorrat einzuladen.
›Hört Ihr was?‹ fragte er.
›Ich höre nur das Pochen meines Herzens ...‹
›Quiek!‹ machten alle Mäuslein. ›Wir werden ihn schon hineinlegen.‹
Spitzmaus glaubte, einen guten Diener erhascht zu haben, öffnete die Falltür zu seinen Gehörgängen und hörte das Korn in das Loch hinabprasseln. So wartete er nicht lange auf Büttel und Gerichtsdiener, sprang mit einem Satz auf die alte Maus und brach ihr glatt das Genick. Welch glorreicher Tod! Denn der Held starb auf dem Kornboden und ward als Märtyrer kanonisiert. Spitzmaus aber nahm ihn beim Ohr und warf ihn durch die Speichertür, wie so etwa in der ottomanischen Pforte Brauch ist. Bei dem Todesschrei stürzten alle Mäuse und ihre Kumpane voll bleichen Schreckens in die Löcher. Als dann die Nacht kam, versammelten sie sich alle im Keller, um Beratung abzuhalten, wobei auch die Gemahlinnen teilnahmen. Alle setzten sich mit erhobenem Schwanz, vorgestrecktem Schnäuzchen, wippendem Schnurrbart und blitzenden Äuglein auf ihr Hinterviertel, und nun begann eine große Beratung,

die mit viel Geschimpf und Krach endete, just wie auf einem Konzil der Kirchenväter. Die einen sagten nein, die andern ja; eine Katze, die vorbeischlich, bekam Angst und schoß davon, denn sie hörte gar seltene Geräusche wie: Buh, buh! fruh, fruh! uh, uh! uik, uik! briff, briffnak, nak, nak! fuix, fuix! trr, trr, trr, trr! razza za za zaaa! brr, brrr! raaa! ra ra ra ra! fuix! In diesen Sturm hinein geriet ein kleines Mäuschen, das noch nicht in dem Alter stand, wo Mäuse im Parlament Zulaß finden. Es hatte ein feines, zartes Fell und wollte sein neugieriges Schnäuzlein nur so ein ganz klein bischen durch eine Ritze hindurchstecken. Aber je ärger der Krach wurde, um so mehr folgte der Körper dem Schnäuzlein, und plötzlich fiel das Kleinchen auf einen Eisenring, an dem es sich sehr gewandt festklammerte. Eben hob da eine alte Ratte die Augen zum Himmel empor, um dorther eine Rettung für des Staates Wohl zu erflehen, als ihr Blick auf das ziere Dingelchen fiel, das dort voller Anmut hing. Sofort erklärte er, dies Mägdelein wäre die Rettung, und schon hoben sich alle Schnauzen zu ihr hin und schnell war man einig, daß man sie auf das Spitzmäuslein loslassen müsse. Zwar waren einige Dämchen eifersüchtig. Aber sie wurde doch im Triumph herbeigeholt, und wie sie nun so zierlich dahertrippelte, mit ihrem Hinterviertel schwänzelte, ihr Köpflein wiegte und mit der kleinen, rosigen Zunge die Lippen und das sprossende Bärtlein leckte, da wurden die alten Ratten ganz verliebt in sie und stimmten ein wahres Freudengeheul an. Also dies Jüngferlein wurde in den Speicher geschickt mit dem Auftrage, das Herz des Spitzmäusleins anzugeilen und so alle zu retten. Das versprach sie auch, denn zufällig war sie die Königin der Mäuse, ein wahres Zuckerpüppchen, so zier und lustig, gar wollüstig anzuschaun mit seinen rosa Pfötchen und dem seidigen Schwänzlein, ein gar wohlgeborenes Mäuslein mit weißem Bauch und kleinen Brüstelein, die wie ein Hauch so zart angedeutet waren – ein königlicher Bissen!
Dies Mäuslein also machte keine langen Umstände, sondern lief gleich bei der ersten Vesperstunde geradeswegs auf Spitzmäuslein zu und bezauberte ihn für immer durch sein hurtiges, verlockendes, entzückendes, lüsternes, gewandtes, reizvolles und schmeichlerisches Gebahren. Bald hatte denn auch durch Hüpfen und Springen, Schwänzeln und Schnauzenreiben, Zärtlichkeiten, Seufzen und Gastereien im Kornhaufen und sonstwo der Herr Oberintendant seiner Angebeteten Gewissensbisse überwunden,

und so gefielen sie sich schnell in dieser blutschänderischen und ungesetzlichen Liebe. Das Mäuslein hatte Spitzmaus unter dem Pantoffel, und so ward sie die Königin über alles – wollte Käse mit Senf, Zuckerzeug und alle Leckerbissen kosten. Zwar entrüstete sich Spitzmaus ein weniges über diesen Verrat an seinen Pflichten und Gelöbnissen. Aber sein Herz lag in Banden, und so gab er doch die Erlaubnis. Kurz, das kleine Ding verfolgte seine Ziele mit der ganzen Hartnäckigkeit einer Frau; und als sie eines Nachts sich verlustierten, da gedachte sie ihres alten wackeren Vaters und wollte, daß der auch am Korne mitfuttern durfte. So suchte sie zu erreichen, daß Spitzmaus ihm erlaubte, zu jeder beliebigen Zeit ohne besondere Aufsicht seinen Wanst zu füllen, und er bekam ein Patent mit Brief und Siegel, das ihm ermächtigte, seine tugendsame Tochter zu jeder beliebigen Zeit im Palaste zu besuchen, sie auf die Stirn zu küssen und in einer stillen Ecke seinen Hunger zu stillen. Dann trat ein Greis mit weißem Schwanze an, eine gar ehrwürdige Ratte mit wackelndem Kopfe und fünfzehn bis zwanzig Neffen hinter sich, die alle Spitzmaus erklärten, sie seien ihm als Verwandte getreulich ergeben und wollten das Nachzählen, Ordnen, Etikettieren und so weiter übernehmen, damit er gute Abrechnung ablegen könne, wenn Gargantua zur Besichtigung käme. Das sah ganz wahrscheinlich aus. Aber er wurde doch von seinem Gewissen arg gezwickt und litt moralische Qualen. Als nun das Mäuslein sah, wie er sorgenbeschwert herumlief, da fiel ihr, die bereits dank seiner Fürsorge trächtig war, mitten im schönsten Schäkern bei, ihn durch eine weisheitstriefende Darlegung zu beruhigen und seine Sorgen zu zerstreuen. So ließ sie die Weisen ihrer Rasse rufen. Kaum war es Tag, so führte sie ihm einen feisten Knaben vor, der aus einem Käse kroch, darinnen er gar enthaltsam lebte, ein wohlbeleibter Herr von gesundem Aussehen, in einem schönen, schwarzen Gewand, und am Scheitel mit einer kleinen Tonsur geschmückt, daran einer Katze Kralle schuld war. Der war gar gewichtig, hatte alle Schriften und Pergamente der verschiedenen Wissenschaften verschlungen, ward von allen hoch in Ehren gehalten ob seiner Weisheit und Tugend, und hatte deshalb eine ganze Schar schwarzer Ratten als Gefolge, die eine gleiche Anzahl weiblicher Gefährten mitbrachten, sintemalen die Bestimmungen des Konzils noch nicht durchgeführt waren.

Als alle Platz genommen hatten, hielt der alte Rattenkardinal eine Rede mit viel Mäuselatein dazwischen und wies darin Spitzmaus nach, daß niemand über ihn stünde denn Gott allein; nur dem schulde er Gehorsam. Und drum herum pries er Spitzmaus mit rühmenden und schmeichelhaften Worten, davon der Speicherwächter ganz geblendet wurde.

Wirklich war ihm der Kopf schon derart verdreht, daß er sich die Schönschwätzer auf den Hals lud, und fortan sangen sie Tag und Nacht Loblieder auf ihn, aber auch auf seine Huldin, der ein jeglicher die Pfote schleckte und das schmucke Hinterteil beschnupperte. Aber die Gute erfuhr, daß es noch junge Ratten gab, die fasten mußten, und so beschloß sie, ihr Werk zu Ende zu führen. Darum ließ sie ihr Mäulchen spazieren gehen, stieß liebevolle Klagelaute aus und schmollte so gar zierlich, daß jede Tierseele darob zu Grunde gegangen wäre; und sie sagte zur Spitzmaus, er vertrödele ihre kostbaren Liebesstunden, um über seine Sachen zu wachen; immerzu sei er unterwegs, und sie hätte gar nichts von ihm. Und vor Gram riß sie sich ein graues Härlein aus, rief: sie sei das unglücklichste Mäuslein auf der ganzen Welt, und schluchzte herzzerbrechend. Und ihr Tränenstrom brachte alle seine Vorstellungen zum Schweigen, und sie setzte ihren Willen durch. Gleich waren alle Tränen getrocknet; er durfte ihr Pfötlein küssen, und sie riet ihm, sich mit einem Haufen Soldaten zu wappnen: sie wisse da tüchtige, wohlerprobte Ratten, die für ihn die Wache übernehmen würden. Und alles wurde nach ihren weisen Ratschlägen geordnet. Spitzmaus konnte nun den ganzen Tag tanzen, spielen, scherzen, die Lieder seiner Hausdichter mitanhören, sich verlustieren, prassen und schlemmen. Wenn er sich morgens vom Lager erhob, dann hatte er gar manchen schönen Sieg errungen (ich weiß nicht, wie man die Liebeswissenschaft bei dieser Rasse näher bezeichnet), konnte Feste geben, die ihresgleichen nicht hatten, und die Ratten ließen es sich in allen Ecken wohl sein. Sie hatten die Töpfe aufgebrochen, die Vorräte angegriffen, immer neues entdeckt: alles lief, floß, pinkelte, rollte, und die kleinen Ratten patschten in Bächen von grüner Brühe herum. Die Mäuse schwammen im Zucker, die Alten delekierten sich an den Pasteten, auf Pökelzungen ritten Wiesel herum, und die ganz Gerissenen schafften das Korn in besondere Speicher-Löcher und benutzten die lärmenden Feste, um sich mit Vorrat reichlich zu versehen.

Kurz, wer ein feines Ohr besaß, der konnte das Rascheln, Trippeln, Rumoren, Knuspern, Wispern und Piepsen dieses geschäftigen Gelages vernehmen, und alle lebten in einem wahren Freudenrausche. Aber da ertönten plötzlich die dräuenden Schritte Gargantuas, der die Stiege emporstampfte, um seinen Speicher zu besichtigen, und die Dielen und alles erzitterte unter seinen Füßen. Einige alte Ratten wurden zwar unruhig, aber da keiner mehr wußte, was eines Hausherrn Schritt eigentlich ist, so waren nur wenige entsetzt und machten sich davon. Daran taten sie gut, denn der Herr trat plötzlich ein; und als er das Getümmel der Herrn Ratten, die angebrochenen Töpfe, den verspritzten Mostrich und die Vorräte besudelt herumliegen sah, da setzte er seinen Fuß darauf und die ganze ausgelassene Brut war zertreten, ehe sie noch Piep sagen konnte. Und so verdarb er ihren Putz und Schmuck und bereitete dem Fest ein jähes Ende.«

»Und was wurde mit Spitzmaus?« fragte der König und riß sich aus tiefem Sinnen.

»Ach, Sire,« sprach Rabelais, »bei ihm konnte man den Undank derer vom Stamme Gargantua erleben. Er ward zu Tode gebracht; aber da er edler Abkunft war, so wurde ihm der Kopf abgehauen. Das war nicht recht, denn er war nur der Betrogene.«

»Du gehst sehr weit, mein Lieber,« drohte der König.

»Nein Sire – sehr hoch! Habt Ihr nicht über die Krone den Kirchenstuhl gesetzt? Ihr habt mich aufgefordert, eine Predigt zu halten: ich habe meine Aufgabe gar evangelisch gelöst.«

»Schöner Hofprediger,« flüsterte ihm Frau Diana ins Ohr, »he, wie wäre Euch, wenn ich bösartig wäre?«

»Edle Frau,« entgegnete Rabelais, »ist es etwa nicht von Nöten, den König, Euern Herrn und Meister, vor den Italienern der Königin zu warnen, die wie Pilze aus der Erde schießen?«

»Armer Prediger,« flüsterte ihm der Kardinal Odet ins Ohr, »entwischt in ein fremdes Land!«

»Ach, Hochwürden,« entgegnete Rabelais, »in kurzer Zeit werde ich weit, weit von hier sein.«

»Wackerer Mann,« flüsterte ihm der Kardinal Karl von Lothringen ins Ohr,

»wenn du einige Gülden brauchst, um dein fünffach Buch von Pantagruel zu Tage zu fördern, so sollen sie dir aus meiner Kasse bezahlt werden, denn du hast dieser alten Vettel gut die Meinung gesagt, die den König behext hat. Und ihrer Meute auch!«

»Nun also, meine Herren,« fragte der König, »was dünkt Euch von dieser Predigt?«

»Sire!« rief Mellin von Saint-Gelais, der merkte, daß alle befriedigt waren, »nie hörte ich eine trefflichere Pantagruels-Prophezeihung!«

Alle Höflinge klatschten Beifall, und alle priesen Rabelais, der sich zurückzog und von den Pagen unter vielen Ehren auf besondere Anweisung des Königs mit flammenden Fackeln hinausgeleitet wurde. Es gibt Leute, die Franz Rabelais, diesen königlichen Ehrenschild unseres Landes, der Bosheit und arger Verläumdung verdächtigt haben. Aber sie sind dieses Homers unter den Philosophen, dieses Fürsten der Weisheit, dieses väterlichen Mittelpunktes, daraus so viele wundersame Werke seit dem Aufleuchten seines Sonnenlichtes entsprungen sind, unwürdig. Pfui über die, so sein göttlich Haupt zu besudeln suchten. Alle, die seine weise und maßvolle Nahrung verschmäht haben, werden ihr Leben lang nur Sand zu beißen bekommen!

Der Buhlteufel

Waren da ein paar Leutchen aus dem löblichen Lande Touraine, die sich an des Autors glühendem Eifer, altertümliche Begebenheiten und lustige Vorfälle auszugraben, weidlich erbaut hatten und darob vermeinten, er wüßte mit allem wohl Bescheid. Sodaß sie zu ihm kamen und ihn, bei fröhlichem Trunke natürlich, befragten, weshalb wohl jene Straße in Tours die ›heiße Straße‹ benannt sei. Er entgegnete: er sei baß erstaunt, daß die alten Einwohner völlig vergessen hätten, wie viel Klöster einstens an dieser Straße gelegen hatten; die arge Enthaltsamkeit der Kuttenträger habe doch jene Mauern so brenzlich gemacht, daß gar manche Frau schwanger geworden sei, einzig, weil sie gen Abend zu langsam zwischen selbigen lustwandelte. Ein Krautjunker tat darob neunmalklug und erklärte: dermalen hätten alldort die Hurenhäuser der Stadt beisammengelegen.

Ein anderer behauptete: an jener Stelle habe es eine heiße Quelle gegeben, daraus noch sein Urahn zu trinken pflegte.

Und solchermaßen hatte sich bald ein Häuflein der verschiedensten Etymologien angesammelt, aus dem man die richtige Ableitung sicherlich schwerer herausfinden konnte, denn eine Laus in eines Kapuziners verfilztem Barte. Indessen saß ein gar wohlgelehrter Mann, der männiglich in Klöstern herumgeschnüffelt und staubige Akten, Urkunden und Folianten durchstöbert hatte, schweigsam in einem Winkel bei seinem Glase. Selbigen gichtgekrümmten Greises Lippen kräuselten sich mählig zu einem verständnisinnigen Lächeln, bis ihnen endlich ein vernehmliches: »Kohl!« entströmte, was der Autor vernahm. Und er begriff, daß jener einen wahrhaftigen Bericht unterm Herzen trage, den er zu fröhlicher Erbauung in diese Sammlung aufnehmen könne.

Und richtig: tags darauf eröffnete ihm jener gichtige Greis: »Ihre Erzählung ›die läßliche Sünde‹ hat Ihnen für immerdar meine Hochschätzung erworben. Nun wissen Sie aber sicherlich nicht, was aus der Maurin geworden ist, die Bruyn ins Kloster gesteckt hatte. Ich aber weiß es, und wenn die Etymologie jener Straße und gleichermaßen die ägyptische Nonne Ihre Neubegier reizt, dann will ich Ihnen einen seltsamen altertümlichen Fund leihen, den ich unter den abgelegten Akten des Erzbistums aufgestöbert habe. Liegt Ihnen das?«

»Ei freilich!« meinte der Autor. Und so übergab ihm der würdige Sammler mehrere prächtige, verstaubte Pergamente, die aus alten Kirchenprozessen stammten. Der Autor vermeinte, daß die Auferstehung selbiger alten Geschichte mit all der köstlichen Unwissenheit jener vergangenen Zeiten recht pläsierlich sei. Also hört zu. Die Reihenfolge der Schriftstücke hat der Autor beibehalten, den Inhalt aber nach Belieben umgemodelt, maßen die Sprache verteufelt verzwickt war.

1. Was ein Buhlteufel besagen will

Im Jahre des Herren tausendzweyhunderteinundsiebenzig erschienen vor mir, Hieronymus Hornkraut, Oberpoenitentiarius und Kirchenrichter, ob der Anbringung und Begehrung der Ortsgemeinde, deren Klagschrift anbey folgt: etliche Edelleute, Bürger und Bauersleut des Sprengels, so das folgende kund thaten über des Dämons arges Gebahren, der im Verdachte stehet als Weibsbild seyn Unwesen zu treiben, mannich fromme Seele verwirret und gegenwärtig im Kerker des Capitels eingesperret ist; um die Wahrhafftigkeit solcher Beschwerde zu ergründen, haben wir heute, Montag den eilften Dezember nach dem Hochamte selbiges Verfahren eröffnet, darmit eines jeglichen Bericht dem Dämon zu wissen gethan und selbiger über sein vorgeblichen Missethaten befraget sowie nach den Gesetzen contra Daemonios abgeurteilet werde. Der Untersuchung wohnte bey, um das Ganze aufzuzeichnen des Kapitels gelahrter Aktuarius Wilhelm Wendemund. Zum ersten trat herfür Johann, zubenannt Schiefarm, zu Tours beheymatet und mit obrigkeitlicher Erlaubnis Wirth des Gasthauses ›zum Storchen‹ am Brückenplatze; hat auf die Heiligen Evangelia bei seiner Seele Heyl beeydet nichts zu bekunden, es sey denn, was er selbst gesehen oder gehört. Darauf hat er bekannt, was folgt:

»Ich lege Zeugnis ab, daß etzwan zwei Jahre vor des Heiligen Johannes Freudenfeste ein Edelmann, den ich zuvor nicht gekannt, der aber offenbarlich in unseres Herren Königs Diensten stand und ohnlängst aus den Heiligen Landen heimgekehret war, mit dem Vorschlage an mich herantrat, ihm mein Landhaus ohnweit Saint-Etienne zu vermiethen, welches ich ihm auf neun Jahr für drey Unzen Feingold abließ. Alldorten brachte besagter Edelmann sein schön Weibsbild unter, so mit fremdartigen Gewänder nach Art der Sarrazener angethan war und sich niemandem nicht zeigen noch anschauen lassen wollt. Doch gewahrte ich mit eignen Augen, daß selbige ein bunt Gefieder am Kopfe trug; hatte ein übernatürlich Antlitz und Augen, die gar unbeschreiblich flammten gleich wie höllische Glut.

Weilen der anjetzo verstorbene Ritter jeglichen mit dem Tode bedräute, der um besagtes Haus zu schnüffeln Willens war, so blieb ich aus Angst dem Gebäu fern und hielt all meine Zweifel und Bedenken über der Fremden arg Gebahren in meinem Herzen verschlossen.

Selbige war lebhaft wie ich nie zuvor habe ein Weib gesehen.

Wohl heißt es hier und dort, besagter Rittermann sey längst tot gewesen und nur durch allerley Tränke und Zauberey jenes Weibsbildes auf den Beinen geblieben. Wogegen ich kund thue, daß er allezeit bleich war als wie eine Osterkerze; und wurde neun Tage nach seiner Ankunft eingescharrt, wie die Gäste im ›Storchen‹ können bezeugen. Sein Knappe sagte, daß er sich in meinem Hause während sieben ganzer Tage mit der Mohrin in wilder Brunst gepaaret habe, ohn von der Stelle zu weichen, was ich ihn auf seinem Sterbebette unter Schaudern bekennen hörte. Etzliche sagen, jenes Teuffelsweib habe ihn mit ihrem langen Haar an sich gekettet, darinnen heiße Zauber verborgen seyen, so einen Christenmenschen ins Höllenfeuer lockten, gleich als ob es Liebe sey, und ihn Buhlschaft treiben lässet, bis sein Seele von hinnen weichet und dem Herren Satan zufällt. Dergleichen sah ich nicht, wohl aber, daß der Herre Ritter erschöpft und kreuzlahm war, da er starb, und dennoch ohngeachtet aller Worte des Beichtvaters begehrete, wiederum zu seinem Weibsbilde zu gehn. Wurde als der Herre von Bueil erkannt, so zu Damaskus in des Dämons Zauberbande fiel, wie etzliche bekundet haben.

Nach den Klauseln der Miethsurkunde habe ich der unbekannten Dame mein Haus belassen, gieng aber nach des Herren von Bueil Tode dorthin, um die Fremde zu befragen, ob sie dorten verbleiben wolle; ward in Ängsten von einem halbnackten fremdartigen Manne vor sie geleitet, der war schwarz und hatte weiße Augen. Sah alldorten besagte Mohrin inmitten güldner Pracht, so im Kerzenlichte von Edelgestein blitzte; auf einem asiatischen Teppich saß sie in leichtem Gewande mit einem anderen Edelmanne, der seyn Seel' bereits hingab. Hatte nicht das Herz hinzuschauen, auf daß ihre Augen mich nit verlockten, mich ihr allsogleich hinzugeben, maßen schon ihre Stimme mir am Bauch kitzelte und Hirn und Seele verwirrete. Um Gottes Willen und in Bangen vor der Höllen floh ich unversehens von dannen, so gefährlich war der Mohrin Anblick mit seynen teuflischen Gluten und fürnehmlich das Füßlein, kleyner denn ein Weib solches besitzen darf, und die Stimme, so zum Herzen girrte. Und in Höllenangst habe ich fortan nimmermehr gewagt, in dies Haus zu gehen. So wahr mir Gott helfe!«

Gemeldetem Schiefarm ward alsdann ein Mann aus Aethiopien oder Nubierland gegenübergestellt, schwarz von Kopf bis zu Füßen und seiner Mannheyt beraubt, welchselbige Christenmenschen zumeist zu eigen haben. Der ward in peinlicher Frage und bey wiederholentlicher Folter unter argem Wimmern überführet, daß er unseres Landes Sprache nicht mächtig sei. Besagter Schiefarm hat selbigen abessynischen Ketzer als jenen erkannt, so in dem Hause des fraglichen Dämon wohnete und verdächtig ist, bei dessen Zauberey geholfen zu haben.

Trat zum anderen herfür Mathias, genannt Faulhuber, Taglöhner zu Saint-Etienne auf dem Landgute, der bei den Heiligen Evangeliis beeydet, die Wahrheit zu sagen und sodann bekannte: er habe allezeit helles Licht im Gemache des angedeuteten fremden Weibes gesehen und lautes, seltsam-teuflisch Lachen vernommen an Feyertagen und des Nachts um Fasten, sonderlich in der Charwoche und der Weyhenacht, als seynd dort viel Menschen zu Gaste gewest. Auch habe er hinter den Fenstern allerley Gewächs im Winter blühen gesehen, fürnehmlich Rosen, so durch Teuffelskunst trieben, was ihm aber nicht verwunderlich erschienen sey, maßen besagtes Weib so voller Gluten wäre, daß allenthalben das Kraut ergrünte, wenn sie Tags zuvor dorten gewandelt sey. Zum Ende bekannte der genannte Faulhuber nichts weiter zu wissen. – Sein Weib hingegen widerstand hartnäckig, anderes zu bekennen, denn Lobsprüche auf besagte Fremde, darum daß ihr Mann sie ob der Nachbarschaft selbiger guten Dame, so die Luft mit Liebesgluten erfülle, viel besser behandele. Und solcherley ungereimt Zeug mehr, das wir fortgelassen haben.

Zum dritten trat der Herre Harduin von Netzen herfür der sein Ritterwort zum Pfande gab, dem Glauben der Kirche die Ehre zu geben und bekannte: er habe den fraglichen Dämon beim Kreutzzuge kennen gelernt, als zu Damaskus der entschlafene Herre von Bueil um ihren alleinigen Besitz die Waffen kreuzte. Damals habe sie dem Herren Gottfried von Roche-Pozay zugehört, der sie aus dem Tourer Lande hergebracht zu haben behauptete. Besagte Unholdin habe ob ihrer Schönheit unterschiedliche Mordtaten verschuldet, zuletzt aber habe Bueil den Herren Gottfried erschlagen und selbige dann in ein Kloster oder, wie man dorten sagt, Harem getan. Weiter hat uns der Herre Harduin bekennet, daß er mit ihr keinerley Buhlschaft getrieben habe, nicht aus Furcht oder Gleichmut, sondern weil ihn wohl ein Splitter vom Heiligen Kreuze mochte errettet haben und des weiteren ein griechische Edelfrau, so ihn mit ihrer Liebe Tag und Nacht ausplünderte und weder in seinem Herzen noch sonstwo etwas für ein ander Weib übrigließ. Ferners auch versicherte er, daß jenes Weib in Schiefarms Haus wahrhaftig die besagte Sarazenin sei. Befragt, was er als ehrengeachteter Mann über selbige denke, entgegnete er: Etliche Kreuzfahrer hätten erzählet, dies Teuffelsweib sey Jungfer für jeglichen, der sie gatte, indem gewißlich Mammon in ihr stecke und ihr für jeden Liebsten ein neue Jungfernschaft bescheere, und was es solcher trunkener Phantaseyen mehr gäbe. Er aber habe einmal bei ihr mit Kreutzlach (welchselbiger nach sieben Tagen an ihr zu Grunde gegangen sey) zu Abend gespeist, und habe sich darob wie ein Jüngling gefühlt: so sey des Dämons Stimme ihm stracks zu Herzen gedrungen und habe seynen Leib mit glühender Liebe erfüllet, dardurch alles Leben an den Ort geströmet sey, von wannen es entsteht. Und hätte ihn nicht am Ende der Cypernwein untern Tisch geworffen, sodaß er ihre teufflisch Flammenblicke nicht mehr gewahren konnte, so hätte er sicherlich den jungen Kreutzlach erschlagen, um an diesem Wunderweib einmal seine Lust zu büßen. Und ob er gleich gebeichtet und jene Heilige Reliquie an sich genommen habe, so umgirre ihm noch unterweylen diese Zauberstimme das Hirn, und oft gedächte er morgens dieses Teufelsweibes, das wie Zunder so glimmend-heißbrünstig war. Dieserthalben auch bäte er, ihm die Unholdin nit gegenüberzustellen, welcher, so nicht der Teufel, dann Gott selbst gar seltsam Macht über der Männer Liebeswaffen verliehen habe.

Zum vierten und nachdem wir unser Wort gegeben, keinerley peinlich Verhör anzustellen noch weitere Vorladungen ergehen zu lassen, vielmehr ihn unbehindert von dannen ziehen zu lassen, kam ein Jud mit Namen Salomon al Rastschild, der trotz seynes ehrlosen Standes und seyner Judenschaft von uns angehört wurde, einzig um des angedeuteten Dämons Gebahren ausführlich zu kennen. Doch wurde besagtem Salomon ein Eyd nicht abgefordert, weilen er der Kirche nicht angehöret und durch des Erlösers Blut von uns geschieden ist (trucidatus Salvator inter nos). Derselbe bekennet mit genannter Dame unterschiedlichen Handel mit ciselieretn Leuchtern, silbernem Schmuckgeräth, Edelgesteyn und orientalischen Stoffen getrieben und dafür dreyhunderttausend taurische Pfund erhalten zu haben.

Da wir ihn befragten, ob er ihr Zuthaten für magische Beschwörungen, das Blut neugeborener Kindleyn, Gespenstbüchlin oder wessen die Hexen sonsten Bedarf hätten geliefert habe, und wurde ihm zugesichert, daß er bei offenem Geständnis keinerley Beschwerden noch Nachstellung brauche befürchten, hat genannter al Rastschild bey seinem hebräischen Glauben beeydet, daß er solcherley Handel niemals nicht getrieben habe. Wo er doch ein großer Handelsmann sey und mächtige Herrn bediene; ferners noch, daß er gemeldete Dame vor ehrbar und durchaus natürlich halte, wohlgestalt und anmutsvoll, wie er nie ein Weib gesehen. Daß er ob ihres teufflischen Rufes und weilen er gar vernarrt in sie sey, ihr eines Tages, als sie Wittib war, vorgeschlagen habe, ihr Liebster zu werden, und wäre sie des wohl gewillt gewesen. Ohngeachtet ihm von dieser Nacht sein Gebein ganz verkrummet und verlahmet geschienen sey, so habe er doch nicht verspüret, wie etliche behaupten, daß wer einmal in dies Netze fiele, nimmer herauskäme oder wie Bley im Tiegel zerschmölze. Hernachens hat angedeuteter Salomon, den wir ob des gegebenen Geleytbriefes in Freiheyt ließen ohngeachtet seines Bekänntnisses: daß er mit dem Teuffel Beyschlaf gehalten und heyl davonkommen, wo jeder Christenmensch zu Grunde gieng, uns ein Vertrag unterbreitet, zu wissen: er böte dem Capitel für den Fall, daß dieser Dämon verdammt würde lebend verbrennet zu werden, ein solches Lösegeld, daß darvon der höchste Thurm der gegenwärtig in Bau befindlichen Mauritiuskirche könne fertig gestellet werden. Was wir sorglich aufgezeichnet haben, um in thunlicher Zeit vor versammeltem Capitel darüber zu beraten. Und hat genannter Jud sich davon gemacht ohne sein Wohnort zu vermelden und uns gesagt, der Beschluß des Capitels könne dem Mitglied der Judenschaft zu Tours mit Namen Tobias Nathaneus zu wissen gethan werden. Und ist ihm noch der Afrikaner vorgestellt worden, den er als den Knecht des Dämons erkannte. Und hat gesagt, die Sarrazener pflegten solchermaßen ihre Diener zu verstümmeln, darmit sie könnten über die Weiber Wache halten.

Tags darauf nach dem Hochamte ist vor uns getreten zum Fünften die wohledle ehrengeachtete Frau von Kreutzlach. Hat bei den Heiligen Evangeliis geeydet und unter Thränen gesagt: sie hätte ihren ältesten Sohn, so ob seiner seltsamlichen Liebe zu einem weiblichen Dämon verschieden sey, zu Grabe getragen.

Gemeldeter Edelmann sey im Alter von dreyundzwanzig Jahr gestanden und sey gar kräfftig, mannesstark und bärtig gleich seinem seligen Vater gewest. Ohngeachtet seiner gewaltigen Complexion sey er nach neunzig Tagen jämmerlich bleich worden, verdorret durch die Buhlschaft mit der Unholdin in der ›heißen Straßen‹, wie solche gemeiniglich genannt sey. Habe endlich in seynen letzten Lebenstagen als wie ein arm verdörret Wümlein gewest, und immer, wo er nur Kraft gehabt zu gehn, sey er zu der verdammt Teuffelin gangen um dorten sein Leben auszuhauchen, wie seyn Erspartes für sie hingieng. Wie darnach sein letzt Stündlein kommen sey, habe er auf seynem Sterbebett geflucht und gedreuet und die Seynen grausamlich verwunschen; habe Gott verlästert, und als Verdammter sterben gewöllt. Darob das Hausgesindt herzlich betrübet und zwo Messen alljährlich gestift hab, um sein Seel aus der Höllen zu retten. Und ist angedeutete wohledle Dame mit vielem Gram wieder hinweggegangen.

Zum Sechsten erschien vor uns Jakobine, genannt Schmeeröl, so sich als Scheuerfrau verdingt und am Fischmarkt wohnhaft ist, die bey Eyd und Gelöbnis bekennet: sie sey eines Tages in die Küchen des erstgemeldeten Dämon kommen, ohn Bangen, weilen die Unholdin nur an Mannsvolk Freude habe, und habe diese im Garten können sehen, wie sie gar prächtig angethan am Arme eines Rittermannes einherwandelte und mit ihm wie ein natürlich Weib lachte. Habe in diesem Dämon das wahrhafftige Ebenbild der Mohrin erkennet, die von weyland dem Seneschall Bruyn in das Kloster von Eguignolles gethan sey, was wohl die achtzehen Jahr zurückläge. Zu jener Zeit sey sie Wäscherin in vermeldetem Kloster gewest und erinnere sich wohl der Flucht der angedeuteten Aegypterin, so zwanzig Monde nach deren Eintritt ins Kloster so wunderbarlich vor sich gegangen sey, daß niemand nicht gewußt hätt, wie solches möglich war, und man vermeynet habe, sie sey mit Hilfe eines Dämons durch die Luft entflogen, darumb daß sich doch keinerley Spur noch Anhalt habe finden lassen. Wurde diesem Weibe der Afrikaner vorgestellt, worob sie bekennet, ihn nit gesehn zu haben, ob sie gleich neugierig gewesen sey, weilen er Wache hielt, allwo die Mohrin sich mit denen verlustieret, die sie durch ihre Brunst aussauge.

Zum Siebenten ward vor uns geführt Hugo, Sohn des Herren von Güldenmoos, dem er auf Ritterwort anvertrauet ist darum, daß er, der zwanzig Jahr alt ist, gebürlich bezüchtigt und überführt worden, mit etlichen unbekannten Missethätern den Kerker des Capitels bestürmt zu haben, um den vielgemeldeten Dämon aus kirchlicher Macht entweichen zu lassen. Haben genannten Hugo trotz seines Übelwollens ermahnet die Wahrheit zu bekennen, und er hat bei seynem Eide zu wissen getan: »Ich schwöre bey meiner Seele Heyl und den Heiligen Evangeliis, daß ich das Weib, so in Ansehung stehet, ein Dämon zu seyn, für einen Engel halte, für ein vollkommenes Weib, mehr noch an Seele denn an Leib. Ist gar ehrenhafft, voll Zartheyt und wunderbarlicher Lieblichkeyt, mit nichten boshaft; hochgemut und mildthätig. Ich bekenne, daß ich sie heiße, wahrhaffte Thränen beim Tode meines Freundes Kreutzlach weinen sah. Hat am selbigen Tage Unserer Lieben Fraue ein Gelübde gethan, nimmer fortan dergleichen junge Edelleut zum Liebesopfer zu empfahen, weilen sie für ihre Liebe zu schwach seynd; hat mir standhafft und muthvoll ihres Leibes Genuß verweigert und mir einzig ihres Herzens Besitz verstattet. Und ohnangesehen daß meine Liebesglut wuchs, bin ich seit diesem holden Geschenk den großen Teil meiner Tage bey ihr geweylt, glücklich, sie zu sehn und zu hören; war darob seliger denn im Paradiese und habe niemals nicht auf die Zukunft ein Abschlagszahlung erhalten, es sey denn tugendsame Rathschläge wie ich ein edler Rittersmann könne werden, niemand denn Gott allein solle fürchten, die Damen ehren, nur einer dienen. Und erst wenn ich in Schlachten erprobt und erstarkt noch immer an ihr Gefallen fände, dann erst wolle sie mir angehören, darumb daß sie mich über die Maßen liebe.«

Hier hat der Herr Hugo geweinet und unter Thränen gesagt: daß nur ob des schmählichen Verdachtes wider dies arme, zarte Weib sein Aufruhr entstanden sey und er ob seiner innigen Liebe würde sterben, wenn ihr ein Leids geschähe. Und hat tausend Lobesworte über den Dämon gesagt, was nur die Gewalt ihres Zaubers bezeugt und ein schändlich unflätig Leben und die Teuffelskünste, darvon er fälschlich betrogen und geblendet ist.

Das mag der Herr Erzbischof justifizieren, um durch Beschwörungen und Kirchenbußen des Jünglings Seel aus der Hölle Schlingen zu reißen, wenn der Satan nit schon zuviel Vorsprung erlanget hat. Dann ward der Jung-Edelmann den Händen seines wohledlen Vater zurückgegeben.

Zum Achten ward unter großen Ehren durch das Gesindt des Herrn Erzbischofs vor uns geleitet die gar verehrliche und hochgestellte Frau Jakobine von Zickenfeld, Äbtissin des Klosters Unserer Lieben Fraue, welcher dermalen die obengemeldete Ägypterin unterstellet worden, nachdem sie auf den Namen Blanche Bruyn getauft war. Haben der Frau Äbtissin die Sache summarisch explizieret und sie über benannten Dämon und das Leben eines Geschöpfes, so möglicherweise ganz schuldlos sey, befragt: was ihr über das magische Verschwinden der Magd Gottes Blanche Bruyn bekannt sey, so Unserm Lieben Heylande als Schwester Clara vermählet worden. Worob die sehr edle, hochgestellte und machtvolle Frau Äbtissin das folgende bekennet:

Die Schwester Clara, unbekannter Herkunft und verdächtig, von ketzerischen, gottfeindlichen Heydeneltern zu entstammen, sey wahrhafftig in das Kloster gethan worden, das ihrer unwürdigen Persona unterstehe. Habe in Züchten ihr Noviziat bestanden und ihr Gelübde gethan, sey hernachens in tiefe Trübsal verfallen und stettig dahingewelkt. Habe auf ihre, der Äbtissin, Frage unter Thränen entgegnet, daß ihr der Grund ihres Leidens nicht bekannt sey; außer daß sie nach freier Luft gehre und wie früher klettern, springen und hüpfen möchte; nachts von den Wäldern träume, darinnen sie auf Blättern genächtigt; daß die Luft des Klosters sie bedrücke und arge Grillen in ihr unterweilen aufstiegen und ihr Gedanken unziemlich und unwiderstehlich ablenkten. »Darob habe ich die Ärmste mit den Heiligen Lehren ermuntert und ihr das ewige Glück des Paradeyses vor Augen gehalten, dessen sündlose Frauen theilhaftig werden. Ohngeachtet dieses mütterlichen Zuspruches ist der arge Geist nicht von ihr gewichen. Allerwegens schaute sie während der Gebete und Offizien durch die Kirchenfenster auf die Bäume und Wiesen und ward aus Bosheit bleicher denn Linnen, um das Bett hüten zu müssen, hüpfete aber zu unterschiedlichen Malen wie ein Zicklein durch das Kloster.

Endlich war sie schier verdorrt, ihr Schönheit entschwunden und aus Sorge, daß sie möchte sterben, ist sie in den Krankensaal gebracht worden. Und eines Wintermorgens war sie entschwunden, ohn ein Spur zu lassen, noch Thüren zu erbrechen, Fenster zu öffnen oder was sonst ihr Entweichen hätte bezeugt. Welch grauslicher Vorfall erzeugte, daß er mit jenes Dämons Hilfe ist zustande kommen, so sie heimgesucht; und ward von den Autoritäten der Kirche dahin erkannt, daß dies Höllenweib sey bestimmt gewest, die Nonnen von dem Heiligen Wege fortzulocken, und solche von deren reinen Leben geblendt durch die Luft zu der Hexen Sabbath zurückgekehret sey.«
Nach diesem Bekenntnis ward die Frau Äbtissin unter vielen Ehren zum Kloster Mont-Carmel zurückgeleitet.

Zum Neunten ward vorgeladen und erschien vor uns Joseph, genannt Schmutzfink, der Geldwechsler, so an der Ostseiten der Brücke im Hause ›zum güldenen Batzen‹ wohnhaft ist, der bey seinem Eide also bekennet: »Ich bin ein armer Vater und durch Gottes Ratschluß schwergeschlagener Mann. Bevor der Buhlteuffel der Heißen Straße ins Land kam, hatte ich als einzig Gut ein Sohn, schön wie ein Edelmann und gelehrt wie ein Priester; war die Freude meines Daches und ein unermeßlicher Schatz, darumb daß ich allein in der Welt steh und bin zu alt um mein Geschäft allein zu besorgen. Und dieser Edelstein ward mir von dem Dämon entrissen und in die Höllen geschmissen. Ja, edler Herr Richter, als er diese Teuffelinne, so ein Werkstatt des Verderbens ist, diese Wollustspalte, dies unersättliche Brunstverlangen erschaute, da stürzte er sich in die Netze ihrer Liebeskünste und hat fortan nur mehr in der Venus Tempel gelebt, aber nicht gar lange, wie denn dorten ein solche Gluth herrschet, daß nichts dieses Schlundes Dürsten stillt, und gösse man selbst der ganzen Welt zeugendes Quellgeström hinein. Wehe, mein armer Sohn, sein Gut, sein mannlichen Kräfte und Hoffnungen, sein Seligkeit, er selbsten, alles ward in diesem Abgrund verloren, wie ein Hirsekorn in eines Stieres Maul. Und nur die eine Hoffnung bleibt mir verwaistem Greise, diesen Dämon, der von Blut und Golde lebt, diese Giftspinne, so mehr Familien im Keime vernichtete, mehr Herzen, mehr Christenmenschen aussaugte und fraß, denn in allen Spitteln der Welt der Aussatz frißt, des Feuertodes sterben zu sehen.

Verbrennet, martert diese Menschenfresserin, diesen Vampyr, der die Seelen aussaugt, dies Tiegervieh, das Blut säuft, diese Liebeslampe, so von Viperngift gespeiset wird. Schließet diesen Abgrund, darinnen jeder Mann verkommen muß, und ich will dem Capitel mein Geld für den Scheyterhaufen opfern, meinen Arm leihen, um ihn zu entflammen!«

Folgen siebenundzwanzig andere Aussagen, deren Niederschrift in aller wahrhaftiger Ausführlichkeit zu lang und beschwerlich wäre und die deshalb hier knapp zusammengefaßt werden sollen: Eine große Zahl guter Christen und Bürgersleute gab an, daß der Dämon Tag und Nacht königliche Feste gefeiert, nie eine Kirche besucht, Gott gelästert, die Priester verhöhnt, alle Sprachen der Welt gesprochen habe, was doch nur die Apostel gedurft hätten; daß man ihn oftmals auf seltsamem Getier durch die Wolken reiten sah; daß er nicht gealtert, sich am gleichen Tage dem Vater und seinem Sohn in Unzucht ergeben und derart böse Kräfte ausgeströmt habe, daß ein Bäcker, der eines Abends vor seiner Tür saß und sie erblickte, von höllischer Liebesglut durchtobt ins Bett eilte und in furchtbarer Wildheit sein Weib begattet habe; und daß selbiger fleißige Arbeiter tags darauf tot gefunden wurde. Daß die Greise der Stadt den Rest ihres Lebens und ihr Geld bei ihr vergeudeten, wie die Fliegen dahinstarben und gar schwarz wie Mohren geworden seien. Daß der Dämon in aller Heimlichkeit äße, maßen er von Menschenhirn lebte; daß etliche ihn auch auf dem Totenacker gesehen hätten, wie er Jungverstorbene zerfleischte, weil er anders nicht den Teufel in seinen Eingeweiden füttern könne, der dort tobe und zwicke, weshalb auch manche Männer aus ihren Wollustumschlingungen ganz zerstoßen und blaugeschlagen wiederkehrten. Und solchermaßen erwiesen tausend Aussagen sonnenklar, daß selbiges Weib die Tochter, Schwester, Großmutter, Ehefrau, Hure oder der Bruder des leibhaftigen Satan sein müsse, und welch Unheil und Mißgeschick allen Familien durch sie zuteil geworden sei. Auch hat dieser Prozeß dem Herrn Wilhelm Wendemund viel Ehre angetan, da er alles das so wohl aufgezeichnet hat. In der zehnten Sitzung wurde die Vernehmung abgeschlossen, da die Beweise, Zeugnisse, Belege, Klagen und sonstigen Ausweisstücke in Fülle vorhanden waren, gegen welche der Dämon sich verantworten sollte.

Und darum sagten alle, wenn sie wirklich eine Teufelin sei mit natürlichen Hörnern, mit denen sie die Männer einsauge und zerstieße, so müsse sie lange Zeit durch dies Meer von Schriftstücken schwimmen, um am Ende heil und gesund in der Hölle zu landen.

2. Das Verfahren wider den weiblichen Dämon

Im Jahre des Herrn tausendzweyhunderteinundsiebenzig erschienen vor mir, Hieronymus Hornkraut, Oberpoenitentiarius und Kirchenrichter: der Herre Philippus von Drach, Stadt- und Landfogt zu Tours, Johannes Schmaus, Oberzunftmeister der Tuchmachergilde, Anton Hannes, Schöffe und Obmann der Wechslergilde, Meister Martin Schönloch, Hauptmann der städtischen Bogenschützen, Johannes Rabelais, Schiffsbaumeister und Schatzmeister der Schifferinnung, Markus Hieronymus, genannt Schlackeysen, Strumpfwirker und Schöffenobmann, und Jakob genannt von Omerstädt, Schankwirt im ›Tannenzapfen‹ und Winzer. Vermeldetem Herren von Drach, Fogt, und denen Bürgersleuten von Tours haben wir die folgende Anschreibung vorgelesen, so wie sie handschriftlich von sich geben, unterzeichnet und ausgefertigt worden, um dem geistlichen Tribunal unterbreitet zu werden:
Anschreibung: ›Wir Endesunterzeichnete Bürgersleute zu Tours sind in unseres Fogtes des Herren von Drach Hause kommen, weilen unser Bürgermeyster abwesend, und haben ihn gebeten unser Anbringung und Begehrung über das folgende anzuhören. Dafor wir vor dem Tribunal des Erzbischofes als des Richters für kirchlich Verbrechen einstehen: Vor längerer Zeit ist in unsere Stadt ein arger Dämon in Gestalt eines Weibsbildes kommen, wohnet zu Saint-Etienne im Landhause des Gastwirtes Schiefarm, betreybet das Gewerb der Freudenmädchen ohn Recht noch Mäßigung und mit so schändlicher Lasterhaftigkeit, daß der katholische Glauben dieser Stadt bedrohet ist, darumb daß alle, so von ihr wiederkehren, ihrer Seel verlustig gangen seynd und mit schändlich Reden der Kirche Beystand von sich weisen. In Ansehung, daß ihrer Liebsten ein groß Teil gesterbet und sie, die ohn anderes

Gut denn ihr leiblich Eigen hieherkommen, nach gemeiner Schätzung jetzo ohngemessene königliche Reichtümer besitzet, worob sie aufs schärffste verdächtig ist, solche durch Teuffels-Kunst oder Raub mittelst magischer Verführung ihres übernatürlich-brünstigen Leibes erworben zu haben;

In Ansehung, daß es um unserer Familien Ehr und Sicherheyt gehet; niemalen hierzuland solche Lustdirne mit gleicher Schändlichkeit ihr geil Gewerbe hat betrieben oder gleich gräulich und abscheulich Keuschheit, Sitten und Glauben der Bürger bedreut;

In Ansehung, daß es not thut wider dies Weib und sein arg Gebahren ein Untersuchung zu führen und zu erweisen, ob solche Liebeswirkungen rechtmäßig seynd oder, wie ihr Gehabe erweiset, ein Missethat des Herren Satan, so unter Weibsgestalt die Christenheit heymsuchet; ferners auch, daß bey erstbemeldetem Weibsbild tausend Merkzeichen der Teuffeley sichtbarlich seynd, wie etliche Bürgersleut offen bekennet, und es für des Weibes Ruhe von Nöten, daß ihr Leib gesäubert werde, auf daß nicht weiter die Leut zu ihr rennen und für ihr Bosheit sich zu Grund richten;

So bitten wir gnädigst, unserem geistlichen Hirten, dem hochedlen Herren Erzbischof Johannes von Monsoreau die Pein seyner gebeugten Schäflein zu unterbreiten, damit er uns berate. Solchermaßen ausgefertigt im Jahre des Herrn tausendzweyhunderteinundsiebenzig am Tage Allerheyligen nach der Messe.‹

Als Meister Wendemund diese Anschreibung zu End gelesen, haben wir, Hieronymus Hornkraut, den Bittstellern gesagt: ›Bestehet Ihr ehrenwerthe Herren auch heut auf dieser Bekundung, habet Ihr neuerliche Beweisgründe als die unseren und verbürget Ihr vor Gott, den Menschen und der Beklagten das genannte zu vertreten?‹

Alle haben ihr Wohlmeynen beteuert, nur Meister Johannes Rabelais ist aus der Verhandlung ausgeschieden, welcher sagte, er halte dafor, daß bemeldete Mohrin ein natürlich Weib sey und ein gut Frauenzimmer, das kein ander Fehl habe denn eine recht hefftige Liebesgluth. Alsdann wir, der bestellte Richter, nach reiflich Bedenken befunden haben, daß der Bürgersleut Anschreibung gar wohl stattzugeben sey, und befohlen wider das Weib, so in den Kerker des Capitels worffen ist, von Rechtens wegen nach den Erlassen *contra daemonios* vorzugehen.

Solches soll in Gestalt einer Vorladung vom Ausrufer in allen Vierteln der Stadt bei Trommetenschall bekannt gegeben werden zu dem Ende, daß jeglicher könne nach Wissen und Gewissen Zeugnis ablegen und dem Dämon gegenübergestellet werden; soll ferner vermeldete Beklagte nach Brauch einen Verteidiger haben, und Verhör und Prozeß gehörig von statten gehen.

Gezeichnet: Hieronymus Hornkraut.

Und weiter unten: Wendemund.

† In nomine Patris, et Filii, et Spiritus Sancti. Amen

Im Jahre des Herrn tausendzweyhunderteinundsiebenzig den zehnten Tag Februar nach dem Hochamte ward auf unser, des Hieronymus Hornkraut, Kirchenrichter, Geheiß aus dem Kerker vor uns gebracht das Weib, so im Hause des Gastwirtes Schiefarm ist gefänglich eingezogen worden und unserer weltlichen Gerechtsame untersteht, in so weit ihrer Verbrechen Beschaffenheyt nicht vor die Kirchenjustiz *competieret*, was ihr kund und zu wissen gethan ist. Nach ernsthafter, umfänglicher, von ihr wohl verstandener Verlesung: erstlich der Anschreibung der Stadt, zum andern der Aussagen, Beschwerungen und Prozeßakten, so Meister Wendemund in zweyundzwanzig *fasciculis* niedergeschrieben, bestrebten wir unter Anruf und Beystand Gottes die Wahrheyt zu erkunden, vorerst durch Fragen an die Beklagte.

Zum Ersten haben wir Vermeldete gefragt in welchem Lande oder Stadt sie gebürtig sey. Ist erwidert worden: »Zu Mauretanien.« Ward befragt, ob sie Vater, Mutter oder sonsten Verwandte habe. Ist entgegnet worden, daß sie solche nie gekennet. Haben sie aufgefordert ihr Nam' kundzutun. Vermeldete hat gesagt: »Zulma in arabischer Sprache.« Von uns befragt, wie sie denn unser Sprach könnet reden, hat Bedeutete gesagt: ›Darumb, daß sie in unser Land kommen.‹ Haben gefraget: ›Zu welcher Zeit‹ und Vermeldete hat gesagt: »Vor ohngefähr zwölf Jahren.« Von uns befragt, wie alt sie damals mocht gewesen seyn, hat sie gesagt: »funfzehn Jahr oder doch beynahe.« Fragten: ›So bekennet Ihr siebenundzwanzig Jahr zu seyn?‹ und sie hat gesagt: »Jawohl.« Ward von uns gesagt, daß sie somit die Mohrin sey, solche im Winkel statt der Heiligen Jungfrau sey funden worden, hernachens getäuft und in das Kloster Mont-Carmel sey gethan worden, allwo sie unter Beystand der Heiligen Clara habe ihr Gelübde der Keuschheyt, Armut und Gottergebenheyt abgeleget.

Darob hat Vermeldete gesagt: »Das ist wahr.« Haben wir sie weiter gefragt, ob sie die Aussagen der hochedlen Frau Äbtissin und der Jakobine, genannt Schmeeröl, vor wahr erkenne, und Vielgenannte hat gesagt: »in den meisten Stücken.«
Ferners sagten wir: ›So seyet Ihr Christin?‹ und sie entgegnete: »Ja, mein Vater.« In selbigem Augenblick ward sie von uns geheißen, des Kreutzes Zeichen zu machen und Weihwasser aus ein Kessel zu nehmen, so Wilhelm Wendemund ihr vorhielt. Solches gethan und von uns angesehn, ward als Thatsache von uns unterstellet, daß Zulma, die Maurin, bey uns Blanche Bruyn genennet und als Schwester Clara Nonne des Klosters Mont-Carmel, verdächtig sey ein Dämon in Weibsgestalt zu seyn, so vor uns ein Religionsakt geübt und als solcher von uns als richtig erkennet worden. Hernachens haben wir solches gesprochen: ›Meine Tochter, Ihr seyet aufs schärffste verdächtig, bey Euerm Entweichen aus dem Kloster teufflische Hilfe genutzt zu haben, darumb daß es in jedem Punkt übernatürlich war.‹ Vermeldete hat entgegnet: sie sey gar natürlich durch die Straßenthür entwichen im Kittel des Domherrn Johannes von Marsilis, Klostervisitator, so Bezüchtigte ohnweit des Stadtthurmes in einer Hütten beherberget habe. Bemeldeter Priester habe ihr ausführlich die Süßigkeiten der Liebe gelehrt, so ihr darmals noch unbekannt gewest, aber fortan über die Maßen wohlgefallen und nützlich geschienen hätten. Hernachens habe der Herre von Amboise sie durchs Fenster erschaut, und sey gewaltiglich in sie verliebt worden. Und sie, die spricht, habe ihn härtzlich wiedergeliebet, mehr denn den Mönch, der sie eigensüchtig gefangen hielt, und sey entfleucht und zum Schlosse Amboise geirret, allwo sie mit Jagd, Tanz und königlichem Gepräng viel Kurtzweyl erlebt. Sey eines Tags der Herr von Roche-Posay zu Gaste kommen und habe ihm der Herre von Amboise sie, die spricht, ohn ihr Wissen gezeiget, da sie nackig dem Bade entstieg. Darob sey der Herre von Roche-Posay in arges Liebesleid verfallen, habe Tags darauf den Herrn von Amboise im Zweykampf erschlagen und sie gewaltsamlich, trotz ihrer Thränen zum Heiligen Lande entführt, allwo sie ob ihrer Schönheit in viel Lieben und Ehren sey gehalten worden. Hernachens sey sie, die spricht, nach vielerley Begegnissen trotz banger Ahnung in unser Land wiedergekehrt, weilen solches ihres Herrn und Meisters Bueil Wunsch war, so vor Heymweh ganz krank gewest.

Solcher habe ihr, die spricht, zugesagt, sie wider alle Unbill zu schützen, sey aber nach seyner Ankunft in Krankheit verfallen und habe trotz ihrer flehenden Bitten kein Arzeney wollen nehmen, darumb daß ihm Physici und Pillendreher verhaßt gewest, und sey jämmerlich verschieden. Solches sey die volle Wahrheyt.

Darnach haben wir der Bezüchtigten gesagt, daß sie also des Herrn Harduin und des Gastwirtes Schiefarm Bekenntnisse vor wahr befinde, und hat Vermeldete entgegnet: ›In den meisten Stücken, doch auch als boshaft, verläumderisch und thörig an unterschiedlichen Orten.‹ Ferners haben wir Bezüchtigte angehalten zu bekennen, ob sie mit allen Edelleuten, Bürgersleuten und andern Liebe und fleischliche Copulation gepflogen habe, wie erstbemeldete Klagschriften und Beschwerungen bezeugten; und hat gar kecklich entgegnet: »Liebe gewiß, aber fleischliche Copulation weiß ich nicht.« Haben ihr weiter vorgehalten, daß allesamt durch ihr Thun Todes verstorben seynd, darauf hat Vermeldete gesagt: solches sey ihr Verschulden nimmermehr, darumb daß sie sich allerweilen ihnen verweigert; und mehr sie geflohen sey, mehr jene sie bedränget und sich in unendlicher Raserey auf sie geworffen. Und wenn sie, die spricht, sey gewaltsamlich genommen worden, so sey sie mit ganzer Seel darbey gewest, darumb daß sie darbey unsagbar-ohnvergleichliche Wonnen empfände. Sagte ferners noch, daß sie solch geheime Gefühle bekennet, einzig weil sie von uns sey gehalten worden die lauter Wahrheyt zu sprechen und der Folterknechte Marter fürchte. Da wir sie bey Folterstrafe befragten, was sie vermeynet, als ein Edelmann ob der Buhlschaft mit ihr versterbet sey, hat Vermeldete entgegnet: sie sey darob in arge Trübsal verfallen und habe sich ein Leids wollen anthun. Habe zu Gott und allen Heiligen gefleht und in schwerer Kümmernis vermeynet, daß sie ein schädlich Geschöpf sey oder argem Verhängnis verfallen, so gleich wie Pest ansteckend wirke. Gefraget, welcher Art sie bete, hat Bemeldete gesagt, daß sie in ihrem Betzimmer auf Knieen zu Gott bitte, der wie im Evangelium stehe, alles siehet und höret. Und ferners noch, daß sie zu Kirchen und Festen nicht käme, darumb daß ihre Liebsten hätten diese Tage zur Kurtzweil mit ihr erkiesen.

So ist ihr von uns gar christlich vorhalten worden, daß sie mithin sey den Menschen mehr fügsam gewesen denn Gottes Geboten, und hat Vermeldete entgegnet, daß sie sich wohl auf ein Scheyterhaufen könnte werfen für den, so ihrem Herzen lieb sey, daß sie aber vor alles Gold der Welt auch einem König nicht ihr Leib oder Liebe gewähret, dem sie nicht zugethan sey; und hat kurtz und obendrein versichert, keinerley Buhlerey getrieben oder ein Deut Liebe verhandelt zu haben, es sey denn daß sie selbst den Mann erkieset habe. Ferners haben wir Vermeldete über ihr gülden Geräth, Edelstein und königliche Pracht befraget, und wollte um Gottes Willen nichts bekennen, darumb daß es um ihrer Lieben zarteste Gedenken ginge. Zum andern Male ernstlich vermahnet hat Vielgenannte entgegnet: wenn wir, der Richter, wüßten welchermaßen glühend, willfährig und holdergeben sie ihren Herzliebsten sey, so würden wir, ein alter Richter, ihr gleich diesen Herzliebsten glauben, daß solche Gunst nicht zu bezahlen noch zu erkaufen sey. Daß trotz ihres, der Vermeldeten, hefftigen Widerstrebens ihre Liebhaber dabey beharret hätten, ihr mit Angebinden härtzlich und ziemlich zu Danke zu seyn; und darumb daß jene daran ihre Freude hätten gehabt, so sey auch sie darob fröhlich gewest, in Ansehung daß ihr einzig die Wünsche und Freuden ihrer Liebsten hätten von Hertzen wohlgethan. Hier fand das erste Verhör vielbemeldeter Schwester Clara ein End, darumb daß uns, dem Richter, und Wilhelm Wendemund die Stimme der Bezüchtigten zu vernehmen beschwerlich ward und in allen Stücken der Verstand verwirret befunden. Von uns, dem Richter, ward das zweite Verhör auf den dritten Tag festgestellet und Bezüchtigte auf unser, des Richters, Geheiß unter Meister Wilhelm Wendemunds Obhut in Kerker zurückgebracht.

† *In nomine Patris, et Filii, et Spiritus Sancti. Amen.*

Am dreyzehnten Tag desselbigen Februar wurde vor uns, Hieronymus Hornkraut, *et caetera* geführet obenbemeldete Schwester Clara, zu dem End über ihr bezüchtigt und erwiesen Handeln und Gebahren befraget zu werden. Von uns Richter wurde der Erschienenen vorgehalten, wie sich aus ihren vorliegenden Bekenntnissen erweise, daß ein simpel Weib nimmermehr Macht noch Tugend habe, zu aller Lust Buhlschaft zu treiben, so viel Leut zu gesterben noch solch vollkommene Zauberey zu betreiben, es sey denn mit eines absonderlichen Dämons Hilf und Beystand, so in ihr wohnhaft sey und ihr Seel durch Pakt zu eigen habe.

Daß sie mithin müsse bekennen, in welchem Alter sie selbigen Dämon erhalten, welcherley Abkommen sie mit ihm getroffen, und wie sie wahrhafftiglich solch gemeinsame Schandthaten ausgeführt; hat Bezüchtigte entgegnet, zu uns zu sprechen, als sey es vor Gott, der unser aller Richter sey: daß sie niemals keinen Dämon gesehen, gesprochen oder herbeigesehnt habe; daß sie einer Hur Gewerbe nit geübt, darumb daß sie die Liebe nur um der Wonnen halber gepfleget, so der allmächtige Schöpfer darein gelegt habe; darob sie allezeit gekitzelt worden, nicht etwan durch brünstig-unstillbar Verlangen, vielmehr von dem Begehr, ihrem teuren Herzliebsten in Hulden zu Willen zu seyn; daß sie uns anflehe zu bedenken, wie sie ein arm afrikanisch Mägdelein sey, dem Gott ein gar heiß Blut verliehen und so gar viel Anlage und Verständnis vor Liebeswonnen, daß ein Mann sie nur bräuchte anzuschauen, darmit ihr Herz schon gewaltiglich aufwalle. Ferners auch, wenn ein Herr in Liebessehnen begehre ihr bey zu wohnen und nur irgend eine Stell ihrer Haut leichtlich berühre, daß sie wider ihr Willen in seyner Gewalt sey, darumb daß ihr Herz allsogleich unterliege. Dann entflamme in ihrem Innersten ein wilde Glut, und stiege auf, und lohe durch ihre Adern, und wandele sie von Kopf bis zu den Füßen in eitel Liebe und Lust. Und wie der Dom Marsilis ihr dieser Dinge Verständnis eröffnet, da sey ihr bewußt worden, daß sie ohn einen Mann und natürliche Benetzung im bemeldeten Kloster wär elend verdorret und dahingeschieden.

Hierwider ward bezüchtigtem Dämon von uns, Hieronymus Hornkraut, vorgehalten, wie solche Antwort Gott schändlich lästere, darumb daß wir alle zu Seyner Ehr erschaffen und frumm lebten und keinesweges allezeit im Bette das trieben, dafür das gemeyn Vieh selber sein gewisse Zeit habe. So hat vermeldete Schwester entgegnet, daß sie allezeit Gott eifrig geehret und in aller Herren Länder die Armen und Beladenen beschenket und beweynet; nur aus großer Demuth und Angst vor des Capitels Mißfallen ihr Gut nicht für der Mauritiuskirche Vollendung hingegeben und nächtens an ihren Lieben zwiefach Gefallen gefunden in Ansehung, daß jede ein neuen Steyn zu angedeuteter Basilica hinzubrächte. Ferners noch, daß all ihre Herzliebsten vor ihr, die spricht, Seelenheyl in Freuden ihr ganz Gut hätten mögen hingeben. Haben weiters dem Dämon gesagt, wie er sich wolle rechtfertigen ob seyner Unfruchtbarkeyt, darumb daß er trotz sovieler *Copulationes* kein Kind geberet;

des übrigen Astaroth allein oder ein Apostel alle Sprachen könne sprechen und solche Gabe die Gegenwart des Teuffels in ihr erweyse. So hat sie erwidert, vom griechischen verstünde sie kein ander Wort denn ›Kyrie eleison!‹ was sie gar oftmals rufe, und lateinisch ›Amen‹, welches sie zu Gott sage, der ihr Freiheyt bescheren möge. Ferners noch, daß sie ob ihrer Kinderlosigkeyt vielerley Kummer und Gram empfunden; wenn aber die Hausfrauen solche gebereten, so käms vielleicht, weilen sie an der Sache nur wenig Freuden hätten, wogegen sie, die spricht, ein weniges zu viel. Solches und tausend ander Gründe erzeigen genugsam, daß Schwester Clara ein Teuffel im Leibe hat sitzen, darumb daß Lucifer gar wohl fähig ist, allezeit ketzerisch Entgegnungen von anscheinender Wahrhafftigkeit zu erfinden; und haben bestimmet, Bezüchtigte vor uns peinlich in Verhör zu nehmen und hefftig zu foltern, zu dem End vermeldeten Dämon durch Qualen zu bezwingen und unter der Kirche Autorität zu unterwerffen. Haben somit Franz von Hangest, Wundarzt und Medicus des Capitels, zu unserem Beystand ruffen und geheißen ein *Certification* wie beygeschrieben auszufertigen und des vielvermeldeten Weibes natürliche Anlagen (*virtutes vulvae*) zu erkunden, um unsere Religion aufzuklären, welcher Art Kunst und Mittel bezüchtigter Dämon könnt verwenden um auf diesem Weg die Seelen einzufangen, und zu entdecken ob irgend ein künstlich Blendtwerk dorten zu finden sey. So hat erstgemeldete Mohrin im Voraus geweynet und vielmals gewimmert und ohngeachtet der Kette ins Knie gefallen und mit groß Klagen und Geschrey geflehet solche Verordnung zu widerrufen; und darwidergehalten wie ihre Glieder schwach und ihr Knochen zart seynd und würden wie Glas zerbrechen; hat am End angeboten mit ihrer ganzen Habe sich beym Capitel loszukaufen und unverweilet das Land zu verlassen. Demzufolge wir ihr eindringlichst haben vorgehalten, von sich selbsten und freywillig zu bekennen, zu seyn und allezeit gewesen zu seyn ein Dämon von der Art der Buhlteuffel alias *succubi*, was sind weiblich Teuffelinne und seynd bestellet, durch geblendt Werk und schmeichelholde Liebesverlockung die Christenmenschen zu verderben. So hat sie, die spricht, erwidert, derley Bekenntnis sey ein schändlich Lügen, darumb daß sie sich allezeit als ganz natürlich Weib gefühlt habe.

Darauf sind ihr vom Folterknecht die Ketten abgenommen und Bezüchtigte ihres Gewands entledigt worden und hat uns in Arglisten und mit boshaftem Vorbedacht die Vernunft verdüsterst, benebelt und verwirret durch ihres Leibes Anblick, so wahrhaftig auf ein Mann übernatürliche Wirkungen ausübet. Meister Wilhelmus Wendemund hat, von der Natur bezwungen, an dieser Stelle sein Feder von sich gelegt, ist von hinnen gangen und hat bekennet, ohn fast ungläublich Versuchungen, so sein Hirn peinigten, könne er selbiger Tortur nicht wohl beywohnen, darumb daß er verspüre wie der Teuffel gewaltsamlich sein Persona überwältige.

Hier nahm das zweyt Verhör seyn End und in Ansehung, daß der Wächter und Thürhüter des Capitels vermeldet hat, Meister Franz von Hangest sey über Landes, so sind Folter und Verhör auf den nächsten Tag zur Mittagszeit nach dem Hochamt festgesetzt. Solches ist in den Akten eingetragen von mir, Hieronymus, in Abwesenheyt von Meister Wilhelm Wendemund, zu Urkund dessen wir unterzeichnet haben:
Hieronymus Hornkraut, Oberpoenitentiarius.

Anschreiben: Heute, den vierzehnten Tag Februar sind vor mir, Hieronymus Hornkraut, erschienen die bemeldeten Meister Johannes Schmaus, Anton Hannes, Martin Schönloch, Hieronymus Schlackeysen, Jakob von Omerstädt und der Herre von Drach, an Ort und Stelle for den gegenwärtig abwesenden Burgemeister von Tour, so allesamt im früheren Anschreiben näher bezeichnet sind; solchen haben wir das Ersuchen von Blanche Bruyn, so sich gegenwärtig als Nonne des Klosters Mont-Carmel mit Namen Schwester Clara bekennet, um Anrufung des Gottesurteiles zu wissen gethan, wie sich Vermeldete ob ihrer Bezüchtigung dämonischer Besessenheit hat anheischig gemacht und sich erboten, durch die Wasser- und Feuersprobe ihr natürlich Weibtum und Unschuld vor Stadt und Capitel zu erweisen. So haben die beygeschriebenen Klagführer vor ihr Teil zugestimmt, welche in Ansehung, daß die Stadt daran lebhaft mitthut, sich haben anheischig gemacht Platz und Scheyterhaufen wie's geziemet und mit Genehmigung der Taufeltern der Bezüchtigten zu richten. Ferners noch ist von uns Richter als Termin zur Probe festgestellet der erste Tag des neuen Jahres, der wird seyn künftig Ostern, und angezeigt die Mittagsstunde, nach dem Hochamt; und ist solche Frist von allen Teilen vor hinreichend befunden worden.

Solchermaßen wird der gegenwärtig Beschluß auf aller Betreyben in allen Städten, Flecken und Märkten des Tourer Landes und Frankreichs ausgerufen, auf ihr Betreiben, Wünschen und eigen Bezahlung.
Hieronymus Hornkraut.

3. Wie der Buhlteufel des alten Richters Seeleauszusaugen sich befing und was solch teuflische Lust für Folgen gehabt.

Solches ist das letzt Geständnis, so am ersten Tag März des Jahres tausendzweyhunderteinundsiebenzig der Priester und Oberpoenitentiarius Hieronymus Hornkraut that, indem er sich aller Würden unwerth erkläret. Hat bey seinem letzten Stündlein Bedrängnis gefühlt, sein Sünden, Missethat und Bosheyt ans Licht zu bringen, zum Rühmen von Recht und Wahrheit und Gott zum Preise, auf daß sein Zerknirschung ihm im andern Leben seiner Sünden Last lindere; wurden zu seynem Sterbebette gerufen Johannes von Haag, Vicarius der Mauritiuskirche, Peter Gerhardt, Seckelmeisters des Capitels und von unserm Herrn Erzbischofe Johannes von Montsoreau bestellet, sein Worte aufzuzeichnen, Ludwig Topf, Mönch zu Marmoustier, bestellet als Beichtvater, alle drey unterstützet von dem hochwohledlen Doktor Wilhelm von Censoris, römischer Erzbischof und gegenwärtig bey uns als Legatus unseres Heiligen Vaters des Papstes. Ferners noch wohneten dem Hinscheyden vermeldeten Hieronymi Hornkraut bey ein groß Zahl Christenleut, darumb daß er begehrete Buße zu thun in Ansehung der Fastenzeyt und die Augen aufzuthun allen, so da bey Wege seynd zur Höllen einzugehn. Und hat dann vor ihn, Hieronymus, so ob seyner großen Schwachheit nit konnt reden, beygeschriebener Ludwig Topf zur härtzlichen Betrübnis der vermeldeten Beyständ das folgende Bekenntnis verlesen:
Meine Brüder, bis zu meinem neunundsiebenzigsten Jahr, das ist, in welchem ich anjetzo stehe, hab ich, ohngeachtet die kleinen Sünden, dergleichen sich auch der heiligste Christenmensch wider Gott zu schulden lässet kommen, vermeynet ein christlich Leben zu führen und mit Rechten den Ruhm zu tragen, so mir zu dem erhabenen Amte eines Oberpoenitentiarius verhalf, dessen ich unwert bin.

Nunmehro aber hab ich in schauerlich Bangen vor der Höllen Strafen und der göttlichen Allmacht gedacht in diesem letzten Stündlein meiner Sünden Überlast durch härteste Buße zu lindern. Hätte gern länger mögen leben und vor aller Welt von meinen Brüdern mich lassen verlästern, darumb daß ich die Kirche geschändet und Recht und Gerechtigkeit verraten. So hoffe ich nur noch, daß unser Herr Christus möge Erbarmen mit mir armen verführten und behexten Manne haben, dessen Augen in Thränen zerfließen. So vernehmet denn mit Schaudern, was ich bekenne: Ich ward von versammeltem Capitel bestellet, den Prozeß wider den Dämon in Weibsgestalt anzustellen und zu führen, wider jene abtrünnige und gottverdammte Nonne, so for Satan und Astaroth, der Höllen Fürsten, sollte Seelen fangen und unser Welt in Todsünden stürzen; so bin ich hochbetagter Richter in solche Schlingen fallen und hab meiner Sinnen baar und treulos meyn in Ehren vertraute Pflichten erledigt. Höret denn des Dämons arge List und bleibet standhaft wider sein geblendt Werk. Gleich bey der ersten Entgegnung des vermeldeten Buhlteuffels ward ich mit Schrecken inne, wie die Ketten an ihren Händ und Füßen keinerley Spur ließen, und bin von ihrer verborgenen Kraft und augensichtlichen Schwäche geblendt worden. So hat mich ohnversehens ihrer Vollkommenheyt teufflich Gewandt verwirret und ihrer Stimmen Wohlklang entflammete mir Kopf und Glieder und hab begehret jung zu seyn und vielbenanntem Dämon in Freuden beyzuwohnen, darumb daß mir selbst die ewige Seligkeyt vor der Liebe Wonnen in solch holden Armen nit gar teuer erschienen. Hab darnach alle Strenge von mir gethan, so dem Richter geziemet, habe beym zweyten Verhör die feste Gewißheit ob ihrer Entgegnisse gehabt, wie ich ein arg Missethat beginge, dardurch daß ich solch arm kleines Geschöpf peinigte und strafte, so als wie ein unschuldig Kindleyn vor mir weinete. Darob ward ich durch ein Stimme von oben verwarnet, meine Pflicht zu thun und daß solcher Stimme Wohlklang und gülden Worte eitel teufflich Blendwerk seynd; daß dieser zarte Leib sich in ein haarig Ungeheuer würde wandeln mit scharffen Klauen, die Augen in Höllenbrände, der Rücken in Schuppenschwanz, der Rosenmund in Krokodilesrachen; und ist mein Willen wiedergekehrt vermeldeten Buhlteuffel auf die Folter zu spannen, bis daß er sein arglistige Sendung gestände.

Wie sich aber dieser Dämon nackend vor mir gezeiget, da war ich ohnversehens seyner Macht durch magische Beschwörung verfallen, mein Hirn flimmerte, meyn Herzen kochte in jung-heißem Blut, und durch der Zauberey Wundermacht, so mir in die Augen schleudert worden, zerschmolz der Schnee an meiner Schläfen; konnte fürder kein Kreutz nit schlagen, habe Gottes und des Heylands vergessen; wandelte gebannet durch die Straßen, und hab ihrer Stimme Holdseligkeyt, ihres verdammten Leibes süße Wonnen mir vor Augen gerufen. So hat mich ein arger Hieb von Satans Höllengabel stracks und ohngeachtet meynes Schutzengels, so mich zu unterschiedlichen Malen am Arm gezupfet und wider solche Versuchung verwarnet, zum Kerker gezerret; und da mir die Pfordte aufgethan ward, sah ich fürder keinerley Kerkermauern, darumb daß der Buhlteuffel hatte mit arger Gespenster oder Feyen Hilf und Beystand ein seiden und samtenes Prunkgemach erbauet, voll Blumen und Gedüft, darinnen sie sich verlustieret ohn alle Ketten an Hals noch Füßen, gar köstlich angethan. So ließ ich mich meines kirchlichen Gewandes entkleiden und ward in ein duftend Bad geleitet; ward in sarrazenische Kleider gehüllet und mit köstlichen Speisen und Wein, mit wundersamlichem Gesang und Tonwerk ergetzet, so mein Ohr und Seele umschmeichelten. Und ist vermeldeter Buhlteuffel mir allezeit zur Seiten gewest, und hat sein zauberholde Buhlerey tausend neue Gluten in meine Glieder gegossen. So ist mein Schutzengel von hinnen gangen und hab ich durch der Mohrin schändlich Augenlicht gelebt und ihres Wonneleibes glühes Umfangen eratmet; wollte allezeit ihr roten Lippen verspüren und hab kein Ängsten empfunden vor ihrer Zähne Beißen, so mich immer tiefer in die Höllen lockte. Kurz, ich war fröhlich gleich wie ein Heirater mit seiner Braut, wo doch solche Braut der ewige Tod war; dachte nur an Liebe und ihr holden Weibesbrüste und die Höllenpforte, darein mich zu stürzen ich glühend begehrte. Wehe, meine Brüder, durch drey gantze Tage und Nächte mußte ich so Buhlerey treiben, ohn meiner Lenden Quellgeström zu erschöpfen, darumb daß des Buhlteuffels Hände gleich zwey Stacheln in mein armes Greisenthum sich eingruben und in mein verdorrete Knochen weiß nicht welcherley Liebessaft träuften; war erst wie linde Milch, dann aufpeitschende Seligkeiten, so mir Knochen, Mark, Hirn anstachelten gleichwie tausend Nadeln;

dann entglomm ich in wahrhafft höllischer Glut, darvon meine Gelenke gezwicket wurden und ein ungläubliche, unerträgliche, betäubende Wollust ausgieng, so meines Lebens Bande lockerte. Des Dämons Haar, darein mein armer Leib gehüllet war, ergoß flammende Röte und habe jede Flechte gleich einem rotglühenden Bratspieß verspüret; und sah des vermeldeten Buhlteuffels Antlitz lodern und lachen und tausend lockende Worte sagen; und hat mich der Stachel dieser Zunge, so mein Seele aussog, noch tiefer in die Höllen getrieben, darinnen ich kein Grund fand. Hernachens, da ich kein Tröpflein Blut mehr in den Adern, kein Seel im Leibe hatte und gänzlich erschöpfet war, hat der Dämon frisch-leuchtend und fröhlich wie zuvor mit hellem Lachen zu mir gesprochen: »Armer Narr, daß du mich für ein Dämon hast halten können!

Wie denn, wenn ich ittzo heischte, daß du mir dein Seel vor ein Kuß hingäbest, gäbest du's nicht mit tausend Freuden?« – Ich sagte: ›Ja.‹

»Und wenn dir, um weiter solcherart zu buhlen, not thäte, das Blut neugeborener Kindleyn zu trinken, tränkest du es nicht gern?« – Ich sagte: ›Ja.‹

»Und um allezeit ein lustiger Mann in des Lebens Lenz zu seyn und in Freuden zu schwimmen, würdest du nicht Gott verläugnen und Jesus lästern?« – Ich sagte: ›Ja.‹ Da fühlte ich hundert spitze Krallen mein Zwergfell zerfleischen wie von Schnäbeln kreischender Raubvögel; und ward unversehens emporgehoben von vermeldetem Buhlteuffel, der hatte sein Schwingen entfaltet und rief: »Reite zu, mein Reitersmann! Sitz' nur fest auf deiner Stute, pack' sie in die Mähnen, beym Halse! Reite zu, mein Reitersmann! Immer reite!« Und sahe wie im Nebel die Städte der Welt und ward mir gegeben zu sehen, wie ein jeder Mann mit einem weiblich Dämon buhlete und in geyler Luft und Bocksprüngen und tausend Liebesworten und vielerley Kreischen zeugete und eins ward, eingekrampft und verklammert. Und hat mir mein Reitthier mit der Mohrin Kopfe gezeiget, wie die Erde sich mit der Sonne copuliret, daraus ein Samenstrom von Sternen entquoll. Und sah die Welten sich verlustieren und Blitz und Donnerwetter erzeugen, sah weibliche Welten in Liebesrasen mit dem Fürsten der bewegenden Kräfte. Und hat mich der Buhlteuffel in arger List inmitten von selbigem schauerlichen, allewigen Liebesstrom gebracht, und war ich armer Priester darin verloren wie ein Körnlein im Meeressand;

und habe zwischen solchem Toben mein katholischen Glauben verläugnet. Und wie ich weiter durch den Glanz der Millionen Himmelssterne ritt und hätte mögen dieser tausend Millionen Geschöpfe natürliche Luft empfinden, da stürzte ich unter so vielem Liebesbegehr zerschmettert nieder und hörte ein Höllenlachen; und fand mich in meinem Bette, daherumb mein Haus-Gesindt stand, so muthvoll mit dem Dämon gestritten gehabt, darumb daß es wider ihn ein Kübel Weyhwasser in mein Bett gegossen, wo ich in lag, und heiße Gebete gesprochen. Ohngeachtet ihres Beystands habe aber doch ein furchtbaren Kampf wider besagten Buhlteuffel müssen kämpfen, des Krallen mein Herz umklammert hielten und mein Quälen endlos machten. Und da ich das heilig Zeichen des Kreutzes wollte machen, saß der Buhlteuffel mir zu Häupten, zu Füßen, allüberall, neckte, lachte, schnitt Fratzen, hielt mir tausend wollüstige Bilder vor Augen und füllte mich mit geylen Wünschen. So ließ in tiefem Mitleiden der Herr Erzbischof des Heiligen Gatianus Reliquien beybringen, davor der vermeldete Buhlteuffel mußte endlich von hinnen weichen; und hat ein Gestank von Schwefel und Höllen hinter sich gelassen, darvon mein Hausgesindt und Freunde sind einen ganzen Tag heiser gewest. So ist Gottes himmlisches Licht in meine Seel fallen, und bin inne worden, wie ich ob meiner Sünden und dieses Kampfes mit dem argen Gespenst nahe daran war zu sterben. Und bekenne am Ende, daß mein Geheiß, vor vermeldeten Dämon das Gericht Gottes in Wasser- und Feuerprobe anzurufen, ist ein arge List gewesen, so mir angedeuteter Dämon eingab, darumb daß er mir vertrauete, er könne dergestalt dem Gerichte entschlüpfen und durch ein anderen Dämon sich vertreten lassen. –

Solches haben alle Beyständ wohl vernommen und wurde durch Johannes von Haag dem Tribunal unterbreitet.

Wir, Johannes von Haag, zum Oberpoenitentiarius neuerlich erwählet und bestellet wider den vielvermeldeten Dämon und Buhlteuffel zu verfahren, haben ein neu Gericht verordnet, um alle Leut der Diözese zu hören, was ihnen über solches bekannt sey. Haben die anderen Verfahren, Verhöre und Widerrufe vor ungültig erkläret und bestimmen, daß dem Anruf eines Gottesurteiles nicht statt zu geben sey, in Ansehung der offenbarlichen teufflichen Verräterey und Bosheit.

Solche Verfügung wird allerorten mit Drommetenschall ausgeschrieen werden, wo des verblichenen Hieronymus Hornkraut fälschliche Verfügungen sind kundgethan worden. Mögen alle gute Christen unserer Heiligen Kirche und ihrem Geheiß wohl gehorchen und zur Seiten stehn.
Johannes von Haag.

4. Wie die Mohrin sohurtig entschlüpfte, daß sie nur mit großer Müh der Hölle zum Trotz verbrannt und lebend gebraten wurde.

Solches ward im Monat May eintausenddreyhundertundsechzig testamentariter niedergeschrieben:
Mein sehr theurer und vielgeliebter Sohn, wenn du dieses liesest, ruhe ich, dein Vater, im Grabe; so erflehe ich deine Gebete und bitte dich, dein Leben wohl nach den Worten dieser Schrift in weiser Fürsorge for dich und die Deinen zu führen; darumb daß ich in einer Zeit schreibe, da mein Vernunft und Sinn durch der Menschen allmächtige Ungerechtigkeyt eben ist betroffen worden. Wollte in meines Lebens Blüte in eitlem Ehrgeiz in der Kirche Dienst treten und hohe Ämter erklimmen; habe zu dem Ende lesen und schreiben gelernet und mit viel Mühe Gelehrsamkeyt erworben; trat als Schreiber und Kanzlist in das Martins-Capitel und hoffte dorten hohen Herrn zu Diensten zu seyn und mit ihrer Vergunst in einen Orden zu treten und endlich Bischof, Erzbischof, was weiß ich, zu werden. Dies glühende Verlangen hat mir Gott als argen Ehrgeiz erwiesen, und ist Johann von Omerstädt, der nachero Kardinal wurde, an meiner Statt ernennet worden und ich selbst verworffen und zerschmettert. In solchem Unglück stand mir der gute alte Hieronymus Hornkraut bey, von dem ich euch so oft erzählt: dieser teure Mann hat mich mit sanftem Zuspruch bestimmt for das Mauritius-Capitel Schreiberdienst zu thun, darumb daß ich als Schreiber wohl gerühmet war. Im gleichen Jahre, da ich dorten eintrat, nahm der berühmte Prozeß wider den Teuffel der ›heißen Straße‹ seyn Anfang; so vermeynete ich, das könne für mein Streben wohl von Vortheil seyn, indem das Capitel mir etliche Würden könnt verleihen, und ließ mich von meinem getreuen Meister bestimmen, alles niederzuschreiben, so in dieser argen Sache zu verzeichnen sey.

Gleich zu Anbeginn beargwöhnte Herr Hieronymus Hornkraut, der an die achzig Jahre alt und voll Gerechtigkeyt, Billigkeyt und Scharfsinn war, daß hinter dieser Sache etliche Bosheyt könne stecken. Liebete Dirnen und Hurenweiber mit nichten noch hat in seinem Leben ein Weib erkennet; und war ihm gleich nach den Zeugenangaben und der armen Dirn Aussagen helllichterklar, daß zwar dies minniglich Weib ihr Klostergelübde gebrochen, aber von jeder Teuffeley unschuldig sey, und nur ihren Feinden und etlichen Leuten, die ich klüglich nicht will nennen, nach ihrer reichen Habe gelüstete. Denn ein seglicher hielt sie for reich genug die ganze Grafschaft Tour zu kaufen, und tausend Lügendinge und Verläumdungen sind über das arm Ding gesagt und in die Welt gesetzet worden. So hat Meister Hieronymus Hornkraut erkennet, daß kein Dämon in der Dirn stecke, es sey denn der Geist der Liebe; und wie etliche wackere und reiche Kriegsleut ihn beredt haben, daß sie alles wollten thun jene zu retten, da hieß er sie ins geheim von ihren Anklägern das Gottesurtheil zu erheischen und obendrein ihr Habe dem Capitel zum Geschenke zu machen. Solcherart sollte die holdeste Blüte, so jemals der Himmel unserer Erde bescheeret, vor dem Scheyterhaufen bewahret seyn. Aberhat der wahrhafftige Teuffel in Mönchsgestalt seine Klauen in die Sache gesteckt: Ein gewaltiger Feind der Tugend, Biederkeyt und Heiligkeyt unseres Herren Hieronymus Hornkraut nämlich, Johannes von Haag mit Namen, hörte, das arme Ding sey im Kerker gleich einer Königin gehalten, und erhob voller Bosheit Klage wider den Oberpoenitentiarius, er sey mit ihr im Einverständnis und ihr Knecht, darumb daß sie ihn jung, liebeheiß und glücklich mache; so sagte der arge Priester, und ist der arme Greis darob vor Gram versterbet, in Ansehung, daß Johannes von Haag sein Untergang verschworen hatte und seiner Ehren gelüstig war. In Wahrheit hat unser Herr Erzbischof den Kerker besucht und ist vermeldete Mohrin an einem gefälligen Ort funden worden, auf bequemer Lagerstatt, ohn Eysen noch Ketten, darumb daß sie hat können ein Diamanten an einem Orte bergen, da niemand vor möglich gehalten hätt, und hat des Kerkermeisters Milde erkaufet. Lag damals der wackere Hornkraut im Verscheyden, und hat auf Betreiben des Johannes von Haag das Capitel vor nötig befunden, sein Untersuchung und Verfügungen zu vernichten, und hat Johannes von Haag, dermalen simpler Vikarius, erzeiget, daß hierzu ein Bekenntnis des Mannes auf seinem Sterbebette genügend sey.

So ist von den Herren des Capitels und den andern der Sterbende gepeynigt und bedränget worden, zum Wohle der Kirche zu widerrufen, was der gute Mann nicht hat mögen zugeben. Wurde aber dem zum Trotz mit tausend Listen seyn öffentlich Geständnis zu Weg gebracht, darob sich ein kaum gläublich Schrecken und Verwirrung erhob. Wahrheyt aber ist, daß mein guter Meister Hieronymus damals Fieber hatte und Kühe hat in der Stuben gesehen und nach demselben Anfall der arme Heilige härtzlich geweynet, als er von mir solchen Handel gehört. Und ist in meinen Armen verschieden und mit des Medicus Beystand, voll Verzweiflung ob dieses Mummenschanzes, und sagte, daß er sich wolle Gott zu Füßen werfen, auf daß solch Ungerechtigkeit nicht geschehen möge, darumb daß er von der Mohrin Thränen und Reue war härtzlich gerühret worden und ihr die Beichte hatte abgenommen und sich solchermaßen ihre göttliche Seel ihm enthüllet als ein Diamant, der wohl werth sey Gottes heilige Krone zu zieren. Wisse denn, mein Sohn, daß ich nach all diesen argen Reden über das arm Weib und des Dinges Gang auf Rat des Medicus Meister Hangest hab ein Krankheyt vorgeschützet und solchen Dienst gelassen, darumb daß ich nicht hab wollen mein Hand in unschuldig Blut tauchen, so noch immer schreyet und wird immerdar schreyn bis zum jüngsten Gericht. So ward der Kerkermeister verbannt und vor ihn kam ein Henkersknecht, so gar unmenschlich die Mohrin in ein Kellerloch geschmissen und Eysenketten von fünfzig Pfund ihr angelegt, ohngerechnet den Holzkragen. Ward peynlich verhöret, die Dirn, und gefoltert und ihr Knochen gebrochen und verdrähet. Hat dann vor argen Schmerzen bekennet, was der Johannes von Haag wollte wissen, und ward verdammet, daß sie sollte im Schwefelhemd vor der Kirchthür gestellet und hernachens zu Saint-Etienne auf dem Landgute verbrennt, ihr Habe eingezogen werden et caetera. Solches Urteil tat männiglich Aufruhr und Waffengetümmel in der Stadt aufheben, darumb daß sich drey junge Rittersleut des Tourerlandes hatten verschworen, vor das arm Mägdelein zu sterben oder es auf alle nur mögliche Weise zu befrein. Zogen mit ein Tausend Gesindel, alte Landsknecht, Kriegsleut und solcherley Menschen in die Stadt und schauten in die Hütten, wem das Weib alles könnte Guts gethan haben.

So sind sie, von der vermeldeten Herren Kriegsleuten beschirmet, eines Morgens in hellen Haufen vor des Herrn Erzbischofs Kerkerhaus kommen und haben geschrien, daß man ihnen die Mohrin solle ausliefern, gleich als ob sie solche wollten zu Tode bringen, in Wahrheit aber, darmit sie sie könnten entweichen lassen. Es heißt auch, daß in diesem erschröcklichen Sturm seynd mehr denn zehntausend Leut um des Erzbischofs Gebäu bis zur Brücken gewimmelt, ohngerechnet alle, so auf Häuser und Dächer geklettert dem Auflauf haben zugesehn; und sind in dem Gedräng sieben Kinder, eilf Weiber und acht Männer bis zur Ohnkenntlichkeit zerstampfet worden. Und war ein Geschrey, gleich als ob Leviathan hätte sein Rachen aufgethan, und schrieen: »Zum Tode der Buhlteuffel! Heraus mit ihm! Sein Fell will ich! Sein Haar! Sein Kopf! Sein Luftzauber! Ist er rot? Wird er braten? Schlaget sie tot!« und so jeder sein Sprüchlein. Und ist der Schrey: »Schlagt sie tot!« so scharff worden, daß einem Ohr und Herz davon hätte bluten mögen. So ist dem Herrn Erzbischof beygefallen, um den Sturm zu beschwichtigen, in großem Pompe mit der Hostie aus der Kirche zu schreiten und hat solchermaßen das Capitel vor sein Untergang errettet. Alle sind durch solche Kriegslist gezwungen worden, sich zu zerstreuen und aus Mangel an Lebensmitteln heymzukehren. Ist fortan von einer riesigen Zahl Krieger wider alle Angriffe Wache gehalten und obendrein den drey Rittersleuten durch Herrn Harduin von Netzen der Kopf zurecht gesetzet worden, daß sie nicht um ein bißchen Weib sollten das Tourerland in Feuer und Blut tauchen.

So hat das Capitel in aller Freiheit zu des Mägdelein Hinrichtung können schreiten, und sind zu dieser Kirchenfeier von zwölf Meilen in der Runde die Leut herbeygeströmt, und haben deren gar viele vor der Stadt in Zelten müssen nächtigen, und ist an Lebensmitteln Mangel gewest, darumb daß es so viele waren. Die arme Huldin war halbtot, ihr Haar waren bleich worden, und war in Wahrheit nur mehr ein Skelett ohne Fleisch, so der Henker an ein Pfahl band, um sie in ihrer Schwächen zu stützen. Ohnversehens aber ist ein Kraft über sie kommen: hat ihre Ketten von sich gestreift und ist in der Kirche entwichen, allwo sie in Gedächtnis ihrer vergangenen Künste hurtig die Geländer und Pfeiler emporklomm. Wäre auch über die Dächer entronnen, wenn nicht ein Kriegsknecht mit der Armbrust hätt nach ihr geschossen und in den Fußknöchel getroffen.

Ohngeachtet ihres zerschmetterten Fußes lief das arme Ding blutend weiter, so groß Angst hat es vor des Scheyterhaufens Flammen gehabt. Endlich ist eingefangen, gebunden, auf den Karren geschmissen und zum Scheyterhaufen geschleppt worden, und hat allerweilen geschrieen; und ihre Flucht hat das gemeine Volk glauben helffen, daß sie der Teuffel sey und wäre durch die Luft geflogen. So hat sie der Henker in die Flammen geschmissen und ist sie zwey, dreymal erschröcklich gesprungen und dann in des Scheyterhaufens Grund gefallen, so Tag und Nacht brannte. Und bin ich tags darauf hingangen sehen, ob von dem lieblich Geschöpf etwas verblieben sey, und fand nur ein arm Stücklein Kinnlade, so trotz des Feuers war feucht geblieben, und habe wie etliche sagen gezittert wie ein Weib im Liebesgenuß.

Ich könnte Dir, mein theurer Sohn die ohnvergleichlich schwere Trübsal nicht sagen, so während zehn Jahren auf mir gelastet hat. Mußte diesen von Boseit zertretenen Engel sehen, sein Augen und kindliche Lieblichkeit und Unschuld und vor ihn in der Kirche beten, allwo er ist gemartert worden. Konnte nicht ohne Zittern und Zagen den Oberpoenitentiarius Johann von Haag erblicken, so von Läusen zerfressen gesterbet ist; der Aussatz hat den Fogt gerichtet, und alle, so zu dem Scheyterhaufen hatten ihren Beystand geliehen, haben es mit Flammen gebüßt. So habe ich der Kirche Dienst verlassen und eure liebe Mutter geehelicht. Und mit ihr, so mich zärtlich betreute, Gut und Leben getheilet, wie auch die folgenden Lehren: daß man soll, um glücklich zu leben, den Dienern der Kirche ferne bleiben, in Bescheidenheit sein Leben führen, kein andre Sprache sprechen noch seinen Stand ändern, so wie alle Wendemunds sind Tuchmacher gewest und sollen es alle Zeit bleiben, dann werden die Wendemunds nicht verbrannt noch geschlagen für jemandes Vorteil, werden heimlich Geld haben und Freunde und wider alles gesichert seyn. Solches halte in Deiner Familie hoch und wenn Du verscheidest, soll es von Deinen Erben als ein Evangelium verwahret werden.

(Dieser Brief ist im Nachlaß Franz Wendemunds, Herren von Veretz und Kanzlers des Kronprinzen gefunden worden, als selbiger ob seines Aufruhrs wider den König vom Parlamente ist verurteilt worden: ihm das Haupt abzuschlagen und seine Güter einzuziehen.

Solches Schreyben ist als geschichtliche Merkwürdigkeit dem Statthalter der Touraine übergeben und den Akten des bezeichneten Prozesses beigelegt worden durch mich: Peter Walter, Schöffe und Obmann der Geschworenen.)

Liebesverzweiflung.

Zu der Zeit, da König Karl dem Achten beifiel das Schloß Amboise auszuschmücken, kamen mit ihm viele italienische Steinmetzen, Bildhauer und Maler dorthin, deren schöne Arbeiten an den Galerien später ob arger Vernachlässigung beschädigt worden sind. Damals also lebte der Hof an diesem vergnüglichen Orte und wie jeder weiß hatte der junge Herrscher seine Freude dran, den Leuten bei ihrer Arbeit zuzuschauen. Unter diesen war ein gar verdienstlicher florentiner Bildhauer Angelo Cappara, dessen Können ob seiner Jugend manchen Scherz zeitigte. Sprossen doch an seinem Milchgesicht noch kaum die ersten Härlein, die dem Manne seine stolze Würde verleihen. Aber er war schön wie ein Traum, und darum waren die Damen in ihn wie vernarrt; und auch weil er so schwermütig ausschaute wie ein Täublein, das seines Täuberichs Tod einsam in seinem Neste betrauert: Das kam davon, daß der Bildhauer an der schweren Krankheit ›Armut‹ litt, die alles Leben hemmt; lebte gar kärglich, aber schämte sich seiner Mittellosigkeit und kleidete sich deshalb prächtig, wenn er zu Hofe kam. Obendrein war er zu schüchtern, beim Könige um seinen Lohn zu bitten; die Hofschranzen bewunderten wohl sein Können, dachten aber nicht ans liebe Geld, und ebensowenig die Damen, die ihn von der Natur gar trefflich ausgestattet fanden und sich über das Sonstige keine Gedanken machten.

Trotz seines jugendlichen Aussehens war Angelo immerhin schon seine zwanzig Jahre alt; verwunderte sich oft genug über mancher Blödköpfe Erfolg und glaubte darum, wohl selbst mißgestaltet an Leib und Seele zu sein. So beklagte er, ein derart heißes Herz zu haben, und meinte, daß die Damen sich davor wie vor glühendem Eisen hüteten; wälzte sich in schlummerlosen Nächten mit seinen Gedanken: wie er eine schöne Geliebte beglücken würde, welch holde Spiele das Gewölk seines wehmütigen Sinnes zerstreuen sollten, kurz schuf sich in Gedanken ein Bildnis, das er küßte, liebkoste, schleckte und herzte, gleich wie ein Gefangener in Gedanken durch Wald und Feld eilt; sprach gar rührend zu seiner eingebildeten Liebsten, preßte sie zum Vergehen an sich, tat ihr trotz aller Achtung einige Gewalt an, biß vor Leidenschaft in sein Bett und war so für sich allein voller Mut, am Tage aber, wenn er eine traf, um so verlegener. Aber dann ließ er seine Liebesphantasien an den Marmorfiguren aus, schmückte sie mit Brüstlein, davon einem das Wasser im Munde zusammenlaufen konnte, die andern Dinge ungerechnet, die er mit seinem zärtlichen Meißel prall und prangend aus dem Stein herausschmeichelte, wölbte oder rundete, sodaß auch das ärgste Unschuldslamm ihren Wert erkennen und seine Unerfahrenheit einbüßen mußte.

Die Damen vermeinten sich in diesen Schönheiten wiederzuerkennen und hatten nur noch Meister Cappara im Kopfe. Eine von ihnen aber, von gar vornehmer Abkunft, fragte eines Tages den hübschen Florentiner über ihn selber aus, warum er sich so wild stelle und ob denn keine Dame ihn zähmen könne, und lud ihn huldvoll für den Abend zu sich. Angelo begoß sich natürlich mit Duftwässern, kaufte sich einen gefranzten, atlasgefütterten Sammetmantel, lieh sich einen Rock mit weiten Ärmeln, ein geschlitztes Wams, und eilte hoffnungsgeschwellt wie über glühende Kohlen die Stufen empor. Sein Herz hüpfte bereits vor heißer Liebe wie ein Zicklein und der Schweiß rann ihm den Rücken hinab. Kein Zweifel, die Dame war bildschön, das wußte er als Künstler besser denn jeder andere, und sie hatte obendrein eine Stimme, die einem das Herz umdrehen, Kopf, Seele, alles in Hitze bringen konnte. Kurz, sie zauberte einem die lockendsten Bilder vor Augen, ohne sich etwas merken zu lassen, wie das die verflixten Weiblein so an sich haben.

Der Bildhauer fand sie am Kamin in einem hohen Lehnstuhl und flugs begann sie nach Herzenslust zu plaudern. Aber er konnte nun kaum ein ander Wort als ja und nein vorbringen, sein Kopf war wie vernagelt und er hätte den wohl am Kamin zerschmettern mögen, wenn er sich nicht an ihrem Anblick und Plaudern so innig ergötzt hätte, derweile sie sichs vor ihm wohl sein ließ wie eine Mücke in der Sonne. Aber trotz seiner stummen Bewunderung verblieben die zwei bis Mitternacht zusammen und tänzelten zierlich auf der Blumenwiese der Liebe.

Dann ging er hochbeglückt heim und sagte sich: wenn eine Edelfrau ihn während vier Nachtstunden bei sich dulde, so bedürfe es keines großen Drängens, daß sie ihn auch bis zum Morgengrauen bei sich behielte. Und daran knüpfte er etliche wonnige Gedankenschlüsse und faßte den Plan, sie wie eine schlichte Frau um die bewußte Sache zu bitten. Beschloß weiter alles zu töten, wenn er nicht mit seiner Spindel ein Freudenstündlein erfädeln könnte, und war bis zum kommenden Abend so in seine Gedanken vertieft, daß er darob beim Meißeln manche Nase verdarb. So ließ er denn auch lieber am Ende seine Arbeit ruhen, staffierte sich aus und eilte zu der Dame in der schönen Hoffnung, ihre liebevollen Worte in Taten zu wandeln. Aber kaum stand er vor ihrer weiblichen Majestät, da wars mit seinem Blutdurst aus, und der Anblick seines Opfers verblödete ihn gänzlich.

Immerhin hatte er in der Glut seiner Wünsche sich auf sie geworfen und sie fest umschlungen gehalten; hatte ihr einen Kuß geraubt und daran gut getan: denn wenn die Damen einen geben, behalten sie das Recht, ihn auch zu verweigern; lassen sie den Liebsten einen rauben, dann kann er auch tausend stehlen. Darum lassen sie das denn gern geschehen und der Florentiner hatte bereits einen guten Vorrat davon erwischt und alles fädelte sich aufs schönste ein, als plötzlich die Dame, die sich doch dafür hergegeben hatte, ausrief: »Mein Mann kommt!« Wirklich kam der Ehemann vom Ballspiel heim und der Bildhauer mußte, reichbedacht mit verheißungsvollen Blicken der Dame, von hinnen gehen. Aber das war das Einzige, was er während eines vollen Monats an Freuden kosten durfte; denn allemal, wenn er ans Ziel zu kommen glaubte, tauchte der Ehemann auf, und so pendelte er zwischen dem weisen Doppelspiel von Weigern und Verheißen, das die Damen zum Entfachen heißer Liebesglut so trefflich üben, dauernd hin und her. Und wollte er seinen Angriff gleich beim Kommen wider den Rock richten, um einmal vor dem Herrn Gemahl am Ziele anzulangen, dann setzte die Holde dem ungestümen Begehren, das sie in seinen Augen las, allerlei Zank und Streit entgegen: spielte die Eifersüchtige, um ihn in Liebesschwüre zu verwickeln; beschwichtigte ihn dann mit einem holden Kuß und begann ein endloses Gespräch darüber, daß er vernünftig sein müsse und fügsam; daß sie ja viel mehr darangäbe und also viel opferfreudiger sei und mutiger; ließ auch wohl ein königliches

»Laß das«! entschlüpfen oder rief entrüstet: »Wenn du nicht so willst, wie ich es will, dann werde ich dich nicht mehr lieben!«

Kurz, der arme Kerl sah mit der Zeit ein, daß er nicht einer edlen Liebe gegenüberstand, einer von der Art, die nicht ihre Freuden zählt wie ein Geizhals seine Batzen, sondern daß die Dame nur ihr Spiel mit ihm trieb und ihn an der Leine tanzen ließ. Und darüber ward er so rasend, daß er alles töten wollte. So beauftragte er seine Freunde und Gefährten, dem Ehemann auf seinem Heimgange den Weg zu verlegen und eilte dann wieder zu seiner Dame. Und als ihre zärtlichen Liebesspiele im schönsten Zuge waren, nämlich Küsse wohl ausgekostet, Haare verwirrt und geordnet, Hände und Ohren glühend gebissen wurden und was es sonst gibt, außer der einen Sache, die von tugendsamen Autoren mit Recht abscheulich genannt wird, da sagte der Florentiner zwischen zwei etwas langen Küssen:

»Liebst du mich über alles Schatz?«

»Gewiß!« sagte sie, denn Worte kosten ja nichts.

»Also dann,« sprach er, »gehöre mir ganz an«.

»Aber mein Mann wird kommen!«

»Ist das deine einzige Sorge?« – »Freilich.«

»Ich habe Freunde, die ihm den Weg verlegen und nicht eher loslassen, bis ich ein Licht an dieses Fenster stelle. Wenn er sich beim König beklagt, werden sie sagen, daß sie geglaubt hätten, es sei einer ihrer Gefährten.«

»So laß mich sehen, ob alles im Haus schläft.« Und damit stand sie auf und stellte das Licht ans Fenster. Da sprang Cappara herzu, blies das Licht aus, zog seinen Degen und stellte sich vor das Weib, dessen elende und treulose Seele er erkannt hatte:

»Ich will Euch nicht töten; aber ich will Euch das Gesicht zeichnen, damit es Euch vergeht, mit armen, liebenden Jünglingen zu spielen. Ihr habt mich schändlich genarrt: so wisset denn, daß ein Kuß niemals aus dem Leben eines Mannes gelöscht werden kann, der wahrhaft liebt; daß ein Kuß alles andere nach sich ziehen muß! Ihr habt mein Leben zerstört, daran möget Ihr ewig denken und dafür sollt Ihr Euch nimmer im Spiegel beschauen, ohne auch mein Bild vor Euch zu sehen.«

Dann schwang er den Degen, um ihr ein Stück jener frischen, schönen Wangen abzuhauen, die noch seiner Küsse Spur trugen.

Darob rief sie, er sei ein ehrloser Kerl, aber er schrie sie an: »Schweigt! Ihr habt gesagt, Ihr liebtet mich über alles! Jeden Abend habt Ihr mich aus himmlischen Freuden in die Hölle hinabgestoßen und glaubet nun, Euer Weiberrock könne Euch vor eines Liebhabers Zorn retten?«

»Ach, ich bin dein!« rief sie, denn seine mannhafte Wut riß sie in Entzücken. Aber er wich drei Schritte zurück und donnerte: »Ha, du herzlose Puppe, dein Gesicht ist dir teurer als dein Herzliebster?! Zeig her!«

Und erbleichend bot sie in Demut ihr Angesicht dar, denn sie begriff, daß ihre bisherige Falschheit ihre jetzige Liebe Lügen strafe. So versetzte Angelo ihr einen Streich über die Wange, eilte von hinnen und entfloh aus dem Lande. Der Ehemann war nicht belästigt worden, da die Florentiner das Licht gesehen hatten. Er fand sein Weib der linken Wange beraubt; aber sie verriet Cappara trotz ihrer Schmerzen nicht, da sie ihn nunmehr über alles liebte. Auf der Suche nach dem Täter bedachte der Gatte, daß nur jener Florentiner in sein Haus gekommen war. Darum erhob er beim Könige Klage und der befahl, den Bildhauer einzufangen und zu hängen. Richtig wurde er in Blois erwischt, aber am Tage der Hinrichtung überkam eine Edelfrau der Wunsch, diesen kühnen Mann zu retten, und sie bat ihn frei. Trotzdem erklärte Cappara, nur seiner Dame anzugehören, die ihm nicht aus dem Sinn wollte, und so ging er ins Kloster und ward Kardinal und ein gar weiser Mann. Und auf seine alten Tage pflegte er zu sagen, daß er an der Erinnerung an die kargen Freuden jener Tage gezehrt habe, wo er von seiner Dame bald gut, bald schlecht behandelt wurde. Manche allerdings sagen, daß er später weiter gedrungen sei als bis zu seiner Dame Rockzipfel, eben der, so ihre Wange drangeben mußte; aber ich mag das nicht recht glauben, denn er war gar hochherzig und hatte von den heiligen Wonnen der Liebe eine sehr erhabene Vorstellung.

Standhafte Liebe.

Um den Anfang des dreizehnten Jahrhunderts begab sich in Paris ein Liebesabenteuer, das die ganze Stadt und auch den königlichen Hof in Erregung versetzte. Der Held der Geschichte hieß gemeinhin nach seiner Heimatsstadt ›der Tourländer‹, sein richtiger Name aber war Anselm.

Dem Chronisten zufolge ist er als Greis in seine Geburtsstadt zurückgekehrt und wurde dort Bürgermeister; aber in Paris betrieb er das edle Gewerbe eines Goldschmiedes, war ob seiner Kunst und Ehrlichkeit gleich berühmt, wurde Ehrenbürger von Paris und Gefolgsmann des Königs und besaß ein selbsterbautes, zinsfreies Haus. Obgleich er von Gesundheit strotzte, führte er das Leben eines Heiligen, wohl weil er als bettelarmer Schlucker in die Stadt gekommen war und mit eiserner Geduld arbeitete; so hatte er gar wertvolle Geheimnisse seiner Kunst enträtselt, und wenn ihn einmal ein phantastisches Begehren überkam und der Teufel ihn peinigte und versuchte, dann warf er sich flugs wieder auf die Arbeit und bannte durch kunstvolle Schöpfungen seiner gewandten Hände die lüsternen Gedankenverirrungen. War im übrigen ein riesenstarker Kerl mit einem Gesicht wie ein Löwe und flammenden Augen, dabei aber so sanft im Reden wie eine Frau – vor der Hochzeit. Und da in Paris die Jungfräulein den Burschen ebensowenig ins Bett regnen wie einem gebratene Tauben in den Mund fliegen, selbst wenn der fragliche Junggesell königlicher Goldschmied ist, so wäre Anselmus womöglich trotz mancher zärtlicher Träume und Hoffnungen am Ende aus dieser Welt geschieden, ohne überhaupt zu wissen, was Liebe ist, wenn sich Gott nicht seiner erbarmt hätte.

Als nämlich unser Goldschmied in seinem einundvierzigsten Jahre stand, da begegnete es ihm, daß er eines Sonntags am linken Ufer der Seine lustwandelte und in Heiratsgedanken versunken unversehens auf die ›Pfaffenwiese‹ der Abtei von Saint-Germain geriet. Und wie er so einherschritt, gewahrte er ein armes Mägdelein, das dem stattlichen Mann ein achtungsvolles »Grüß Gott, edler Herr« zurief. Aber ihre Stimme klang so holdselig, daß sich des Goldschmieds Ohr daran entzückte und er sich vom Fleck weg in sie verliebte. Und da er sich ja mit Heiratsgedanken trug, so war das nur zu begreiflich. Immerhin war er an ihr vorbeigegangen und wagte nun in seiner Schüchternheit nicht zurückzugehen, just wie ein Jungfräulein, das lieber in seinen Röcken stirbt, als daß es diese aufhebt um sich Freuden zu schaffen. Schon war er gut einen Bogenschuß von ihr weg, da sagte er sich: ein Goldschmied, der schon seit zehn Jahren Meister und doppelt so alt ist wie ein Hund, könnte sich doch eigentlich ruhig eine Frau anschauen, wenn er Lust hat.

Und so setzten ihm seine Gedanken zu, bis er richtig umdrehte, als wollte er heimkehren, und auf das Mädel zuging, das an einem alten Strick eine magere Kuh führte, derweile diese an dem Grase des Straßengrabens weidete.

»Nun, Kleinchen,« sagte er zu ihr, »du scheinst recht jämmerlich daran zu sein, wenn du selbst am Sonntage arbeitest. Fürchtest du keine Strafe?«

»Ach, edler Herr,« entgegnete sie mit niedergeschlagenen Augen, »das brauche ich nicht zu fürchten, denn ich gehöre zur Abtei und habe Erlaubnis, die Kuh nach der Vesperstunde auf die Weide zu führen; und das Tier bedeutet doch gleichsam die Hälfte unseres armen Lebens.« »Ich begreife doch nicht, daß du so arm und verlumpt einherlaufen mußt, wo du an Schätzen so reich bist, wie man in den Domänen der Abtei nicht leicht ähnliche auftreiben dürfte. Die Bürger der Stadt sollten doch wie närrisch hinter dir her sein!«

»Keineswegs, edler Herr; ich gehöre ja der Abtei,« sagte sie und wies auf ein Armband an ihrem linken Arme, ein Ding, so wie es das Vieh auf der Weide trägt, nur ohne Glocke. Und dann warf sie ihm einen so kläglichen Blick zu, daß er davon tief erschüttert wurde.

»Was bedeutet das denn?« fragte er, denn er wollte nun genau Bescheid wissen; und dabei tippte er auf das Armband, darein das Wappen der Abtei geprägt war. »Edler Herr, ich bin die Tochter eines Leibeignen, und wer mich heiratet, würde ebenfalls Höriger werden und der Abtei mit Leib und Eigen angehören, selbst wenn er Bürger von Paris wäre. Wäre ich ihm ohne Ehe in Liebe ergeben, dann würden die Kinder der Abtei gehören. Und darum bin ich verlassener denn das Vieh auf der Weide. Aber das schlimmste ist, daß der Herr Abt mich, wann er Lust hat, mit einem Leibeignen zusammentun kann.« Damit zog sie an dem Strick, damit die Kuh mit weiterginge.

»Wie alt bist du?« fragte der Goldschmied.

»Ich weiß nicht; der Herr Abt hat es aufgeschrieben.«

Solches Elend ging dem guten Manne arg zu Herzen. Gleichen Schrittes ging er neben dem Mädel her und bewunderte dabei ihre schöne Stirn, ihre schmucken Arme, die königliche Gestalt, die bestaubten aber wohlgebildeten Füße und auch die runde Brust, die von einem schlechten Tuch schamhaft verhüllt war; diese aber wie ein Schulbub, der nach des Nachbars saftigen Äpfeln schielt.

Kurz, das Mädel war ein Prachtexemplar, wie eben alles, was die Mönche besitzen. Und je strenger dem Goldschmiede diese köstliche Frucht verboten war, um so mehr lief ihm danach das Wasser im Munde zusammen, und das Herz schlug ihm bis zum Halse.

»Du hast eine schöne Kuh,« meinte er endlich.

»Wollt Ihr Milch? Es ist heute so heiß und die Stadt ist weit.« Ihr offenherziges Anerbieten und die anmutsvolle Bescheidenheit schnitten dem Goldschmied ins Herz, da er doch gern das Mägdelein mit königlicher Pracht überhäuft, ganz Paris ihr zu Füßen gelegt hätte. Und er rief:

»Nein, nein, Kleinchen, nicht nach Milch: nach dir dürstet mich und ich hätte dich gern losgekauft.«

»Das geht nicht. Ich muß in Leibeigenschaft sterben, so wie meine Vorfahren darin starben und meine Kinder es tun werden; denn der Abt läßt uns nicht ohne Kinder altern.«

»Und hast du nie bedacht, mit einem Liebsten auf flinkem Roß in ein ander Land zu fliehen?«

»Wohl, edler Herr! Aber wenn man uns finge, dann würde ich besten Falles aufgeknüpft, und mein Liebster, falls er ein hoher Herr ist, müßte seine ganze Habe daran geben, und das bin ich nicht wert. Die Abtei hat einen zu langen Arm, als daß ich je entlaufen könnte, und so bleibe ich fügsam, wo mich Gott hingefetzt hat.«

»Wie heißest du?«

»Einen Eigennamen hab ich nicht. Mein Vater, der im Weinberg arbeitet, heißt Stephan, meine Mutter, die in der Abtei wäscht, Steffi, und ich bin Steffchen, zu dienen.« »Du holdes Kind,« sagte nun der Goldschmied, »nie hat ein Weib mir so gefallen wie du! Dein Herz scheint mir wie Gold so wert, und da du mir in einem Augenblicke vor Augen tratest, als ich den Entschluß faßte, mich zu vermählen, so sehe ich hierin einen Wink des Himmels und bitte dich, meine Freundschaft anzunehmen.«

Wieder senkte das Mägdelein die Augen; und da seine Worte so voll eindringlichen Ernstes gesprochen waren, hub sie an zu weinen.

»Nein, ich werde nur Ärger und Unheil über Euch bringen! Und für eine Leibeigene ist schon unser Plaudern zu viel Ehre!«

»Oho!« rief Anselm, »du kennst mich noch nicht!« Und er schlug ein Kreuz, faltete die Hände und sprach:

»Hiermit tue ich vor der Goldschmiede Schutzherrn Eligius das feierliche Gelübde, zwei silberne Nischen so herrlich zu schmieden als ich es vermag, und die eine der Heiligen Jungfrau, die andere meinem Schutzpatron zu weihen, wenn es mir gelingt, dies leibeigene Mägdelein Steffchen freizubekommen. Und weiter schwöre ich bei meinem Seelenheil, alles daran zu wenden und zu opfern, und bis zu meines Lebens Ende von diesem Ziel nicht abzulassen.« Und dann wandte er sich zu dem Mädchen: »Gott hat mich gar wohl vernommen; aber du, mein Schatz?«

»Ach, edler Herr, seht, dort läuft mir die Kuh in die Felder!« rief sie weinend und sank ihm zu Füßen. »Mein Leben lang will ich Euch lieben, aber nehmt das Gelübde zurück!«

»Komm, wir wollen die Kuh holen!« sprach er und hob sie auf, aber ohne daß er sie zu küssen wagte, obgleich sie dazu wohl bereit war.

»Ja, sonst werde ich durchgeprügelt,« schluchzte sie, und da sprang der Goldschmied auch schon hinter der verdammten Kuh her und packte sie mit seinen Händen wie mit Schraubstöcken bei den Hörnern. Dann sagte er:

»Nun leb wohl, Kindelein; wenn du in die Stadt gehst, komm zu mir in mein Haus bei Sankt Leu: ich bin Meister Anselm, der Goldschmied des Königs. Und versprich mir am nächsten Sonntag wieder hier zu sein. Ich werde auch kommen und wenn es selbst Hellebarden regnen sollte.« »Ja, mein guter, edler Herr; dafür würde ich selbst über Hecken springen und würde Euch aus Dankbarkeit gern ganz angehören, daferne es Euch keinen Schaden täte, wenn es mich auch die ewige Seligkeit kosten sollte. Und ich werde in Erwartung der glücklichen Stunde unausgesetzt für Euch beten.«

Und dann blieb sie wie ein steinern Heiligenbild stehen, bis sie ihn aus den Augen verloren hatte, derweile er ruhigen Schrittes heimkehrte, aber sich noch oftmals nach ihr umsah. Bis in die Nacht hinein stand sie so, und wußte immer noch nicht, ob sie vielleicht nur geträumt hatte. Da sie zu spät heim kam, wurde sie geschlagen; aber sie spürte die Hiebe nicht. Auch der wackere Mann war so verliebt, daß er Essen und Trinken vergaß und nur an das Mädel dachte, überall nur das Mädel sah. Schon am andern Tage machte er sich nach der Abtei auf, bedachte dann aber, sich erst klüglich königlichen Schun zu erbitten, und eilte zum Hofe.

Und da man ihn so hoch schätzte, versprach ihm der Kämmerer gleich seinen Beistand, ließ satteln und ritt mit ihm zur Abtei. Dort bat er um Zutritt bei dem Abte, dem Herrn Hugo von Sennecterre, einem Greise von dreiundneunzig Jahren, trat mit dem Goldschmied, der vor Aufregung schier erstickte, in den Saal und sprach sodann: »Hier, ehrwürdiger Vater, steht der Goldschmied des Hofes, der in heißer Liebe zu einer Leibeignen Eurer Abtei entbrannt ist, und ich bitte Euch hiermit, dies Mädchen frei zu lassen und will Euch dafür gern jeden Wunsch erfüllen.«

»Welche ist's denn?« fragte der Abt.

»Sie heißt Steffchen,« stammelte der Goldschmied.

»Ei, ei,« lächelte der gute alte Herr Hugo. »Der Köder scheint uns einen prächtigen Fisch angelockt zu haben. Ein schwerer Fall, den ich nicht allein entscheiden kann.« »Ich weiß, was das besagen soll, mein Vater,« meinte der Kämmerer stirnrunzelnd.

»Schöner Herr,« entgegnete der Abt, »wißt Ihr denn, was uns das Mädchen wert ist?« Und er befahl sie herbeizuholen, aber zuvor gut anzukleiden und recht zu ermutigen.

»Eure Liebe ist in Gefahr,« flüsterte der Kämmerer dem Goldschmied zu. »Gebt die Sache auf. Selbst bei Hofe werdet Ihr genugsam schöne junge Frauen finden, die Euch gern heiraten werden, und der König wird Euch sogar, wenn's not tut, einen Herrensitz verleihen.«

»Es geht nicht, edler Herr: ich hab's gelobt!«

»So versucht, sie freizukaufen; ich kenne diese Mönche, sie tun für Geld alles.« Daraufhin trat der Goldschmied vor den Abt und sprach:

»Euer Ehrwürden, der Ihr des barmherzigen Gottes Vertreter seid: mein Lebelang werde ich Euch in mein Gebet einschließen, wenn Ihr mir dies Mägdelein zur rechtmäßigen Frau geben wolltet. Und obendrein will ich Euch eine güldene Büchse für die Hostie schmieden, mit Edelstein und Engelsköpfchen, wie die Christenheit nie eine schönere gesehen hat.«

»Bist du von Sinnen, mein Sohn?« fragte der Abt. »Wenn du dies Mädchen zum Weibe nimmst, dann verfällst du mit deiner Habe dem Kloster.«

»Ach, ich bin in sie wie vernarrt und mehr noch von ihrem Elend und ihrer Seelenreinheit, denn von ihrer Schönheit. Aber,« und dabei traten Tränen in seine Augen, »ich verstehe Eure Härte nicht.

Und werden auch mein Leib und Eigen Euer werden, meine Kunst könnt Ihr mir nicht rauben! Die ruht hier!« und er schlug sich an die Stirn, »und außer mir kann niemand an sie heran denn Gott allein. Euere ganze Abtei könnte die Kunstwerke nicht bezahlen, die dort schlummern und die sollt Ihr nicht erzwingen, auch mit der Folter nicht, denn ich bin stärker, als Eisen hart ist.« Dabei schlug er voll Grimm über des Abtes Ruhe auf einen eichenen Stuhl, der unter seiner geballten Faust in tausend Stücke zersplitterte. »Da seht, was für einen Diener Ihr bekommt, wenn Ihr aus einem Künstler ein Arbeitspferd machen werdet!«

»Mein Sohn,« sprach der Abt, »du tatest Unrecht, meinen Stuhl zu zerbrechen und hast meine Seele leichtfertig verurteilt. Ich bin ein getreuer Wächter der Rechte und Bräuche unseres ruhmreichen Klosters, und seit undenklichen Zeiten ist nie ein Fall eingetreten, daß ein Bürger durch eine Ehe mit einer Leibeignen dem Kloster hörig wurde. Unsere Rechte müssen Geltung behalten, damit sie nicht verloren gehen, denn wir haben wohl Reichtümer, die uns erlauben, schöne Kunstwerke zu kaufen, aber kein Schatz der Welt kann Herkommen und Gesetze schaffen. Ich rufe den Herrn Kämmerer als Zeugen dafür an, wie der König Tag nach Tag für Recht und Ordnung kämpfen muß.«

»Das heißt: mir den Mund stopfen,« dachte der Kämmerer.

Der Goldschmied, der kein großer Gelehrter war, schwieg nachdenklich. Bald kam Steffchen, blitzeblank wie eine frisch gescheuerte Zinnschüssel, mit hochgeflochtenem Haar, in einem weißen Wollkleide mit buntem Gürtel, weißen Strümpfen und zierlichen Schuhchen und schaute so königlich schön aus, so wahrhaft edel in ihrer Haltung, daß der Goldschmied in Verzückung erstarrte und der Kämmerer selbst zu geben mußte, niemals ein so vollkommenes Geschöpf erblickt zu haben. Aber da ihm der Anblick für den Goldschmied gar zu gefährlich erschien, so nahm er diesen schleunigst beim Arm, ritt mit ihm heim und suchte ihm die Sache auszureden. Wirklich ließ das Kapitel dem armen Freiersmann vermelden, daß er im Falle einer Ehe mit diesem Mädchen sein Haus und seine Habe dem Kloster geben müsse und selbst mit Kind und Kindeskindern Leibeigner würde. Nur aus besonderer Vergünstigung sollte ihm verstattet werden, in seinem Hause wohnen zu bleiben, dafern er eine Aufstellung des Hausrates und Jahreszins liefere und jährlich acht Tage in einer Zelle des Klosters verbrächte als Zeichen seiner Knechtschaft. Darob wäre der Goldschmied schier von Sinnen gekommen: erst wollte er das Kloster in Flammen stecken; dann entschloß er sich, das Mädel zu entführen. Aber als er wieder zur Wiese ging, fand er Steffchen nicht und erfuhr, daß sie im Kloster strengstens überwacht würde. So versank er in Weinen und Klagen. Aber die ganze Stadt sprach über die Sache und so hörte auch der König davon, der bei einer passenden Gelegenheit den Abt fragte, warum er denn vor der großen Liebe des Goldschmiedes keinerlei christliche Milde walten ließe. Der erwiderte:

»Darum nicht, weil alle Rechte ineinandergreifen, wie die Maschen eines Panzerhemdes. Lockert man eines, dann zerfällt das Ganze. Nähme man uns wider unsern Willen dies Mädchen, dann würden Euch bald Euere Untertanen die Krone rauben, würde ein allgemeiner Aufstand wider die Steuerlasten ausbrechen.« Damit war dem König der Mund gestopft. Aber alles war gespannt darauf, wie die Sache enden würde. Voll Neubegier wetteten gar einige Edelleute, daß der Tourländer den Kampf aufgeben würde, und die Damen wetteten dagegen. Unter Tränen klagte der Goldschmied endlich der Königin sein arges Leid, daß er sein Herzliebchen nicht einmal sehen dürfte. Und auf deren Betreiben erteilte der Abt dem Tourländer die Erlaubnis, mit Steffchen täglich im Sprechzimmer der Abtei plaudern zu dürfen. Sie kam dorthin stets wie eine Königin angetan, aber ein alter Mönch wachte darüber, daß ihr Zusammensein sich auf Sehen und Plaudern beschränkte. So ward ihre Liebe immer glühender, und eines Tages sagte das Mägdelein zu ihrem Freunde:

»Edler Herr, nun weiß ich, wie ich Euch allen Leides entheben kann. Bei sorglichsten Erkundigungen fand ich einen Punkt, der ermöglichen würde, daß Ihr die Rechte der Abtei umgehen und doch die Früchte Eurer Liebe ernten könnt. Der Kirchenrichter sagte mir nämlich, daß in Eurem Falle, da Ihr nicht in der Leibeigenschaft geboren seid, diese Hörigkeit mit deren Zweck erlischt. Liebt Ihr mich also über alles, so gebt Euer Gut für mich hin, heiratet mich und wenn Ihr Euch sattsam an mir ergetzt habt, werde ich, bevor ich ein Kindlein zur Welt bringe, freiwillig aus dem Leben scheiden. Sicherlich wird mir Gott diesen Selbstmord verzeihen, da ich ihn nur beginge; um Euch die Freiheit wiederzugeben.«

»Halt ein!« rief der Goldschmied, »ich werde ein Höriger werden und du wirst am Leben bleiben, um mein ganzes Leben zu beglücken. Mit dir vereint werde ich die schwersten Ketten nicht spüren und ich werde nun sogleich zu einem Schreiber gehen und alle Schriftstücke und Akten aufsetzen lassen.« Unter Tränen und Lachen wehrte Steffchen dies Glück ab und erklärte, lieber sterben zu wollen, als eines freien Mannes Knechtschaft zu verschulden. Aber der gute Anselm redete ihr sänftiglich zu und drohte, ihr in den Tod zu folgen, so daß sie endlich zustimmte, ohne indessen innerlich auf den Plan eines Selbstmordes zu verzichten. Kaum wurde des Tourländers Selbstopfer bekannt, da wollten ihn alle sehen: die Hofdamen kramten ihren ganzen Schmuck vor, um nur Gelegenheiten zu schaffen, wo sie mit ihm reden konnten, und auch die andern Frauen fielen wie Heuschreckenschwärme in sein Haus: aber keine glich Steffchen an Schönheit oder Herzensgüte. Und als dann die Stunde der Knechtschaft und Liebe schlug, da goß Anselm aus all seinem Golde eine Krone, die er mit dem ganzen Vorrate seiner Perlen und Edelsteine zierte, brachte sie heimlich der Königin und sprach: »Hohe Frau, ich weiß nicht, wessen Händen ich besser dies mein Vermögen anvertrauen könnte. Morgen wird all meine Habe Eigentum der verdammten unbarmherzigen Mönche und so geruhet, dies hier in Verwahrung zu nehmen. Es ist nur ein schwaches Dankeszeichen für die Freude, die Ihr mir schafftet, indem Ihr erwirkt habt, daß ich meine Herzliebste sehen durfte. Ich weiß nicht, was die Zukunft mir bringt. Sollten aber einst meine Kinder freigelassen werden, dann hoffe ich auf Eure Hochherzigkeit.«
»Wacker gesprochen,« sagte der König. »Einmal wird die Abtei doch meiner Hilfe bedürfen und dann werde ich deiner gedenken.«
Die Abtei war bei dieser Hochzeit zum Ersticken voll. Die Königin hatte der Braut ein Hochzeitskleid zum Geschenk gemacht und der König hatte ihr das Recht verliehen, Ohrgeschmeide zu tragen. Als das Paar zu Anselms Haus schritt, wogte in den Straßen ein Lichtmeer von Fackeln, und die Menschen bildeten zwei Hecken, wie wenn der König Einzug hielte. Der arme Ehemann hat sich selbst eine Armkette geschmiedet, die er nun als Zeichen seiner Hörigkeit trug. Und doch jubelte ihm das Volk wie einem Könige zu, und glückstrahlend grüßte und winkte er zurück.

Sein Haus war mit Blumengewinden geschmückt, einige Honoratioren der Stadt brachten ihm ein Ständchen und alle riefen: »Trotz der Abtei werdet Ihr ein freier Mann sein!« Ihr mögt versichert sein, daß die zwei Gatten sich vor Liebe schier auffraßen und der Eheliebste in den Liebesschlachten gehörig seinen Mann stellen mußte, denn das Jüngferlein kam doch vom Lande und konnte also in seiner urwüchsigen Frische auch die schlimmsten Degenstiche parieren. Fröhlich wie Turteltäubchen verlebten sie so einen Monat, und Steffchen war voller Seligkeit in ihrem Hause und strahlte über jeden Kunden, der in den Laden kam und seinerseits von ihr entzückt wieder davonging. Aber als dieser Wonnemond vergangen war, da kam eines Tages der Abt mit viel Gepränge in das Haus, das ja nun dem Kapitel gehörte, trat vor das Ehepaar und sprach: »Meine Kinder, ihr seid nunmehr frei und aller Pflichten ledig. Schon vom ersten Tage an hatte ich an der innigen Liebe, die euch verband, meine stille Freude und war in meinem Innersten entschlossen, euch frei zu lassen, wenn ich eure Standhaftigkeit erprobt hätte. Und für diese Freilassung sollt ihr keinerlei Gebühren zahlen.«

Damit gab er ihnen beiden einen sanften Backenstreich, und sie sanken vor Freude weinend vor ihm in die Knie. Der Tourländer berichtete den Gaffern, die sich vor dem Hause drängten, des guten Abtes Großmut, und dann führte er dessen Zelter am Zügel ehrfurchtsvoll bis zu den Toren von Bussy. Dabei warf er aus einem großen Geldsacke, den er mitgenommen hatte, den Armen an der Straße Silbermünzen zu und rief: »Gott, Gott zu Ehren! Gott segne und behüte den Abt! Hoch lebe der gute Herr Hugo!« Und dann beging er daheim mit seinen Freunden mit Festesschmaus eine zweite Hochzeitsfeier, die eine ganze Woche währte. – Dem Abte hingegen wurde seine Großmut von dem Kapitel sehr zum Vorwurf gemacht, und als er eines Tages erkrankte, da erklärte sein Prior, das sei die himmlische Strafe für die Schmälerung der heiligen Rechte. Aber der Abt entgegnete: »Wenn ich den Mann nicht falsch beurteile, so wird er sich genügend erkenntlich zeigen.«

Und richtig bat am Jahrestage dieser Hochzeit der Goldschmied, beim Abte vorgelassen zu werden, und legte ihm zwei Schreine zu Füßen, deren herrliche Arbeit kein Künstler der Christenheit seither übertreffen konnte, und die man ›Weihgeschenke der standhaften Liebe‹ nennt.

Sie stehen auf dem Hauptaltar jener Kirche und gelten als unschätzbare Wertstücke. Hatte doch der Goldschmied sein ganzes Vermögen hingegeben, um sie herzustellen. Aber mochte er seinen Geldsack auch leeren, er wurde doch nur voller davon, denn sein Geschenk ließ seinen Ruhm und seine Einnahmen ins Riesengroße wachsen, so daß er sich später den Adel und reiche Liegenschaften kaufen und das Haus Anselm begründen konnte, das unserm Tourer Land viel Ehren geschafft hat.

Ein vergeßlicher Profoß.

Damals, als unser Herr König es sich zur Bourges wohl sein ließ (jener selbe König, der später aller Freuden entsagte, um das Königreich zu gewinnen, und damit so zum Ziele kam), stand in seinen Diensten ein Profoß dieser Stadt, der für die nötige Ordnung zu sorgen hatte. Denn erst unter selbigen Königs Sohn wurde das Amt eines Hausprofoß begründet, das der früher erwähnte Herr von Méré, genannt Tristan, etwas hart handhabte. Der hier gemeinte Profoß hieß Picot, was man zu Picotin verkleinerte; aber zu Bourges nannte man ihn kurz Petit, d.i. Kleinchen, denn er war so kümmerlich von Gestalt wie ein von seiner Mutter nicht ausgetragenes Zwerglein. Wenn er lachte, dann klafften seine Kiefern wie bei einer Kuh beim Pissen. Dies holde Lächeln nannte man am Hofe ein ›Profoßenlächeln‹, worob aber der König eines Tages scherzend äußerte: »Ihr irrt, meine Herren: Kleinchen lacht gar nicht, vielmehr ist unten an seinem Gesicht die Haut zu knapp geraten.« Aber trotz seines mißlungenen Grinsens war Kleinchen hinter Übeltätern her wie der Deubel, ohne aber doch bei aller Freude, die er daran hatte, jemals zu viel Galgenvögel aufzuknüpfen. Denn wenn er in seinem Bette lag, waren ihm die Herren Strolche höchst gleichgültig. Das kam daher, daß er eins der schönsten Bürgermädel von Bourges zum Weibe genommen hatte, ein Glücksfall, der ihm nicht minder verwunderlich erschien als den anderen. Und oft, wenn er zu einer Hinrichtung lustwandelte, fragte er seinen Herrgott droben, warum er, Kleinchen, der Profoß, ein so wohlgeformtes, schmuckes Weiblein erwischt hatte, ob dessen Anmut sogar die Esel auf der Straße zu wiehern anhuben.

Worauf Gott zwar nicht antwortete; aber die Lästerzungen der Stadt klatschten dafür herum: dem Mädel hätte bei seiner Ehe das Wesentliche zu einer Jungfernschaft bereits gefehlt; andere erzählten, daß sie sich keineswegs mit ihrem Manne begnüge; und sehr boshafte Spötter erklärten, es käme doch oft genug vor, daß Esel in schöne Ställe kämen. Von alledem kann man gut vier Viertel abziehen, denn Kleinchens Frau war eine tugendsame Gattin, die neben ihrem Manne, der die Pflichten repräsentierte, nur einen einzigen Liebsten hatte, um auch ihr Vergnügen zu haben. Dabei war sie gar häuslich, lief nicht viel herum, sondern saß im Stuhle oder lag im Bette, war allezeit zur Hand, wie ein Leuchter, wenn sie nach des Profoßen Weggange ihren Liebsten erwartete, oder umgekehrt den Profoß. Dessen ehelicher Stellvertreter, der Kleinchen die schwere Last eines Gatten leichter machen half, sintemalen diese nur von zwei Männern bewältigt werden kann, war ein reicher Landedelmann, den der König ingrimmig haßte. (Das ist ein sehr wesentlicher Punkt dieser Geschichte!) Nun traf es sich, daß der Konnetabel, ein rauher, schottischer Haudegen, Kleinchens Weib erblickte und sie gern einmal zur Morgenstunde für die Zeit, da man einen Rosenkranz abbetet, näher besehen (oder wie andere behaupteten, gehabt) hätte, ein gar christlich-ehrsamer oder ehrsam-christlicher Wunsch, denn er wollte mit ihr ja nur über die Dinge der Wissenschaft, oder die Wissenschaft der Dinge plaudern! Uber da sie sich wohl schon für hinreichend belehrt hielt und wie gesagt gar tugendsam war, so mochte sie seinen zahlreichen Botschaften und Anfragen kein Gehör schenken, also daß der Konnetabel endlich bei seiner großen Coquedouille schwor, ihrem begünstigten Liebsten das Gedärm aus dem Leibe zu reißen, und wenn es der mächtigste Mann der Welt sei. In Bezug auf sie schwor er keinen Eid; und solches Gelöbnis tat er vor dem König und der Frau Sorel, die just Karten spielten und sehr froh waren, den fraglichen Landjunker solchermaßen ohn alle Unkosten loszuwerden. Was aber wollte damals das schöne Wort Coquedouille besagen? Ja, das ist so ein dunkler Punkt, an dem man sich in alten Schmökern gar leicht die Augen verderben kann: ›Douille‹ heißt man in der Bretagne ein ›Mädel‹, ›coque‹ aber bedeutet einen Kochtopf mit langem Stil (davon kommt ›coquin‹, das ist: ein Schelm, der überall etwas mit naschen, stibitzen und solcherlei Büberei zu besehen hat.)

Aus alledem haben die Gelehrten geschlossen, daß jene große Coquedouille ein langgestielter Kochtopf ist, der den Mädchen fröhliche Beschäftigung bietet.

»Jawohl!« polterte der Konnetabel (es war der Herr von Richmond). »Ich werde nämlich den Profoß für einen Tag und eine Nacht auf die Felderwacht beordern, um nach verdächtigen Bauern zu fahnden. Und wenn dann die zwei Täubchen seine Abwesenheit benutzen und sichs so recht wohl sein lassen, werde ich das Haus, darin sie sich ergehen, von dem Profoß durchsuchen lassen und das wird dem lieben Herrn, der das Kapuzinerlein für sich allein haben wollte, seinen Kragen kosten!«

»Was heißt ›Kapuzinerlein‹?« fragte die Schöne.

»Ratet selbst,« grinste der König.

»Kommt essen,« entrüstete sich Frau Agnes. »Ihr seid zwei Schand-münder, die in einem Atem ehrsame Frauen und fromme Mönche lästern.«

Schon lange hatte Kleinchens Eheliebste darauf gelauert, sich einmal so eine ganze Nacht auszutoben und zu dem Junker ins Haus kommen zu können, wo sie ohne Sorge um Nachbarn, die etwa davon aufwachen mochten, so recht von Herzen quietschen und lachen könnte. Darum sandte sie auch sofort ihre Zofe zu ihm und ließ ihm sagen, daß der Herr Gemahl über alle Berge sei und er ein gutes Nachtessen richten lassen möchte, sintemalen des Profoßen Arbeitsstube zu ihm verlegt werden solle und somit hungrige Mäuler zu stopfen wären. »Gut, gut,« sagte der Junker. »Deine Herrin wird in keiner Beziehung zu klagen haben.«

Und so konnten die Pagen des verdammten Konnetabel, die um das Haus herumschnüffelten, bald ihrem Herrn vermelden, daß der Liebhaber große Vorräte an Weinflaschen und Leckerbissen einkaufen ließe und somit alles nach Wunsch ginge. Und der Konnetabel rieb sich vergnügt die Hände und ließ den Profoß im Namen des Königs auffordern, in dem Hause des besagten Landjunkers nach einem engelländischen Lord zu fahnden, der im Verdacht stände, mit jenem ein Komplott zu schmieden; zuvor aber solle er sich noch im Königsschlosse die nötigen Verhaltungsmaßregeln holen. Über die Aussicht, vom Könige selbst empfangen zu werden, strahlte der Profoß natürlich und kam so eilig herbei, daß er in dem Schloß just in dem Augenblick anlangte, wo dem Pärchen die Vesperglocke ihren ersten Schlag tat. Der Herr von Hahnreiland und Umgegend, der halt ein arger Spaßvogel ist, hatte es also derart eingerichtet, daß Kleinchen mit dem Könige sprach, derweile sein Weib mit ihrem Liebsten anmutige Zwiesprach hielt und so also beide Ehegatten zu gleicher Zeit wohl befriedigt waren, was nicht oft vorzukommen pflegt. Als der Profoß in des Königs Gemach trat, rief ihm der Konnetabel entgegen: »Ich sprach eben davon, daß meines Erachtens jeder Mann hierzulande das Recht hat, sein Weib und dessen Liebsten zu erschlagen, wenn er die zwei auf frischer Tat ertappt. Aber unser Herr erklärte in seiner Milde, daß man nur den Reiter umbringen darf, aber nicht dessen Stute. Nun sagt einmal: was tätet Ihr, Geschätzter, wenn Ihr ohnversehens einen edlen Herrn erwischtet, der sich just auf der lieblichen Wiese erginge, wo Ihr allein das Recht habt zu gießen und Blümlein zu pflücken?«

»Ich schlüge alles zu Brei!« meinte der Profoß, »Blumen und Frucht, den Sack mit Kegeln und Kugeln, Kerne und Apfel, Gras und Wiese, alles, gleichgültig ob Weib, ob Mann!«

»Daran tätest du Unrecht,« sprach der König, »und es widerspräche den Reichs- und Kirchengesetzen: denn du könntest so unversehens ein schuldlos Kindlein ungetauft zur Hölle senden und mir zugleich einen Untertan vorbehalten.«

»Also den Reiter können wir jedenfalls totschlagen?« rief der Konnetabel. »Amen! töten wir nur den Reiter! – Und jetzt flink zu dem verdächtigen Junker! Aber schaut zu, daß man Euch nicht zu Narren hält, und laßt dem Hausherrn den verdienten Lohn zuteil werden!« Den Profoß bedünkte, er würde zum mindesten Kanzler werden, wenn er seinen Auftrag gut ausführte. Stolz wie ein Spanier umzingelt er des Junkers Haus, läßt alle Ausgänge besetzen, das Tor im Namen des Königs öffnen, schleicht die Treppen hinauf, verhaftet die Dienerschaft, läßt sich das Zimmer zeigen, wo der Hausherr sich befindet, geht allein hin und pocht an die Tür, hinter dem die zwei Liebhaber ihren Strauß ausfechten, mit welchen Waffen wißt ihr ja!

»Aufgemacht im Namen des Königs!« Sein Weib lächelte erst, als sie ihres Mannes Stimme hörte, der sonst nicht im Namen des Königs Einlaß zu begehren pflegte. Aber dann bekam sie einen Mordsschreck. Der Junker aber nimmt seinen Mantel um und geht ahnungslos zu der Tür, wo er sich als Hofedelmann zu erkennen gibt.

»Bah!« ruft der Profoß. »Ich habe strikte Befehle und jeder Widerstand wäre Auflehnung wider den König.«

Worauf der Junker durch die Tür hinausschlüpft, sie aber zuhält und sagt: »Wen suchet Ihr denn hier?«

»Einen Feind des Königs, den sollt Ihr ausliefern und mir mit ihm zum Schlosse folgen.«

»Das ist ein Streich des Konnetabels, den mein Schatz abblitzen ließ,« sagte sich der Junker. Stracks stellte er sich vor den Profoß und sprach, indem er kecklich alles auf eine Karte setzte, also zu dem Herrn Hahnrei: »Lieber Freund, Ihr wißt, ich halte Euch für einen Ehrenmann, der so höflich ist, wie es ihm sein Amt nur irgend gestattet. Darum will ich Euch anvertrauen, daß in meinem Bett die schönste Frau des königlichen Hofes liegt. Rebellen gibts bei mir so wenig als Euch der Herr von Richmond zu frühstücken geben könnte. Der hat Euch ja wohl geschickt, denn hier gehts um eine Wette mit ihm und dem König, die meines Herzens Dame kennen wollen. Ihr dürft also mein Haus von oben bis unten durchstöbern und auch hier mein Zimmer durchsuchen, aber dies nur Ihr allein. Aber erlaubt, daß ich der Schönen Antlitz mit einer Decke oder einem Schnupftüchlein bedecke, denn sie ist im Gewande eines Engleins und Ihr sollt nicht sehen, welchem Ehemann sie zugehört.«

»Einverstanden! Ich bin ein schlauer Fuchs und will mich nur versichern, daß es wirklich eine Hofdame und nicht so ein zarthäutiger Engelländer ist, wie ich schon manchen aufgeknüpft habe.«

»So will ich denn meine holde Freundin bitten, ob ihrer innigen Liebe zu mir für einen Augenblick ihre Scham abzulegen, um mich durch solches Opfer vor jedem Verdacht zu bewahren.« Die Schöne hatte natürlich alles erlauscht und bereits ihr Hemd ausgezogen, an dem ihr Mann sie hätte erkennen können. Dies wie die Kleider steckte sie unter das Kopfkissen, wickelte dann ein Tuch um den Kopf und bot endlich die runden Zauberhügel dar, zwischen denen des Rückgrates rosiges Tal gar sanft verlief. Dann rief der Junker: »Nun tretet ein, lieber Freund!« Und der Profoß guckte in Ofen, Schrank, Kisten und Kasten, selbst unters Bett und die Bettdecke. Dann beschaute er sich seine so legitimen Reichtümer mit lüsternem Blick und meinte: »Edler Herr, ich sah schon mal einen jungen Engelländer, der ebenso reichlich versehen war. Bitte, laßt mich von Amts wegen mehr besehen!«

»Was heißt ›mehr‹?« fragte der Junker.

»Na, die Kehrseite, oder deren Front, wenn Ihr so wollt!« »So erlaubt, daß die Gnädige sich bedeckt, um Euch nicht unnötig viel von dem zu zeigen, was unser Glück genannt wird,« meinte der Junker, der an einige leichtkenntliche Leberflecklein dachte. »Also dreht Euch etwas um.« Das gute Weiblein lächelte dem Freunde zu, lohnte seine Gewandtheit mit einem Kusse, drapierte sich flink und so konnte ihr Ehemann in aller Herrlichkeit bewundern, was er bei seinem Schätzlein noch nicht zu sehen bekommen hatte, und sich sattsamlich überzeugen, daß kein Engelländer, sondern höchstens eine Engelländerin so entzückende Schmuckstücke zu eigen haben konnte.

»Ja,« flüsterte er dem Junker ins Ohr, »ich sehe, es ist eine Hofdame, das merkt man schon an der Bauart«. Dann durchsuchte er noch das Haus, und da kein Engelländer zu finden war, kehrte er wie befohlen zum Schlosse zurück.

»Ist er tot?« fragte sofort der Konnetabel.

»Wer?« – »Euer Hornemacher!«

»Ich fand nur eine Dame bei dem Herrn im Bett, mit der er sich just in Freuden erlustigte.«

»O du verdammtes Hornvieh! Hast das Weib mit eignen Augen gesehen und ihn nicht abgemurkst?«

»Das war kein Weib, sondern eine Hofdame, wie ich nach beiderseitiger Betrachtung feststellte.«

»Was heißt das?« barst der König schier vor Lachen.

»Mit Verlaub zu melden: ich habe die Vorderfront und Hinterfront genau beaugenscheinigt.«

»So weißt du Dämelskopf also nicht, wie dein Weib aussieht?« schrie der Konnetabel.

»Vor diesen Reizen meiner Frau habe ich zu viel Ehrfurcht, um sie mir anzuschauen, und zudem ist mein Weib so fromm und keusch, daß es lieber stürbe, ehe es mir nur ein Stückchen davon zeigte!«

»Ganz recht,« sprach der König, »das ist nicht zum Anglotzen da«.

»O du gerindviechter Heringsschwanz, das war ja dein Weib!« tobte der Konnetabel.

»Ach, edler Herr, die Ärmste schläft daheim.«

»Rasch zu Pferd! wir werden nachsehen!« Und er jagte mit dem Profoß schneller hin, als ein Bettler eine Geldkatze leert.

Holla he! Ihr Lärm brachte die Mauern ins Wanken und so kam endlich die Zofe, die da gähnte und sich streckte, derweile sie die Tür aufmachte. Konnetabel und Ehemann stürmten ins Schlafzimmer: aber sie bekamen die Frau kaum wach, so fest schlief sie. Als sie endlich mühsam die Augen auftat, da war sie ganz erschrocken und das so naturgetreu, daß der Profoß sehr stolz war und ihre Tugend pries. Der Konnetabel machte sich zähneknirschend davon, aber der Profoß zog sich flink aus, um schnell ins Bett zu kommen, denn das Erlebnis hatte ihm sein liebes Weibchen wieder eindringlichst in Erinnerung gebracht. Derweile fragte selbige, noch immer erstaunt:
»Sag' mal, mein Schatz, was soll nur der ganze Lärm heißen? Sollen jetzt neuerdings die Herren Konnetabel nachsehen, wie unsere..«
»Ich weiß nicht,« schnitt der Profoß das Wort ab, und erzählte ihr dann schnell sein Abenteuer.
»Wie! du hast eine Hofdame ohne meine Erlaubnis so im einzelnen besehen«, schluchzte sie. »Ach, ach, uhuhuhu!« und heulte und schrie so jammervoll, daß der Profoß ganz zerknickt war.
»Aber was hast du nur, Liebchen! Was ist denn?«
»Jetzt wirst du mich nicht mehr lieben, nachdem du gesehen hast, wie Hofdamen ausschauen.«
»Ach sei nur ruhig, Schatz. Ich muß dir sagen, bei diesen großen Damen ist alles verteufelt groß.«
»Wirklich?« lächelte sie. »Bin ich anders?«
»Ja,« rief er entzückt, »zwischen dir und jener ist mindestens eine Spanne Unterschied.«
»Was mögen die Damen für Freuden erleben,« seufzte sie, »wenn ich bei so wenig schon so beglückt bin.« Und dann brachte er sie mit viel Erfolg zur Vernunft, indem er ihr bewies, daß Gott auch den Kleinsten Freude schafft. – Der Fall zeigt eben wieder, daß keine Gemeinde auf Erden so gläubig ist wie die der Hahnreihe.

Wie der Mönch Amador ein glorreicher Abt ward.

An einem Tage, da seiner Regen vom Himmel niederrieselte (also ein Wetter, wo die Damen so sehr schätzen daheim zu sitzen, weil sie das Feuchte lieben und gern die Herren um sich sehen, die ihrem Herzen nahe stehen), saß die Königin im Schlosse Amboise am Fenster und stickte gelangweilt an einem Teppich herum. Der König, der mit den Höflingen plauderte, merkte bald, wie trüb die Laune der Königin und aller Damen war. Ihm ward schnell klar, daß sie eheliche Schmerzen litten und fragte daher: »Sah ich nicht vorhin irgendwo den Abt von Turpenay?« Sogleich trat ein Mönch vor, der etwas stark in die Breite gegangen war, derweile die Funken seines Geistes sein Untlitz zu glühender Röte entflammt hatten; war ein Liebling der Damen, die ihn gern bei sich daheim mit Leckerbissen fütterten, denn es macht doch jedem Spaß, seinen Gast so recht von Herzen einhauen zu sehen, wenn jener mit blinkem Gebiß auf jedes Wort einen Bissen zermalmt. Obendrein war er ein ganz verflixter Kerl, der im Schutze seiner Kutte den Damen die wildesten Geschichten auftischte; und diese entrüsteten sich natürlich erst, wenn sie alles genau mit angehört hatten: denn man kann doch nur dann urteilen, wenn man die Sache kennt! Zu diesem also sagte der König: »Ehrwürdiger Vater, die Dämmerstunde naht, wo die Frauen zierliche Späßlein nicht ungern hören: können sie doch dann lachen ohne zu erröten oder auch ruhig beim Lachen erröten, ohne daß man's merkt. Also nun erzählt uns einen Schwank, so einen hübschen Mönchsschwank. Wir wollen uns alle etwas aufheitern.«

»Nur Euch zu Gefallen wollen wir zuhören,« meinte die Königin, »denn der Herr Abt geht meist etwas zu weit.« »Also laßt die Geschichte nicht weiter gehen als bis zum Gürtel,« lächelte der König. »Ach, Sire,« grinste der Mönch: »weiter gehn meine Ge-Geschichten nie – von den Füßen gerechnet.«

Nun bestürmten alle die Königin, die ja als Bretonin gar nicht so war und gnädig lächelnd nachgab: »So fanget meinethalben an, mein Vater. Aber Ihr tragt für unsere Sünden die Verantwortung.«

»Aber gern, wenn Ihr mir die meinen abnehmt: Ihr dürstet dabei nur gewinnen!« Worob alle lachten, auch die Königin; und dann machten es sich alle bequem und der Abt versetzte ihnen die folgende Geschichte, indem seine Stimme über die saftigen Stellen hinwegglitt, wie ein Flötenhauch:

»Vor mindestens hundert Jahren ward die Christenheit von argen Kämpfen erschüttert; standen sich doch in Rom zwei Päpste gegenüber, deren jeder die Machtbefugnisse als Oberhaupt sich anmaßte und ausübte.

Und wo nur ein Kloster oder ein Würdenträger einen Rechtsstreit hatte, da wurde die Gegenpartei von dem Gegenpapste gestützt und so ging alles drunter und drüber. Damals nun lag die ehrwürdige Abtei von Turpeney, deren unwürdiges Haupt ich bin, in einem sehr kniffichen Rechtsstreit mit dem Herrn von Candé, einem ganz gefährlichen Kunden; war ein abtrünniger, boshafter Ketzer, ein Teufel in Menschengestalt, aber auch ein gewaltiger Haudegen und darum bei Hofe glänzend angeschrieben. Als Freund des Herrn Bureau de la Rivière, eines Günstlings des Königs, durfte er sich alles erlauben und nur die edle Abtei wagte es, dem verteufelten Kerle zu widerstehen. Natürlich waren dem groben Gesellen die Mönche in den Tod verhaßt, und er gedachte die Kirchenspaltung zu benutzen und im Namen desjenigen Papstes, dem die Abtei den Gehorsam verweigerte, Turpenay auszuplündern. Derweile ging er jedem Mönche, den er auf seinen Domänen betraf, an den Kragen und einer von diesen, den er in den Fluß werfen ließ, ward nur durch ein Wunder Gottes gerettet, indem ihn auf sein Gebet die Kutte ans andere Ufer trug, während der Herr von Candé ihn mit höhnenden Schmähungen überhäufte. So verrucht war der verdammte Patron. – Der Abt, ein überaus heiliger Mann, war tief gebeugt, weil er gar kein Mittel finden konnte, unsere glorreiche Abtei aus den Klauen des Missetäters zu erretten, und die Mönche warfen ihm noch gar vor, er sei nicht schneidig genug und auf göttliche Wunder könne man heutzutage nicht mehr rechnen. Nur ein Mönch bildete in diesem ganzen Jammer eine merkwürdige Ausnahme. Er hieß Amador, aber nur zum Spott, denn er glich dem Götzen Egipan mit seinem Wanste, den krummen Beinen, den starken behaarten Armen, wie Henker sie haben, seinem gewaltigen Rücken, seinem feisten roten Trinkergesicht, seinen flammenden Augen, dem filzigen Bart und der kahlen Stirn. Unter der Last seines Speckes sah er aus, als ob er schwanger sei, denn er hielt im Weinkeller seine Andachten ab, faulenzte herum und wurde nur aus Barmherzigkeit im Kloster geduldet, weil man ihn für schwachsinnig hielt. Der also fing plötzlich an herumzuschnuppern und zu horchen und erklärte dann eines Tages, er vermesse sich die Abtei zu retten; ließ sich die strittigen Punkte vom Abt erläutern, mit allen Vollmachten und viel Versprechungen ausstatten und brach dann auf. Um des Edelmannes Roheit war er unbekümmert und meinte, er habe in seiner Kutte ein Mittel, ihn zahm zu machen.

Er wählte einen Tag aus, wo es in Strömen goß und zog ohne Wegzehrung, es sei denn das Fett, davon seine Kutte starrte, zu dem Schlosse; stellte sich dort erst im Hofe etwas unter und trat dann furchtlos vor die Tür des Saales, darin der Herr von Candé sich aufhielt. Ein Diener, der sich eben satt gegessen hatte und deshalb milderen Sinnes war, riet ihm, sich fortzumachen, da ihm sonst sein Herr zum Empfange den Buckel vollhauen würde, und fragte, wo er überhaupt den Mut hernähme, in ein Haus zu konnnen, wo man die Mönche wie Aussätzige hasse.«

»Ach,« meinte Amador, »ich gehe nach Tours, wohin mich der Herr Abt geschickt hat. Wenn der Herre von Candé nicht so arg mit uns armen Dienern Gottes umspringen würde, würde ich bei diesem Unwetter nicht in den Hof, sondern in die Gemächer gegangen sein. Mag ihm der Herr in der Todesstunde gnädig sein!« Diese Worte vermeldete der Diener seinem Herren, der im ersten Zorne den Mönch in den Schloßgraben werfen lassen wollte, wie Müll, mitten in den dicksten Dreck. Aber sein Weib, das den Gatten reichlich pantoffelte, als dereinstige reiche Erbin in Ehren gehalten wurde und daher gern widersprach, um ihre Macht zu beweisen – diese seine Gemahlin kam ihm arg auf den Kopf: der Mönch sei doch auch ein Christ und bei solchem Unwetter böten sogar die Diebe den Bütteln Obdach; zudem müsse man ihn gut behandeln, um ihm die Würmer aus der Nase zu ziehen darüber, welche Partei die Mönche zu Turpenay in dieser Kirchenspaltung ergriffen hätten. Zudem gäbe sie ihm den guten Rat, den Streit mit der Abtei in Güte zu schlichten, da ja seit des Heilandes Kommen kein Machthaber wider die Kirche aufgekommen sei und ihn die Sache bloß um sein Schloß bringen würde. Kurz, sie wußte gleich so viel Gründe, wie jede Frau, wenn sie in einer ihr unangenehmen Frage ihren Kopf durchsetzen will. Amador tat so kläglich und schaute so gar jämmerlich und heruntergekommen aus, daß der Hausherr, der ob des schlechten Wetters trüber Laune war, plötzlich auf den Gedanken kam, sich an ihm aufzuheitern, ihn zu quälen, ihm Essig ins Glas zu tun und sonstige peinliche Andenken an den Empfang in seinem Schlosse mit auf den Weg zu geben. Und da er hinter dem Rücken seiner Frau mit deren Zofe techtelmechtelte, so gab er gerade dieser den Auftrag, seine boshaften Absichten zur Ausführung zu bringen. Auch Perrotte, so hieß sie, haßte die Mönche, allerdings im Grunde nur ihrem Herrn zu gefallen.

Als er alles mit ihr vereinbart hatte, schlüpfte sie zu dem Mönche, der im Schweinestall untergetreten war, und tat gar zuckersüß, um ihn desto mehr hereinzulegen. »Mein Vater,« säuselte sie, »der gnädige Herr ist beschämt, einen Diener Gottes im Regen zu wissen, wo doch im Saal noch Platz ist. Dort findet Ihr ein gutes Feuer im Kamin und einen gedeckten Tisch. Also kommt: ich soll Euch in seinem und der Schloßherrin Namen bitten, einzutreten.«

»Ich danke der Hausfrau und dem Schloßherrn, nicht zwar für ihre Gastfreundschaft, die Christenpflicht ist, aber dafür, daß sie zu mir armen Sünder einen so holdseligen Engel entsandten, daß ich schier das Bild der heiligen Jungfrau zu sehen vermeinte.« Bei diesen Worten hob Amador sein Gesicht und blitzte mit zwei schweißglimmenden Augen auf das hübsche Zöflein, daß selbiges ihn schon gar nicht mehr so häßlich, schmutzig und ungeschlacht fand. Während er dann aber mit ihr die Treppe hinaufstieg, bekam er einen Peitschenhieb über Nase und Ohren, daß er die Engel im Himmel pfeifen hörte. Der Hieb, davon Amador die Augen flimmerten, stammte natürlich von dem Herrn Candé, der seine Windspiele verprügelte und so tat, als hätte er den Mönch nicht bemerkt. Dann bat er seinen Gast, den die Hunde obendrein umgerannt hatten, um Entschuldigung und lief flink den Kötern nach. Die kichernde Zofe, die ja zuvor eingeweiht worden war, hatte sich bereits hurtig davon gemacht. Amador durchschaute sofort das Techtelmechtel des Hausherrn und der Zofe; vielleicht war ihm durch den Klatsch der Wäschermädel drunten am Fluß auch schon einiges darüber zu Ohren gedrungen. – Selbstverständlich stand keiner im Saal auf, um dem Gottesknechte Platz zu machen, und so blieb er denn in der eisigen Zugluft zwischen Tür und Fenster stehen, bis Herr von Candé, sein Weib und seine betagte Schwester, welchselbige die junge, kaum sechzehnjährige Erbin des Hauses erzog, sich auf ihren Stühlen oben an der Tafel verstaut hatten, weitab von dem Hausgesinde, wie's in alten Zeiten die hochmütige Sitte war. Von dem Mönche nahm der Herr von Candé keinerlei Notiz und so mußte sich dieser ganz unten in eine Ecke zwischen zwei boshafte Burschen klemmen, die beauftragt waren, ihn gehörig zu quetschen und zu stoßen. Und sie besorgten das so gründlich, daß seine Füße, Leib und Arme wie in einem Schraubstock saßen; und dabei gossen sie ihm Weißwein statt Wasser ein, um ihn betrunken zu machen und dann gehörig zu hänseln. Aber er trank sieben volle Humpen, ohne auch nur mit der Wimper zu zucken, zu rülpsen, zu pissen oder ein Fürzlein fahren zu lassen. Vielmehr blieb sein Auge spiegelklar, derweile jene immer entsetzter wurden. Da ihr Herr sie aber durch Blicke weiter aufmunterte, so setzten sie ihr grobes Spiel fort, gossen dem Mönche unter tausend ehrfürchtigen Entschuldigungen Tunke auf den Bart, die sie dann wieder eifrig abwischten, um ihn fürchterlich daran zu rupfen; als der Küchenjunge heißen Weinaufguß auftrug, goß er ihm eine Kelle voll über den Kopf, so daß die kochende Flüssigkeit dem armen Amador den Buckel hinunterlief; und solcherlei mehr. Aber der Wackere ertrug alle diese Qualen mit sanfter Geduld, denn der Geist Gottes war stark in ihm und ihm leuchtete die Hoffnung, durch geduldiges Ausharren sein Ziel zu erreichen. Das flegelhafte Gesinde brüllte natürlich vor Lachen, johlte und machte seine üblen Späße über die fettige Taufe, die dem trinkfesten Mönche von dem Küchenjungen verabfolgt worden war, so daß Frau von Candé am Ende aufstand und nachsah, was da unten vor sich ging. So konnte sie mit ansehen, wie Amador mit ergebungsvollem Blicke sich abwischte und dann die gewaltigen, abgenagten Rinderknochen beschaute, die man ihm zum Essen darbot. Geschickt schnitt er mit seinem Messer einen aus den sehnigen Gelenken, packte ihn mit seinen haarigen Fäusten, brach ihn glatt mittendurch und schlürfte dann das heiße Mark vergnüglich schmatzend heraus. »Wahrhaftig,« sagte sich die Dame innerlich, »Gott hat diesem Mönch eine gewaltige Kraft verliehen.« Ob dieser Erkenntnis verbot sie ihren Leuten, die eben dabei waren, ihn lustig mit faulen Äpfeln zu bewerfen, aufs strengste, ihm weiter zuzusetzen. Maßen der Gottesknecht aber bemerkt hatte, wie ihm die alte Jungfer mit ihrer Zöglingin, die Hausfrau und die Zofen und Mägde beim Zerbrechen des Knochens zugeschaut hatten, so streifte er seinen Ärmel zurück, entblößte die drei dicken Sehnenstränge seines Armes, legte Nüsse auf die innere Seite seiner Handwurzel und zerschmetterte sie dort mit einem mächtigen Faustschlage der andern Hand, als wären es reife Mispeln. Dann zermalte er sie mit seinem blinken Gebiß, das so weiß war, wie bei einem Hunde: Schale, Kern und alles drum und dran ward in einem Augenblick zu Brei, den er wie Würzwein schluckte. Als er nur noch die Äpfel vor sich sah, zerteilte er diese zwischen zwei Fingern wie mit einer Schere, ohne mit der Wimper zu zucken,

und den Weibsleuten blieb natürlich vor Staunen das Wort in der Kehle stecken. Die Knechte aber vermeinten, dieser Mönch sei vom Teufel besessen. Und so hätte ihn vor lauter Gottesfurcht der Herre von Candé aus dem Hause jagen lassen, wenn sich nicht sein Weib ob der undurchdringlich-finstern Nacht für ihn verwendet hätte. Aber alle sagten sich, daß der Mönch mit seinen Riesenkräften wohl im Stande sei, das Schloß in Trümmer zu schlagen. Als daher sich jeglicher das Maul gewischt hatte, war der Hausherr darauf bedacht, diesen Teufel, der sich als ein so gefährlicher Kerl entpuppt hatte, gut einzusperren, und so ließ er ihn in ein dreckiges, stinkiges Gelaß führen, wo Perrotte bereits die nötigen Vorbereitungen getroffen hatte, um ihm auch die Nacht zur Hölle zu machen: hatte die Katzen mit Katzenkraut herbeigelockt, das sie geil macht und zu wohltönenden Liebesgeständnissen anfeuert; hatte auch die Schweine mit Küchenabfällen auf ihn gehetzt, die sie in großen Schüsseln unter sein Bett gestellt hatte, worauf sie bekanntlich so wild sind, daß der Mönch vergeblich das schönste ›Libera‹ angestimmt hätte, um sie fortzuekeln; hatte ihm das Bett mit spitzen Borsten gepolstert, hatte einiges Wasser derart hingestellt, daß es bei jeder Bewegung, die er im Bett machte, auf ihn niederschwappen mußte, und tausend ähnliche Frotzeleien, wie sie so in den Schlössern beliebt sind. Endlich lag alles zu Bett und lauerte auf den Höllentanz, den der Mönch begehen sollte. Entwischen konnte er nicht, denn er war im Dachboden eines Turmes untergebracht, dessen Pforte von bissigen Hunden bewacht wurde. Und um des Mönches Zwiesprach mit den Katzen und Schweinen besser belauschen zu können, legte sich der Hausherr gleich zu Perrotte ins Bett, da diese unweit des Mönches ihre Kammer hatte.
Als nun Amador inne ward, wie man mit ihm umsprang, holte er zunächst ein Messer aus seinem Sack und sprengte den Riegel. Dann spähte er sorgfältig umher, wie die Dinge im Schlosse lagen. Bald hörte er den Hausherrn mit der Zofe kichern, und da ihm ganz klar war, was die zwei just für Spielchen trieben, so wartete er, bis die Hausfrau einsam in ihrem Bette lag und schlich, um sich nicht durch seine Sandalen zu verraten, auf bloßen Füßen zu ihr. Im Scheine der Nachtlampe vermeinte sie ein Gespenst zu erblicken, wie dies allemal der Fall ist, wenn Mönche aus der Nacht auftauchen, weil ihre Kutte in trüber Beleuchtung so wirkt. Aber er gab sich ihr in seiner ganzen Leiblichkeit zu erkennen und sprach voller Salbung:

»Gott mit Euch, edle Frau! Wisset, daß Jesus und die Jungfrau Maria mich hierher entsandt haben mit der Mahnung der schmutzigen Unzucht, die Eure Tugend bedroht, ein Ende zu machen. Verschleudert doch Euer Gemahl in schändlichster Weise seine beste Kraft an Eure Zofe! Wo bleibt Eure Würde als Gattin, wenn der Euch zustehende Ehezins anderweitig verplempert wird?! Werdet Ihr nicht solchermaßen zur Magd erniedrigt, wird nicht die Magd zur Herrin erhoben? Kommen Euch nicht alle die Freuden zu, daran sich diese Zofe erlustigt? Aber die Kirche ist dazu da, die Gebeugten zu trösten. Bei ihr werdet Ihr alle nur denkbare Entschädigung finden, und wenn Ihr nicht auf solche verzichtet, so sehet in mir den Sendling, der die Rechnung begleichen wird.« Und damit lockerte er etwas den Gürtel, der ihn bereits beengte, sintemalen ihm der Anblick all der Reize, die der Herr von Candé verschmähte, weidlich einheizte. Die Frau aber sprang leichtfüßig aus dem Bette und rief: »Wenn Ihr die Wahrheit sprecht, mein Vater, dann will ich mich gern Eurer Leitung anvertrauen. Sicherlich seid Ihr ein Bote Gottes, maßen Ihr in wenigen Stunden durchschautet, was mir so lange verborgen blieb.« Flink schlich sie mit Amador zum Turme. Und da sie wie unversehens sein heiliges Gewand ein weniges gestreift hatte, so konnte sie die Wahrhaftigkeit seiner Worte recht unzweideutig feststellen und hoffte nun bereits geradezu, ihren Mann auf frischer Tat zu ertappen. Wirklich konnte sie sich alsbald überzeugen, wie ihr Gemahl mit der Zofe in deren Bette über den Mönch herzog, und diese Treulosigkeit stürzte sie in solch grimme Wut, daß sie so recht nach Frauenart drauf und dran war, sich mit Schelten und Toben Luft zu machen und einen Höllenspektakel anzurichten, bevor sie die Magd dem Gericht auslieferte. Aber der Mönch redete ihr gütlich zu, erst Rache zu nehmen und dann erst Krach zu machen.

»So rächt mich schnell, mein Vater,« rief sie, »damit ich ihnen recht bald auf den Kopf kommen kann!« Und alsbald übte der Mönch auf echt mönchische Art eine gar umfangreiche, wuchtige Rache, die sie gierig einsog wie ein Säufer, der sich am Spundloch festsaugt. Und die Rache geriet so nachdrücklich, daß die Hausfrau am Ende kein Glied mehr regen konnte, denn nichts erregt, bringt außer Atem und zerschmettert einen so, wie Zorn und Rachsucht. Und ob sie gleich gerächt, vielfältig und bis in den Grund und Boden hinein gerächt war, wollte sie doch von Verzeihung nichts wissen,

und ihr Anrecht auf Rache, so wie der Mönch sie geübt hatte, in vollem Umfange zu behalten. Und als Amador ihres unstillbaren Rachedurstes inne ward, da versprach er ihr, so lange nur ihr Grimm währte, allezeit ihr in ihren Racheakten beistehen zu wollen; gestand ihr auch, daß er als Geistlicher verpflichtet sei, über das Wesen der Dinge nachzugrübeln und daher eine große Zahl verschiedenster Racheakte gründlich zu kennen; unterwies sie auch, so wie's die Regeln vorschreiben, darin, daß es gar christlich sei, sich zu rächen, sintemalen sich Gott in allen Teilen der Heiligen Schrift neben seinen sonstigen Eigenschaften fürnehmlich als Gott der Rache bezeichne, und bewies ihr des ferneren mit der Existenz der Hölle, daß selbige Rache wahrhaft göttlich sei, maßen sie dorten in alle Ewigkeit geübt werde; woraus sich eindringlichst ergäbe, daß die Rache eine Pflicht der Frauen und Mönche sei, dafern selbige nicht wider ihre christliche und getreue Ergebenheit gegenüber den himmlischen Geboten verstoßen wollten. Diese Lehren gefielen der Schloßherrin über die Maßen. Sie gestand, bisher die Kirchengebote noch nie richtig verstanden zu haben und forderte den vielieben Mönch auf, sie darin so recht von Grund aus zu unterrichten. Sintemalen nun aber diese Rachetaten ihre Lebensgeister gelabt und angefeuert hatten, so kehrte sie zu der Kammer zurück, darinnen sich das Dirnlein verlustierte, und sie faßte sie just dabei ab, wie ihre Hand sich an die Stelle verirrt hatte, welche die Schloßherrin oft ins Auge faßte, wie der Kaufmann seine wertvollste Ware, um sicher zu sein, daß man ihr auch nichts maust. Kurz, es war, wie der Herr Gerichtspräsident Lizet in fröhlicher Laune zu versichern pflegte, ein in flagranti ertapptes Pärlein, was da blöde, verdutzt und zerschmettert vor ihr lag. Selbiger Anblick war der guten Dame unsagbar schmerzlich, wie sich schon an der Gardinenpredigt kund tat, die sich über die beiden ergoß wie die Fluten aus einem geplatzten Kanalisationsrohr. Das war eine Sonate in drei Sätzen in den allerhöchsten Diskanttönen und sämtlichen nur denkbaren Tonarten und mordsmäßig viel Kreuzen vor den Noten:
»Aha, mein werter Herr, so belohnt man meine Tugend! Na, ich danke! Ich sehe, daß Ihr die Gesetze von Treu und Glauben ja geradezu zu Tode hetzt, so eifrig seid Ihr dahinterher! Darum also habe ich keinen Sohn! Sagt einmal, wie viel Kindlein habt Ihr schon in diesen Allerweltsofen gesteckt, in diese Armenbüchse ohne Boden, diesen Bettelsack, dies aussatzbehaftete Gefäß,

diesen leibhaftigen Totenacker derer von Candé?? Jetzt ist ja das Rätsel gelöst, ob meine Kinderlosigkeit durch meine unvollkommenen Anlagen verschuldet war oder durch Eure Schuld. Geht nur zu Euren Zofen: ich werde mir schneidige Kavaliere erwählen; dann werde ich bald einen Leibeserben haben. Macht Ihr nur Bastarde, ich sorge schon für legitime Kinder!«

»Aber lieber Schatz,« wimmerte der Schloßherr ganz zerknirrscht, »schrei doch nicht so laut!«

»Doch!« schmetterte sie, »ich will schreien, will schreien, damit alle es hören, der Erzbischof, der Legat, der König und meine Brüder, die allesamt dafür sorgen werden, daß solche Gemeinheit gerächt wird!«

»Ach, entehre deinen Mann doch nicht.«

»Heißt man das entehren?! Ganz recht; aber nicht Ihr, sondern diese Metze dort ist der Grund der Entehrung, und darum werde ich sie in einem Sack in den Fluß werfen lassen und Euer Ehrenschild solchermaßen wieder blank waschen.«

»Schweigt doch!« ächzte der Ehemann, der sich so kläglich vorkam wie ein blinder Hund. Denn war er auch ein gewaltiger Kriegsmann, der jeden Gegner rücksichtslos erschlug, so war er doch vor seinem Weibe bange wie ein Kindlein; und so gehts mit all solchen Rauhbeinen, die sich mit ihrer massigen Körperkraft von dem duftigflimmernden Geiste der Frauen und ihren lockenden Verheißungen blenden lassen. Besagte Frau aber kreischte: »Ich werde nicht schweigen. Dafür habt Ihr mich zu schwer gekränkt: Ihr macht es Euch mit meinem Reichtum, mit meiner Tugend bequem! War ich Euch jemals aufsässig trotz der vielen unfreiwilligen Fastenmonate? Bin ich etwa aus Eis? Glaubt Ihr, ich erfülle meine ehelichen Pflichten nur aus Demut oder weils so sein muß? Heiliger Gott! Habe ich Euch so überfüttert, daß Ihr einen Widerwillen bekommen habt? War ich Euch nicht in allem zu Willen? Verstehen die Zofen mehr als die Hausfrauen? Ja, wahrscheinlich, da jene Euch den Acker bestellen ließ, ohne daß er Früchte trug! Lehrt mich auch diese Kunst, damit ich sie mit meinen künftigen Arbeitsgefährten üben kann: denn, wie gesagt, ich bin nun frei! Wie wundervoll! Eure Gesellschaft schuf mir Langeweile, das bißchen Freude ließet Ihr mich zu teuer bezahlen! Gott sei Dank, wir sind quitt und ich werde mich nun in sin Mönchskloster zurückziehen.«

(›Nonnenkloster‹ hatte sie sagen wollen, aber die ›Mönchsrache‹ hatte ihre Zunge in die Irre geführt!) »Dort werde ich mit meiner Tochter besser aufgehoben sein, als an dieser Lasterstätte. Heiratet nur Eure Zofe! Haha! welch herrliche Frau von Candé wird sie abgeben!«
»Was geht hier vor?« fragte Amador und trat plötzlich in die Stube.
»Nichts weiter, als daß ich ein Rachegeschrei erhebe! Vor allem werde ich diese Vettel hier in einem Sack ins Wasser werfen lassen, weil sie das Haus Condé seiner Blüte beraubt hat, um sich selbst damit zu schmücken. Das spart dem Henker Arbeit. Weiter will ich..«
»Leget Euern Zorn von Euch, meine Tochter,« ölte der Mönch. »Gedenket, daß im Vaterunser die Rede ist von der Schuld, die wir unsern Schuldigern vergeben wollen. Wie Gott nur an bösen Rächern Rache nimmt, so vergibt er auch denen, die Vergebung üben. Dies ist der rechte Augenblick dazu: vergebet, verzeihet, so tut Ihr ein gottgefälliges Werk! Vergebet dem Herrn von Candé, so wird er Eure holdselige Barmherzigkeit segnen und Euch fortan inniglich lieben. In erneuter Jugendschöne werdet Ihr erblühen, denn, meine teure, jugendschöne Herrin, die Vergebung ist eine gar treffliche Art, sich zu rächen. Vergebet auch dieser Magd, die Gottes Segen auf Euch herabflehen wird. So wird Gott unser aller Gebete erhören und Euch zum Lohne eine starke männliche Nachkommenschaft schenken.«
Und damit nahm er des Hausherrn Hand, tat sie in die seiner Gemahlin und sprach: »Gehet hin und feiert Versöhnung.« Und er flüsterte dem Eheherrn den weisen Rat ins Ohr: »Kommt ihr mit den überzeugendsten Gründen, dann wird sie schon schweigen. Denn der Mund einer Frau ist nur dann voller Worte, wenn ihr Schoß leer ist. Führt eindringliche Beweise, dann werdet Ihr allemal gegenüber Euerm Weibe recht behalten.«
»Bei Gott, dieser Mönch hat doch seine guten Seiten,« brummte der Ehemann und ging seinem Weibe nach. So sah sich Amador mit Perrotte allein und hielt ihr folgende schöne Rede:
»Du tatest eine schwere Sünde, indem du einen armen Gottesknecht schnöde verrietest: Darum brach nun des Himmels Strafgericht über dich herein; ihm entgehst du nicht, magst du auch ans Ende der Welt fliehen, und nach dem Tode wirst du im Höllenfeuer braten und in alle Ewigkeit geschmort werden und Tag für Tag deine siebenmalhunderttausend Millionen Peltschenhiebe bekommen für den einen, den du mir eingebrockt hast.«

»Wehe, mein Vater!« rief das Mädel und warf sich dem Mönche zu Füßen. »Ihr allein könnt mich retten, denn wenn ich unter Eure Kutte schlüpfte, wäre ich vor Gottes Zorn beschützt.« Und dabei lüpfte sie seine Kutte, wie um zu sehen, ob sie dort auch Platz fände, und rief dann: »Potzblitz, die Mönche sind doch schöner als die Edelleute.«

»Tod und Teufel! Hast du noch nie einen Mönch gesehen und verspürt?«

»Nein,« klagte die Zofe.

»Und du kennst nicht der Mönche stummen Gottesdienst?«

»Nein,« flötete Perrotte. Und da zeigte ihr der Mönch denn gründlich, wie hohe Feste zu begehen sind mit vielem Glockenklang und Psalmengesang in F-dur, mit flammenden Kerzen und Chorknaben, erläuterte ihr das ›Introite‹ und das ›Missa est‹, und als er davon ging, da war sie so ganz von Kopf bis zu Füßen geweiht, daß der himmlische Zorn kein Fleckchen mehr an ihr hätte finden können, dem der Mönch nicht reichlich seinen Segen erteilt hatte. Auf sein Geheiß wies ihm Perrotte das Gemach, wo das Fräulein von Candé, des Hausherrn Schwester, sich befand. Dort trat er ein und fragte, ob sie ihm nicht beichten wolle, maßen die Mönche doch so selten auf dies Schloß kämen. Das Fräulein war als fromme Christin sehr gern bereit, ihr Gewissen zu säubern. Sie mußte bis in ihrer Seele heimlichste Winkel hineinleuchten, weil die bei den Jungfräulein besonders bedenklich sind; und wirklich fand er diese Winkel so kohlrabenschwarz, daß er ihr erklären mußte: alle Weibessünden stammten aus der gleichen Quelle und so müßten die geheimen Gewissenslücken durch mönchischen Ablaß wohl verstopft werden, um weiteren Sünden vorzubeugen. In seiner Unschuld meinte das gute Fräulein, daß es die Besonderheiten eines mönchischen Ablasses nicht kenne und so erklärte er ihr flugs, er trüge davon einen gar köstlichen Vorrat mit sich, und nichts käme diesem Ablaß gleich, der stumm sei und doch unendlich holde Wonnen beschere, was ja die wahre, vornehmliche und unverlöschliche Eigenschaft eines Ablasses ist. Die Wunder seines Ablasses blendeten die arme Dame so, und zumal, als er ihr in aller Form erteilt wurde, daß es ihr im Kopfe bald drunter und drüber ging und sie ebenso inbrünstig nach weiterem Ablaß begehrte wie die Frau von Candé nach weiterer Rache.

Aber von dieser Beichte wurde das kleine Fräulein von Candé aufgeweckt, und es kam an um zu sehen, was da vorging.

Darauf hatte der Mönch gerade gerechnet, denn ob der verlockenden Frucht war ihm gleich das Wasser im Munde zusammengelaufen. Und so stillte er denn auch an ihr seinen Durst, maßen die alte Jungfer doch nicht verhindern konnte, daß er der Kleinen, die es so dringend wünschte, einen Rest des Ablasses zuteil werden ließ. Und solchermaßen also wurde er für alle Leiden reichlich entschädigt. – Als dann der Morgen hereinbrach und die Schweine die Schüsseln leergefressen, die Kater ihre Liebesmusik eingestellt hatten, um sich im Grase zu wälzen, da legte sich Amador in sein Bett, das Perrotte derweile seiner Marterwerkzeuge beraubt hatte. Dank des Mönches Bemühungen schliefen alle so lange und so fest, daß sie erst gen Mittag auf der Bildfläche erschienen. Und darum glaubte die Dienerschaft, der Mönch sei wahrlich ein Teufel, da er nicht nur die Katzen und Schweine, sondern auch die Schloßherrschaft in seine Zauberbande gelockt habe. Als dann aber alle zum Essen hinunterkamen, reichte die Schloßherrin dem Mönche den Arm und sprach:»Kommt, teurer Vater!« und setzte ihn neben sich in des Edelmannes Lehnstuhl. Der schwieg und darob rissen die Bedienten natürlich vor Staunen die Mäuler auf.
»Gib dem Vater Amador davon,« befahl die Hausfrau dem Pagen. – »Der Vater Amador muß auch von dem da kosten,« eiferte die gute alte Jungfer. – »Schenkt dem Vater Amador den Humpen voll,« herrschte der Edelmann. – »Der Vater Amador hat ja gar kein Brot,« flötete das Töchterlein. – »Was darf ich Euch reichen, Vater Amador?« knixte Perrotte. Und so klang's von allen Seiten: Amador hier, Amador da! Amador wurde gefeiert wie eine Jungfrauenschaft in der Hochzeitsnacht. – »Ja, ja,« rühmte Perrotte, »Vater Amador ist ein schöner Mönch!« – »Ein barmherziger Mönch«, berichtigte die alte Jungfer. – »Ein wahrer Wohltäter«, piepste das Kleinchen. – »Ein großer Mönch,« bestätigte die Hausfrau. – »Ein Mönch, der seinem Namen alle Ehre macht,« faßte der Schloßschreiber zusammen. Und so praßte Amador und fraß und füllte sich den Wanst, goß Würzwein in den Schlund, schmatzte, schnaufte, warf sich in die Brust, blähte sich auf und machte sich breit wie ein Bulle auf der Weide. Und alle staunten ihn an wie einen Hexenmeister.
Als dann das Essen zu Ende war, da bestürmten Frau von Candé, Fräulein von Candé und das Töchterlein den gestrengen Herrn Papa mit süßen Schmeichelreden,

seine Streitaxt wider das Kloster zu begraben. Die Gattin bewies mit reichem Wortschwall, wie nötig dem Schlosse ein Mönch täte, die Schwester ergänzte, daß sie fortan täglich beichten wolle, und die Kleine zupfte ihren Erzeuger am Barte und bat ihn, den Mönch ein für allemal gleich dazubehalten. Wenn je wieder ein Zwist ausbräche, dann würde der Mönch ihn schon aus der Welt schaffen; denn er sei voller Verständnis für alles, sei sanft und weise wie ein Heiliger; es sei geradezu eine Schande, mit einem Kloster im Streit zu liegen, wo solche Mönche lebten; wenn alle Mönche so wären wie dieser da, dann würde die Abtei ja doch jeden Kampf siegreich ausfechten, denn der da sei gar stark; und so prasselten tausend Gründe über den Edelmann hernieder wie die Regenfluten bei der Sintflut seligen Angedenkens; und da selbiger einsah, daß er doch nicht eher seine Ruhe haben würde, ehe er den Frauen nicht ihren Willen täte, so gab er endlich nach. Also ließ er seinen Schreiber und den Mönch in sein Zimmer kommen und dort überraschte ihn Amador gründlich, indem er bereits alle Verträge und Schriftstücke wohlverfaßt vorlegte und so verhinderte, daß die Sache verschleppt wurde. – Wie nun die Dame des Hauses sah, daß die Versöhnung ihren guten Gang ging, da schlüpfte sie in die Wäschekammer und suchte ein schönes Stück feines Tuch heraus, um dem teuren Amador eine neue Kutte zu bauen. Denn allen war ja aufgefallen, wie abgenutzt die alte war, und es wäre doch eine Schande gewesen, wenn ein so prächtiges Werkzeug der Rache in so häßlicher Hülle verblieben wäre. Aber wer sollte daran arbeiten? Alle drängten sich dazu: die Hausfrau schnitt zu, Perrotte nähte die Kapuze, die Kleine machte die Ärmel und die alte Jungfer nähte den Rest. Und der Eifer war so groß, daß schon zum Abendessen die Kutte fertig war, just als auch die Verträge vom Herrn von Candé unterschrieben und besiegelt waren.

»Ach, mein Vater,« girrte die Hausfrau, »wenn Ihr uns etwas lieb habt, so ruhet nun von Eurer schweren Arbeit aus und erfrischt Euch vor allem in dem warmen Bad, das Perrotte Euch gerichtet hat.« So ward also Amador in wohlriechendem Wasser gebadet; und als er herausstieg, fand er eine neue Kutte und neue Sandalen und so sah er dann am Ende wirklich aus wie der glorreichste Mönch des Erdenrundes.

Derweile waren die Klosterbrüder zu Turpenay um ihn in banger Sorge, und zwei von ihnen bekamen den Auftrag, beim Schlosse nach ihm Umschau zu halten. Die schnüffelten an den Mauern herum und sahen dabei, wie Perrotte die fettige alte Kutte mit Scherben beschwert in den Graben warf. Da vermeinten sie, der arme Narr sei ins Jenseits befördert worden, liefen schlotternd heim und berichteten, Amador erlitte für das Kloster den Martertod. Und als der Abt diese Schreckensnachricht hörte, ließ er in der Kapelle zu Gott beten, er möge seinem demütigen Knechte in seinen Nöten beistehen. –

Indessen hatte Amador nach einem reichlichen Abendessen seine Verträge in den Gürtel gesteckt und wollte nun nach Turpenay heimkehren. Als er in den Hof trat, fand er den Zelter der Hausherrin gesattelt und gezäumt bereit stehen und bereit standen auch des Schloßherrn Mannen, um den guten Mönch zu geleiten und vor jeder feindlichen Begegnung zu beschirmen. So erteilte Amador denn dem Gesinde seine Verzeihung und seinen Segen; und als er sich dann in Bewegung setzte, ach! wie schaute ihm da die Hausherrin bewundernd nach, wie rühmte sie seinen guten Sitz; und wie begeistert stimmte Perrotte bei und versicherte, daß er strammer im Sattel säße als irgend ein Kriegsknecht. Und die alte Jungfer seufzte, und die Kleine barmte nach ihrem Beichtiger. »Er hat unser Schloß geweiht,« so riefen sie alle, als sie wieder im Saal waren.

Als der Reitertrupp mit Amador an der Spitze auf das Tor der Abtei zuritt, da erhob sich drinnen Angst und Schrecken, denn der Wächter glaubte, dem Herrn Candé habe des armen Amador kläglicher Tod Appetit auf mehr gemacht und er käme nun, die Abtei zu plündern. Erst als man Amadors liebe fette Stimme hörte, ließ man ihn einreiten; und als er nun vom Zelter der Schloßherrin stieg, da erhob sich ein Getümmel wie im Tollhause. Alle schrieen sie vor Entzücken und liefen mit ihm ins Refaktorium, um ihn zu beglückwünschen, derweile er den Vertrag schwenkte. Die Kriegsleute wurden mit dem besten Klosterwein bewirtet, den die Mönche zu Tourpenay von denen in Marmoustier zum Geschenk bekommen hatten; und der gute Abt ließ sich des Herrn von Candé Handschreiben verlesen und ging dann mit den Worten hinweg: »Wahrlich, hier wirkte Gottes Hand und ihm müssen wir ein Dankgebet darbringen.«

Aber als er dann immer wieder von der Hand Gottes redete, wenn er Amador seinen Dank aussprach, da ärgerte sich selbiger mählig, daß man sein eigenes Verdienst schmälern wollte, und sprach zu ihm: »Nennet das Hand, wenn Ihr so wollt, mein Vater, aber redet nun nicht mehr davon.«

Der Beilegung seines Streites mit dem Kloster folgte eine große Freude für den Herrn von Candé, die ihn zu aufrichtiger Frömmigkeit bekehrte; denn nach neun Monaten wurde ihm ein Söhnlein geboren. Und zwei Jahre später ward Amador von den Mönchen zum Abt erwählt, denn sie hofften, unter eines Narren Leitung ein pläsierliches Leben zu führen. Aber nunmehro entpuppte sich, daß Amador gar sittenstreng und weise geworden war dadurch, daß er seine sündlichen Gelüste durch Kasteiungen gebändigt, seine Natur in der Frauenschmiede gefestigt hatte, maßen dort ein Feuer loht, das dauernder, durchdringender, unverlöschlicher, flammender und wirksamer ist, als alles in der Welt, und jedes Ding zu läutern vermag. Solch Feuer vermag alles zu vernichten, und so vernichtete es die Schlacken, die Amadors Seele verunzierten; das Unvergängliche aber, die Seele, verblieb nun rein wie ein Diamant und dadurch wurde Amador das erlesene Werkzeug der Vorsehung: er reformierte unsere glorreiche Abtei, schuf neue Regeln, wachte Nacht und Tag über die Mönche, sorgte, daß sie pünktlich zu den Gebeten kamen, zählte seiner Schäflein Heerde in der Kapelle wie ein getreuer Hirt, strafte alle Drückeberger und sonstigen Missetäter gar strenge und erzog sie solchermaßen zu tugendsamen Mönchen. – Woraus sich ergibt, daß wir uns den Frauen hingeben müssen, nicht sowohl um holde Wonnen zu ernten, sondern um uns zu kasteien! Und obendrein, daß man sich mit den Dienern der Kirche in keinen Kampf einlassen soll.

Der König und die Königin fanden die Geschichte sehr – geschmackvoll, die Schranzen nannten sie das Lustigste, das sie je gehört hätten, und die Damen wären alle gern mit dabei gewesen.

Die reuige Sünderin
1. Wie Bertha als Ehefrau ein Jüngferlein blieb.

Wohl so um die Zeit der ersten Flucht der Herren Kronprinzen, die unserem guten Herrn Karl dem Siegreichen so arge Verlegenheiten schuf, erlebte eine edle Familie des Tourer Landes, die jetzt erloschen ist, ein schlimmes Mißgeschick, das in dieser tieftraurigen Geschichte erzählt werden soll. Mögen dem Autor die heiligen Beichtväter, Märtyrer und die anderen himmlischen Mächte beistehen, die im Verlaufe dieses Begebnisses eine so wichtige Rolle spielten.

Durch eine unglückselige Veranlagung hatte der Herr Imbert von Bastarnay, einer der mächtigsten Ansitzer und Edelleute unseres Tourer Landes, so gar kein Zutrauen zu der Frauen Wesen, das ihm ob ihrer Zappligkeit zu unbeständig schien. Vielleicht hatte er damit Recht. Jedenfalls blieb er bis in ein sehr, sehr reifes Alter hinein ein Hagestolz, und das ward ihm nicht zum Segen. Da er immer allein war, verstand er nicht, sich dem lieben Nächsten gegenüber liebenswürdig zu zeigen, zumal er sich früher nur auf Feldzügen und mit üblem Volk herumgetrieben hatte, wo er sich keinen Zwang aufzuerlegen brauchte. Darum war er dreckig in seiner Kleidung, stank nach Schweiß vom Harnischtragen, hatte schwarze Hände, eine Affenfratze und repräsentierte kurz und gut das widerlichste Exemplar eines Christenmenschen, das heißt äußerlich, denn Herz, Kopf und sonstiges wies durchaus schätzenswerte Vorzüge auf. Glaubet mir: ein Bote Gottes hätte lange suchen können, ehe er einen wackerern Haudegen, einen fleckenloseren, treueren und ritterlicheren Ehrenmann gefunden hätte als ihn. Manche rühmten auch seine weisen Grundsätze und seine nützlichen Ratschläge, gerade als ob Gott die Menschheit damit hätte narren wollen, daß er einen so abstoßenden Gesellen mit solchen Vorzügen ausstattete. Schon sah er aus, als hätte er seine geschlagenen Sechzig auf dem Buckel, derweile er kaum fünfzig alt war, da beschloß er, sich ein Weib auf den Hals zu laden, um Nachkommen zu haben; und wie er nun allenthalben nach einem geeigneten Wesen Umschau hielt, hörte er die verdienstlichen Vorzüge einer Tochter der angesehenen Familie von Rohan rühmen, eines Mägdeleins mit Namen Bertha. Als dann Imbert in das Schloß Montbazon kam, wurde er ob ihrer Schönheit und tugendsamen Unschuld von einem derartigen Liebesfeuer ergriffen, daß er sie voll Vertrauens auf ihre edle Abkunft und voraussichtliche Pflichttreue sofort zu seinem Weibe erkor. Und da der Herr von Rohan mit sieben Töchtern gesegnet und froh war, eine unter die Haube zu bringen (denn da mals zogen die Männer nur in den Krieg oder bemühten sich, ihre auf den Hund gekommenen Güter wieder in die Höhe zu wirtschaften), so fand die Hochzeit sehr bald statt und der wackere Bastarnay fand ein veritables Jüngferlein in seinen Armen, was für die gesunde und strenge Erziehung der Mutter ein löbliches Zeugnis ablegte. Er nahm sie so nachdrücklich in Besitz, daß er bereits nach zwei Monden zu seiner großen Freude hinreichende Beweise für das Keimen eines Sprößlings feststellen konnte. Und um diesen ersten Abschnitt der fraglichen Begebenheit zu beschließen, sei gesagt, daß wirklich ein Söhnlein zur Welt kam, welches hernach als Herre von Bastarnay durch die Gnade des sonst so gestrengen Königs Ludwig des Elften dessen Kanzler und später dessen Gesandter bei den Höfen Europas wurde und das herzliche Vertrauen desselbigen niemals täuschte. Diese Treue war ein Erbstück seines Vaters, der dem Kronprinzen von vornherein anhing und mit ihm durch dick und dünn ging, selbst als er rebellierte, denn er hätte auf dessen Befehl selbst Christus ans Kreuz geschlagen, so groß war seine für damalige Zeiten gar seltene Ergebenheit. – Die holdselige Frau von Bastarnay wußte durch ihre schlichte Offenheit bald das düster-schwarze Gewölk zu verjagen, das im Geiste ihres Gemahles der Frauen Wert zu verdunkeln strebte. Und wie's so geht: sein Mißtrauen wich so grenzenlosem Vertrauen, daß er ihr die Herrschaft über sein ganzes Haus in die Hand gab, sich auf Schritt und Tritt von ihr leiten ließ und sie solchermaßen als Hüterin über seine Ehre, sein Greisentum, sein Alles machte und jeden unweigerlich erschlagen hätte, der über ihre spiegelblanke Tugend, die kein Hauch trübte, nur ein einziges Wörtlein gesagt haben würde. Ehrlich gesagt, trug viel zu dieser Tugend der kleine Bengel bei, um den seine schöne Mutter während sechs Jahren Tag und Nacht besorgt war; und wenn sie ihm ihre holde Brust darbot, daran er sich so eifrig festsog, dann ersetzte er ihr jeden Liebhaber, ja, er war für sie der zärtlichste Liebhaber der Welt. Sie kannte nur seiner zierlichen Lippen Schmeichelküsse, nur seiner kleinen Händlein Kosen, las in keinem anderen Buche als in dem himmelblauen Spiegel seiner Äuglein, hörte keine andere Musik als sein Kinderstimmchen, dessen Geschrei ihrem Ohr wie Engelsworte erklang. Und sie wiegte ihn, küßte ihn vom Morgen bis zum Abend, stand sogar nachts auf, um ihn zu liebkosen, machte sich klein, so klein, wie er war, und zog ihn so nach den heiligen Grundsätzen der Mutterliebe auf; kurz, sie war die beste und glücklichste Mutter der Welt, worin natürlich für die Jungfrau Maria kein Vorwurf liegen soll:

denn dieser ist ja die Erziehung unseres Heilandes nicht schwer gefallen, sintemalen er Gott selbst war. Dies alles zusammen mit der Abneigung Berthas für die engeren Ehepflichten freuten den Herrn Gemahl sehr, da er sich letzteren nicht über die Maßen gewachsen fühlte und im Hinblick auf ein etwaiges zweites Kind sparte. Als dann sechs Jahre um waren, mußte die Mutter ihr Söhnlein den Knappen und Schildmeistern überlassen, die ihn nach des Vaters Geheiß scharf anpackten, damit dem Stammhalter mit Namen und Besitz auch die Tugenden und Vorzüge, der Adel und Mut seines Hauses zu eigen würden. Bertha aber kam fortan aus dem Weinen nicht heraus: hatte man ihr doch ihr Glück entrissen; und die flüchtigen Stündlein, in denen sie ihren Liebling genießen durfte, wenn die anderen ihn von sich ließen, genügten ihrem Herzen wenig. Ob ihrer Trauer, ihrer Tränen bemühte sich der Herr Gemahl, ihr einen Ersatz zu schaffen, aber es gelang ihm nicht, und darob war die Ärmste sehr ungehalten, weil ihr, wie sie sagte, seine Bemühungen für ein zweites Kindlein äußerst unangenehm waren und zuviel Unzuträglichkeiten mit sich brachten. Und das kam so:

Der wackere Herr Bastarnay war kein geschmeidiger, zärtlicher Geilhannes; ihm war's ganz gleich, wie er einen erschlug, wenn der andere nur auch wirklich erschlagen wurde, und so kam es ihm nicht darauf an, blindlings dreinzuschlagen, ohne überhaupt ein Wörtlein zu verlieren, ich meine im Handgemenge. Und mit derselben Gleichmut wie den Tod gab er auch das Leben, wenn es galt, in dem bekannten reizenden Öflein ein Kindlein zu backen. Von den tausenderlei einleitenden Maßnahmen, Vorbereitungen, Zwischenreden, Verzögerungen, vorsorglichen Verrichtungen, als da sind: Heizen des Ofens mit Holzspänen, duftenden Zweiglein und Ästelein, die man sorglich im Liebeswalde sammelt, und was es dergleichen Liebesdienste und Drums und Drans noch mehr giebt – von alledem hatte er keine Ahnung. Da schaut euch mal die Katzen an, wenn sie ihre süße Milch schlecken, oder die Frauen selbst, wenn sie essen: keine von ihnen (ich rede von wohlerzogenen, gebildeten Frauen) wird sich so kopfüber in die Schüssel stürzen und das Essen hinunterschlingen, wie's die Männer in ihrer ungeschlachten Art machen. Vielmehr wird sie zierlich in dem Gericht herumstochern, wird, wie ein Täublein eine Erbse, so ein Krümlein, das ihr besonders gefällt, herauspicken, wird von der Tunke schlecken und die dicken Happen liegen lassen, und wird mit Löffel und Messer spielen, als ob man sie zum Essen zwingt, weil es ihnen allen verhaßt ist, geradeswegs zum Ziele zu gehen, weil sie Umwege, Ziererei und Spielerei über alles lieben. In all diesen Dingen also war der Herr Imbert, dieser alte Haudegen, die Ahnungslosigkeit selbst, er stürmte das holde Venusgärtlein wie eine belagerte Stadt, kümmerte sich den Teufel um das Geschrei der armen Einwohner, die in Tränen zerflossen, und das arme Kindel, die Bertha, die bei ihrer Hochzeit eben fünfzehn Jahr alt geworden war, hatte zwar in ihrer jüngferlichen Unschuld vermeint, diese abstoßende Roheit sei für ihr Mutterglück von Nöten, war aber solche Behandlung doch keineswegs gewöhnt. Und deshalb machte ihr die Ehe eben keinen Spaß und niemals forderte sie ihren Mann auf, sein Ehebündnis von neuem zu besiegeln. Und da er, wie gesagt, keineswegs auf der Höhe war, so lebte sie in strenger Enthaltsamkeit wie ein Nönnlein. Sie haßte Männergesellschaft und hatte keine blasse Ahnung, daß der Schöpfer just jene Pflichten, die ihr so unsägliche Pein geschaffen hatten, mit so holden Freuden versüßt habe. Und da ihr Söhnlein ihr vor seiner Geburt so teuer zu stehen gekommen war, so liebte sie ihn nur um so inniger. Das ist eben die alte traurige Geschichte so vieler unglücklicher Ehen, so vieler Frauen, die eines Tages die schlimmsten Torheiten begehen, weil sie irgendwie und viel zu spät erfahren, daß man sie getäuscht hat, und nun in einem Tage die verlorene Zeit einholen wollen, um voll und ganz auf ihre Rechnung zu kommen. Das ist allen Ernstes gesagt, lieben Freunde, und darum leset diese Zeilen recht sorgfältig und seiet fortan für eure Frauen, eure Liebsten und all die andern Frauen besorgt, die euch (Gott behüte!!) zufällig anvertraut werden sollten.

So war also Bertha, trotzdem sie Mutter geworden war, im Grunde Jungfrau geblieben, als sie wie eine zarte Bläte so hold ihr einundzwanzigstes Lebensjahr erreichte. Sie ward durchs ganze Land hin ob ihrer Schönheit gerühmt; und ihr Ehegemahl hatte seine helle Freude an ihr, die so frisch und munter wie ein Fisch im Wasser, in herziger Unschuld, aber reich begabt und mit klarem Verstande ihren Hausfrauenpflichten lebte; und niemals unternahm er etwas, ohne sie um Rat zu fragen. Sie lebten damals auf seinem Schlosse unweit Losches und so kam es, daß sie einmal vom Könige aufgefordert wurden, ihn in Losches aufzusuchen, wo er sich damals mit seinem Hofe niedergelassen hatte und wo die Schönheit der Frau von Bastarnay in allen Tonarten besungen wurde. So kam also Bertha dorthin und wurde vom Könige mit Schmeicheleien überschüttet. Alle jungen Herrlein waren um sie herum, fraßen die holde Frucht mit gierigen Augen, und die alten Knacker wärmten ihr mürbes Gebein in der Sonne ihrer Schönheit. Jung wie alt wäre gern tausendmal des Todes verstorben, um nur einmal diese Zauberreize zu eigen zu haben, die einem die Augen blendeten und den Sinn verwirrten. Bald war in Losches mehr von Bertha die Rede, als in den Evangelien vom Lieben Herrgott, worob natürlich viele Damen vor Wut schier barsten, die nämlich, so bedeutend kärglicher mit Reizen versehen waren und gern diese so heiß umschwärmte Huldin in ihr Schloß zurückgejagt hätten, wenn sie auch dafür dem häßlichsten Manne des Erdenrundes zehn Liebesnächte hätten opfern müssen. Zumal eine junge Dame geriet in argen Grimm, weil sie zu der unerbittlichen Erkenntnis kam, daß ihr Herzliebster sich in Bertha vernarrte. Und daraus entstand all das Unheil, das später über Frau von Bastarnay hereinbrach; daraus aber auch alles Glück, das ihr zuteil ward: die Entdeckungsreise in das ihr noch so unbekannte Land holdester Liebeszärtlichkeiten.

Nun hatte die erwähnte Dame einen Verwandten, der ihr gleich zu Anfang erklärte, er würde gern sterben, wenn er nur einen Monat mit Bertha alle Freuden der Liebe auskosten könne. Dieser Jüngling war schön wie ein Mägdelein, ein Milchgesicht von kaum zwanzig Jahren, dem jeder Feind Pardon gegeben hätte, wenn er nur dies Wort rief: so holdselig war seine Stimme. Zu diesem nun sagte sie: »Schöner Vetter, gehet hinweg und bleibet in Eurem Hause, dann will ich sorgen, daß Euer Wunsch in Erfüllung geht. Aber richtet es so ein, daß Euch weder sie erblickt noch jene Affenfratze, die durch einen Mißgriff der Natur christlichen Eltern in die Wiege gelegt ward und nun diese Zauberfee zu Eigen hat.«

Kaum war der schöne Vetter fort, da eilte die Dame schon auf Bertha zu, schleckte sie mit ihren Verräterlippen ab, nannte sie ›meine Holde, mein Schatz, mein güldener Stern!‹, riß sich schier die Beine aus, um sich bei ihr einzuschmeicheln, alles, um sich an der Ärmsten um so sicherer rächen zu können dafür, daß diese, ohne das Geringste zu ahnen, ihren Liebsten zu treulosen Gedanken verführt hatte (was bekanntlich für den Liebesehrgeiz der Frauen schlimmer ist, als jede begangene Treulosigkeit!). Sie brauchte nicht lange mit Bertha zu plaudern, um herauszuspüren, daß selbige im Grunde ihrer Seele Jungfrau geblieben war; ja, sie brauchte dafür nur die lichten Augen, die spiegelglatte Stirn und Schläfe, dies schneeweiße Näslein zu sehen, darauf nicht das kleinste Sommersprößchen prangte: kurz, alle sonst immer unzweideutigen Anzeichen für erlebte Liebesschauer fehlten, die Unschuld sprach ihr aus dem Angesicht, und einige listige Fragen brachten der Verräterin die geahnte Bestätigung dafür, daß Bertha wohl Mutterfreuden, aber keinerlei Liebesfreuden kannte. Des freute sich die edle Seele für ihren Vetter, und sie hub nun an zu erzählen: in Losches gäbe es ein junges Edelfräulein von Rohan, die der Fürsprache einer angesehenen Dame bedürfe, um bei dem Herren Ludwig von Rohan wieder in Gnaden Aufnahme zu finden; wenn sie ebenso herzensgut wie schön sei, so wolle sie doch jene zu sich ins Schloß nehmen, dort sich ihres sittenreinen Lebenswandels vergewissern und dann eine Aussöhnung mit dem Herrn von Rohan herbeiführen. Bertha erklärte sich ohne Zögern dazu bereit, da sie das Mißgeschick jenes Mägdeleins kannte, doch nicht sie selbst, die Sylvia hieß und von der sie glaubte, daß sie außer Landes sei.

Hier muß eingefügt werden, weshalb der König dieses Fest zu Ehren des Herrn von Bastarnay veranstaltet hatte. Er argwöhnte nämlich die bevorstehende Flucht des Kronprinzen nach Burgund und wollte ihm einen zuverlässigen Ratgeber zur Seite wissen. Und der Greis als getreuer Diener des Herren Ludwig hatte bereits stillschweigend seine Vorbereitungen getroffen. So führte er denn Bertha wieder zum Schloß zurück, die ihm bei dieser Gelegenheit unterbreitete, daß sie eine Gefährtin zu sich genommen habe, und ihm selbige zeigte: es war jener Jüngling, den seine Base in ihrer Eifersucht auf Bertha in Mädchenkleider gesteckt hatte, und von dem sie in ihrer Wut erhoffte, daß er selbige in den Abgrund der Wollust zerren würde. Imbert war erst ungehalten, da er wußte, was die richtige Sylvia für eine Person war. Aber die gute Bertha rührte ihn und so lobte er sie für ihren Vorsatz, das verirrte Lamm auf den rechten Weg zurückzuführen. Dann feierte er in der letzten Nacht einen nachdrücklichen Abschied von seiner lieben Frau, ließ ein paar Mann als Besatzung auf dem Schloß zu rück und folgte flugs dem Kronprinzen nach Burgund, ohne zu ahnen, daß er daheim einen Todfeind sitzen hatte.

Da nämlich der betreffende Jüngling nur in die Gegend gekommen war, um den Hof des Königs anzuschauen, sonst aber bei dem Herrn von Dunois als Edelknappe diente, so war er dem Herrn Imbert von Angesicht nicht bekannt, und selbiger war ganz sicher, es sei ein Mägdelein, das er für sittsam und schüchtern hielt, weil der Bengel immer seine Augen gesenkt hielt, um sich nicht durch deren Feuer zu verraten. Als dann aber der Schloßherr mit seinen Mannen davonsprengte, da jubelte er in heller Freude auf, wie's eben jeder an seiner Stelle getan hätte. Aber die Angst hatte ihm doch bis dahin so zugesetzt, daß er der Kathedrale zu Tours einen Pfeiler gelobte dafür, daß er alle Gefahren seines tollkühnen Unternehmens glücklich bestanden hatte. Und wirklich zahlte er fünfzig Mark, um Gott seine Erkenntlichkeit zu beweisen. Leider kam aber das Geld dem Teufel zugute, wie das folgende erzeigen wird.

Die reuige Sünderin

2. Wie sehr Bertha ob der neuen Liebeserkenntnisse aus dem Häuschen kam

Besagter Edelknappe hieß Johannes von Sacché und war ein Vetter des Herrn von Montmorency, welchem um dem Tode Johanns die Lehen und Güter derer von Sacché wieder zufallen mußten. Er war zwanzig Jahre alt, und da er wie ein Feuerbrand glühte, so fiel es ihm nicht leicht, den ersten Tag zu verleben. Als der alte Imbert davonsprengte, da sprangen die beiden Basen zum Guckfenster ob des Ausfalltores, um ihm länger nachblicken zu können, und winkten aus Leibeskräften Abschiedsgrüße. Als dann aber die Staubwolke in der Ferne verdämmerte, stiegen sie hinab und gingen in den Saal.
»Was wollen wir jetzt tun?« fragte Bertha die angebliche Sylvia.
»Liebst du Musik? Schön, dann wollen wir zusammen musizieren. Vielleicht singen wir eins von den hübschen alten Spielmannsliedern, ist dir das recht? Dann komm mit zur Orgel, komm, sei lieb!« Und sie nahm Johann bei der Hand und zog ihn zu dem Pfeifenklavier, wo der Bursch sich flugs so zierlich wie ein Mägdelein davorsetzte. Kaum hatte er ein paar Töne angeschlagen und Bertha den Kopf zugewandt, um mit ihr zugleich anzufangen, da rief diese:

»Ach, liebste Base, wie schaut mich dein Auge so heiß und wild an. Mein Herz erbebt davon so seltsamlich!« - »Just das hat mich zugrund gebracht,« flötete die falsche Sylvia. »Ein edler Lord droben in Engelland sagte mir, ich hätte schöne Augen, und küßte sie, und das schuf mir solche Wonnen, daß ich unterlag.«

»So nimmt die Liebe ihren Weg durchs Auge?«

»Nein, dorten werden Cupidos Pfeile geschmiedet, teuerste Bertha,« rief er und überschüttete sie mit einer ganzen Wolke feurigster Geschosse.

»Komm, wir wollen singen!« So sangen sie denn und zwar ein Werbelied Christines von Pisa, das Johann erwählt hatte, weil darinnen gar heftig von Liebe geredet wird. »Ach, teuerste Base, wie voll und gewaltig deine Stimme ist! Sie packt meine Seele!«

»Wo?« fragte die verdammte Sylvia.

»Hier!« rief Bertha und wies auf ihr holdes Zwergfell, wo die Laute der Liebe viel besser wahrgenommen werden als im Ohre, weil das Zwergfell dem Herzen so nahe liegt. »Nein, lassen wir das Singen, es erregt mich zu sehr. Komm mit zum Fenster, dort wollen wir bis zur Vesperstunde Handarbeiten machen.«

»Ach, teuerste Base meiner Seele, ich verstehe nicht eine Nadel zu halten, weil ich zu meinem Unheil gewohnt bin, meine Finger anderweitig zu betätigen.«

»Womit denn bringst du deinen Tag hin?«

»Ach, ich lasse mich vom Wirbel der Liebe forttragen, da wird der Tag zum Augenblick, der Monat zum Tage, das Jahr zum Monate. Und wenn das immer so bliebe, könnte man die Ewigkeit wie eine Erdbeere schlucken; denn gleich dieser ist das alles eitel Duft, holde Süße und unsagbare Wonne.« Und damit senkte der Bengel seine schönen Augenlider und tat tieftraurig, wie ein armes Mägdelein, das von seinem Liebsten verlassen wurde und um ihn weint, ihn halten möchte, ihm gern alle Treulosigkeiten vergäbe, wenn er nur wieder zu dem holden Stalle, zu seiner einsamen Geliebten zurückkehren wollte.

»Sag' mir, erschließt sich die Liebe auch im Ehestand?« »O nein! da doch im Ehestand alles Pflicht, in der Liebe freiester Herzensentschluß ist. Dieser Unterschied verleiht jeder Zärtlichkeit einen holden Balsam, wie er diesen zarten Blüten der Liebe geziemt.«

»Ach, wir wollen nicht weiter davon reden; mir wird schier bänger zu Mut, als bei der Musik.« Und stracks pfiff sie einem Diener, der ihren Sohn herbeiholen mußte. Kaum erblickte Sylvia das Kind, da rief sie: »Ach, welch ein Liebesengelchen!« Und sie küßte ihn auf die Stirn.
»Komm, du mein Kindlein,« sagte die Mutter, auf deren Schoß er alsbald hüpfte. »Komm, du mein einzig Glück, du meine Seligkeit, meine Krone, mein Püppchen, meine Perle, mein Schatz, mein Sonnenschein, mein Herzelein.
Laß mich deine Händelein schlecken, dich in die Ohrläppchen beißen; gib deinen Kopf, laß mich dein Haar küssen. Sei glücklich, du mein Blütenzweig, damit ich auch glücklich bin.«
»Ach, teure Base,« rief Sylvia, »du sprichst Liebesworte zu ihm.«
»Was hat Liebe mit einem Kindeleien zu schaffen?«
»Gar viel! Und darum haben die Heiden die Liebe als ein Kindelein dargestellt!«
Und so klang es: Liebe hier, Liebe dort, während die zwei zieren Basen mit dem Kinde spielten, bis das Abendessen kam.
»Wünschtest du nicht ein zweites?« flüsterte Johann in einem passenden Augenblick in der Base holdes Ohr, das er dabei mit seinen heißen Lippen streifte.
»Ach, Sylvia, ja! Und gern wollte ich hundert Jahre in der Hölle braten, wenn der Herrgott mir diese Freude schüfe. Aber mein Gürtel mag nicht schwellen, obgleich sich mein Gatte die schrecklichste Mühe gegeben hat. Nein, ein einzig Kindelein zu haben, ist nichts! Bei jedem Schrei im Schlosse fahre ich in die Höh! Ich fürchte Mensch und Tier um dieses Englein willen, fürchte sein Fechten und seine Waffenübungen, alles, alles! Ich lebe nur mehr in ihm und liebe selbst dieses Bangen, weil es mir beweist, daß er ja noch heil und am Leben ist. Nur für ihn bete ich und ... ach, ich könnte bis morgen reden, und hätte nicht die Hälfte gesagt!« Und dann preßte sie ihn wider ihre Brust, wie nur Mütter ihre Kinder an sich zu drücken wissen, mit all der körperlosen Kraft, die in ihrem Herzen glüht. Und wenn ihr mich nicht versteht, dann sehet zu, wie die Katze ihre Jungen im Maule trägt. Der arme Schlingel hatte bisweilen in Bangen vermeint, er täte nicht recht, das verödete Feld mit holden Freuden zu bepflanzen; nun aber ward er durch ihre Worte ganz beruhigt und sagte sich, daß er nur Gottes Willen erfülle, wenn er diese Seele den Freuden der Liebe gewänne. Und darin dachte er wohl.

Nach der Vesper forderte Bertha nach der guten alten Sitte (gegen die sich die Damen heutzutage auflehnen), ihre Base auf, bei ihr im Prunkbette zu schlafen. Um nicht aus der Rolle zu fallen, ererwiderte Sylvia, wie sie darob beglückt sei. Als dann also die Nacht kam, gingen die zwei in die Kemenate, die mit wundervollen Teppichen und Stickereien geschmückt war, und Bertha entkleidete sich voll Anmut mit Hilfe ihrer Zofen. Der Edelknappe war natürlich zu verschämt, um sich von diesen anrühren zu lassen, wurde puterrot und sagte zu dem Bäslein: ›er sei gewöhnt, sich selbst auszukleiden, seit der Herzliebste das nicht mehr besorge, dessen zarte Gewandtheit alle Zofendienste ihr zum Ekel gemacht habe. Dann tauchten auch die süßen Worte wieder im Gedächtnis auf, die der Freund gesagt, all die Torheiten, die er begangen habe, wenn er sein Schätzelein seiner letzten Hülle entkleidete, danach ihm (d.h. Sylvia) leider Gottes heute noch das Wasser im Munde zusammenlaufe.‹ Darob verwunderte sich Bertha gar sehr und so ließ sie ihre Base ihre Nachtgebete und sonstigen Abendvorbereitungen hinter den Bettvorhängen erledigen. Denn dahinter war der Schlingel eiligst geschlüpft, um durch einen Spalt der Schloßherrin untadelige Schönheit und ihre holdseligen Reize zu bewundern. Und da Bertha vermeinte, ein beklagenswertes Mägdelein in ihrer Stube zu haben, so ließ sie keine ihrer Gewohnheiten: sie wusch sich die Füßlein, ohne besorgt zu sein, ob sie selbige etwas hoch emporhob, zeigte ihre blendenden Schultern und tat kurz alles, was Frauen tun, bevor sie zu Bett gehen. Schließlich schlüpfte sie unter die Bettdecke, machte es sich bequem und küßte dann ihre Base auf die Lippen, die ihr gar heiß schienen.
»Bist du denn krank, Sylvia, daß du so sehr glühest?« fragte sie.
»Immer glühe ich so, wenn ich im Bett liege,« entgegnete diese. »Denn alsdann kommen mir die süßen Zärtlichkeiten ins Gedächtnis, die ›Er‹ erfand, um mir Freude zu schaffen, und die mir noch ärger einheizten.«
»Ach, teure Base, erzähle mir mehr von diesem ›Er‹. Erzähle mir von den Seligkeiten der Liebe, da ich doch mit einem Greise lebe, des schneeweißes Haar mich vor solchen Gluten bewahrt. Das wird eine gute Kasteiung für mich sein und dein Unglück kann so zwei armen Frauenzimmern von Nutzen werden.«
»Ich weiß nicht, ob ich dir gehorchen soll, schönste Base,« sagte der listige Bursch.

»Und warum nicht?«

»Ach, weil es besser ist zu zeigen als zu sagen!« rief er und tat einen schweren, schweren Seufzer. »Und dann habe ich Angst, da mein Lord mich so mit Wonnen überschüttet hat, daß du etwas davon abbekommen könntest, vielleicht nur ein Bröckchen, aber das würde genügen, um dir zu einer Tochter zu verhelfen – einer Tochter, weil diese Freuden auf dem Umwege über mich schon etwas abgeschwächt sein werden.«

»Sag mal: glaubst du, daß das eine Sünde wäre?«

»Im Gegenteil! Hier wie im Himmel würde eitel Freude herrschen! Die Englein würden himmlische Düfte über dich ausgießen und himmlische Weisen dazu spielen.«

»So sag es mir denn,« rief Bertha.

»Also, paß auf, wie mein Liebster mich zu lichtester Freude entflammte.« Und damit nahm Johann sie in seine Arme und umhalste sie mit namenloser Glut, und das ist sehr begreiflich, denn sie lag beim Lampenschimmer in den weißen Linnen dieses verdammten Bettes wie die zierlichen Staubfäden der Lilie mitten in deren jungfräulichem Blütenkelch: »So hielt er mich umfangen, wie ich dich jetzt halte, und sagte mit seiner wunderzarten Stimme, der die meine nie gleichkommen kann: ›Ach, Sylvia, du meine ewige Liebe, du mein tausendfältiger Schatz, du meiner Tage, meiner Nächte Seligkeit; du bist lichter denn der Tag, anmutsvoller denn alles auf der Welt; ich liebe dich heißer denn Gott und wollte eines tausendfachen Todes sterben für all das Glück, das du mir spendest.‹ Und dann küßte er mich, nicht so grob wie die Ehemänner das tun, sondern schnäbelnd wie Tauben.«

Und um ihr sogleich die verheißenen Vorzüge dieser Kunst zu zeigen, saugte er allen Honig von Berthas süßen Lippen und unterwies sie, wie ihr Züngleich, das einem Rosenblatte oder dem Züngleich einer Katze glich, gar herzbeweglich reden könne, ohne ein einzig Wort zu sagen. Aber Johann wurde bei diesem Spiel immer feuriger, dehnte seine Küsse bald auch bis zu ihrem Hals aus, von dort weiter bis zu den holdesten Früchten, die eine Frau ihrem Kinde darreichen kann. Und ein Hundsfott, wer an seinem Platze gewesen wäre und hätte es nicht ebenso gemacht.

»Ach!« ächzte Bertha, die in Liebesglut geriet, ohne es zu merken.

»Das ist freilich etwas anderes! Das muß ich Imbert erzählen.«

»Bist du von Sinnen, teure Base? Sage nur deinem alten Gatten so etwas nicht, denn er hat nicht weiche, zarte Hände wie ich, und sein stacheliger Bart paßt schlecht zu solchem Wonnespiel.« Und so fuhr der hübsche Schlingel in seinen Belehrungen fort, bis das arme unschuldige Ding in den Ruf ausbrach: »Ach, nun sind die lieben Englein gekommen! Ach, wie hold war ihre Musik, die nun wieder entschwunden ist, wie hell flammte ihr himmlisches Leuchten, vor dessen Glanz meine Augen sich schlossen!«

Und sie lag da, von der Last so vieler Seligkeiten ganz erdrückt. Die waren auf sie eingestürmt wie rauschende Orgeltöne, hatten sie geblendet wie gleißendes Morgenrot, glitten jetzt durch ihre Fibern wie zartester Duft und raubten ihr das Leben, um dies Leben einem Kindlein zu geben, einem Kindlein der Liebe, das mit ganz anderem Gepränge seinen Einzug hält, als irgend ein anderes. Kurz, Bertha vermeinte im Paradies zu sein, so war sie voller Seligkeit, und als sie aus ihrem Wonnetraum in Johanns Armen erwachte, da flüsterte sie: »Warum bin ich nicht in Engelland getraut worden!«

»Teuerste Herrin,« rief Johann, der vor Entzücken außer sich war, »du bist nun mir getraut und hier in Frankreich, und das ist wahrlich besser, denn ich bin ein Mann, der dir tausendmal sein Leben dahingäbe, wenn er könnte!«

Die Ärmste stieß einen durchdringenden Schrei aus und sprang aus dem Bette wie der Blitz. Sie sank vor dem Betstuhle in die Knie, faltete die Händlein, weinte mehr Perlen, als jemals Maria Magdalena getragen hatte, und sprach: »Ach, wehe mir, ich bin tot! Ich wurde von einem Teufel verführt, der in Engelsgestalt zu mir kam. Ich bin verloren, bin sicherlich eines schönen Kindleins Mutter worden und bin doch nicht schuldiger als du, Heilige Jungfrau. So flehe du zu Gott um Gnade für mich, wenn ich keine bei den Menschen finden kann, oder laß mich sterben, damit ich nicht vor meinem Herrn und Gatten in Scham zu erröten brauche!«

Als Johann hörte, daß Bertha nichts böses wider ihn sagte, da erhob er sich voll Beklommenheit über die Art, wie Bertha dieses holde Duo aufnahm. Wie diese aber merkte, daß ihr Engel Gabriel sich regte, da sprang sie flugs auf, blickte ihn mit tränenfeuchten Augen an, die in heiligem Grimme funkelten (wobei sie noch viel schöner wurden) und rief: »Wenn Ihr mir nur einen Schritt näher kommt, so werfe ich mich dem Tod in die Arme!«

Und sie griff nach einem Stilett, wie die Damen es trugen. Und dieser tragische Anblick ihrer Pein war so erschütternd, daß Johann erwiderte: »Nicht dir, sondern mir geziemt es, in den Tod zu gehen, o, du meine holde Liebste, die ich heißer liebe, denn jemals ein Weib auf diesem Erdenrund geliebt wurde!«

»Hättet Ihr mich geliebt, dann würdet Ihr mich nicht so ins Unglück gestürzt haben! Denn ich stürbe lieber, ehe ich meines Gatten Vorwurf verdiente.«

»'Ihr stürbet sicherlich?« fragte er.

»Ohn' jedes Zögern!« rief sie.

»Dann werdet Ihr also vor Eurem Gatten Gnade finden, wenn ich von Dolchstichen zerfleischt daliege, und Ihr könnt ihm sagen, daß Eure Unschuld überlistet wurde, daß Ihr aber seine Ehre durch den Tod des verräterischen Verführers gerächt habt. Das wird mein größtes Glück sein, für Euch zu sterben, da Ihr verweigert, für mich zu leben.« Diese zärtlichen Worte ließen neue Tränen in Berthas Augen quellen, und der Dolch entglitt ihren Händen. Johann sprang herzu, packte ihn, stieß ihn sich in die Brust und rief: »Solches Glück ist mit dem Tode nicht zu teuer erkauft!« Und dann fiel er wie ein Klotz zu Boden.

Bertha war so entsetzt, daß sie ihre Zofe herbeirief. Und die Zofe war nicht minder entsetzt, als sie im Zimmer ihrer Herrin einen bewußtlosen Mann liegen sah und sehen mußte, wie ihre Herrin selbigen stützte, und rief: »Was habt Ihr getan, teurer Freund?!« Denn Bertha glaubte ihn tot und gedachte nun der erlebten unsagbaren Wonnen, gedachte seiner wundersamen Schönheit, die jeden, selbst Imbert, zu dem Glauben veranlaßt hatte, er sei ein Mägdelein. In ihrem wehen Schmerze erzählte sie der Zofe alles, weinte und schrie, es sei wahrlich genug, ein Kindlein unterm Herzen zu tragen, und man brauche ihr nicht noch das Herz mit dieses Mannes Tod schwer zu machen. Als der Jüngling das hörte, da versuchte er die Augen zu öffnen. Aber man sah nur das Weiße hervorschimmern und auch das nur wenig.

»Ach, edle Frau, schreiet nicht!« sagte die Zofe. »Wir müssen unseren Verstand beisammen halten und diesen Rittersmann erretten. Schnell will ich zur Dorfnärrin laufen, damit kein Medicus oder Physicus in dies Geheimnis eingeweiht wird. Die ist eine Hexe und wird Euch zu Gefallen diese Wunde so zauberhaft verheilen, daß keine Spur davon bleibt.«

»Lauf!« rief Bertha. »Für deine Hilfe werde ich dich allezeit lieben und viel Gutes an dir tun.«

Vor allem aber vereinbarten die beiden, tiefstes Stillschweigen über die ganze Geschichte zu bewahren und Johann vor aller Augen zu verbergen. Dann ging die Zofe in die finstere Nacht hinaus, um die Dorfnärrin zu suchen. Ihre Herrin geleitete sie selbst bis zum Ausfallstor, weil die Wache ohne ihren Befehl das Gatter nicht geöffnet hätte, und dann lief Bertha wieder zu ihrem schönen Liebsten, der besinnungslos dalag, weil unaufhaltsam das Blut aus der Wunde strömte. Tiefbewegt schlürfte sie etwas von diesem Blute, da es doch Johann für sie vergossen hatte. Seine große Liebe und die Gefahr, in der er schwebte, gingen ihrem Herzen gewaltig nahe, und so küßte sie das Antlitz dieses holden Liebesknechtes, verband die Wunde, die sie mit ihren Tränen benetzte, und sagte zu ihm, er solle doch nicht sterben und sie wolle ihm gern ihre Liebe spenden, um ihn nur wieder zum Leben zu bringen. Und während sie immer deutlicher des Unterschiedes zwischen diesem blitzeblanken Jüngling mit seinem holden Jugendflaum und dem alten Knacker mit seiner gelben, faltigen, borstigen Haut inne ward, verliebte sie sich auch immer heftiger in Johann, und sie gedachte dabei des Unterschiedes, der ihr in der erlebten Wonnestunde zum Bewußtsein gekommen war. Die Erinnerung daran ließ ihre Gefühle noch zärtlicher, ihre Küsse so zuckersüß werden, daß Johann wieder zur Besinnung kam: sein Blick belebte sich, er schaute Bertha an und bat sie mit schwacher Stimme um Vergebung. Aber sie gebot ihm Schweigen, bis die Dorfnärrin gekommen sei. Und so verwandten die beiden die Zeit dazu, mit sich Blicken ihre Liebe auszudrücken – wenn auch in denen von Bertha nur Mitgefühl lag: aber Mitgefühl ist unter solchen Umständen der Liebe aufs allerengste verwandt. Die ›Dorfnärrin‹ war eine alte, verwachsene Vettel, die mehr als verdächtig war, Necromantie zu treiben, auf Besen zum Hexen-Sabbat zu fahren und was die Hexen sonst noch für schöne Gewohnheiten haben. Besonders, daß sie im Stall, das heißt in der Dachrinne, einen Besen bestieg, behaupteten die Leute wiederholt beobachtet zu haben. Wahr ist eigentlich nur, daß sie heilende Mittel und Salben besaß und den Damen in gewissen Fällen, aber auch den Herren so ausgezeichnete Dienste leistete, daß sie in schönster Ruhe dahinlebte, ohne auf einem Scheiterhaufen (statt wie andere Leute auf dem Federbett) ihre schöne Seele auszuhauchen, und das, trotzdem die Ärzte mächtig hinter ihr her waren und behaupteten, sie verkaufe Gift. Daß sie damit nicht so Unrecht hatten, wird der Verlauf dieser Geschichte erweisen. Die Zofe kam also mit der Dorfnärrin auf einem abgetriebenen Grautier so schnell als möglich angetrabt, und so gelangten sie zum Schloß, ehe noch der Tag ganz heraufgedämmert kam. Als die alte Hexe in das Gemach kam, fragte sie: »Na, was gibt's, Kinderchen?« Das war nämlich so ihre Art, mit den großen Herrschaften vertraulich zu tun, weil ihr die immer sehr klein vorkamen. Sie setzte ihre Brille auf, untersuchte sehr gewandt die Wunde und meinte dann: »Ei, ei, das schöne Blut – du hast ja davon gekostet, Schätzchen. Alles sehr gut, denn es ist nach außen geflossen.«

Dann wusch sie die Wunde mit einem feinen Schwamm, während Herrin und Zofe atemlos zuschauten. Kurz und gut, die Närrin erklärte mit gewichtiger Miene, daß der junge Herr von dieser Verletzung bald genesen würde, obgleich er, wie sie in seiner Hand gelesen habe, just ob der Folgen dieser Nacht eines gewaltsamen Todes sterben müsse. Dies chiromantische Todesurteil erfüllte Bertha und ihre Dienerin mit Schaudern und Entsetzen. Aber die Närrin verschrieb dann gleich die nötigen Heilmittel und versprach, in der nächsten Nacht wiederzukommen; und wirklich kam sie vierzehn Tage lang jede Nacht heimlich an, und die Zofe erzählte im Schloß: das Fräulein Sylvia sei durch eine Entzündung am Unterleib auf den Tod erkrankt, was geheim bleiben müsse, damit die Hausherrin, ihre Base, nicht in ihrer Ehre geschädigt würde. Dieser Schnack stellte die Leute sehr zufrieden, und wenn einer dem andern die Geschichte erzählte, dann nahm er allemal den Mund mächtig voll.

Aber wenn die Leute meinten, die Krankheit wäre so lebensgefährlich gewesen, dann irrten sie gewaltig: das gefährliche war die Genesungszeit, denn je kräftiger Johann wurde, um so schwächer wurde Bertha, und am Ende wurde ihre Schwäche so groß, daß sie sich ohne Widerstand in das gleiche Paradies führen ließ, wohin Johann sie schon einmal geführt hatte. Kurz, ihre Liebe wuchs ins Endlose. Aber während sie in Wonnen schwelgte, ward sie durch der Närrin drohende Prophezeihung von Angst schier umgebracht, litt in ihrer Frömmigkeit wahre Folterqualen, und bebte in Furcht vor dem Herren Imbert.

Diesem mußte sie natürlich schreiben, daß er sie mit einem zweiten Kindlein beschenkt habe, mit dem sie ihn bei seiner Rückkehr zu erfreuen hoffe; aber das war eine solche Riesenlüge, daß das keimende Kindlein in seiner Kleinheit dagegen ganz verschwand. An dem Tage, da Bertha ihrem Manne diesen verlogenen Brief schrieb, ging sie Johann weit aus dem Wege, denn sie weinte so arg, daß all ihre Schnupftücher trieften, Und als Johann merkte, daß sie ihn mied, da glaubte er, sie habe eine Wut auf ihn; und da er so wenig von ihr lassen mochte, wie die Flammen von einem Holzscheit, das sie einmal ordentlich ergriffen haben, so weinte auch er wie eine Gießkanne. Als dann aber Bertha zur Vesper die Spuren dieser Tränen an Johanns Augen wahrnahm, trotzdem er sie so sorgfältig abgewischt hatte, da ging ihr das nahe und sie sagte ihm den Grund ihres Leides, gestand ihm ihre schauderhafte Angst vor der Zukunft, hielt ihm vor, wie schwere Schuld sie beide sich aufgeladen hätten, und predigte so wahrhaft schön und christlich, schmuckte ihre Worte mit so himmlischen Zähren und so zerknirschten Gebeten, daß ihre Frömmigkeit sein Herz bis ins Innerste hinein erschütterte. Denn diese naive Mischung von Liebe und Reue, Schuld und Edelmut, Schwäche und Kraft hätte, wie die Alten zu sagen pflegten, einen Tiger vor Rührung zum Lamm verwandelt. So war es auch nicht verwunderlich, daß Johann sich genötigt sah, ihr auf sein ritterliches Ehrenwort zu schwören: er würde ihr in allem und jedem aufs Wort folgen, wenn sie etwas zur Errettung ihrer beiden Seelen in dieser Welt wie in der jenseitigen für nötig hielte.

Als Bertha seinen guten Willen und sein Vertrauen zu ihr sah, da warf sie sich ihm zu Füßen und rief: »O, teurer Freund, mags auch eine Todsünde sein: ich muß dich lieben, weil du so gut und mitleidsvoll zu mir bist. Wenn du willst, daß ich immer voller Wonnen an dich denke, daß der Strom dieser Tränen Einhalt findet, dessen Ursprung so hold und herzerquickend ist« – hier ließ sie sich einen Kuß rauben, um ihm ihre Worte zu bestätigen; dann fuhr sie fort: » ... wenn du willst, daß die Rückerinnerung an unsere himmlischen Seligkeiten, an die Engelsmusik und den Duft süßester Liebe nicht wie brennend Gift wühlt, sondern mich in schlimmen Stunden tröstet, dann tue, was die Jungfrau in einem Traume von dir zu heischen mir befahl, als ich zu ihr flehte, sie möge mir doch in diesem Falle den rechten Weg weisen.

Da erschien sie mir und ich schilderte ihr nun die furchtbare brennende Qual, die ich im Bangen um das Kindelein litte, das ich schon unter meinem Herzen verspürte, und um dessen wahren Vater, der dem anderen zum Opfer fallen und durch einen gewaltsamen Tod seine Vaterschaft büßen sollte, maßen die Närrin doch sicherlich richtig in der Zukunft gelesen habe. Da lächelte die Jungfrau gar hold und sagte: die Kirche böte uns für unsere Vergehen die Vergebung, wenn wir ihre Gebote erfüllten; dafür müsse man sich selbst der Pein des Höllenfeuers überantworten, ehe der Himmel seinen Zorn ausgösse. Und dann wiss sie mit ihrem Finger auf einen Johann, der dem richtigen völlig glich, nur daß er so gekleidet war, wie du in Zukunft sein solltest, ja, wie du es sein wirst, wenn du Bertha mit unauslöschlicher Liebe ergeben bist.«

Alsbald richtete Johann sie auf und versicherte sie seines unbedingten Gehorsames, während er sie auf die Knie nahm und küßte. Da nun sagte ihm Bertha, daß dies künftige Gewand die Mönchskutte sei, und während sie vor Bangen bebte, er könne ihre Bitte abschlagen, bat sie ihn, ins Kloster zu gehen, und zwar in Marmoustier bei Tours. Und dabei schwor sie ihm zu, sie wolle ihm eine letzte Liebesnacht gewähren und dann fortan weder ihm noch sonst irgend jemanden auf dieser Welt angehören; und jedes Jahr wollte sie ihn zum Lohne einmal zu sich rufen, damit er das Kindlein sehen könne. Johann, den ja sein Eid band, versprach seiner Liebsten, um ihretwillen in das Kloster gehen zu wollen, und schwur hoch und heilig ihr solchermaßen in alle Ewigkeit getreu zu bleiben und fortan keine anderen Liebesfreuden mehr kosten zu wollen als die, so er durch ihre himmlische Huld empfangen habe und an deren süßer Erinnerung er fürder zehren wolle. Und Bertha sagte ob solch holder Worte: wäre auch ihre Sünde noch so groß gewesen, und stünde ihr durch Gottes Ratschluß auch noch so schweres bevor – dieses Glück würde ihr helfen alles zu ertragen; denn sie würde dem Bewußtsein leben, nicht einem Manne, sondern einem Engel angehört zu haben.

Und dann krochen sie in ihr Nestlein, darinnen sich ihre Liebe erschlossen hatte, um all den holden Blümelein ein letztes Lebewohl zu bieten. Sicherlich ist auch Herr Cupido bei diesem Abschiedsfest zu Gaste gewesen, denn nie auf dem weiten Erdenrunde erlebte je ein Weib seligere Wonnen, ward je einem Manne himmlischeres Glück zuteil.

Die Eigenheit der wahren Liebe besteht darin, daß man um so reicher beschenkt wird, je mehr man gibt, und umgekehrt, so wie in gewissen mathematischen Berechnungen eine Zahlenreihe sich bis ins Unendliche wiederholt. Manche Leute, die von höherer Mathematik nichts verstehen, machen sich das am leichtesten klar, wenn sie in einen venetianischen Doppelspiegel schauen, der das gleiche Bild hunderttausendfältig wiederspiegelt. So auch vervielfältigen sich in den Herzen eines Liebespaares die Blüten, die ihren Liebeswonnen entsprießen, bis in kosende Tiefen hinein, die das Pärlein mit Staunen darüber erfüllten, wie viel Seligkeit darin Platz hat. Bertha und Johann hätten gern gewollt, daß diese Nacht ihr Leben beschließen möge, und wie endlich sehnsuchtsheiße Erschöpfung ihre Fieber durchzitterte, da vermeinten sie, Amor wolle sie auf den Flügeln eines Todeskusses von hinnen tragen; und sie hielten stand, so oft sich das auch wiederholte.

Am nächsten Tage sollte Sylvia abreisen, denn Meister Imberts Rückkehr stand bereits nahe bevor. Sein armes Weib überschüttete ihre Base mit Tränen und Küssen; immer war's der letzte Kuß und das dauerte bis zur Vesperstunde. Da mußten sie endlich scheiden und Johann schied von ihr, obgleich sein Blut vom Herzen trof wie das Wachs von der Osterkerze. So wie er es versprochen hatte, eilte er nach Marmoustier und ließ sich unter die Novizen aufnehmen. Dem Herrn von Bastarnay aber sagte Bertha: Sylvia sei mit dem Lord davongegangen, und da Lord das englische Wort für Edelmann ist, so hatte sie in diesem Punkt wenigstens nicht gelogen.

Als der Edelmann seine teure Bertha ungegürtet sah, maßen sie einen Gürtel schon nicht mehr tragen konnte, da war seine Freude ohne Grenzen. Aber damit begannen erst recht die Folterqualen Berthas, die nicht zu lügen verstand und um jedes unwahren Wortes willen zum Betschemel lief und ihr Blut zu den Augen hinausweinte, derweile sie in Gebeten zerschmolz und sich der Gnade aller Heiligen des Paradieses anempfahl. Und sie betete so inbrünstig, daß der Herr sie erhörte, was man wohl beachten mag, denn sonst wäre einem das weitere ganz unverständlich. Gott also befahl dem Erzengel Michael dafür zu sorgen, daß dies büßende Weib bereits auf Erden alle Höllenqualen erdulden möge, um dann aller Sünden ledig im Paradiese seinen Einzug zu halten.

Daher stieg Michael aus des Himmels Höhen hernieder zur Pforte der Hölle und lieferte die drei Seelen dem Teufel aus, indem er ihm Bertha, Johann und das Kind bezeichnete und sagte, er dürfe sie während ihres Erdenlebens nach Herzenslust quälen. Und da der Teufel durch Gottes Willen der Vater alles Übels ist, so erklärte er, er wolle schon dafür sorgen, daß des Erzengels Botschaft erfüllt würde. – Inzwischen ging hienieden das Leben seinen ruhigen Gang: Bastarnays zartes Weib gab dem schönsten Kindlein des Erdenrundes das Leben, einem Bengel wie Lilien und Rosen, hold wie ein wahres Jesuskindelein, lachend und schelmisch wie ein heidnischer Amor; er wurde Tag für Tag immer schöner, derweile sein älterer Bruder mählig die Affenfratze seines Vaters bekam und diesem am Ende zum Erschrecken ähnlich sah. Der Kleine aber glich seinem Vater und seiner Mutter, und die Vereinigung all der körperlichen und geistigen Vollkommenheiten dieser beiden schuf ein wahres Wunder an bezaubernder Anmut und blendendem Verstande. Und der Anblick dieses leibhaftigen Wunders ließ dem Herrn von Bastarnay oft sagen: er gäbe seine ewige Seligkeit gern daran, wenn er den jüngeren Sohn mit dem älteren vertauschen könnte, und er wolle versuchen, des Königs Gunst für einen solchen Rechtsakt zu erflehen. Bertha wußte nicht aus und ein, denn sie liebte den Sohn Johanns und hing nurmehr wenig an dem anderen Sohne, aber sie schützte gerade diesen immer vor den bösen Absichten ihres Ehemannes. Immerhin war sie mit dem Weg, den die Dinge nahmen, recht zufrieden, betäubte ihr Gewissen durch Lügen und meinte, daß alles gut sei, als bereits zwölf Jahre dahingegangen waren, ohne daß etwas anderes als banger Zweifel in ihrem Innersten ihre Freude am Dasein getrübt hätte. Jahr für Jahr, so wie sie es einander zugeschworen hatten, kam der Mönch aus Marmoustier, den niemand im Schlosse kannte als allein die Zofe, verbrachte den ganzen Tag dort und schaute sein Kind an. Schon mehrmals hatte Bertha ihn angefleht, er möge doch auf dies Recht verzichten. Aber dann wies Johann auf das Kind und sprach: »Du siehst ihn alle Tage und ich sehe ihn nur einmal jährlich!« Und dann fand sie kein Wort der Erwiderung.

Wenige Monate vor des Kronprinzen Ludwig letzter Erhebung wider seinen Vater war das Kind an der Schwelle seines zwölften Jahres angelangt und alles sprach dafür, daß es einmal ein großer Gelehrter werden würde, so wohl war es bereits in allen Wissenschaften beschlagen. Nie hatte sich der alte Bastarnay so sehr in seiner Vaterschaft gesonnt und so beschloß er, ihn nach Burgund zum Hofe mitzunehmen, allwo der Herzog Karl versprach, diesem viellieben Sohn zu einer Stellung zu verhelfen, um die ihn Prinzen beneiden sollten. Denn er wußte so kluge Menschen zu schätzen. Als denn alles solchermaßen in schönster Ordnung war, da – schien es dem Teufel an der Zeit, seine Tätigkeit aufzunehmen. Er nahm seinen Schwanz beim Wickel und tunkte ihn so hübsch mitten in all dieses Glück, um nach Herzenslust darin herumzuquirlen.

Die reuige Sünderin

3. Berthas schauervolle Kasteiungen, ihre Sühne und ihr sanftseliges Ende.

Die Zofe der Frau von Bastarnay, die damals just fünfunddreißig Jahr alt war, verliebte sich in einen der Mannen im Schlosse und war so dumm, ihn aus ihrem Ofen einige Brötlein holen zu lassen, so daß sie am Ende jene natürliche Schwellung erlitt, die manche Spaßvögel ›die neunmonatliche Bauchwassersucht‹ zu nennen pflegen. Das arme Ding bat seine Herrin kniefällig, bei ihrem Manne dahin zu vermitteln, daß er den Verführer zwänge, vor dem Altar zu Ende zu führen, was er im Bette begonnen hatte. Frau von Bastarnay konnte das bei ihrem Gatten leicht erreichen und so ging zunächst alles gut: der greise Haudegen, der immer noch ein verteufelt grober Kerl war, langte sich zunächst seinen Feldwaibel, ließ ein Unwetter auf seinen Kopf niederrasseln und drohte ihm mit dem Galgen, wenn er die Zofe nicht heiratete; und da der Mann leuten Endes mehr an seinem Halse als an seiner Ruhe hing, so war ihm letzterer Ausweg immerhin lieber. So ließ sich denn Bastarnay zum zweiten das Frauenzimmer kommen. Aber er hielt es der Ehre seines Hauses für recht zuträglich, wenn er ihr zunächst erst mal die Leviten läse und ihr in Form eines Blütenstraußes klangvoller Beinamen und prasselnder Donnerwetter zu verstehen gäbe, sie verdiene nicht zu heiraten, sondern gehöre zur Strafe ins Kerkerloch. Darob bildete sich das Weibsbild ein, ihre Herrin wollte sie abtun, um so das Geheimnis von der Geburt ihres Lieblingssohnes für immer zu begraben.

Und wie ihr der alte Affe immer weitere Liebenswürdigkeiten sagte, wie etwa: man müßte ja ein Narr sein, solche Hure in seinem Hause zu behalten, da kreischte sie ihm ins Gesicht: er sei ein noch viel schlimmerer Narr, denn sein Weib sei schon seit langer Zeit verhurt und das habe noch dazu ein Mönch fertig gebracht (das war nämlich schon das schlimmste, was einem Kriegsmann widerfahren konnte). Stellt euch bitte das fürchterlichste Donnerwetter vor, das ihr in eurem Leben mit angesehen habt: das wäre immer noch das reinste Zephyrgesäusel gegen den flammensprühenden Wutausbruch, in den der Greis verfiel, den man mitten in die dreifachempfindlichste Stelle seines Herzens getroffen hatte. Er packte das Weibsstück an der Gurgel und hätte es auf der Stelle umgebracht, wenn selbiges ihm nicht alle Wie und Was dargelegt hätte, um sich reinzuwaschen. Zum Schluß sagte sie: wenn er ihr nicht glauben wolle, so brauche er sich nur ruhig aufs Ohr zu legen und bis zu dem Tage zu warten, wo Johann von Sacché, der Prior von Marmoustier, wiederkäme; dann möge er sich nur verbergen und er könnte dann hören, wie der glückliche Vater sich von dem einjährigen Fasten erhole, wie er seinen Sohn einen Tag lang auf Vorrat für ein ganzes Jahr küsse. Darob befahl Imbert dem Weib, das Schloß auf der Stelle zu verlassen, denn gleichgültig, ob sie die Wahrheit sage oder lüge, er würde sie in jedem Falle töten. Einen Augenblick später aber gab er ihr hundert Gülden in die eine Hand, den Feldwaibel in die andere, verbot ihnen beiden, das Tourer Land fürder noch einmal zu betreten und ließ sie der Sicherheit halber gleich durch einen seiner Offiziere nach Burgund expedieren. Seiner Frau erzählte er dann, er habe die beiden weggejagt, weil die Zofe ein verdorbenes Weibsstück sei, das nicht ins Haus gehöre. Er habe ihr aber hundert Gülden gegeben und ihrem Mann am Hofe von Burgund einen Posten verschafft. Bertha war zwar erstaunt, daß er die Zofe zum Teufel gejagt hatte ohne sie zu fragen, obwohl jene doch in ihren Diensten stand. Aber sie sagte nichts und bald hatte sie ihren Kopf mit anderen Sorgen voll, die ihr auf die Nägel brannten: denn der Hausherr änderte plötzlich seine Tonart, begann Vergleiche zwischen seinem viellieben jüngsten Sohne und sich selbst anzustellen: er, dem sein ältester so glich, fand bei dem anderen weder seine Nase, noch seine Stirn, noch dies, noch das.
»Er gleicht mir ganz und gar,« entgegnete Bertha eines Tages, da er wieder mit diesem Singsang anfing.

»Wißt Ihr nicht, daß in guten Ehen die Söhne von Vater und Mutter gleichermaßen gemacht werden und doch der eine so, der andere so gerät? Einmal hat einer das Gesicht von einem der Eltern, dann wieder gleicht einer beiden, und manche Mutter rühmt sich, daß keines ihrer Kinder einem seiner Eltern gleich und sagt dann, das Geheimnisvolle dabei sei die Folge göttlichen Willens.«

»Wie seid Ihr weise geworden, meine Liebe,« spottete Bastarnay. »Ich bin leider ganz unwissend und dachte immer, wenn ein Kind einem Mönche gleicht ...«

»Dann sei der Mönch der Vater?« setzte Bertha seine Frage fort und blickte ihm furchtlos ins Gesicht, obgleich es ihr wie Eis durch die Adern rann.

Ihr Mann vermeinte darob, er sei auf dem falschen Wege, und verfluchte die Zofe, aber sein Wunsch, die Sache aufzuklären, wurde nur um so glühender. Bertha hingegen war mißtrauisch geworden und schrieb an Johann, der in den nächsten Tagen kommen sollte: er möge dies Jahr wegbleiben, weshalb, das würde sie ihn später wissen lassen. Dann suchte sie die ›Dorfnärrin‹ in Losches auf und bat sie, diesen Brief dem Dom Johann zu bringen. So glaubte sie sich gerettet und war um so froher, als Imbert sonst um diese Zeit, wo das Mönchlein kam, zu seinen Gütern in der Provinz Maine reiste, diesmal aber nicht unter dem Vorgeben, die Vorbereitungen seien daran schuld, die der Herre Ludwig zum Aufstand wider seinen Vater traf. (Dieser Ärmste starb bekanntlich aus Gram über selbigen Überfall.) Der Vorwand war so gut gewählt, daß Bertha darauf hineinfiel und sich in Ruhe wiegte. Als aber der bewußte Tag kam, da kam auch pünktlich der Prior. Bei seinem Anblick erblich Bertha und fragte ihn, ob er ihre Botschaft nicht erhalten habe.

»Welche Botschaft?« fragte Johann.

»So sind wir verloren, das Kind, du und ich,« ächzte sie.

»Warum?« fragte der Prior erstaunt.

»Ich weiß nicht! Ich weiß nur, daß nun unser Stündlein geschlagen hat!«

Sie fragte ihren Lieblingssohn, wo Bastarnay sei. Der Knabe erwiderte, sein Vater sei durch einen Eilboten nach Losches gerufen worden und würde nicht vor der Vesperstunde zurückkehren. Daraufhin erklärte Johann trotz aller Vorstellungen seiner Liebsten, er wolle bei ihr und seinem Söhnlein bleiben, denn er sei ganz sicher, daß man nach zwölf Jahren keinerlei Unheil mehr zu befürchten brauche. Wie immer an den Tagen, wo sie die Wiederkehr der ersten Liebesnacht begingen, verblieb die arme Bertha mit dem beklagenswerten Mönche in ihrem Zimmer bis zum Abendessen. Da nun aber Bertha diesmal so in Ängsten war und Johann auch davon angesteckt wurde, so nahmen sie die Mittagsmahlzeit früher ein. Immerhin suchte der Prior von Marmoustier Berthas Gemüt aufzurichten, indem er auf die Vorrechte der Kirche verwies und sie daran erinnerte, wie schlecht Bastarnay zurzeit bei Hofe angeschrieben sei und wie sehr er sich darum vor einer Gewalttat wider einen hochgestellten Mönch des Klosters hüten müsse. Dann setzten sie sich zu Tische, derweile der Knabe gerade beim Spielen war und trotz der wiederholten Mahnungen der Mutter nicht davon abließ, auf einem spanischen Hengste, einem Geschenk, des Herrn Karl von Burgund, im Schloßhofe herumzutollen. Denn wie die Kleinen immer schon recht erwachsen scheinen wollen, so wollte auch dieser seinem Freunde, dem Mönch, zeigen, wie groß er bereits sei: er ließ also den Hengst wie einen Floh auf dem Laken hin und her springen und blieb dabei mit einem Eigensinn, als sei er im Harnisch ergraut.

»Laß' ihm denn seinen Willen, du mein liebster Schatz,« sagte der Mönch zu Bertha. »Eigensinnige Kinder werden oft große, feste Charaktere.«

Bertha nippte nur am Essen, denn ihr Herz war aufgequollen wie ein nasser Schwamm. Der Mönch hingegen war ein gelehrter Mann und so merkte er gleich nach dem ersten Bissen etwas Verdächtiges in seinem Magen vorgehen und am Gaumen ein Prickeln und Zusammenziehen, wie von einem Gift. Sofort stieg ihm der Verdacht auf, daß der Herre von Bastarnay ihnen dreien das Essen vergiftet habe; aber schon hatte Bertha davon gegessen und so sprang der Mönch jählings auf, raffte das Tischtuch zusammen und warf es mit allem, was darauf stand, in den Herd. Zugleich enthüllte er Bertha seinen Verdacht. Diese dankte der heiligen Jungfrau dafür, daß ihr Sohn derart aufs Spielen versessen gewesen war. Johann aber behielt seine fünf Sinne gar fest beisammen, sprang, als sei er noch immer ein Page wie ehedem, in den Hof hinab, riß seinen Sohn von dem Hengst, warf sich selbst darauf und jagte nach Losches wie der Teufel.

Gleich einer Sternschnuppe langte er dort an, suchte die Dorfnärrin auf, erzählte ihr in zwei Worten den Fall und bat sie um ein Gegenmittel gegen das Gift, davon ihm schon das Gedärm brannte.

»Ach!« klagte die Hexe, »wenn ich gewußt hätte, daß dies Gift Euch galt, das ich da verkauft habe, dann hätte ich mir lieber die Kehle von dem Dolche durchbohren lassen, damit ich bedroht war, um solchermaßen mein Leben für das eines Gottesknechtes und das entzückendste Weib des Erdenrundes dahinzuopfern. Denn wißt, lieber Freund, mit bleibt nur, dieser Rest, den ich von dem Gegengift in der Phiole hier habe.«

»Reicht es für sie?«

»Ja, aber sputet Euch!«

So sprengte der Mönch noch schneller zurück, als er zuvor hergesagt war, sodaß der Hengst im Schloßhof tot unter ihm zusammenbrach. Als er in das Zimmer stürzte, da fühlte er bereits sein Ende nahen: während er sein Kind küßte, wand er sich wie eine Eidechse im Feuer; aber er verbiß sich den rasenden Schmerz, vergaß im Gram über sie und über das Kind, die nun rettungslos dem Grimme Bastarnays ausgesetzt blieben, seine eigenen Qualen und rief Bertha zu:

»Trink' schnelll mein Leben ist schon gerettet.« Und er hatte den stolzen Mut, sein Gesicht ruhig erscheinen zu lassen, während er schon die Krallen des Todes sein Herz umklammern fühlte. Kaum aber hatte sie getrunken, da brach er tot zusammen, nachdem er noch seinen Sohn ein letztes Mal geküßt, auf seine Liebste einen letzten Blick gerichtet hatte, der sich auch nicht abwandte, als Johann seinen letzten Seufzer ausgehaucht hatte. Ob dieses Anblickes erstarrte Bertha vor Entsetzen zu Marmelstein; bewegungslos blieb sie vor dem Toten stehen, der zu ihren Füßen lag und preßte nur die Hand ihres Kindes, das in Tränen ausbrach, derweile ihr Auge so trocken blieb wie das cote Meer damals, als die Juden unter Moses' Führung hindurchschritten: denn ihr war, als ob trockener Sand ihr die Lider brannte. Betet für sie, mitleidige Seelen, denn nie litt ein Weib ärgere Folterqualen als Bertha, da sie inne ward, daß ihr Freund sein Leben geopfert hatte, um das ihre zu retten. Ihr Sohn half ihr, den Mönch auf's Bett zu legen, kniete mit ihr zu Füßen der Leiche nieder und betete mit ihr, die ihm nunmehr sagte, daß dies sein wirklicher Vater gewesen war.

Und solchermaßen harrte sie der Unglücksstunde, die nur allzu bald hereinbrach: denn gegen elf Uhr kam Bastarnay, dem am Gatter mitgeteilt wurde, der Mönch sei gestorben, nicht aber die Frau und das Kind. Dann erblickte er den toten Hengst und wutschnaubend, nur von dem einen Wunsch beseelt, die beiden zu erschlagen, stürmte er mit zwei Sprüngen die Treppe hinauf. Als er dann aber den Toten sah und vor ihm sein Weib und den Knaben, die ihre Litaneien sprachen ohne auf seine wilden Vorwürfe und Drohungen, noch auf sein rasendes Gebaren zu achten, da schwand ihm der Mut, seine schwarze Missetat zu Ende zu führen. Als die erste Wut verraucht war, wurde er unentschlossen und stürmte im Saale auf und ab wie ein Mann, der auf schlimmen Wegen ertappt wurde und dem sein Gewissen zusetzt. Denn die Gebete, die jene ohn' jene Unterbrechung für den Mönch sprachen, gingen ihm an die Nieren. So verlief die Nacht unter Weinen, Wimmern und Beten. Die Schloßfrau hatte eilends eine Zofe nach Losches gesandt, die ihr ein Edelfrauengewand, dem Knaben ein Pferdlein und eine Knappenausrüstung kaufen mußte. Darob war der Herre von Bastarnay arg verdünnt. Ellends ließ er sein Weib und das Kind des Mönches zu sich rufen, aber die beiden gaben gar keine Antwort, sondern machten sich mit den gekauften Sachen zu schaffen. Die gleiche Magd mußte auf Berthas Geheiß die Abrechnung für die Wirtschaft im Hause abschließen und ihrer Herrin Gewänder, Perlen, Geschmeide und Edelsteine so zurecht legen, wie man das tut, wenn eine Witwe auf all ihre Rechte verzichtet. Obendrauf mußte dann ihre Geldtasche gelegt werden, damit die Zeremonie vollständig war; und bald wußte das ganze Haus, was sich begab: alle sahen dann auch, wie die Schloßfrau von dem Hause Abschied nahm und darob wurden aller Herzen von tiefer Trauer bewegt, – selbst ein kleiner Balg, der erst in dieser Woche zur Welt gekommen war, heulte aus Leibeskräften, sintemalen ihm die Schloßfrau auch schon ein freundliches Wort gesagt hatte. Der alte Bastarnay aber war über diese Vorbereitungen einfach aus dem Häuschen vor Entsetzen; er lief in das Zimmer seines Weibes und fand sie schluchzend bei der Leiche Johanns, denn die Tränen waren ihr endlich wiedergekommen. Aber als sie ihren Mann sah, trocknete sie ihre Augen und auf seine zahllosen Fragen antwortete sie nur kurz mit dem Geständnis ihrer Schuld; sagte ihm, wie sie überlistet worden, wie der arme Edelknabe darüber in Verzweiflung geraten war;

zeigte die Narbe auf seiner Brust, beschrieb die langsame Heilung und erzählte dann, wie er aus Gehorsam zu ihr und aus reuiger Zerknirschung sein stolzes Leben als Rittersmann gelassen hatte und in ein Kloster gegangen war; wie sie zwar seine (Bastarnays) Ehre zu rächen willens gewesen sei, aber dennoch bedacht habe, daß Gott selbst diesem Manne nicht verweigert haben würde, einmal jährlich seinen Sohn zu sehen, dem er alles opferte, und daß sie nicht mit einem Mörder unter einem Dache leben wolle, deshalb sein Haus verließe und all ihr Gut dalasse; fände er, daß der Bastarnay Ehre beschmutzt sei, so möge er bedenken, daß er selbst es sei, der seinem Hause Schande gemacht habe, indem sie ja alles getan hätte, um das Unheil wieder gut zu machen; und dann enthüllte sie ihm endlich, daß sie mit ihrem Sohne eine Wallfahrt über Berg und Tal machen wolle, bis alle Schuld gesühnt sei, maßen sie sehr wohl wisse, wie sie Buße zu tun habe.

Nachdem sie solch schöne Worte bleich und voll Adel gesprochen hatte, nahm sie ihren Sohn bei der Hand und ging hinaus; und in ihrem tiefen Grame war sie noch erhabener, noch schöner als Hagar, als sie von dem greisen Patriarchen Abraham hinwegging. Ja, sie schaute so gar ehrfurchtgebietend aus, daß die Hausleute niederknieten als sie vorbeischritt, und die Hände gefaltet zu ihr emporhoben wie zu Unserer Lieben Fraue. Wie gar kläglich schaute dagegen der Herre von Bastarnay aus, als er weinend hinterdreinging, sintemalen er ja nun seine Schuld eingesehen hatte und so verzweifelt war wie ein Mann, den man zur Hinrichtung auf das Blutgerüst schleppe.

Bertha wollte nichts hören. In ihrem Grame beschleunigte sie sogar den Schritt, als sie die Zugbrücke niedergelassen fand, um sie noch schnell zu überschreiten, so sehr fürchtete sie, man könne die Brücke plötzlich hochziehen. Dann machte sie am Grabengeländer halt, während alle Schloßbewohner auf sie hinblickten und sie unter Tränen baten zu bleiben; und vornan stand der arme Ehemann, aufrecht, die Hand auf den Gatterpfosten gestürzt, und stumm in seinem Schmerze wie einer der Seiligen aus Stein, die in den Mauerruschen des Vorhoses standen. Aber er müßte mitansehen, wie der Knabe auf Berthas Geheiß bei der Brücke den Staub von seinen Schuhen schüttelte, um damit zu besagen, daß er mit den Bastarnays nichts mehr zu tun habe.

Und gleichermaßen tat Bertha, die sodann voller Würde auf ihren Mann wies und zu ihrem Sohne folgendermaßen sprach:
»Dies, mein Kind, ist der Mörder deines Vaters, welch letzterer, wie du weißt, ein armer Prior war. So kam es, daß du jenes Mannes Namen annahmest: Darum sieh zu, daß du ihm Staub seines Grund und Bodens von deinen Schuhen geschüttelt hast. Was deines Leibes-Nahrung und Unterhalt bis heute ausmachte, das werden wir, so Gott will, gleichermaßen mit Seiner Hilfe zurückbezahlen.«
Ob dieser vorwurfsvollen Worte hätte der alte Bastarnay seinem Weibe gern ein ganzes Kloster voller Mönche gegönnt, wenn nur dafür sie und der Knabe bei ihm geblieben wären. So stand er gebeugten Hauptes wider den Pfosten gelehnt da, während Bertha fortfuhr, ohne sich ihre Worte recht klar zu machen: »Du Dämon, bist du nun zufrieden? Mögen diesem zusammenbrechenden Hause denn fortan Gott, die Heiligen und alle Engel beistehen, zu denen ich immer so heiß gebetet habe!«
Und dann füllte sich ihr Herz mit heiligem Troste, denn sie sah das Klosterbanner an der Wegbiegung hinter dem Ackerfeld hervortauchen, und schon erklangen die Kirchengesänge wie himmlische Musik. Die Mönche hatten nämlich ihres vielieben Priors Ermordung erfahren und kamen nun in feierlichem Zuge, um seine Leiche zu holen, und mit ihnen kamen die Kirchenrichter. Kaum sah das der Herre von Bastarnay, da warf er sich aufs Roß, und er hatte gerade noch Zeit, mit seinen Mannen durch das Ausfallstor davonzujagen und zum Herrn Ludwig zu enteilen, indem er alles im Stich ließ.
Die arme Bertha wanderte, auf ihren Sohn gestützt, nach Montbazon, um dort von ihrem Vater Abschied zu nehmen, sintemalen sie von diesem Schicksalsschlage zu sterben erwartete. Aber ihre Familie tröstete sie und alle waren, wenn auch ohne großen Erfolg, bemüht, ihren Lebensmut wieder zu heben. Der alte Herre von Rohan steckte seinen Enkelsohn in ein schmuckes Gewaffen und hieß ihn seine reichen Gaben wohl zu verwenden, um Ruhm und Ehre zu gewinnen und solchermaßen seiner Mutter Schuld in ewiges Glück umzuwandeln. Auch des Knaben Mutter wiederholte ihm immer und immer von neuem, er müsse alles wieder gut machen und solchermaßen sie und Johann vor ewiger Verdammnis zu erretten.

So zogen denn beide in die Gegend, wo der Aufstand tobte, denn sie ließen sich von dem Wunsche leiten, dem Herrn von Bastarnay einen Dienst zu erweisen, der ihm noch mehr wert sei, als sein Leben. Nun weiß jeder, daß die Flamme des Aufruhrs am stärksten um Engoulesme und Bordeaux in Guyenne loderte. Die Hauptschlacht, die den Krieg entschied, wurde zwischen Ruffec und Engoulesme geschlagen, allwo man auch die Gefangenen henkte und hinrichtete. In dieser Schlacht führte Bastarnay den Oberbefehl und sie fand etwa im November, das heißt sieben Monate nach Johanns Ermordung statt. Der greise Edelmann wußte, daß man auf seinen Kopf einen Preis ausgesetzt hatte, weil er des Herrn Ludwig hauptsächlichster Ratgeber war. Und richtig: als seine Leute sich verirrt hatten, sah er sich plötzlich von sechs Gewappneten umdrängt, die ihn gefangen zu nehmen trachteten. Alsbald begriff er, daß man ihn lebend ergreifen wollte, um ihm den Prozeß zu machen, sein Eigen mit Beschlag zu belegen und seinen Namen zu Schanden zu machen. Der Ärmste wollte natürlich lieber sterben, wenn er nur dadurch seine Familie retten und seine Habe seinem Sohne hinterlassen konnte. So verteidigte er sich denn mit seinem ganzen Löwenmute, und trotz ihrer Übermacht sahen die Gegner bereits drei der ihren fallen.

Schließlich beschlossen sie, ihn niederzuschlagen auf die Gefahr hin, daß er dabei getötet würde. Schon hatten sie seine zwei Knappen und einen Pagen erschlagen, schon warfen sie sich zu dritt gleichzeitig auf ihn, als plötzlich ein Knappe mit dem Wappen derer von Rohan wie ein Blitz auf die Mörder einstürmte, zwei tötete und sich mit dem Rufe: »Gott errette die Bastarnays!« wider den dritten wandte. Der saß dem alten Bastarnay bereits am Kragen; aber der Knappe setzte ihm so zu, daß er von jenem ablassen mußte, sich jetzt wider diesen wandte und ihm den Dolch in das Halsstück des Harnisches bohrte. Bastarnay war ein viel zu wackerer Kämpe, als daß er geflohen wäre, ohne dem Retter seines Namens und seines Lebens beizustehen. Mit einem Hiebe seines Streitkolbens schmetterte er den Angreifer nieder, und als er den Knappen sterbend niedersinken sah, da riß er ihn quer über den Sattel und jagte zum Schlosse Roche-Foucauld, das ihm ein Mann wies. Es war bereits Nacht, als er dort anlangte. Sm Saale aber fand er Bertha, die ihm diesen Zufluchtsort hatte zeigen lassen; und als er nun seinem Retter das Visier abnahm, da erkannte er den Sohn Johann's, der nur noch seine Mutter küssen und ihr zurufen konnte:

»Mutter, unsere Schuld an ihm ist getilgt!« und dann brach er tot zusammen.

Die Mutter aber warf sich ob dieser Worte über ihren Sohn und küßte ihn und ward für immer mit ihm vereinigt, denn sie gab vor Schmerz ihren Geist auf und verschied, ohne Bastarnays Reue und Verzeihung abzuwarten.

Dies seltsame Mißgeschick beschleunigte so sehr das Ende des armen Edelmannes, daß er die Thronbesteigung des guten Königs Ludwigs des Elften nicht mehr erlebte. Er stiftete eine tägliche Seelenmesse in der Kirche von Roche-Foucauld, woselbst er in das gleiche Grab Sohn und Mutter beisetzen ließ und verfaßte eine Grabinschrift, die in wohlgesetzten lateinischen Worten beider Tugenden preist.

Daraus mag jedermann gar vielerlei gute Ratschläge ableiten; vor allem, daß Edelleute ihrer Frauen Liebste höflich behandeln sollen, des ferneren aber, daß alle Kinder von Gott verliehene Schätze sind und daß kein Vater, mag er nun der richtige sein oder nicht, das Recht haben darf, Mordtaten deshalb zu begehen, wie dies einstens im heidnischen Rom ein schändliches Gesetz erlaubte. Denn so etwas paßt nicht zu unserem Christentum, wo wir alle Kinder Gottes sind.

Wie das schöne Mägdelein von Portillon seinen Richter mundtot machte.

Jenes Mägdelein aus Portillon, das später als Frau des Färbers Tascherette hieß, wie in einer früheren Geschichte erzählt wurde, war vor dieser Ehe Wäschermädel. Für die Leute, die Tours nicht kennen, sei gesagt, daß Portillon stromabwärts an der Loire auf der gleichen Seite wie Saint-Cyr liegt, just so weit von der Brücke entfernt, die zur Kathedrale in Tours führt, wie diese Brücke von Marmoustier entfernt ist, so daß also diese Brücke genau in der Mitte zwischen Portillon und Marmoustier liegt. Begriffen? Ja? – Gut!

Dort also hatte das Mädel seine Waschstube, konnte in ein paar Schritten den Fluß erreichen und hier ihre Wäsche spülen, setzte dann mit einer Fähre nach Saint-Martin über und trug von dort den größten Teil ihrer Wäsche nach Chateauneuf und anderen Nachbarsorten.

Etwa sieben Jahre, bevor sie den biederen Tascherau heiratete und zwar so um Johanni herum, trat sie in das Alter, da die Liebe ihre Wirkungen tut. Und weil sie ein lustiges Ding war, so ließ sie sich von jedem Burschen lieben, der ihr nachlief, ohne aber einem ihre besondere Gunst zu schenken. So kam's denn, daß ihre Fensterbank die Bekanntschaft von Rabelais' Sohn machte, der vier Kähne auf der Loire besaß, die vom Ältesten der Familie Hannes, die des Schneiders Handelsmann und des Goldwarenhändlers Sünder, aber sie alle ernteten nur einen Hereinfall nach dem anderen, denn das Mädel wollte erst in der Kirche getraut sein, bevor es sich einen Mann auf den Pelz lud; woraus man leichtlich ersehen kann, daß sie damals noch ein ehrbares Ding war, bevor ihre Tugend auf Abwege geriet. Sie gehörte eben zu der Sorte von Mädeln, die sich erst vor jedem Fleckchen hüten, haben sie aber mal einen so ganz zufällig abbekommen, dann gehen sie durch Dick und Dünn, wohl in dem Gedanken, daß es nun auf ein paar Dutzend Flecke doch nicht mehr ankommt, wo sowieso eine gründliche Wäsche unvermeidlich ist. Mit solchen Charakteren muß man immer Nachsicht üben.

Sah da eines Tages ein junger Höfling mit an, wie sie in praller Mittagssonne und dementsprechend reizvoll anzuschauen über den Fluß setzte. Der Anblick stach ihm ins Auge und er erkundigte sich schleunigst, wer das sei. Ein alter Uferarbeiter erklärte ihm, daß sie allenthalben nur das schöne Mädel von Portillon hieße und gleichermaßen ob ihrer ausgelassenen Fröhlichkeit wie ob ihres ehrsamen Lebenswandels bekannt sei. Und stracks beschloß der junge Herr, der mit wohlgestärkter Halskrause und prächtigem Gewande geckenhaft prunkte, der Schönen seine Kundschaft zuzuwenden, rief sie an und gab ihr gleich sei nen Auftrag. Sie dankte ihm dafür um so mehr, als es der Kämmerer des Königs, der Herr von Fou war. Das Mädel war nun natürlich über die Maßen stolz; des Kämmerers Name kam ihr gar nicht mehr aus dem Mund, jedermann in Saint-Martin bekam die Geschichte zu hören, als sie in die Waschstube zurückkam, war es ihr drittes Wort und als sie am nächsten Tag im Fluß Wäsche spülte, da hörte man überhaupt nichts weiter von ihr, kurz, es wurde am Ende denn doch etwas zu viel, sintemalen von dem Herrn von Fou bald mehr in Portillon die Rede war, als vom Lieben Gott bei einer Predigt.

»Wenn's schon setzt so geht, was wird sie erst anstellen wenn die Sache brenzlich wird?« meinte eine alte Wäscherin, an der die Zeit nicht mehr viel übrig gelassen hatte. »Na, sie will's ja nun einmal so und der Herr von Fou wird's ihr schon besorgen!«
Als die Schwätzerin dann zum erstemnal die Wäsche im Hause des Herrn von Fou ablieferte, ließ der Kämmerer sie in sein Zimmer rufen, sang ihr große Loblieder über ihre Tüchtigkeit und meinte schließlich: das sei gar nicht dumm, so hübsch zu sein wie sie es wäre, und er wolle gleich berichtigen, was er ihr dafür schuldig sei. Gesagt, getan! Die Dienerschaft war hinausgegangen und sofort wurde er überaus zärtlich zu dem Mädel, das am Ende meinte, er wolle nun das Geld aus der Tasche nehmen und darum bescheidentlich wegsah, so wie's sich für ein Mädel geziemt, dem man seinen blitzeblanken Lohn aufzählen will. Sie sagte nur schüchtern:
»Vordem ist ja noch nichts gewesen.«
»Ganz recht! Ich weiß: das erste Mal!« entgegnete er. Für's weitere nun behaupten die einen, er habe sie nur mit großer Mühe untergekriegt und sein Überfall hätte keinen großen Schaden angerichtet; die anderen aber meinen, sein Einbruchsversuch sei überhaupt vorbeigelungen, da sie sich mit Händen und Füßen gewehrt und ein Mordsgeschrei angehoben habe; jedenfalls rannte sie wie ein verirrtes Heer davon und spornstreichs zum Richter. Sintemalen aber selbiger gerade über Land gefahren war, so wartete sie auf ihn und erzählte derweile unter einem Tränenstrom der Magd: sie sei bestohlen worden, denn der Herr von Fou habe ihr statt des schuldigen Lohnes eine Probe seiner Bosheit gegeben und ihr dabei dasjenige geraubt, wofür ihr ein Kanonikus des Kapitels eine große Summe versprochen hatte; wenn sie einem Manne in Liebe zugetan sei, dann fände sie nichts dabei, ihm dies Vergnügen zu gönnen, maßen sie selbst ja auch ihre Annehmlichkeiten dabei fände; aber der Kämmerer habe sie nicht liebevoll behandelt, wie sie es doch verdient habe, sondern geknufft und gestoßen, und so schulde er ihr die tausend Gülden, die ihr der Kanonikus in Aussicht gestellt habe. Wie der Richter endlich heimkommt und sie sieht, will er mit ihr schäkern; aber sie setzt sich zur Wehr und erklärt, sie sei zu ihm gekommen, um eine Klage vorzubringen. Der Richter entgegnet, ihr zu Liebe wolle er gern den schuldigen Teil den Kopf durch die Schlinge stecken lassen,

aber sie entgegnet, an solcher Hinrichtung läge ihr nichts; vielmehr wolle sie tausend Gülden als Entschädigung dafür daß man ihr wider Willen Gewalt angetan habe.

»Oho!« meinte der Richter, »solche Blütenknospe ist viel mehr wert!«

»Wenn er mir tausend Gülden zahlt, laß' ich ihn gern laufen; denn ich kann dann leben, ohne weiter Wäsche spülen zu müssen.«

»Hat denn der glückliche Räuber auch so viel Geld?« fragte der Richter.

»Aber freilich.«

»Dann muß er gehörig bluten! Wer ist es denn?«

»Der Herr von Fou.«

»Oh – das ändert allerdings die Sachlage,« kniff der Richter.

»Wo bleibt denn da die Gerechtigkeit?«

»Ich rede ja hier nicht von der Gerechtigkeit, sondern von der Sachlage. Ich muß jetzt erst vor allem wissen, wie sich die Sache zugetragen hat.«

Alsbald erzählte ihm das Mägdelein in aller Unschuld, wie sie die Halskrausen in des Edelmannes Schrank legte und er derweile an ihrem Rock herumzottelte. So habe sie sich umgedreht und gesagt: »Wird's bald ein Ende nehmen?!«

»Aber da ist ja schon alles sonnenklar!« rief der Richter. »Natürlich hat er daraus verstanden, daß du ihn ersuchtest, die Angelegenheit so schnell wie möglich zu Ende zu führen!«

Worob das Mädel entgegenhielt, sie habe sich unter Geschrei und Tränen zur Wehr gesetzt und damit sei die Notzucht doch hinreichend erwiesen.

»Ach, das war nur so ein Jungferngetue, um ihn noch mehr anzufeuern,« meinte der Richter. Aber das Mädel erzählte weiter, wie der Herr sie wider ihren Willer endlich um den Leib gefaßt und aufs Bett geworfen habe; wie sie sich wand wie ein Aal und geschrieen habe, als ob sie am Spieße stäke. Als dann aber niemand zu Hilfe gekommen sei, da habe sie schließlich den Mut verloren.

»Gut, gut!« sagte der Richter. »Hast du denn Vergnügen dabei empfunden?«

»Nein!« rief sie. »Nur Schaden habe ich davon gehabt, und den muß er mir mit diesen tausend Gülden ersetzen.«

»Liebes Kind,« entgegnete der Richter,

»ich kann deine Klage nicht entgegennehmen, denn ich glaube nicht, daß man ein Mädel wider seinen Willen notzüchtigen kann.«
»Uhuhuhu!« schluchzte sie. »Fragt doch Eure Magd und hört, was die Euch sagt.«
Die Magd erklärte, es gäbe pläsierliche und überaus schmerzhafte Vergewaltigungen. Wenn nun jenes Mädel weder Geld noch Freude davongetragen habe, so schulde ihr der Beklagte dies beides. Diese weise Entscheidung warf den Richter in die größte Verlegenheit.
»Jakobine,« rief er endlich, »diesen Fall möchte ich klar stellen, bevor ich zu Abend esse. Jetzt hole mir flink die Nadel und den roten Faden, womit die Aktenfutterale vernäht werden.«
So brachte die Magd eine Nadel mit einem hübschen, wohlgeründeten Öhr und einen dicken roten Faden, wie er von den Richtern bei den Akten verwendet wird. Aber sie blieb in der Stube, um die Entscheidung des Richters abzuwarten, und war mindestens ebenso gespannt wie das hübsche Ding, zu erfahren, was die geheimnisvollen Vorbereitungen zu besagen hatten. Alsbald hub der Richter an:
»Also, mein liebes Kind, ich werde nun die Nadel halten, dessen Öhr groß genug ist, um ohne Mühe den Faden hier einzufädeln. Wenn du ihn einfädelst, dann ist deine Klage angenommen und ich werde dem Edelmann so lange zusetzen, bis er sich zu einer gehörigen Entschädigung versteht und in einen Kompromis eingeht.«
»Wohinein?« fragte sie, »nein, nein, dazu kann ich nicht ja sagen!«
»Nicht doch! ›Kompromis‹ ist ein juristisches Wort und besagt soviel als Vereinbarung!«
»Ach so! Ein Kompromis bedeutet bei Gericht so etwas wie Verlöbnis?«
»Ganz recht, mein Kind. Ich sehe, du hast seit deiner Vergewaltigung auch einen ganz offenen Kopf. Also, nun sag', bist du bereit?«
»Jawohl,« entgegnete sie. Und alsbald hielt ihr der verschmitzte Richter das Öhr sehr bequem hin; sobald sie aber den Faden, den sie durch Zwirbeln schön steif gemacht hatte, hineinstecken wollte, da drehte er die Nadel etwas zur Seite und sie stach vorbei: Jetzt wurde ihr klar, was der Richter für Beweise haben wollte: schnell feuchtete sie den Faden an, machte ihn gerade und versuchte von neuem. Der Richter aber wackelte, drehte und zappelte wie eine Jungfer, die sich zur Wehr setzt; und so ging der verflixte Faden immer wieder daneben.

So oft sie versuchte einzufädeln, so oft wich der Richter aus, und so kam die Vermählung von Nadel und Faden nicht zustande und die Nadel blieb Jungfer. Worob die Magd wie närrisch lachte und rief, die Maid verstände sich besser darauf, sich vergerwaltigen zu lassen, als anderen Gewak anzutun. Am Ende mußte auch der Richter lachen, aber das Mädel weinte bittere Tränen, da sie ihre Gülden entschwinden sah.

»Wenn Ihr nicht stillhaltet,« rief sie endlich und verlor die Geduld, »wenn Ihr immer hin- und herzappelt, dann werde ich nie in dies Loch einfädeln können.«

»Ja, siehst du, mein Kind, wenn du's auch so gemacht hättest, dann hätte dir der Edelmann auch nichts antun können. Und nun bedenke noch, wie es bequem ist, hier hinein zu kommen, und wie wohlverwahrt dagegen ein Jüngferlein ist.«

Nun dachte das hübsche Ding nach, wie es den Richter mundtot machen und ihm beweisen könne, daß sie nur gezwungenermaßen nachgegeben habe; denn schließlich gings ja hier um die Ehre all der armen Mädel, die unter gleichen Umständen vergewaltigt werden könnten.

»Herr Richter: um die Sachlage ins richtige Geleise zu bringen, muß ich so handeln können, wie der Edelmann es tat. Wenn's nur darauf angekommen wäre, daß ich zappelte, dann würde ich jetzt noch zappeln. Aber er hat's anders zu Wege gebracht.«

»Also zeige mal,« entgegnete der Richter.

Alsbald geht das Mädel mit dem Faden zu einer Wachskerze und reibt ihn mit dem Wachs ein, damit er schön steif bleibt. Und dann sticht sie wieder auf das Öhr los, das ihr der Richter hinhält, das er aber bald nach rechts, bald nach links fortdreht. Derweile sagte das hübsche Kind rausend spaßhafte Dinge, wie etwa: »Ach, so ein hübsches Öhr! Was für ein zierlich-süßes Ding! Nie hab' ich noch solch Kleinod gesehen, solch reizenden Zwischenspalt! Laßt mich doch diesen Faden hineinstecken! Seht nur, wie er verlockend ausschaut! Ach, Ihr werdet dem Ärmsten wehtun, seht doch, wie er niedlich ist! Haltet nur etwas ruhig! Achtung, meine Richterliebe, Richter meiner Liebe! Wird der Faden denn wirklich nicht durch dies eiserne Pförtlein gleiten, darin es dem armen Faden so schlimm ergeht, denn er wird ganz abgenutzt daraus hervorkommen.«

Und kicherte und hatte immer neue Einfälle und war so voll Neckerei und Späßchen und Unfug, daß der Richter am Ende mitlachen mußte. Und weiter stach sie mit dem Faden zu, zog ihn wieder zurück und so mußte der Richter standhalten, bis es sieben Uhr schlug: immer zur Seite zucken, drehen, wenden, während das Mädel sich weiter bemühte, den Faden einzufädeln.

Aber es gelang ihr nicht, so dicht sie auch oft daran war, bis endlich des Richters Hand ermüdete und er sie einen Augenblick am Tischrand aufstützen mußte. Just in diesem Augenblick fädelte sie ein und rief:

»So ist's mir ergangen!«

Da war der Richter aufs Maul geschlagen und erklärte denn der Schönen, er wolle den Herrn von Fou aufsuchen und ihre Sache bei ihm vortragen, sintemalen er sich nun überzeugt habe, daß sie wider ihren Willen vergewaltigt worden sei und die Sache Sühne heische. Tags darauf also ging er an den Hof, trug dem Herrn von Fou die Klage des Mädels vor und erklärte, wie sie ihm ihre Behauptung bewiesen hatte. Das machte dem König einen Mordsspaß, und da der Edelmann einräumte, daß die Sache so ziemlich ihre Richtigkeit habe, so fragte ihn der König, ob ihm denn die Sache wirklich so schwer gefallen sei. Als der dann aber in aller Unschuld erklärte: ganz so schwer denn doch nicht, da meinte der König: so sei der Einbruch auch nur seine hundert Gülden wert. Und die händigte der Kämmerer dann dem Richter aus, um nicht als Geizkragen verschrien zu werden. Der Richter aber ging wieder nach Portillon und eröffnete dem Mädel grinsend, er habe hundert Gülden für sie herausgeschlagen und wenn sie den Rest, der an dem Tausend fehle, noch haben wolle, so möge sie sich an die Edelleute halten, die zu des Königs Gefolge gehörten und sogleich, nachdem sie den Fall vernommen hatten, mit dem Vorschlag an ihn herangetreten seien, ihr Scherflein dazu beizutragen. Das Mädel zeigte sich gar nicht ungeneigt und meinte, sie brächte ja manches Opfer, wenn sie dadurch der Wascherei ledig würde. Also brachte sie dem Richter ihre Erkenntlichkeit in freigiebigster Weise zum Ausdruck und erwarb sich dann ihre tausend Gülden im Verlaufe eines Monats. Daraus sind eben die Lügen und Verleumdungen entstanden, die der Neid auf ihre Kosten in die Welt setzte: Aus zehn Edelleuten wurden gleich hundert! Im Gegenteil – sobald das Mädel seine tausend Gülden hatte, wurde es die Tugend selbst!

Selbst ein Herzog hätte sich vergeblich bemüht, ihren Widerstand zu brechen, dafern er ihr nicht mindestens fünfhundert Gülden auf den Tisch gezählt hätte. Das zeigt doch, wie sparsam sie mit ihrer Gunst geworden war.

Allerdings ist es auch wahr, daß der König sie einmal in sein Betstübchen bei der Distelfinkallee kommen ließ, sich an ihrer Schönheit und Schalkhaftigkeit weidlich ergötzte und den Bütteln untersagte, sie jemals irgendwie zu behelligen. Nicole Beaupertuys aber, des Königs Liebste, zog es angesichts ihrer auffallenden Schönheit vor, ihr hundert Gülden zu geben, damit sie nach Orleans ginge und sich die Loire genau daraufhin anschaute, ob sie dort die gleiche Farbe habe wie in Portillon. Das Mädel tat das um so lieber, als ihm wenig daran lag, des Königs Liebste zu werden. Als dann aber der heilige Mann kam, dem der König in seinem Sterbestündlein beichtete und der später ja auch kanonisiert wurde, da ging auch das Mädel zu ihm, säuberte ihr Gewissen, tat Buße und stiftete ein Bett für das Aussätzigenheim zu Lazare-les-Tours. Wieviel Damen kennt nicht unsereins, die sich von mehr als zehn Kavalieren gut und gerne haben notzüchtigen lassen, und die sich doch nur um ihre eigenen Betten gekümmert haben und sich den Teufel um andere scherten. Darum mag das hier ausdrücklich betont werden, um dieses guten Mädels Ehre rein zu waschen, so wie sie ihrer Nächsten schmutzige Wäsche wusch. Daß sie aber fortan ob ihrer Anmut und ihres Witzes in Ehren stand und ihre Vorzüge durch die Ehe mit Tascherau besiegelte und wie sie diesen so kunstvoll zum Hahnrei machte, weil ihr Herz eben für einen Gatten allein zu groß war – das alles ist ja schon früher in der Geschichte von »Buckelchen« ausführlich erzählt worden.

Eine Geschichte, die erweisen soll, daß das Glück allemal weiblichen Geschlechtes ist.

In jener Zieit, da die Rittersleute einander auf der Jagd nach dem Glück bereitwilligst beistanden, begab es sich in Sizilien (ihr wißt hoffentlich) daß selbiges im Mittelländischen Meere liegt und einstmalen sehr berühmt war), daß ein Ritter im Walde einem anderen begegnete, der seinem Aussehen nach Franzose war.

Offenbar aber befand sich dieser Franzose zur Zeit in recht kläglichen Verhältnissen; denn er besaß weder ein Pferd noch einen Knappen oder Gefolge und war derart jämmerlich ausstaffiert, daß man ihn ohne seine fürstliche Haltung und sein edelgeschnittenes Gesicht für einen Strolch hätte halten können. Narürlich war es ja möglich, daß sein Gaul durch Hunger oder Überanstrengung, vielleicht infolge der Seefahrt auf dem Wege hierher verendet war; auf alle Fälle war aber der Rittersmann durch die Erfolge, die eine ganze Reihe seiner Landsleute in Sizilien errungen hatten, ebenfalls hierhergelockt worden. Der andere Ritter, namens Pezara, war Venetianer von Geburt, hatte der Republik aber schon vor langer Zeit, den Rücken gekehrt, und da er am Hofe des Königs von Sizilien festen Fuß gefaßt hatte, so lag es auch gar nicht in seiner Absicht, seine Heimatsstadt wieder aufzusuchen. Als jüngerer Sohn hatte er dort keinerlei Erbteil zu erwarten, Handel zu treiben lag ihm nicht, und so hatte er seine Familie, so wie sie ihn, im Stich gelassen. Doch war seine Abstammung gar vornehm und an dem Hofe, wo er jetzt lebte, genoß er im weitesten Maße die Gunst des Königs. Dieser Venetianer also ritt auf einem schönen spanischen Hengst und war just in Gedanken darüber versunken, wie einsam er eigentlich bei Hofe dastand, wo er inmitten lauter Freunde keinen zuverlässigen Freund besaß, und wie wenig das Glück solchen Leuten ohne Anhang hold zu sein pflege. Gerade in diesem Augenblick erblickte er nun den Franzosen, dem es augenscheinlich noch viel kümmerlicher ging, maßen der Venetianer doch immerhin noch ein schönes Gewaffen, ein prächtiges Pferd, zahlreiche Dienerschaft und ein Haus besaß, darin er es sich nach Luft und Laune wohl sein lassen konnte. So rief er jenen zu:

»Ihr scheint mir weither zu kommen, da Ihr so eingestaubt seid!«

»Oh, das ist schon nicht mehr der Staub all der Wege, die ich zurückgelegt habe,« entgegnete der Franzose

»Wenn Ihr so weit gereist seid, so dürftet Ihr ein welterfahrener Mann sein.«

»Freilich! Ich habe gelernt, daß man sich nicht um Dinge kümmern soll, die einen nichts angehen; daß jeder, mag er seinen Kopf auch noch so hoch tragen, doch immer nur auf dem gleichen Boden steht wie ich;

daß man weder auf warmes Wetter im Winter, noch auf den Schlaf seiner Feinde oder gar auf die Versprechungen seiner Freunde bauen darf!«

»So seid Ihr weiter als ich!« rief der Venetianer voll bassen Staunens. »Denn Ihr sagt mir da Dinge, an die ich nie gedacht hätte.«

»Jeder muß für sich selber denken,« entgegnete der Franzose. »Und da Ihr mir soviel Fragen vorgelegt habt, darf ich Euch nun wohl auch um den guten Dienst bitten, mir den Weg nach Palermo oder doch wenigstens nach einem Gasthause zu weisen, da die Nacht schon nahe ist.« »Kennt Ihr denn irgendeinen Franzosen oder einen sizilianischen Edelmann in Palermo?«

»Nein.«

»So könnt Ihr also nicht einmal darauf rechnen, daß man Euch dort gastlich aufnimmt?«

»Ich bin bereit, allen zu verzeihen, die mich vor die Tür setzen. Also, Herr, den Weg, bitte?«

»Ich habe mich genau so verirrt wie Ihr. So wollen wir zusammen suchen.«

»Dazu müßten wir beisammen bleiben; aber Ihr seid zu Pferd und ich zu Fuß.«

Darob ließ ihn der Venetianer mit aufsteigen und fragte ihn dann:

»Ahnet Ihr, wer ich bin?«

»Offenbar ein Mann.«

»Fühlt Ihr Euch denn sicher?«

»Oh, wenn Ihr ein Strolch wäret, so müßte man freilich für Euer Leben besorgt sein,« meinte der Franzose fürsorglich und setzte dem anderen einen Dolch auf die Brust.

»Gut, gut, Freund Franzose, Ihr scheint mir ein gar kluger und vernünftiger Herr zu sein. So wißt, daß ich ein Edelmann am Hofe des Königs von Sizilien bin, daß ich mich aber einsam fühle und einen Freund suche. Euch scheint es ebenso zu gehen, sintemalen Ihr offenbar nicht mit Glücksgütern gesegnet und auf die Hilfe aller Welt angewiesen seid.«

»Wäre ich glücklicher, wenn alle Welt mit mir zu tun hätte?«

»Ihr seid ja ein ganz verteufelter Kerl, der mir mit jedem Wort eins auf den Mund gibt! Beim heiligen Markus, Herr Ritter, darf man in Euch Vertrauen haben?«

»Mehr wie in Euch, der Ihr unsere ritterliche Freundschaft damit beginnt, mir blauen Dunst vorzumachen. Denn Ihr behauptet, Ihr wäret verirrt und lenkt doch Euern Gaul wie einer, der den Weg recht gut kennt!«

»Habt Ihr mir etwa keinen blauen Dunst vorgemacht, da Ihr bei all Eurer weisen Erfahrung zu Fuß geht und Eure Ritterschaft unter der Maske eines Strolches verbergt? Dort ist das Gasthaus: mein Gefolge hält uns schon unser Nachtessen bereit.«

Der Franzose sprang vom Pferde und schritt mit dem Venetianer, dessen Einladung er annahm, in das Gasthaus. Dort setzten sich die beiden zu Tische. Der Franzose hieb alsbald so mordsmäßig ein, setzte seine Kaufwerkzeuge mit soviel Eifer in Bewegung, daß er derart auch im Essen, so wie zuvor im Reden, eine bemerkenswerte Tüchtigkeit bewies. Und obgleich er gar manchen Humpen mit viel Schwung in sich hineingoß, blieb doch sein Auge lichterklar und sein Verstand wurde nicht einen Augenblick getrübt. Solchermaßen ward der Venetianer inne, daß er da einen gar stolzen Sproß des guten Adam kennen gelernt hatte, einen, der entschieden nicht aus einer falschen Rippe gedrechselt war. Während sie becherten, bemühte er sich seines neuen Freundes geheime Absichten allmählig aus ihm herauszukitzeln. Aber der ließ eher sein Hemd fahren, denn seine vorsichtige Zurückhaltung, und so entschloß sich der Venetianer, zunächst sein eigenes Wams aufzuknöpfen und solchermaßen des anderen Vertrauen zu erwerben. Darum schilderte er ihm denn die Zustände in Sizilien, wo damals Leufried zur Seite seines holden Weibes herrschte; beschrieb ihm das lockere und ritterliche Leben am Hofe, allwo Spanier, Franzosen, Italiener und sonstige hochgeborene Edelleute aus der verschiedensten Herren Länder sich's wohl sein ließen, allwo auch gar manche Prinzessin lebe, die gleichermaßen reich wie schön sei; enthüllte ihm des Herrschers hochfliegende Pläne, Morea, Konstantinopel, Jerusalem, den Sudan und andere Gebiete in Afrika zu erobern; wie diesem hochbegabte Männer zur Seite ständen, die immer neue Scharen aus der Blüte der christlichen Ritterschaft an den Hof zogen und gestützt auf diesen Glanz die Absicht verfolgten, einstens am Mittelländischen Meer die antike Größe Siziliens wiedererstehen zu lassen und Venedig, diesen gebietsarmen Staat, zu zermalmen. Alle diese Pläne habe er, Pezara, dem König eingegeben.

Aber wenn er auch noch bei seinem Könige in Gunst stände, so fühle er sich doch schwach, da ihm die Hofleute allen Beistand verweigerten; und deshalb sei er auf der Suche nach einem Freunde, deshalb habe er sich am Ende entschlossen, sich unterwegs dem Schicksal auf gut Glück anzuvertrauen, und just während dieses Gedankenganges habe er nun ihn getroffen, der sich sofort als ein hochbefähigter Rittersmann entpuppt habe. So böte er ihm Waffenbrüderschaft an und stelle ihm seine Habe, sein Haus, alles zur Verfügung: Hand in Hand würden ihnen beiden die höchsten Ehren wie die herrlichsten Freuden offen stehen, wenn sie nur einander beiständen wie die Waffenbrüder zur Zeit der Kreuzzüge und keinerlei Geheimnisse voreinander hätten; da er, der Franzose, ja auch Erfolg und Beistand suche, so würde er doch wohl seinen Vorschlag bereitwilligst annehmen. Worauf der Franzose erwiderte:

»Beistand brauche ich nicht, denn ich kann auf etwas volles Vertrauen setzen, das mir jeden Wunsch erfüllen wird. Immerhin will ich auf Euren ritterlichen Vorschlag gern eingehen, mein teurer Pezara. Bald werdet Ihr sehen, daß Ihr dem Ritter Gauttier von Montsoreau, diesem Edelmann aus dem holden Tourer Lande, gar sehr zu Danke verpflichtet seid.«

»Besiget Ihr denn eine Reliquie, auf die Ihr so stolz vertrauen dürft?«

»Ja! Meine gute Mutter hat mir einen Talisman mit auf den Weg gegeben, mit dem man Schlösser bauen wie vernichten kann; einen Hammer, der Gold prägt, ein Heilmittel für alle Krankheiten, einen Reisestab, der unersetzlich ist und sich für teures Geld verpfänden läßt, ein Wunderwerkzeug, das ohne Lärm in jeder Schmiede Meisterleistungen ermöglicht.«

»Beim heiligen Markus! Da tragt Ihr ja ein wahres Weltwunder unter Eurem Panzerhemde!«

»Gar kein Wunder,« meinte der Franzose: »Eigentlich ein ganz natürlich Ding. Schaut her!«

Indessen erhob er sich, um zu Bett zu gehen, und ließ dabei ein Werkzeug der Freude sehen, wie der Venetianer ein gleiches noch nie zu Gesicht bekommen hatte. Und als sie dann beide im Bette lagen (in dem gleichen, wie es damals so üblich war), da fuhr der Franzose fort:

»Mit diesem Hilfsmittel kann man alle Widerstände überwinden, indem man sich die Frauenherzen erobert, und sintemalen ja die Frauen am Hofe die Herrschaft führen, so wird Euer Freund Gauttier dort bald die Zügel in der Hand haben.«

Der Venetianer kam aus dem Staunen über Gauttiers geheime Schönheiten, damit diesen seine Mutter und wohl auch sein Vater beschenkt hatten, gar nicht heraus. Wahrhaftig, damit mußte er überall Sieger bleiben, um so mehr, als sich zu dieser körperlichen Vollkommenheit die geistige Regsamkeit eines jugendfrischen Pagen, die Erfahrung eines alten Teufels gesellte. So schwuren sie sich denn treue Waffenbrüderschaft, dazwischen keines Weibes Herz sich drängen durfte, schwuren, ein Herz und eine Seele zu sein und immer gleichsam unter einer Decke zu stecken, und dann schliefen sie voll Zufriedenheit über ihre Brüderschaft auf dem gleichen Kopfkissen ein. So gings eben damals zu.

Tags darauf gab der Venetianer seinem Freunde Gauttier einen prächtigen Hengst, item eine volle Börse und feine seidene, golddurchwirkte Gewänder, und diese Ausrüstung hob dessen edles Aussehen noch gewaltig und setzte seine Schönheit erst ins rechte Licht, worob der Venetianer sicher ward, daß jener alle Damenherzen knicken müsse. Seinem Gefolge befahl er, Gauttier so pünktlich zu gehorchen wie ihm selbst, und so bildeten sich selbige ein, ihr Herr habe auf einem Fischzuge diesen Franzosen erbeutet. Alsbald hielten die beiden Freunde ihren Einzug in Palermo, und zwar erwählten sie die Stunde, da der König und seine Gemahlin lustwandelten. Pezara stellte seinen Freund mit viel rühmenden Worten vor, pries seine edlen Vorzüge und verschafft ihm einen so huldreichen Empfang, daß Leufried ihn sogleich zum Abendessen einlud. Der Franzose beobachtete das Treiben am Hofe mit wachsamem Auge, und so hatte er bald zahllose Seltsamkeiten festgestellt. Der König war ein hochgemuter, schöner Fürst, seine Gemahlin eine riesig heißblütige Spanierin, vielleicht die schönste, edelste Frau am ganzen Hofe, aber offenbar schwermütiger Stimmung. Daraus schloß der Franzose gar scharfsinnig, daß sie wohl vom König vernachlässigt würde. Denn eine alte Regel im Tourer Lande besagt, daß ein wahrhaft fröhlich Gesicht nur durch eheliche Freuden erzielt werden kann. Pezara zeigte denn auch seinem Freunde Gauttier etliche Damen, denen allen der König seine Gunst schenkte

und die sich voller Eifersucht in den wundersamsten, mit glühendster Lüsternheit erklügelten Erfindungen liebevoller Zärtlichkeiten stürmisch überboten. Woraus Gauttier sehr richtig schloß, daß der König am Hofe seiner Geilheit freien Lauf ließ, obgleich er daheim die schönste Frau des Erdenrundes besaß, daß er alle Damen Siziliens mit Beschlag belegte, um seinen königlichen Zoll einzutreiben und seinen Gaul in fremde Ställe zu stellen, ihm die nötige Abwechselung im Futter zu verschaffen und ihn alle Gangarten der hohen Schule erlernen zu lassen. Da nun aber der Herr von Montsoreau sicher war, daß niemand, so wie die Dinge lagen, den Mut haben würde, der Königin ein Licht aufzustecken, so beschloß er, selbst durch einen meisterlichen Handstreich seinen Lanzenschaft im Lager der schönen Spanierin aufzupflanzen. Und dabei ging er folgendermaßen zu Werke: Bei der Abendmahlzeit hatte der König dem fremden Rittersmann als Ausdruck besonderer Ehrung den Platz neben der Königin zugewiesen. So reichte Gauttier ihr die Hand, um sie in den Saal zu geleiten; doch er beschleunigte den Schritt, um die andern weiter hinter sich zu lassen, denn er wollte ihr gleich als Vorspeise eine der Unannehmlichkeiten sagen, die den Damen immer Freude machen. Aber es war doch kaum glaublich, wie er rücksichtslos alle Vorsichtsmaßregeln zur Seite ließ und stracks in den feurigen Busch der Liebe hineinstürmte. Er sagte nämlich gleich so frei heraus:
»Ich weiß, Frau Königin, warum Euer Antlitz so blaß erscheint.«
»Weshalb denn?« fragte sie.
»Ihr seid zu verführerisch, als daß der König tags oder nachts von Euch lassen könnte. So wird er am Ende von Kräften kommen und an Euern Reizen, an der Liebe zu Euch sterben.«
»Was kann ich tun, um ihn am Leben zu erhalten?« fragte die Königin ängstlich.
»Verbietet ihm vor dem Altar Eurer Schönheit mehr als drei ›oremus‹ täglich zu beten.«
»Ihr wollt meiner spotten, wie die Herren Franzosen das so in der Art haben, Herr Ritter! Wisset denn, daß mir der König immer gesagt hat, mehr als ein ›Pater‹ in der Woche habe einen jähen Tod zur Folge.«
»So hat er Euch angeschwindelt,« sagte Gauttier, während sie am Tische Platz nahmen. »Ich kann Euch beweisen, daß der Liebesgottesdienst das Hochamt, die Vesper, die Kompleten und hier und da noch ein Ave umfaßt,

und das für Königinnen wie für schlichte Bürgersfrauen; diese Regeln müssen Tag für Tag ebenso streng eingehalten werden wie die Klosterregeln. Für Euch aber sollten die Litaneien überhaupt kein Ende nehmen.«

Die Königin warf dem schönen Rittersmann einen Blick zu, der keinen Zorn verriet; vielmehr lächelte sie und meinte dann kopfschüttelnd:

»In diesem Punkt nehmen es die Männer alle mit der Wahrheit nicht sehr genau.«

»Ich besitze genugsam Beweisstücke und wenn Ihr wollt, werde ich Sie Euch unterbreiten. Ich mache mich anheischig, Euch an eine königlich gedeckte Tafel zu setzen und Euch Leckerbissen darzubringen, soviel Ihr deren nur begehrt. So könnt Ihr leicht das Verlorene nachholen, und während sich der König bereits genügend bei anderen Frauen zugrunde gerichtet hat, könnt Ihr über meine Schätze nach Herzenslust verfügen.«

»Wenn der König etwas davon erführe, wäret Ihr bald einen Kopf kürzer.«

»Selbst wenn mir dies Unheil nach der ersten Freudennacht widerführe, würden die erlebten Wonnen mir ein ganzes Jahrhundert aufwiegen; denn an keinem Hofe der Welt habe ich je eine Fürstin gesehen, die Euch an Schönheit auch nur nahe kam. Kurz und gut: wenn ich nicht mit dem Schwert gerichtet werde, so will ich durch Euch sterben, denn ich bin entschlossen, mein Leben dieser Liebe zum Opfer zu bringen.«

Niemals hatte die Königin solche Worte vernommen und ihr ward so wohl, als vernähme sie den himmlischsten Kirchengesang. Das erwies schon ihr Antlitz, das sich rötete, maßen seine Worte ihr Blut in Wallung brachten; die zarten Saiten ihrer Liebesharfe begannen in Schwingung zu geraten und umschmeicheltensie mit vollen, sanften Akkorden, die ihr ganzes Ich zum Erbeben brachten. Denn die Frau ist ja eben ein wundersam-holdes Instrument, das gar empfindsam an jeder zartesten Schwingung teilnimmt. Und nun der Grimm, eine junge schöne Königin und Spanierin obendrein zu sein und betrogen zu werden! Gegen alle, die über diesen Verrat des Königs aus Angst vor ihm nicht gewagt hatten, den Mund zu öffnen, empfand sie alsbald einen tötlichen Haß und sie beschloß, sich mit Hilfe des kecken Franzosen zu rächen, der tollkühn gleich im ersten Gespräch gewagt hatte Worte an sie zu richten, die ihm den Kopf kosten konnten, wenn sie ihre Pflicht strengstens erfüllen würde. Aber das tat sie nicht. Vielmehr setzte sie in keineswegs zweideutiger Weise den Fuß recht nachdrücklich auf den seinen und sagte laut:

»Herr Ritter, reden wir lieber von etwas anderem, denn es ist nicht recht von Euch, daß Ihr eine arme Königin an ihrem schwächsten Punkt angreift. Erzählt uns lieber etwas von den Sitten der Damen am französischen Hofe.«

Solchermaßen also erhielt der Rittersmann einen zarten Wink, daß sein Wagnis von Erfolg gekrönt war. Fröhlich begann er die tollsten und gewagtesten Späßlein auszukramen und während des ganzen Essens kamen die Königin, der König, der ganze Hof, Damen wie Herren, nicht aus dem Lachen heraus. Und als Leufried die Tafel aufhob, erklärte er denn auch, niemals habe er so von Herzen gelacht. Dann eilten alle in den Garten, der wohl seinesgleichen nicht hatte, und wo alle sich fröhlich ergingen. Die Königin aber nahm ein Wort des fremden Ritters zum Vorwand und entführte ihn in einen Hain blühender Orangenbäume, die gar wundersam dufteten. Sofort hub Gauttier an:

»Schöne und edle Königin, in allen Landen der Welt konnte ich beobachten, wie jede Liebe an dem zu Grunde geht, was man ›geziemlich den Hof machen‹ nennt. Habet Ihr Vertrauen zu uns, so laßt uns als verständige Leute die Affereien bei Seite lassen und uns dafür um so mehr lieben. Solchermaßen werden wir uns nicht verdächtig machen und lange Zeit ohne alle Gefahr unser Glück genießen. So sollten es alle Königinnen machen, wenn sie auf dies Vergnügen nicht überhaupt verzichten wollen.«

»Ganz recht«, meint sie. »Aber da ich auf diesem Gebiet noch gar keine Erfahrung habe, so weiß ich nicht, wie ich mich verhalten soll.«

»Habt Ihr unter Euren Hofdamen eine, auf die Ihr unbedingtes Vertrauen setzen könnt?«

»Ja, eine von ihnen ist mit mir aus Spanien hieher gekommen und die würde für mich durchs Feuer gehen. Leider ist sie immer kränklich.«

»Gut,« überlegte der wackere Gesell. »Besucht Ihr sie denn öfters?«

»O ja, und bisweilen sogar nachts.«

»Hah!« rief Gauttier, »dafür faste ich der heiligen Rosalie, der Schutzpatronin Siziliens, zum Danke einen güldenen Altar.

So bin ich doppelt froh, daß mein holder Liebster obendrein auch noch gar fromm ist!«

»Ja, teure Frau, ich besitze jetzt zwei Königinnen, eine im Himmel und die andere auf Erden. Und beide kann ich von Herzen lieben, ohne daß darum eine oder die andere zu kurz kommt.«

Dies zarte Wort rührte die Königin dermaßen, daß sie um ein Haar mit dem schlagfertigen Franzosen einfach über alle Berge gegangen wäre. Und sie sprach:

»Die Heilige Jungfrau lebt in himmlischer Seligkeit. Mag mir durch die Liebe gleiches Glück zu Teil werden!«

»Bah! Sie reden von der Jungfrau Maria,« lächelte der König, der durch eine boshafte Bemerkung eines Höflings eifersüchtig gemacht worden und ihnen nachgeschlichen war. Denn des verflixten Franzosen schneller Erfolg hatte diesem schon Neider geschafft.

Die Königin und der Rittermann besprachen nun die nötigen Maßnahmen und klügelten sie so fein aus, daß am Ende alle Vorbereitungen fix und fertig getroffen waren, um des Königs Helm mit dem bekannten unsichtbaren Schmucke zu zieren. Der Franzose mischte sich wieder unter die Hofgesellschaft, nahm alle für sich ein und kehrte dann in den Palast von Pezara zurück, dem er berichtete: ihr Glück sei nun gemacht, denn schon in der kommenden Nacht würde er die Königin in Liebe umfangen. Dieser rasend-schnelle Erfolg blendete den Venetianer geradezu. Er sorgte eifrig dafür, daß sein Freund mit köstlichen Duftwässern, feinstem Linnen und sonstigen prächtigen Gewändern wohl versehen war, wie sich das für den Umgang mit Königinnen schickt. Und als er ihn damit in würdigster Weise ausgestattet hatte, da sagte er:

»Liebster Freund, bist du auch ganz sicher, ohne Straucheln festen Schrittes dein Ziel zu erreichen, der Königin sowohl zu dienen und ihr so herrliche Feste zu bieten, daß sie sich für immer an deinen Stab klammert wie ein Schiffbrüchiger an eine Planke?«

»Darob sei nur ohne Sorge, teurer Pezara. Durch meine Reise bin ich schon seit langem im Rückstande, ich werde sein wie ein Hund, der lange an der Kette gelegen hat und endlich losgelassen wurde; ich werde sie wie eine schlichte Magd behandeln, werde ihr die Bräuche unserer Tourer Damen lehren, die mehr von Liebe verstehen als irgend eine Frau dieser Erde, weil sie nur dies eine Spiel kennen und daher immer wieder von vorn anfangen müssen, wenn sie damit fertig sind.

Also verabreden wir jetzt alles nötige. Von heute an haben wir die Zügel des Landes in der Hand: ich halte die Königin, du den König. Wir werden vor den Leuten die Komödie spielen, als seien wir miteinander in den Tod verfeindet, damit alle Parteispaltungen in unsern Händen wieder zusammenlaufen. Im Geheimen bleiben wir die Freunde, die wir waren, und so werden wir immer wissen, was die feindlichen Parteien widereinander vorhaben; können alles vereiteln, indem du erlauschst, was meine Feinde für Pläne wälzen, und ich deine Gegner aushorche. Darum werden wir also in einigen Tagen einen Streit vom Zaune brechen, der unser Zerwürfnis herbeiführt. Als Grund mag des Königs Gunst dienen, die ich dir durch die Königin sichern werde, und ich will mich als der Zurückgesetzte aufspielen, wenn du eine mächtige Stellung verliehen bekommst.«

Am nächsten Tage also schlich Gauttier zu jener spanischen Hofdame, nachdem er bereits den Höflingen erzählt hatte, daß er sie von Spanien her genau kenne. Doch blieb er sieben volle Tage, und man kann überzeugt sein, daß er der Königin alle nur erdenkliche Liebe und Güte erwies und ihr einen hinreichenden Einblick in das unbekannte Liebesland verschaffte, in die französischen Sitten und ihre Art höflich, ermunternd und liebenswürdig zu sein. Die Königin war am Ende ganz aus dem Häuschen und schwur hoch und heilig, nur die Franzosen wüßten wirklich zu lieben. So fand der König seine Strafe dafür, daß er in diesen hübschen Liebesspeicher nur Spreu abgeladen hatte, um sein Weib in den Bahnen der Tugend zu erhalten. Die Königin war von diesen himmlischen Seligkeiten so bis ins Innerste ergriffen, daß sie dem guten Montsoreau Treue bis in den Tod zuschwor, denn seine Leckerbissen hatten sie zu neuem Leben erweckt. Sie vereinbarten dann, daß die spanische Hofdame immer weiter die Kranke spielen müsse, und daß man nur noch den Hofmedikus, der seiner Königin tief ergeben war, mit ins Vertrauen ziehen dürfe. Dieser Mann besaß dank einer merkwürdigen Fügung ganz die gleichen Stimmbänder wie Gauttier, so daß die Stimmen der beiden zur großen Verwunderung der Königin kaum voneinander zu unterscheiden waren. Der Leibmedikus also schwur bei seinem Leben, immerdar diesem schmucken Paar treu ergeben zu sein; denn auch ihn dauerte die Verlassenheit des armen Weibes, und er war tief beglückt, als er sie jetzt wirklich wie eine Königin bedient wußte. Das ist nämlich ein recht rarer Fall.

So verlief der Monat zur vollsten Zufriedenheit der zwei Freunde. Durch Vermittlung der Königin, die ihre Pläne durch geschicktes Lavieren verwirklichte, wurde die Regierung über Sizilien Pezara in die Hand gespielt und Montsoreau, der beim König ob seiner Klugheit in großem Ansehen stand, wurde zurückgesetzt. Denn die Königin erklärte, er wäre ein unhöflicher Kerl, den sie nicht ausstehen könne. Der König setzte seinen ersten Minister Cataneo ab, und Pezara bekam seinen Posten. Der Venetianer ließ seinen Freund links liegen. Darob geriet der in große Wut, schrie in allen Ecken, er sei von seinem Freunde verraten worden, und hatte so mit einem Schlage Cataneo mit dessen Anhang hinter sich, mit denen er allerlei Pläne schmiedete, wie man Pezara stürzen könne. Der Venetianer hingegen war ein staatskluger, hochbegabter Mann, wie das soviele seiner Landsleute sind, und schuf auf seinem Posten wahre Wunder in Sizilien: baute die Häfen aus, erdachte allerlei Handelserleichterungen, die den Verkehr nach dorthin zogen, schaffte der armen Bevölkerung ertragreiche Arbeit, berief Künstler aller Art, veranstaltete prächtige Feste und lockte so die reichen Nichtstuer, zumal aus östlichen Ländern herbei. So wurden denn die reichen Ernten teuer abgesetzt, Land und Handelsgüter stiegen im Wert, die Galeeren und Kauffahrteischiffe vermittelten einen riesigen Verkehr mit Asien, und der König war bald allenthalben beneidet und galt inmitten seines prunkhaften Hofes für den glücklichsten Herrscher Europas. Das alles aber verdankte er nur dem schattenlosen Einvernehmen der beiden Männer, die sich so wohl verstanden: der eine sorgte ja auch persönlich für die Zufriedenheit und das wirkliche Glück der Königin, die fortan immer fröhlich dreinschaute, da ein Touraner nach seines Landes Weise ihr diente und sie mit der ganzen Glut seiner Seele liebte: er sorgte auch unter der Hand dafür, daß der König gleichfalls nicht zu kurz kam, indem er ihm neue Liebhaberinnen in die Arme warf und ihn aus einer Zerstreuung in die andere schleppte. Der König hinwiederum war über seiner Gemahlin unerschütterlich gute Laune sehr angenehm verwundert, denn seit der Herre von Montsoreau in sein Land gekommen war, hatte er sie so wenig angerührt, wie ein Jude den Schweinespeck. Somit war also das Königspaar beschäftigt und überließ seine Sorgen dem anderen Freunde, der die Regierungsgeschäfte führte, alle Anordnungen traf, die Finanzen regelte, und gleichermaßen auch die Kriegsmannschaften in der Faust behielt, denn er wußte recht gut, wo er Geld eintreiben konnte, ließ sich keinen Heller entgehen und entwickelte damit wieder die großzügigen Unternehmungen, von denen zuvor die Rede war.

Dies herrliche Zusammenwirken dauerte drei, nach anderen Quellen vier Jahre, denn die Benediktinermönche konnten die genaue Zeit nicht feststellen, und so muß dieser Punkt ebenso dunkel bleiben wie die Gründe, weshalb die zwei Freunde hintereinander kamen. Wahrscheinlich packte den Venetianer der Ehrgeiz, ohne Mitwirkung und Kritik eines anderen die Zügel der Regierung in der Hand zu behalten, und er vergaß darüber die Dienste, welche der Franzose ihm leistete. So geht's ja immer bei den Höflingen, wie auch Herr Aristoteles ganz richtig irgendwo sagt: nichts auf der Welt verblaßt so schnell wie eine Wohltat, obgleich allerdings auch die Liebe bisweilen schnell ranzig wird. Kurz, Pezara baute so fest auf König Leufrieds Gunst (der ihn bereits Gevatter nannte und ihn selbst, wenn er's gewollt hätte, in sein eigenes Hemd gesteckt haben würde), daß er beschloß seinen Freund kurzerhand abzutun, indem er den König in das Geheimnis seiner Hahnreischaft einweihte und ihm den Grund zeigte, weshalb die Königin immer so guter Laune war. Denn er zweifelte nicht einen Augenblick, daß Leufried mit dem Herrn von Montsoreau den in Sizilien üblichen kurzen Prozeß machen und ihn ohne große Umstände einfach um seinen Kopf kürzen würde. So hätte Pezara zugleich auch das ganze Geld in die Hand bekommen, das er mit Gauttier gemeinsam in einem Bankhaus zu Genua aufspeicherte und dessen Zinsen sie als Waffenbrüder gemeinsam verzehrten. Dieser Schatz war, zumal durch Montsoreau, ganz riesenhaft angewachsen. Denn diese besaß große Güter in Spanien und auch in Italien waren ihr einige durch Erbschaft zugefallen. Andererseits durfte von den Kaufleuten und bei allerlei Untersuchungen bestimmte Abgaben für sich einziehen. Aber der Verräter mußte immerhin seine Treulosigkeit derart ins Werksegen, daß sie den Freund sofort rädlich traf, und das war nicht leicht, denn Gauttier war nicht der Mann, den man so einfach in einen Sack stecken konnte. So erwartete denn Pezaro eine Nacht, wo er ganz sicher wußte, daß die Königin in ihres Liebsten Armen lag (der sie übrigens noch mit der gleichen Glut liebte als wäre es die Hochzeitsnacht, denn auch sie hatte Vorzüge, daran man nie genug bekommen konnte).

Er erklärte dann dem König, er wolle ihm Gelegenheit geben, sich mit eigenen Augen von dem Betruge durch ein Loch zu überzeugen, daß er in der Tür zur Kleiderkammer der spanischen Hofdame, die noch immer die Todkranke spielte, hatte anbringen lassen. Damit es besser zu sehen war, wartete Pezara bis zum Sonnenaufgang. Die spanische Hofdame war aber nicht nur in Wirklichkeit recht wohl zu Fuß, sondern sie hatte auch Ohren, die das Gras wachsen hörten. Und so vernahm sie leise Schritte, schnupperte, äugte und gewahrte so den König und den Venetianer durch eine Ritze der Kammer, darin sie in den Nächten zu schlafen pflegte, wo die Königen ihren Freund zwischen zwei Bettlaken gefangen hielt, was im allgemeinen die beste Art ist, einen Freund an sich zu fesseln. Sofort lief sie hin, um das Pärchen zu warnen. Aber der König lugte schon durch das verdammte Loch. Und was sah er? Diese göttlich schöne Lampe, die so viel Öl verbrennt und die ganze Welt erleuchtet, die Lampe, die mit so prächtigem Schmuckwerk geziert ist, die immer hell leuchtet, und die ihm nun viel schöner schien als alle anderen, maßen er sie solange nicht mehr gesehen hatte, daß ihn bedünkte, er habe sie überhaupt noch nicht gesehen. Allerdings war das Loch zu klein, als daß er noch mehr sehen konnte, aber er merkte doch, wie eine Männerhand sich schamhaft über besagte Lampe deckte, und dann hörte er die Stimme von Montsoreau sagen: »Nun, wie geht es Kleinchen heute morgen?« Das war so ein Kosewort, wie es Liebhaber in zärtlich-fröhlicher Laune erfinden, denn selbige Lampe ist ja in Wahrheit in aller Herren Länder die Liebessonne, und darum wird sie so gern mit den köstlichsten Dingen dieser Welt verglichen, wie: mein Granatäpfelchen, mein Röslein, mein Muschelchen, mein Igelchen, mein Liebesgolf, mein Schätzelein, mein Kleinchen. Und so gibts noch eine Menge Namen: wenn ihr's nicht glaubt, braucht ihr euch nur zu erkundigen.

Im diesem Augenblick kam die Hofdame angeschlichen und gab der Königin durch Zeichen zu verstehen, daß der König da sei.

»Lauscht er?« flüsterte die Königin.

»Ja.«

»Sieht er?«

»Ja.«

»Wer hat ihn hergebracht?«

»Pezara.«

»Hole schnell den Leibarzt und laß Gauttier in sein Zimmer schlüpfen.«

In weniger Zeit, als ein Bettler sein Klagelied gesungen hätte, hüllte die Königin die Lampe in blutrot benetzte Linnen, so daß sie aussah, als wäre dort eine schreckliche, schwärende Entzündung. Und als der König in rasender Wut ob der Worte, die er gehört hatte, die Tür sprengte, fand er die Königin auf dem Bett an der gleichen Stelle liegen, wo er sie durch das Loch erblickt hatte, aber vor ihr den Leibmedikus, der die Lampe eingehend mit seiner Hand inspizierte und mit dem gleichen Tonfall, wie ihn der König eben gehört hatte, wieder fragte: »Nun sagt doch, wie geht es Kleinchen heute morgen?« Das ist so eine Art, wie die Herren Physici zu scherzen lieben, wenn sie mit Damen zu tun haben und gewisse Worte in anmutiger Weise umschreiben wollen. – Ob dieses Anblickes war dem König zu Mute wie einem Fuchs in der Falle. Die Königin aber fuhr purpurrot vor Scham in die Höhe, schrie auf, wer zu dieser Stunde bei ihr einzudringen wage, und wie sie dann den König vor sich sah, da schmetterte sie ihm entgegen:

»Ah, teurer Herr, jetzt bekommt Ihr doch zu sehen, was ich vor Euch so sorglich verbarg. Das kommt davon, daß Ihr Euch um mich nicht mehr kümmern wolltet: nun habe ich davon ein arges Leiden davongetragen, das ich Euch aus Stolz bisher verborgen hielt! So mußte ich mich heimlich verbinden lassen, mußte um Eurer Ehre und der meinen willen in den Gemächern meiner teuren Freundin Miraflor Zuflucht suchen, die mein Leiden bergen hilft.« Daran anschließend hielt der Leibarzt dem Könige einen Vortrag, der nur so von lateinischen Worten, köstlichen Zitaten aus Hippokrates, Galenus, der Salerner Schule und ähnlichen Werken wimmelte und haarscharf nachwies, wie gefährlich es für eine Frau sei, wenn ihr Venusgärtlein jeder Fürsorge entbehre, und daß Königinnen mit spanisch-heißem Blute hierbei sogar den Tod davontragen könnten. Alles das brachte er über die Maßen feierlich vor, zupfte an seinem Barte und türmte Satz auf Satz, damit der Herre von Montsoreau Zeit genug fände, in sein Bett zu schlüpfen. Dann ergriff die Königin das Wort und hielt ihm eine Rede, die mindestens eine Meile lang war, um im wesentlichen allerdings nur das gleiche zu sagen. Dann aber nahm sie seinen Arm und erklärte: sonst zwar ließe sie sich zum Schutz vor Lästerzungen von ihrer armen kranken Freundin zurückgeleiten, aber diese sei so schonungsbedürftig, daß er ihr dies Amt heute abnehmen solle. Als sie in den Gang kamen, wo der Herre von Montsoreau wohnte, da sagte die Königin scherzend: »Eigentlich solltet Ihr diesem Franzosen einen Streich spielen, denn ich wette, er steckt bei irgendeiner Dame und ist gar nicht daheim. Sämtliche Hofdamen sind wie vernarrt in ihn, und es wird noch Scherereien mit ihm absetzen. Hättet Ihr meinen Rat befolgt, dann wäre er längst nicht mehr in Sizilien.«

Der König trat jählings bei Gauttier ein: aber der lag in tiefem Schlaf und schnarchte wie ein Geistlicher beim Kirchengesang. Die Königin ging dann mit dem König in ihre Gemächer, ließ ihn aber nicht fort, sondern benutzte nur einen Augenblick, um Cataneo, den Pezara aus seinem Amte verdrängt hatte, zu sich entbieten zu lassen. Als sie plaudernd und scherzend mit dem König beim Frühstück saß, wurde ihr dann Cataneo gemeldet. Sie ließ ihn in ein Nebenzimmer führen, ging zu ihm und sagte:

»Laßt einen Galgen auf dem Wall errichten, laßt Pezara ergreifen und sorgt dafür, daß er auf der Stelle aufgeknüpft wird, ohne zuvor auch nur Gelegenheit zu finden, ein Wort zu schreiben oder mit jemandem zu sprechen. So ist unser allerhöchster Wunsch und königlicher Befehl.« Cataneo wartete gar keine Erklärungen ab. Während noch Pezara glaubte, daß sein Freund Gauttier jetzt einen Kopf weniger besäße, verhaftete ihn bereits Cataneo und führte ihn geradeswegs zum Schloßwall. Von dort erblickte er im Fenster bei der Königin den Herrn von Montsoreau, der mit dem Könige und den Höflingen plauderte. Und so ward er inne, daß ein Posten bei der Königin doch zuverlässiger war als einer beim König.

»Lieber Freund,« sprach just die Königin zu ihrem Gemahl und führte ihn an das Fenster, »seht dort den Verräter, der Euch das teuerste Kleinod, so Ihr auf der Welt besitzt, entreißen wollte. Wollt Ihr Beweise dafür, so will ich sie Euch gern liefern, und Ihr möget Euch dann eindringlichst davon überzeugen.«

Als Montsoreau die Vorbereitungen zu dieser hochnotpeinlichen Exekution erblickte, warf er sich dem Könige zu Füßen und bat ihn um Gnade für Pezara. Und da der Venetianer ja für seinen Todfeind galt, so war der König bis ins Innerste gerührt. Die Königin aber rief mit zornbebendem Antlitz:

»Herr von Montsoreau, solltet Ihr die Keckheit besitzen, unsern königlichen Befehlen in den Weg treten zu wollen?!«
»Ihr seid ein wahrer Edelmann!« sprach der König und hob Gauttier auf. »Ihr scheint nicht zu wissen, in welchem Maße der Venetianer Eure Vernichtung betrieb.«
Pezara wurde also fein säuberlich zwischen Kopf und Schultern aufgeknüpft, derweile die Königin ihrem Gemahl seinen Verrat durch die Aussagen eines Bankhalters nachwies, der da berichtete, welch riesige Summen Pezara auf der Bank von Genua besaß. Dies Geld wurde alles dem Herrn von Montsoreau zum Geschenk gemacht.
Die Geschichte Siziliens berichtet uns, daß die schöne, edle Königin an den Folgen einer schweren Entbindung starb. Ihr Sohn, den sie damals gebar, war zwar ein großer Mann, aber er war in seinen Unternehmungen vom Unglück verfolgt. Die Angaben des Leibmedicus überzeugten natürlich den König, daß die schwere Blutung nach der Geburt nur eine Folge der Enthaltsamkeit war, die der König seinem Weibe auferlegt hatte. So maß er sich selbst die Schuld an dem Tode seiner tugendsamen Gemahlin bei und stiftete voller Reuen der Madonna eine Kirche, die wohl die schönste in ganz Palermo ist. Als der Herre von Montsoreau seinen Schmerz sah, da sagte er ihm: wenn ein König sich seine Gemahlin aus Spanien hole, dann müsse er auch wissen, daß er für diese noch mehr sorgen müsse als für jede andere, maßen die Hispanierinnen so gar heißblütig seien, daß sie wohl zehn Frauen gleichkämen. Wollte er eine Frau zu Dekorationszwecken, dann hätte er sie aus Norddeutschland holen müssen, wo es ihnen an der nötigen Kühle ja nicht fehle. Der wackere Rittersmann kehrte über und über mit Schätzen beladen in sein Heimatland zurück und lebte dort noch viele, viele Jahre; aber über seine glücklichen Erfolge in Sizilien hielt er fein den Mund. Allerdings kehrte er noch einmal dorthin zurück, um den Feldzug des jungen Königs (des Sohnes) wider Neapel mitzumachen. Als der schöne Prinz aber dabei sein Leben ließ, so wie man in der Chronik nachlesen kann, da verließ er Italien für immer.
Diese höchst belehrsame Geschichte erweist also endgültig, daß Fortuna ein Weib ist, das es natürlich auch wieder mit den Frauen hält, weshalb also die Männer sehr klug daran tun, diesen hübsch fein zu Diensten zu sein. Des ferneren erweist sie auch, daß Schweigen neun Zehntel aller Weisheit ausmacht.

Aber noch eine gar moralische Betrachtung leitet der Mönch, der diese Geschichte niederschrieb, aus ihr ab: daß nämlich eine Freundschaft, die um eines Vorteils willen abgeschlossen wird, gerade daran zu Grunde geht. Daraus könnt ihr nun auswählen, was euch am besten gefällt.

Der Humpelgreis.

Der betagte Chronist, der das Garn für die folgende Geschichte spann, behauptet, damals gelebt zu haben, als selbige sich in Rouen zutrug, woselbst sie auch im Archiv zu finden ist. In der Umgegend dieser Stadt, in der damals der Herzog Richard residierte, bettelte ein Mann herum, der eigentlich Dreipack hieß, aber immer nur ›Humpelgreis‹ genannt wurde, nicht etwa, weil er etwa so gar gebrechlich war, sondern weil er in jämmerlichen Lumpen auf den Landstraßen herumlungerte, Berg und Tal unsicher machte, unter freiem Himmel schlief und also einen überaus armseligen Eindruck machte. Immerhin aber war er im ganzen Herzogtum sehr beliebt, denn jeder war an ihn gewöhnt, und zwar in dem Maße, daß man sich überall, wo er sich einen Monat lang mit seinem Bettelsack nicht hatte sehen lassen, angelegentlichst erkundigte: »Wo steckt denn der Alte?« Und dann hieß: »Ach, der humpelt wieder irgendwo herum.«
Sein Vater war zu Lebzeiten ein biederer, sparsamer und ordentlicher Mann gewesen, der diesem seinem Sohne ein recht hübsches Vermögen hinterließ. Aber der Bengel brachte das sehr schnell durch, sintemalen er das wahre Gegenteil seines Vaters war. Wenn dieser nämlich zum Beispiel vom Felde heim ging, dann sammelte er alle Äste oder Zweige rechts und links am Wege auf und sagte ganz ruhig: man dürfe nie mit leeren Händen heimkommen. So konnte er denn auch den ganzen Winter mit dem Holz einheizen, das nachlässige Nachbarn hatten herumliegen lassen. Und daran tat er wohl; denn jedermann nahm sich die gute Lehre zu Herzen, und so kam es, daß kurz vor des Alten Tode schon niemand mehr Holz auf den Wegen herumliegen ließ: er hatte auch die Nachlässigsten gezwungen, wirtschaftlich und ordentlich zu werden. Bei seinem Sohne aber ging es hoch her. Der folgte diesem guten Beispiele nicht, und so kam es, wie sein Vater vorausgesagt hatte.

Als nämlich der Bengel noch ganz jung war, da ließ ihn der Vater achtgeben, daß ihm die Vögel nicht die Erbsen, Bohnen oder das Korn wegfraßen. Er sollte dies ganze Diebsgesindel, zumal die Häher, die einem alles verderben, wegjagen. Aber er zog es vor, den Tieren zuzugucken; es machte ihm einen Mordsspaß, wenn sie so anmutig herumhüpften, herbeiflatterten und mit vollem Schnabel wieder davonflogen, wenn sie mit schiefem Kopf gar spitzbübisch nach den Fallen und Schlingen schielten. Und wenn einer sie hurtig vermieden hatte, dann lachte er aus voller Kehle. Der Vater barst natürlich vor Wut, wenn er fand, daß ein guts Teil der Ernte wieder zum Teufel gegangen war. Entdeckte er den Schlingel dann unter einer Haselstaude, wie er da seinen Blödsinn trieb, so riß er ihm schier die Ohren aus. Aber der Bursch fiel allemal aus allen Wolken und schwubbs, saß er wieder da und guckte den Amseln, Spatzen und sonstigen Körnerpickern bei ihrer Arbeit zu. Und da sagte ihm denn sein Vater eines Tages, er solle es nur bei diesen da recht gut lernen, denn wenn er so weitermache, dann würde er auf seine alten Tage genau wie diese seine Krümchen hier und da aufpicken, genau wie sie von den Wächtern verjagt werden. Und das war also eingetroffen, denn, wie gesagt, er brachte das ganze Geld, das sein Vater in seinem langen Leben zusammengescharrt hatte, in ganz kurzer Zeit durch. Er tat mit den Menschen wie mit den Spatzen; jeder durfte an seinem Gelde herumpicken und er ergötzte sich an den anmutsvollen Reden, mit denen man einen Griff in seinen Geldsack begleitete. So ließ das Ende nicht lange auf sich warten. Als Dreipack nur noch den Teufel als einzig Gut in seiner Geldkatze gewahrte, da warf er sie sorglos weg und meinte: er wolle nicht um irdischer Schätze willen in die Hölle fahren und er habe genügend Weltweisheit bei den Vöglein studiert.

Hatte er es sich bis jetzt von Herzen wohl sein lassen, so blieb ihm nunmehr nichts weiter als ein Becher und drei Würfel, also gerade genug um zu trinken und zu spielen. Aber so hatte er auch nicht unter einem Überfluß von Hausrat zu leiden wie reiche Leute, die immer nur mit einem Haufen von Kisten, Kasten, Teppichen und zahllosen Dienern auf die Reise gehen können. Zunächst suchte Dreipack seine guten Freunde auf, aber keiner mochte ihn mehr kennen und so kam er in die glückliche Lage, sie ebenfalls verleugnen zu dürfen.

Als ihm dann aber der Hunger die Zähne wetzte, da beschloß er einen Beruf zu ergreifen, bei dem er nichts zu tun brauchte und doch Aussichten hatte, eine Menge zu verdienen. Bei seinem Nachsinnen fielen ihm die Spatzen und Amseln ein und so erwählte er als Beruf, sich allenthalben sein Geld zusammenzupicken. Schon vom ersten Tage an gaben ihm mitleidige Seelen etwas und so war Dreipack sehr zufrieden und fand, daß sein Beruf sehr gut gewählt war, sintemalen darin gar kein Risiko steckte, hingegen um so mehr Bequemlichkeiten. Und er ging seinem Beruf so freudigen Herzens nach, daß er nirgends abgewiesen ward und gar manch trostreiches Wort fand, das ein Reicher niemals eingeheimst hätte. Wenn er dann die Landleute pflanzen, säen, ernten und Handel treiben sah, dann sagte er sich: »Die arbeiten für mich!« Hatte einer ein Schwein im Stall, dann ahnte er wohl kaum, daß ein guter Happen davon Dreipack gehörte, buck einer Brot, dann bedachte er nicht, daß er für Dreipack mitbackte. Der nahm natürlich nichts mit Gewalt, im Gegenteil, die Leute sagten ihm noch die liebenswürdigsten Worte, wenn sie ihm etwas gaben; etwa: »Hier, guter Humpelgreis, stärke dich! Na, gehts gut? Siehst du! Na also hier, nimm das noch; die Katze hat zwar dran geschleckt, aber du wirst es schon ausschlecken.«

Humpelgreis war natürlich bei allen Hochzeiten, Taufen und Beerdigungen dabei. Sowie irgendwo etwas los war, gleich stellte er sich auch ein, mochte man die Sache auch noch so geheim halten. Dabei war er sorglich darauf bedacht, sich nie gegen die Regeln seines Berufes zu verstoßen – d.h. etwas zu tun; denn hätte er jemals auch nur einen Finger gerührt, dann hätte ihm niemand mehr auch nur einen Deut gegeben. War er satt gefuttert, dann streckte sich der Weise in einen Straßengraben oder in den Schatten einer Kirche und widmete sich solchermaßen im Traume den öffentlichen Arbeiten. Obendrein aber philosophierte er auch wie seine zierlichen Lehrmeister, die Amseln, Häher und Spatzen: er wälzte beim Betteln gar tiefe Gedanken, denn war auch sein Kleid gar ärmlich, brauchte es deshalb um seinen Verstand ebenso schlecht bestellt zu sein? Seine Weisheiten machten seinen Kunden viel Spaß. Denn er sagte ihnen zum Danke gar treffliche Dinge, wie etwa: die Pantoffeln seien an der Gicht der reichen Leute schuld; er könne mühelos bergauf, bergab laufen, denn sein Schuster liefere ihm Stiefel, die im Walde gewachsen seien.

Von Diademen bekäme man nur Kopfweh, und da sein Kopf weder von Sorgen noch von Hüten belästigt würde, so könne er nie von so etwas geplagt werden. Ringe und wertvolles Geschmeide beenge nur den Blutumlauf; und da er sich bei seiner Bettelei gar manchen Schnitt und Riß holte, so war er stolz darauf, so frisches Blut zu besitzen wie ein neugeborener Täufling. Der wackere Mann vertrieb sich im übrigen seine Zeit sehr lustig, indem er mit anderen Bettlern mit seinen Würfeln spielte, die er sorglich aufhob, um seine paar Heller bald wieder los zu werden und so auf seine Armut nie verzichten zu brauchen. Trotz seines Gelübdes erging es ihm wie den Bettelorden: er lebte im Überfluß. Als daher eines Ostertages ein anderer Bettler ihm seine Tageseinnahme abpachten wollte, da waren ihm zehn Gülden zu wenig. Und richtig: zur Vesperstunde ließ er vierzehn Gülden springen, um alle Almosengeber freizuhalten; denn es ist in den Statuten der Bettler gesagt, daß man sich seinen Spendern gegenüber dankbar erweisen soll. Obwohl er so alles, dafür sich andere Leute abplagen, von sich schüttelte, war er doch der glücklichste Kerl dieser Welt, weil jene unter der Last ihres Besitzes nur Sorgen und Ärger haben. Was aber den Adel anbetrifft, so war er eigentlich so gut wie ein Edelmann, denn er konnte machen und tun oder lassen, was er wollte, und lebte im aller vornehmsten Nichtstun. Lag er irgendwo, so wäre er auch nicht für dreißig Gülden aufgestanden. Er kam immer, wenn etwas aus war, und hatte dann alle Reste für sich, und so führte er jenes herrliche Leben, das (wie der Herr Plato berichtet, den man so oft als Autorität anruft) im Altertum gar manch weiser Mann geführt hat. Schließlich war er solchermaßen zweiundachtzig Jahre alt geworden und kein Tag war vergangen, wo er nicht satt zu essen gehabt hätte. Er hatte aber auch eine so gesunde Gesichtsfarbe, wie man sich kaum vorstellen kann und behauptete immer: hätte er in Reichtum gelebt, so wäre er schon längst zugrunde gegangen und unter der Erde – womit er vielleicht recht gehabt hat.

In seiner frühesten Jugend schon war sein Haupttalent gewesen, Frauen zu lieben, und manche behaupten, diese reiche Gabe verdankte er seinen Studien bei den Sperlingen. Allezeit war er bereit, den Frauen hilfreich unter die Arme zu greifen, denn da er nie etwas tat, so war er natürlich immer für Dienstleistungen zur Hand. Man behauptet sogar, daß seine große Beliebtheit in der ganzen Gegend gerade auf seine verborgenen Talente zurückzuführen war.

Einzelne wollen wissen, daß die Frau von Chaumont ihn gar eines Tages auf ihr Schloß habe kommen lassen, um die Richtigkeit dieser Behauptungen nachzuprüfen. Sie habe ihn dort auch acht Tage lang versteckt gehalten, – um ihm das Betteln abzugewöhnen. Aber er sei schließlich aus Angst, er könne am Ende reich werden, schleunigst ausgekniffen. Als er nun älter wurde, da merkte er, daß man seine Vorzüge nicht mehr beachten wollte, obgleich sie nicht die geringste Einbuße erlitten hatten. Und diese Ungerechtigkeit der holden Weiblichkeit ward des Humpelgreises erster Schmerz, ward aber auch die Ursache zu jenem Prozeß in Rouen, dem wir uns jetzt zuwenden wollen.

In seinem zweiundachtzigsten Lebensjahr also war Humpelgreis während sieben Monaten zu unfreiwilligem Fasten verurteilt, denn er traf keine Frau mehr, die Luft hatte, sich mit ihm einzulassen; und das war, wie er später vor dem Richter sagte, für ihn die größte schmerzliche Überraschung, die ihm in seinem langen, ehrenhaften Leben zuteil geworden war. Da sah er in dem berühmten Monat Mai in den Feldern ein Mägdelein, das Kuhmagd und doch merkwürdigerweise Jungfer war. Die Hitze war so drückend, daß diese Magd sich im Schatten eines Baumes mit dem Gesicht nach der Erde zu hinstreckte, wie's die Feldarbeiter ja zu machen pflegen. Sie wollte ein Schläfchen tun, derweile das Vieh wiederkäute; aber plötzlich wurde sie durch die Schuld des Alten aufgeweckt, der ihr just gemaust hatte, was so ein armes Ding doch nur einmal auf der Welt besitzt. Als sie sich solchermaßen ihrer Blüte beraubt sah, ohne darauf vorbereitet worden zu sein oder wenigstens ein Vergnügen dabei empfunden zu haben, da erhob sie ein Mordsgeschrei. Darob kamen die Landleute, die rings in der Gegend arbeiteten, herbei und wurden Zeugen der Missetat, die sich sonst nur bei Jungverheirateten in der Hochzeitsnacht zuträgt. Das Mädel heulte und jammerte und schrie immer nur, der alte heißblütige Affe hätte doch ruhig ihre Mutter überfallen können, die hätte nichts gesagt. Die Leute schwangen bereits ihre Hacken und hätten ihn womöglich totgeschlagen; aber er hielt ihnen immer vor, daß er unter einem unüberwindlichen Zwange gehandelt habe. Sie entgegneten darauf, er hätte diesem Zwange nachgeben können, ohne gerade eine Jungfer zu notzüchtigen, denn das sei ein Fall, der geradeswegs an den Galgen führe.

Und so wurde er unter riesigem Aufsehen in den Kerker zu Rouen geschleppt.

Als, der Profoß das Mädel verhörte, da erklärte es: in einem Augenblicke, da sie nichts wichtigeres zu tun gehabt habe, hätte sie ein Schläfchen gehalten. Dabei habe sie von ihrem Schatz geträumt, mit dem sie sich verzankt hatte, weil er noch vor der Ehe bei ihr hatte Maß nehmen wollen. So hätte sie geträumt, wie sie ihm im Spaß einen kleinen Einblick in die näheren, so reizvollen Umstände gestattete, damit sie beide nicht ganz unglücklich würden; aber er sei trotz ihres Widerstandes weiter gegangen als sie ihm erlaubt habe und da sie dabei mehr Schmerz als Freude empfunden habe, so sei sie aufgewacht und habe sich in den Armen des Humpelgreises gesehen, der sich auf sie geworfen habe, wie ein Kapuzinermönch in der Fastenzeit über einen Schinken herfällt.

Diese Aussage wirbelte in Rouen solchen Staub auf, daß der Herzog sich den Profoß kommen ließ und ihm seinen lebhaften Wunsch ausprach, selbst die Wahrheit zu ergründen. Da ihm der Profoß alle Gerüchte bestätigte, so befahl er, den Humpelgreis ihm vorzuführen, um mit anzuhören, was der zu seiner Entschuldigung vorbringen könne. So erschien der biedere Alte vor dem Fürsten und klagte ihm sein Mißgeschick, darunter er durch die Bosheit der Natur zu leiden habe. Er erklärte mit rührender Offenheit, er sei in dieser Beziehung noch der reine Jüngling, so arg setzten ihm seine Bedürfnisse zu; bis zu diesem Jahre habe er immer noch Frauen gefunden, die ihm zu Willen waren; aber zuletzt habe er acht Monate lang fasten müssen. Er sei doch zu arm, um sich Freudenmädchen zu kaufen, und die anderen Frauen, die sonst gern einmal ihr Scherflein dazu beigesteuert hätten, nähmen jetzt Anstoß an seinem Haar, das hinterlistiger Weise, obgleich er innerlich doch noch so jugendgrün sei wie nur irgendeiner, zu bleichen begonnen habe. So sei er gezwungen worden, eine gebotene Gelegenheit wahrzunehmen. Und unter diesen Umständen habe er jene verdammte Jungfer erblickt, die sich unter der Buche hingestreckt hatte und solchermaßen die verlockendsten Unebenheiten und gar noch zwei weiße Halbkugeln habe sehen lassen, bei deren Anblick ihm der Verstand davongeflogen sei. Die Schuld läge bei der Jungfer und nicht bei ihm, denn es sollte den Jungfern einfach verboten sein, die Vorübergehenden durch einen Anblick in Raserei zu versetzen,

der jener Frau Venus den Namen ›Kallipygos‹ eingetragen habe. Und kurz und gut: der Fürst müsse doch selbst wissen, wie schwer es sei, einen Hund in solcher Mittagsglut an der Leine zu halten; in der Mittagsstunde habe sich doch auch der Herr David in Urias Weib vernarrt; dieser gottgeliebte König der Hebräer sei gestrauchelt und da wäre es doch immerhin verzeihlich, wenn er sich schuldig gemacht habe, der er doch ein armer Teufel sei, dem es am Notwendigsten in dieser Beziehung fehlte, und der er kaum gewußt habe, wie sich durchhelfen. Er wäre ja gern bereit, unter den gleichen glücklichen Verhältnissen wie König David bis ans Ende seiner Tage reumütige Psalmen zu singen; und dabei habe dieser noch das Leben jenes Ehemannes auf dem Gewissen, wohingegen er im gleichen Fall der Kuhmagd doch nur einen ganz winzigen Schaden zugefügt habe. – Der Herzog hatte seine Freude an den Entschuldigungsgründen des alten Humpelgreises und erklärte, seine Qualitäten seien entschieden nicht alltäglich. Dann aber sprach er jenen denkwürdigen Richterspruch: Wenn die Behauptung des Bettlers, er litte trotz seines Alters noch unter so unbezwinglichen Begierden, wahr sei, so möge er dies am Fuße der Galgenleiter beweisen, die er nach dem Verdikt des Profoßen ja besteigen müsse; würde er also mit dem Hals in der Schlinge zwischen Priester und Henker wirklich noch von diesem Drange übermannt, so solle er begnadigt werden.
Als dieser Richterspruch bekannt wurde, da stürmten die Menschen wie die Wahnsinnigen hin um zuzusehen, wie der Alte zum Galgen geführt wurde. Es wogte ein Menschenmeer rechts und links von der Straße, als hielte ein König seinen Einzug, und natürlich gab's da mehr Hauben zu sehen als Hüte. Der Humpelgreis wurde durch eine Edelfrau gerettet, die über die Maßen neugierig war zu sehen, wie dieser unersetzliche Schürzenjäger sich aus der Schlinge ziehen würde. Sie erklärte dem Herzog: die Religion schreibe vor, dem biederen Kerl die Sache nicht zu schwer zu machen; und deshalb zog sie ein Ballkleid an, daraus gar augenfällig und einladend zwei Rundlichkeiten hervorprangten, deren blinkes Weiß das feinste Linnen beschämte. Richtiger gesagt: diese zwei Liebesfrüchte erglänzten oberhalb ihres Mieders so unbehindert wie zwei frische, große Äpfel, bei deren verlockendem Aussehen einem das Wasser im Munde zusammenlaufen mußte.

Diese Edelfrau gehörte zu den Damen, bei deren Anblick jeder Mann sofort merkt, daß er wirklich ein Mann ist, und sie also stellte sich mit verführerischem Lächeln vorn in die erste Reihe. Der Humpelgreis in seinem Armsünderkittel war leider viel sicherer, nach der Exekution als vor ihr zu jeder Schandtat bereit zu sein; er kam grambeschwert zwischen den Bütteln dahergeschritten und schaute eifrig nach allen Seiten aus. Aber er sah nur Hauben; und doch hätte er, wie er später sagte, gern hundert Gülden gegeben, wenn er jetzt ein Mädel in gleich verführerischer Stellung hätte erblicken können wie jene Kuhmagd, deren liebe, gute, weiße Venuszierden ihm immer wieder ins Gedächtnis kamen, sie, die ihm zum Verhängnis wurden, so wie sie ihn jetzt hätten retten können. Aber seine Rückerinnerung nützte ihm nicht viel; denn weil er alt war, so war sein Gedächtnis auch etwas schwach geworden. Da – am Fuße der Leiter erblickte er die zwei Schmuckstücke jener Edelfrau und das entzückende Delta, das ihre ineinander verfließenden Rundungen bildeten. Und darob geriet sein Innerstes in solche Gärung, daß der Armsünderkittel ihm zu enge wurde.

»So überzeugt euch doch!« schrie er die Büttel an. »Ich habe die Bedingung der Begnadigung erfüllt und den Beweis erbracht, daß es Dinge gibt, für die ich keine Verantwortung übernehmen kann!«

Diese Schmeichelei gefiel der Dame so wohl, daß sie darüber beinahe noch beglückter war, wie über einen gewalttätigen Überfall. Die Büttel waren angewiesen worden, den Fall zu verifizieren; aber als sie seinen Kittel lüfteten, da vermeinten sie, der Alte sei der leibhaftige Satan. Denn er übertraf die kühnsten Erwartungen. So wurde er denn im Siegeszuge zum Palaste des Herzogs geleitet, allwo die Büttel und die Zuschauer die Erfüllung der Bedingung bestätigten. Und in dieser Zeit tiefster Unwissenheit wurde jener Richterspruch so hoch in Ehren gehalten, daß die Stadt beschloß, einen Pfeiler an der Stelle zu errichten, wo der wackere Mann seine Begnadigung durchgesetzt hatte. Und darauf wurde er genau in dem Zustande konterfeit, in dem er beim Anblick jener ehrsamen, tugendhaften Edelfrau gewesen war. Dieses Standbild existierte noch zu der Zeit, da die Engelländer die Stadt eroberten, und die Geschichte wurde von allen Chronisten unter den wichtigsten Begebenheiten verzeichnet.

Des weiteren wurde ihm von der Stadt angeboten, er sollte sein Lebelang soviel Dirnen zur Verfügung haben, wie er brauchte, und man wolle für seinen Unterhalt, Kleidung und alles Notwendige sorgen. Der gute Herzog aber befahl, dem entjungferten Mägdelein tausend Gülden zu geben und es mit dem wackeren Manne vermählen. Der verlor nunmehr seinen Beinamen der Humpelgreis, wurde in den Adelsstand erhoben und hieß fortan auf des Herzogs Geheiß Herre von ... Sein Weib brachte neun Monate später ein Knäblein zur Welt, das über die Maßen wohlgeraten und gesund war und bei seiner Geburt sogar schon zwei Zähnchen hatte. Damit war das Haus derer von ... begründet, das später aus überflüssiger Schamhaftigkeit bei unserem vielleben König Ludwig dem Elften darum einkam, er möchte doch den Namen ändern. Der gute König hielt dem damaligen Herrn von ... vor, daß es unter dem Adel von Venedig eine hochehrenwerte Familie Coglioni gäbe, die drei ... in ihrem Wappen führe. Aber die Herren von ... erwiderten, daß ihre Frauen so sehr beschämt seien, wenn sie bei Hofe solchermaßen angeredet würden. Worob der König meinte, so ginge ihnen gar viel verloren; aber er änderte den Namen und seitdem hat sich die Familie noch weithin ausgebreitet und ist in mehreren Provinzen ansässig. Der erste Herr von ... lebte übrigens noch siebenundzwanzig Jahre und wurde mit noch einem Sohne und zwei Töchtern beschenkt. So starb er als reicher Mann, der nicht mehr nötig hatte, auf den Landstraßen zu humpeln.

Kitzliche Reden dreier Pilger.

Damals, als der Papst sein liebes Avignon verließ, um sich in Rom niederzulassen, wurden einige Pilger, die in jene Grafschaft gewallfahrt waren, in die betrübliche Notwendigkeit versetzt, nun auch die Hochalpen zu übersteigen, um nach Rom zu gelangen, allwo sie für ihre vielfältigen Sünden das remittimus einheimsen wollten. So erblickte man denn viel Volkes auf jenen Landstraßen und in den Gasthäusern, das teils den Orden der Kainsbrüderschaft, teils die Blumen der Reue trug, eine ganz üble Gesellschaft von Schandkerlen im übrigen,

die es gelüstete, ihre aussätzigen Seelen in dem päpstlichen Fischteiche rein zu baden und die nun Gold und Geschmeide herbeischleppten,
um ihren Missetaten Vergebung zu erkaufen, den Ablaß zu bezahlen und die Heiligen zu beschenken. Ihr könnt sicher sein, daß sie zwar auf dem Hinwege Wasser tranken, dafür aber auf der Rückreise um so mehr Weihwasser aus dem Weinkeller haben wollten.
So kamen auch drei Pilger in die Stadt Avignon; aber das war ihr Unglück, denn die Stadt war ihren Papst bereits los. Daher wollten sie das Rhonetal entlang, um auf diesem Wege die Küste des Mittelländischen Meeres zu erreichen. Von diesen drei Pilgersleuten schleppte einer seinen zehnjährigen Sohn mit. Aber eines Tages blieb er mit diesem zurück, und als er in Mailand wieder seine Gefährten einholte, da hatte er seinen Sohn nicht mehr bei sich. Um das Wiedersehen zu feiern, begannen die drei nach der Vesper ein großes Gelage. Die anderen hatten nämlich geglaubt, ihr Kumpan habe seine Buße aufgegeben, weil er den Papst in Avignon nicht mehr angetroffen hatte. Einer der drei Romfahrer kam aus Paris, der andere aus Deutschland und der dritte, der seinem Sohn wohl bei dieser Gelegenheit die Welt hatte zeigen wollen, stammte aus dem Herzogtum Burgund, allwo er ein Lehen besaß. Er war ein jüngerer Sohn des Hauses Spaltstadt (Villa in Fago) und hieß Fehlkorn. Der deutsihe Freiherr hatte den pariser Bürgersmann in Lyon getroffen, und diese zwei waren dem Herrn Fehlkorn vor den Toren von Avignon begegnet.
In diesem Gasthause also ließen die drei ihren Zungen freien Lauf und vereinbarten, zusammen weiter zu pilgern, damit sie gegen Raubzug, Nachtvögel und ähnliches Gesindel gesichert seien, davon die Wallfahrer alle Zeit bedroht waren. Man konnte da leicht alles Überflüssige los werden, bevor man beim Papste seiner Sünden ledig wurde. Nach dem Essen plauderten die drei bei vollem Becher, und da der Wein die Zungen zu lösen pflegt, so gestanden bald alle drei, daß die Ursache ihrer Reise ein Weib gewesen sei. Worob die Magd, die ihnen beim Trinken zusah, erklärte: auf hundert Pilger, die hier in diesem Gasthofe halt machten, wären neunundneunzig aus dem gleichen Grunde unterwegs. Die drei stellten alsbald Betrachtungen darüber an, welch verderblichen Einfluß doch die Frau auf den Mann ausübe.

Dann zeigte der Freiherr eine gewichtige Goldkette, die er unterm Panzerhemd trug, um sie dem Heiligen Petrus darzubringen, und erklärte dabei, sein Vergehen sei so schlimm, daß er wohl für zehn solcher goldenen Ketten sich doch nicht loskaufen könnte.
Der Pariser zog seinen Handschuh aus, ließ so einen Diamanten sehen und sagte, seine Sünden seien wohl hundertmal so viel wert. Und dann nahm der Burgunder seine Kappe ab und brachte zwei wunderbare Perlen zum Vorschein, die sich wohl an den Ohren unserer Lieben Frauen von Loretto gar prächtig ausgenommen hätten; aber er gestand, daß es ihm lieber wäre, wenn er sie am Halse eines Weibes prangen sähe. Worob die Magd meinte, ihre Sünden müßten wahrhaftig ärger gewesen sein als die der Visconti. So erwiderten die Pilger, ihre Sünden seien so schrecklich schlimm gewesen, daß sie gelobt hätten, ganz abgesehen von den Bußen, die der Papst ihnen auferlegen würde, nie wieder eine Frau zu besitzen, und wenn sie auch das schönste Weib der Welt sei.
Die Magd war baß erstaunt, daß alle drei just das gleiche Gelübde abgelegt hatten und so erzählte der Burgunder, daß gerade dies sein Gelöbnis der Grund seines Zurückbleibens gewesen sei, denn er habe in Avignon eine Mordsangst bekommen, sein Sohn könnte trotz seiner Jugend auf Abwege geraten, und sein Gelöbnis besage, daß er auch sein Haus mit Vieh und allem, was dazu gehöre, vor der Sünde der Wollust bewahren müsse. Als sich hierob der Baron über seine Erlebnisse erkundigte, da erzählte der Wackere folgendes:
»Ihr wißt, daß die gute Gräfin Johanna von Avignon einst für alle Dirnen die Verfügung erließ, sie müßten in den Vorstädten wohnen, und zwar in Bordellen, die sich durch wohlverschlossene, rotgestrichene Fensterläden kenntlich machen. Wie wir nun alle zusammen durch diese verdammte Vorstadt pilgerten, da wurde mein Sohn auf diese Häuser mit den verschlossenen roten Fensterläden aufmerksam, und da seine Neugierde erwacht war (ihr wißt ja, wie diese verflixten Bengel alles merken), so zupfte er mich am Ärmel und setzte mir so lange zu, bis er heraushatte, was das für Häuser wären. Kurz und gut, ich sagte ihm, um die Flagerei abzuschneiden: Knaben hätten in dieser Gegend nichts zu suchen und es wäre ihnen bei Todesstrafe verboren, dorthin zu gehen; denn es sei der Ort, wo Männer und Frauen gemacht würden

und es bestände für diejenigen, die mit der Sache nicht sehr genau Bescheid wüßten, die große Gefahr, wenn sie so in aller Unschuld dort hineingerieten, daß ihnen eine Krabbe oder sonst ein ekles Getier ins Gesicht flöge. Darob bekam er eine Mordsangst und er kam schlotternd mit mir ins Gasthaus, ohne weiter einen Blick auf diese Häuser zu werfen.

Während ich nun im Stalle war, um mir anzusehen, wie die Pferde untergebracht seien, kniff der Bengel aus und die Magd konnte mir auch nicht sagen, wo er hin war. Da fielen mir wieder die Huren ein und ich war in großer Sorge. Aber ich sagte mir, daß es ja streng verboten war, so junge Knaben einzulassen und darüber beruhigte ich mich. Zum Abendessen erscheint der Schlingel wieder auf der Bildfläche, aber so selbstbewußt, wie unser lieber Heiland im Tempel unter den Schriftgelehrten nicht unbefangener hätte sein können.
›Woher kommst du?‹ fragte ich.
›Von den Häusern mit den roten Fensterläden.‹
›Warte, du Galgenstrick, du sollst die Peitsche besehen!‹
Darob fängt er an zu heulen und zu gnauzen und ich sage endlich: wenn er alles offen beichten wolle, dann sollten ihm die Prügel geschenkt werden.
›Ach,‹ schluchzte er, ›ich habe mich ja gehütet hineinzugehen, aus Angst vor den Krabben und dem anderen Viehzeugs. Ich habe nur durch die Fensterritzen geguckt, um zu sehen, wie Menschen gemacht wer den.‹
›Was hast du denn da gesehen?‹ fragte ich.
›Ich sah eine schöne Frau, die beinahe fertig war. Es fehlte nämlich nur noch ein Bolzen, den ein junger Arbeiter mit sehr viel Eifer eintrieb. Sowie sie fertig war, hat sie sich bewegt, gesprochen und ihren Arbeiter geküßt.‹
›Jetzt iß!‹ befahl ich.
Und dann ging ich über Nacht mit ihm nach Burgund zurück und übergab ihn seiner Mutter, damit er nicht in der nächstbesten Stadt auch versucht, einen Pflock in irgend ein Mädchen einzurammen.«
»Ja, Kinder geben manchmal spaßige Antworten,« meinte der Pariser. »So enthüllte der Sohn meines Nachbarn dessen Hahnreischaft durch folgende ahnungslose Bemerkung: Eines Abends will ich ihn über seine Kenntnisse ausfragen, die er im Religionsunterricht erworben hatte.

Darum frage ich: ›Was ist die Hoffnung?‹ Und er antwortet ohne Zaudern: ›Das ist ein dicker königlicher Schütze, der immer ins Haus kommt, wenn Vater weg ist.‹ Wirklich stellte sich heraus, daß der Hauptmann der königlichen Armbrustschützen von seinen Leuten so genannt wurde. Mein Nachbar war natürlich wie aufs Maul geschlagen und als er, um sich Haltung zu verleihen, in den Spiegel schaute, konnte er wirklich sein Geweih nicht wahrnehmen.«
Darob bemerkte der Freiherr, die Antwort des Bengels sei gar nicht so übel, denn die Hoffnung sei eine Dirne, mit der wir schlafen gingen, wenn die Wirklichkeiten des Lebens uns enttäuschten.
»Ist ein Hahnrei nach Gottes Bilde gefertigt?« fragte der Burgunder.
»Nein!« rief der Pariser, »denn Gott war weise genug, kein Weib zu nehmen, und darum wird er glücklich sein bis in alle Ewigkeit.«
»So sind die Hahnreie also nur Gottes Ebenbilder, solange sie noch kein Geweih tragen,« faßte die Magd zusammen. Alsbald huben die drei Pilger an, auf die Frauen zu schimpfen, und schrieen: alles Unheil dieser Welt stamme einzig und allein nur von ihnen.
»Ihr Schoß ist tief wie mein Helm!« rief der Burgunder.
»Ihr Herz ist krumm wie eine Sense!« erklärte der Pariser.
»Warum sieht man so viele Pilger und so wenig Pilgerinnen?« fragte der deutsche Freiherr.
»Weil nicht sie, sondern ihren Schoß die Schuld trifft, und der sündigt nicht!« brüllte der Pariser. »Er kennt weder Vater noch Mutter, noch Gottes oder der Kirche Gebote; keine himmlischen noch irdischen Gesetze, weder Doctrine noch Ketzereien, und darum kann man ihm nichts zum Vorwurf machen. Er fühlt sich immer schuldlos, lacht immer, begreift nichts und darum kann ich nur mit Haß und tiefem Abscheu daran denken.«
»Gerade so geht es mir,« grunzte der Burgunder. »Und ich beginne darum jetzt den tiefen Sinn der Auslegung verstehen, die ein Schriftgelehrter der biblischen Schöpfungsgeschichte gab. Diese Auslegung nämlich, die wir daheim eine Weihnachtslegende nennen, besagt, daß in ihr die Unvollkommenheit des Menschweibes gegenüber allen Tierweibchen erklärt sei. Denn einzig bei jenem ist der Durst nach dem Manne nie zu stillen, weil höllische Gluten in ihm brennen. Die Legende erzählt, daß Gott einen Augenblick seinen Kopf weggedreht habe, um einen Esel anzuschauen, der zum ersten Male im Paradies sein I-ah-Geschrei anhub.

Und da Gott gerade mit der Gestaltung Evas beschäftigt gewesen sei, so habe der Teufel diesen Augenblick benutzt, um seinen Finger in dies zu vollkommene Geschöpf hineinzubohren. Alsbald habe der Herr die entstandene glühende Wunde wieder geschlossen und daher gäbe es Jungfrauen. Dank diesem Umstande könnte die Frau immer unberührt bleiben und die Kindlein zur Welt bringen wie Gott die Engelein schuf;
sie würde darüber eine Seligkeit empfinden, die so hoch über alle fleischlichen Wonnen erhaben wäre, wie der Himmel über die Erde. Der Teufel aber sei über diese Verheilung der Wunde in Wut geraten, denn so wäre ja sein Eingriff zunichte geworden. Darum packte er Adam, der gerade schlief, bei der Haut und zerrte daran herum, bis er ein Ding geformt hatte, das dem Teufelsschwanze glich. Aber da der Vater unserer Menschheit auf dem Rücken lag, so sei dies Anhängsel vorn hingekommen. Und nun hätten nach dem göttlichen Gesetze der Anziehungskraft, wie es für den Lauf der Welten festgelegt war, diese zwei Teufelsschöpfungen den glühenden Wunsch, zusammen zu kommen, und daraus entstand der Sündenfall und das ganze Unglück der Menschheit; denn als Gott dies Teufelswerk erblickte, da wollte er gern auch sehen, was daraus wohl kommen mochte.«
Hierauf bemerkte die Magd, an all diesen Reden sei manches nicht so unrichtig, denn die Frau sei ein boshaftes Tier und sie kenne gar manche, die wohl besser unter die Erde gehöre, statt auf ihr die Welt unsicher zu machen. Nun erst fiel den Pilgern auf, daß dies Mädel bildhübsch war, und ihnen wurde gar bange, auf Abwege zu geraten. Darum gingen sie schleunigst schlafen. Die Magd aber ging zu ihrer Herrin, berichtete ihr, was für Ketzer unter ihrem Dache schliefen, und erzählte die Ansichten, welche die drei über Frauen geäußert hatten.
»Ach«, meinte die Wirtin, »was scheert es mich, was diese Kunden für Ansichten mit sich herumtragen, wenn nur ihre Beutel voll genug sind.«
Als dann aber die Magd die Schmucksachen schilderte, da rief sie tiefbewegt aus: »Oho, das geht alle Frauen an und darum muß man ihnen Vernunft beibringen. Ich werde das bei den Edelleuten besorgen und du magst den Bürger übernehmen!«
Die Wirtin war nämlich das verhurteste Frauenzimmer des ganzen Herzogtums Mailand.

Eilends schlich sie in die Stube, darinnen der Herre von Fehlkorn und der deutsche Freiherr schliefen, und sprach ihnen sogleich ihren Glückwunsch zu ihrem Gelübde aus. Aber, meinte sie, wahrscheinlich verlören die Frauen dabei nicht viel, und im übrigen gehöre es zur Erfüllung eines solchen Gelöbnisses, daß man die Probe mache, ob die Herren auch jeglicher Versuchung widerstehen könnten.
Deshalb also bot sie ihnen an, bei ihnen zu schlafen, um sich zu überzeugen, ob ihr nicht dabei das gleiche widerführe wie in allen Fällen, wo sie mit einem Manne in einem Bette geschlafen habe.
Am nächsten Morgen beim Frühstück trug die Magd den Ring am Finger, die Wirtin aber hatte die Kette umhängen und die Perlen blinkten an ihren Ohren. Die drei Pilger blieben etwa einen Monat in dieser Stadt, und als sie all ihr Geld verbracht hatten, da waren sie sich darüber einig, ihr wildes Geschimpfe auf die Frauen habe nur darin seinen Grund gehabt, daß sie die Mailänderinnen noch nicht gekostet hatten.
Als der Freiherr nach Deutschland zurückkam, da ward er inne, daß er eigentlich weiter keine Schuld auf sich geladen hatte als die, schon wieder daheim zu sein. Der pariser Bürgersmann kam mit einer schweren Menge Pilgermuscheln heim und fand sein Weib bei der ›Hoffnung‹. Der Burgunder Edelmann aber fand seine Gemahlin so voller Lebenssucht vor, daß er sich geradezu umbrachte, um sie nur zu trösten. Und darüber ging auch sein Gelübde flöten. Darum merkt euch: in Gasthöfen soll man immer schön fein den Mund halten.

Kindsschnabelweisheit.

Bey meynes lieben Haushahns gedoppletem roten Kammb und bey dem gedoppleten hellrosfarbenen Futter des schwartz kraus peltzenen Pantöffelchens meyner lieben Kammergesellin! Beym Saint Cocu (steht nit im deutschen Kalender – der Heilig!) und allen Hörnern derendter, so diesen Stirnzierrat mit Anstand tragen! Nit minder aber auch bey der ansehnlichen Tugendt derer lieben Frauen so es sich fleißig angelegen sein lassen, bemeldte Hörndlein auf bemeldte Schedtel zu setzen! – das Best und Schönst und kostbar Lieblichst, das eyn Mann zu werke bringen mag: nit etwan eyn Reimgedicht ists, oder eyn Leinwand mit viel edel Farb und Liniatur, oder eyn wohlgesetzt Stück Musika, oder eyn Schloßgebäu gar hoch und vielfalt, oder ein Bildgeschnitz auß Holtz oder Stain, oder eyn stoltz Schiff, fahrend dahin mit Segelwerk oder Ruderschlag, – nit das, nit das! – eyn Kindlein ists!

Die Kindlein seynd das Anmutigst, so zwischen denente Blumen und Bäumen des großen Erdgartens herumbvigilieret, ob auch offtmalen rotznaset.

Aber merket wohl auff, wie ichs meyn! Bis zum zehenten Jahr, nit weiters, gilts mit der Kindschafft!

Alsdann wird Bub und Bübin sachte Mann und Frau, und wer den, Gott seis geklagt, gar vernünftig und siebengescheidt, und keyns ist weiters mehr wert, was es gekostet hat. Nur an denen Ungeratenen erlebt der liebe Gott, wenns gut geht, manchmal eyn Freud.

Aber die rechten Kindlein, so noch Kindlein seynd, – schauet sie euch wohl an, wie sonderbar lieb und labsälig sies treiben! Haben noch keyn Arg und Harm und also auch keyn Respekt, vor was es auch immer seye und gilt ihnen alles eyn Spielwerk und seynd eben darumb weise ohne Vernunft. Des Vaters Hausschuh dünket ihnen ein paßlich Ding, Löchlein dareyn zu bohren mit vielem Fleiß: der Mutter Hausrat tragen sie ohn Ermüden die Kreuz und die Quer, dahin und dorthin, wo es ihnen wohl scheint, daß Scheer und Knaul und Nadelbüchs recht zuhause wären in Winkeln, da sie keyn Seel nit vermuten möcht; was ihnen suft aber nicht behagt, seht, das lassen sie fein liegen, denn die kindisch Hand langt nur nach dem, das ihr behagt (also weise ist siel). Wo Gutselen seynd und wohl eyngekocht Mus und resch Knuspergebäck mit Rosindtlein, spüret das näschig Völklein wohl, findts und frißts auf (wenn nur die Zähndlein in den lieben Goschen erst durchs rosinfarbene Flaisch seynd!), und alleweil lachts und subiliert dabei, – das füße Völklein, das ausbündig süße. Gelt, ihr heißt mich nit eyn' Narren, so ich wiederumb laut aufruf und sag: außer Maaßen lieb seynds und tausendmal mehr wert als wir Alten. Könnt wohl auch nit gut anderster seyn! Seynd ja Blust und Frucht in Eynem! Frucht vom Eynanderliebhaben und das blühend Leben selber.

Darumb, so sie den Schnabel aufthun, kommt nichts heraus als hell eitel kostbar Red und Gesprüch, maaßen ihr Zünglein noch nit beschwert ist vom arg schweren Steine der Bedachtsamkeit, aber auch noch nit umgetrieben vom bösen Winde derer Spekulation.

Seynd heilige Wort, vergnüglich heilige Wort, so die Kindlein plappern in ihrer Unschuld, lieben Leute! Schad, daß man sie ›naiv‹ heißt, als welches verbum adjectivum ärgerlich in Mißbrauch stehet in disen Tagen.

Aber ich sag euch: verstopfet eure Ohren flugs mit Wacks (wie weiland Herr Ulysses bei denen Menschern mit denen Hühnerbeinen), so eyn Mannsbild den Schnabel süße zieht und thud in Worten als ein Kindlein, das naive ist. Ist immer ein übel Rüchlein Vernunft und Calculation bei. Riecht nach dem Fuchs, sothane Mannsmaulnaivetät. (Kenn bessere Gerüche, gelt Schatz?) Kindsschnabelnaivetät aber riecht frisch wie Erdraich im Mayen, lieblich und herbe, wie ein gesund, rein, munter Kind selber. Sela!

Und nun merket wohl auf, was ich zu deme Thema weiß!

Es war umb die Zeit, als Kathrin, die später' Königin in Frankreich, noch nit Königin war, sondern noch Frau Kronprinzessin geheißen ward, oder wie's die in Franzmannsland nennen: Madame Dauphine. War aber ihr Herr Schwiegervater, der König, ein bresthaft Mann und hatte wenig Freud an Krone und Thron, maaßen er nit gar offte auf deme Throne saß, vielmehr in seyme königlichen Bette lag, alswo es auch nit kurtzweiliger zu liegen ist als in eyme andren Bette (wohlgemerkt, wann Eyns alleine drin liegen muß). Die gut Kathrin aber war eyn gar höflich Frauenzimmer und wußt wohl, was sich schickt für eyn rechtschaffen Schwiegertochter. Wohl wissende, daß der alt König eyn sonderbar Gelüsten hätt für die gar lieblichen und kunstraichen Schildereyen, so die Malersleut im Lande Italia aus der Maaßen schön zu werken verstehen, recht meisterliche Leut und gar hoch angesehen bei Kaysern und Königen dazumal (wie denn bemeldter König in Frankreich es nit für eyn Raub hielt an seyner hohen Kron, daß er mit etlichen von denen Meistern in Welschland guter Freundschaft pflog und nit gar klaine Beutlein voll eitel Dukaten zu ihne schickt über die Berg, als zum Exempel an den Herrn Raffaeln aus Urbin und an die Herren Primatiz und Leonhardn von Vintsch) – dies, sag ich (und's hat mir schier den Athem verschlagen), wohl wissende, hat die gut Kathrin manch groß und klaine Tafel von denen welschen Hexenmeistern für gut Geld gekaufft (Gott gesegn es ihr noch heutl) und deme königlichen Schwiegervater an seyn Bette gestellt.

War ihr aber nit immer not, ihrn Seckelmeister zu rufen, denn manch kostbar Malerey ward ihr selber zum Geschenk, sintemalen sie Eyne aus dem hochedlen Hause derer Medici war, die recht eigentlich an der Quelle saßen, wo die Farben gleich auf die grundiert Lainwand laufen, im gesegneten Lande Toskanien, da die Malersleut wild wachsen, Edle und Bürgerliche aber daran noch nit genug haben,

vielmehr mit vielem Fleiße und nit weniger Geld auch noch von der Fremde her Meister und Gesellen der preislichen Kunst zu kommen heißen, und, wann die nit wöllen, zum mindest ihre schönst Gemäld und Bildwerk. Also begab es sich, daß Frau Kathrin aus der über alle Städte schönen Stadt Florenz (das heißt die blümig Stadt) eyne gar köstlich Malerey zum Angebinde kriegte, die von keym geringern gemalen war, als Meister Tizianen selber, dem Könige derer Malersleut in der ruhmraichen Stadt Venedig und Kaysers Karln, des fünften seynes Namens, Leib- und Lieblingsmaler. War aber das Gemäl ein dopplet Bildnus fürstellende Herrn Adam und Frau Evan in Lebensgröß und gantz nach der Mode ihrer Zeit gekostumieret, als über die sich alle Gelehrten eynig seynd, maaßen männiglich weiß, daß die Zwei wandleten im Garten Eden, angethan mit ihrer Unschuld und verzierartiert mit nichts als lauter Anmutigkeit, die ihnen der HErr selber um Schulter, Brust und Lenden gelegt hat mit seyner liebraichen Hand. Wollet aber nit etwan vermeynen, daß dieß himmlisch Kleid leichtlicher zu malen seye als Sambt und Seid und gülden Spangenwerk! Fragt, wenn ihr eynen habt in eurer Bekanntschaft, der mit Pinsel und Farb handtieret, ob's nit vielmehr das schwierigst sey der gantzen Kunst, umb der Farb willen nit minder als von wegen der bös tückischen Anatomia, als welche voll eitel Fährlichkeit steckt und tausend Hinterlist. Für unseren Herrn Tizian aber war just das das rechte Fressen und nit mehr als freundliche Erlustierung. Hats halt gekunnt, der Herr aus Venedig. Stellte also Frau Kathrin das maisterlich Bild dem Herren König ans Bette, dem dazumalen das Wehtumb, daran er später hat sterben müssen, sonderlich grimme that, und war der arm König recht froh darob. Und liebte es, gar wie man eyn lebendig Wesen lieb hat, daß er nit eyn Augenblick seyn wollt ohn Herrn Adam und Frau Evan. Mußten, so lang er Athem hatte, an seym Bett stehn, und die Herren Kämmerling und schönen Weibsleut bei Hof, die auch gar gerne gewußt hätten, wie die Zwei herschauten, mußten sichs Maul wischen.

War aber doch eyn groß Wesen und Geredt umb das Bild im gantzen Schloß, dermaaßen, daß auch Frau Kathrins Kindlein, der klein Franz und die klein Gret, davon hörten (maaßen Kinder eyn gut Gehör haben, auch wo die alten vermeynen, sie höreten besser nit), und wollten justament Herrn Adam und Frau Evan sehn.

Tormentierten drumb ihr gut und zärtlich Frau, Mutter gar sehr mitt »Bitt gar schön« und »Sei doch heb« und »Mammele« hin und »Mammele« her und »Warum denn nit?« und »Was ist denn dran?« und, kurz und gut, Frau Kathrin wußt' sich gar nimmer zu retten vor denen Plappergoschen, bis daß sie die Kindlein an die Hand nahm und zum Herrn König führte. (Hätt's freilich doch nit than, wenn sie nit gar wohl inne gewesen wär, daß der königlich Herr Großvater das klein Enkelgesind gar gerne zuweil umb sich hatte, ohngeachtet es nit so stille war, wie Herr Adam und Frau Eva.)

Und sprach Frau Kathrin zu ihren Kindlein, indeme sie die zwei Ausbünd vor Herrn Tizians bunte Lainwand stellte: »Da, ihr Neugier miteinand! Habt Herrn Adam und Frau Evan schlechterdings sehen gewöllt, – wohl, so sehet sie auch recht an!«

Das junge Blut stund still vor lauter Gestaun und that Herrn Tizian rechte Ehre an mit gar andächtigen, aber munteren Blicken, indeß Frau Kathrin sich zu dem Könige ans Bette setzte, den es recht lieblich dünkte, zu sehn, wie die Kindlein sich nit rühreten und regten und schier stumm wurden vor dem Geleacht der Farben des venedischen Meisters.

Da vernahmen sie ein Gewisper. Der klein Franz wars, der seinem Schwesterlein, recht als es der Knaben Art ist, einen Puff gab und sprach: »Du, Gret, sag: wer von den Zweyen ist denn der Herr Adam?«

Das Gretlein aber, nit faul, antwortete flugs: »Wie kann ich das denn sehn, du Dummrian, wo doch keins Kleider anhat von dene zwey?«

Diese Antwort freute den armen kranken König baß, daß er seine Krankheit eine Weile nimmer Acht hatte, und auch Frau Kathrin entzückte sich drob in ihrem mütterlichen Hertzen gar sehr, daß sie hinging und ihr Mäglein recht aus dem Grunde küßte. Aber der Bub ging auch nit leer aus.

Dann aber lief Frau Kathrin gar eilig in ihr Schreibgestühl und vermeldete gen Florenz die Schnabelweisheit der kleinen Margret dem andern Herrn Großvatern.

Gott lohn der guten Frau Kathrin das glücklich Mutterbrieflein heut noch! Denn, wie hätt ich euch dies wahre Märlein berichten können, lägs nit zu Florenz bei anderen Documentpapieren (die aber beileib nit all so lustig und Aufsehens wert seynd!) im Archivio?

Nimmt mich wunders, daß noch keyn Historiographus sichs hat beifallen lassen, es ans Licht zu stellen. Seynd doch sonsten hurtig hinter jedem Quarck her, so er nur alt und schimmlig ist. Aber ich kenn die Knasterbärt' wohl: Deucht ihnen zu gering, was nit aus bärtigem Maul kommbt. Seynd Leimsieder, – mit Verlaub zu sagen.

Darumb solls hier stehn unter denen guten alten Schwänk, als ein zwar unscheinbar Blümlein und nit gar so bunt wie die andern, ohngeachtet es auch nit gar eyn Schwänklein eigentlichen ist. Stimmt aber doch zur Grundlehr aller pantagruelischen Weisheit. Denn, und das frag ich euch itzt ernsthaffte: Wie wollt ihr so hold und sinnreich Geschwätz aus Kindsschnäbeln vernehmen, wenn ihr nit allzeit munter und fleißig seid, Kinder zu machen?

Der schönen Imperia Ehezeit

Wie Frau Imperia sich selbst in der Schlinge fing, die sie ansonsten für die andern auszulegen wußte.

Die schöne Frau Imperia, die den Reigen dieser Geschichten eröffnet hatte, maßen sie ja die Ruhmesblüte ihrer Zeit war, mußte nach Beendigung des Konziles nach Rom kommen, weil der Kardinal von Ragusa sie wie närrisch liebte und lieber seinen Kardinalshut darangegeben hätte, ehe er auf sie Verzicht leistete. So nahm er sie mit, und da er ebenso freigiebig wie geil war, so beschenkte er sie mit einem prächtigen Palaste, darinnen sie zu Rom ihre Wohnung aufschlug. Zu jener Zeit widerfuhr ihr auch das Unglück, durch den Kardinal mit einem Kindlein beladen zu werden: Allewelt weiß, daß selbige Schwangerschaft mit der Geburt eines bildschönen Mägdeleins ihr Ende fand. Der Papst machte sogar den niedlichen Scherz: Dies Mägdelein müsse Theodora, das ist ›Gottesgabe‹, Geschenk Gottes, genannt werden. So geschah es denn auch, und das Kind erwuchs zu einer Jungfrau, deren Schönheit keinesgleichen hatte.

Ihr verschrieb der Kardinal seine ganze Erbschaft, und sie wohnte fortan mit ihrer Mutter in deren Hause, sintemalen selbige die Stadt Rom wie eine Stätte des Verderbens floh, allwo man einen mit Kindern beschenkte.

Es dürfte allgemein bekannt sein, daß Theodora in ihrem achtzehnten Lebensjahre beschloß in ein Kloster zu gehen und auch ihre ganze Habe dem Kloster zufallen zu lassen, um das Seelenheil ihrer Mutter zu retten, das durch deren lockeres Leben gar gefährdet schien. In dieser Absicht wandte sie sich an einen Kardinal, der sie veranlaßte, ihm zu beichten. Aber der schlimme Hirt fand sein Schäflein so wunderschön, daß er den Versuch machte, Theodora zu vergewaltigen. Da selbige solchen Schimpf nicht dulden wollte, so tötete sie sich mit ihrem Stilet. Auch dieser Fall ist in den Chroniken jener Zeit sorglich verzeichnet, denn ganz Rom war darüber aufs tiefste erschüttert und alle versanken ob der großen Liebe und Achtung, die Frau Imperias Tochter genoß, in wehe Trauer.
So kehrte die edle Buhle tief gebeugt nach Rom zurück, um dorten ihrer Tochter kläglichen Tod zu beweinen. Sie stand damals in ihrem neununddreißigsten Lebensjahre und das war nach allen Berichten der unzweifelhafte Gipfelpunkt ihrer Schönheit, vergleichbar dem satten Sommergrün; und ihre Vollkommenheit glich der Vollkommenheit einer eben völlig gereiften Frucht. Ihr Schmerz gab ihr eine wundersame, hoheitsvolle Strenge; darüber waren alle einig, die ihr liebeheiße Worte zuflüsterten, um solchermaßen ihre Tränen zu trocknen: selbst der Papst kam in ihren Palast, um sie durch tröstende Worte aufzurichten. Aber sie wollte lange Zeit ihre Trauer nicht ablegen. In dieser äußersten Notlage ließ denn der Papst einen spanischen Arzt herbeirufen und ging mit diesem zu Imperia. Und der Arzt setzte der Holden auseinander (und belegte auch seine Behauptungen durch viele logische Deduktionen und griechische und lateinische Zitate): daß ihre Schönheit ob solcher vielen Tränen und Klagen zugrunde gehen würde, maßen Kummer und Gram den Runzeln Tor und Tür öffneten. Diese Erklärung, die auch durch die gelahrten Vertreter des Vatikanischen Ärztekollegiums bestätigt wurde, hatte den glücklichen Erfolg, daß noch am gleichen Abend die Pforten ihres Palastes wieder offen standen.

Die jungen Kardinäle, die Gesandten fremder Länder, die großherrlichen Gutsbesitzer und die angesehensten Bewohner der Stadt Rom kamen alsbald herbeigeeilt, drängten sich in den Sälen und veranstalteten ein wahrhaft königliches Fest. Frau Imperia erschien nur noch bei diesem Feste im Trauer-gewande; dann legte sie es ab. Alle Fürsten, Kardinäle und viele andere versicherten, sie sei der Verehrung des ganzen Erdenrundes würdig, das ja auch durch die Vertreter der verschiedensten Länder, soweit solche wenigstens bekannt waren, hier gegen wärtig sei; und solchermaßen sei unzweideutig zum Ausdruck gebracht, daß auf der ganzen Welt die Schönheit Königin sei. Der Gesandte des Königs von Frankreich, ein jüngerer Sohn des Hauses von l'Isle-Adam, kam etwas später. Und da er noch nie Frau Imperia erschaut hatte, so war er über die Maßen neugierig. Er war ein junger, schmucker Rittersmann, der beim König von Frankreich in hoher Gunst stand. Dorten am Hofe liebte er auch ein Mägdelein gar zärtlich, eine Tochter des Herrn von Montmorency, dessen Güter denen des Hauses von l'Isle-Adam benachbart waren. Diesem Jünglinge, der keinen roten Heller besaß, hatte vordem der König einen Auftrag im Herzogtum Mailand übertragen. Und da er seine Aufgabe mit seltenem Geschick gelöst hatte, so war er nunmehr nach Rom beordert worden, um jene Verhandlungen zu fördern, davon in den Geschichtswerken langes und breites zu lesen steht. Hatte also der zierliche gute l'Isle-Adam auch kein Vermögen, so konnte er doch nach solchem Anfang große Hoffnungen für die Zukunft hegen. Er war schlank, aufrecht wie eine Säule, von dunklem Teint, darin zwei schwarze Augen flammten und sah mit seinem spitzen Bart so verschmitzt aus wie ein richtiger Gesandter, der sich nichts anschmieren läßt. Aber gegenüber dieser Pfiffigkeit besaß er doch wieder die schlichte Art eines unschuldigen Kindleins und das gab ihm die bezaubernde Anmut eines zuckersüßen kleinen kichernden Backfischs. Kaum war aber dieser Jüngling an Frau Imperia vorbeigeschritten, kaum hatte sie ihn erblickt, da fühlte sie sich von einer Erregung gepackt, die sie bis ins tiefste Innerste hinein zwickte und in ihrer Seele Töne auslöste, wie sie dergleichen seit langem nicht mehr vernommen hatte. Seine jugendfrische Schönheit übermannte sie, die wahre Liebe hielt ihren Einzug, und hätte nicht ihre königliche Majestät dem im Wege gestanden, so würde sie die verlockenden Bäckchen, die wie zweifrische Apfel schimmerten, sofort abgeküßt haben. Nun merkt euch einmal: die Damen, die man prüde nennt, haben von der Art der Männer keine Ahnung, denn sie liegen nur einem einzigen allein zu Füßen, und bilden sich ein, die anderen seien Dreckkerle, so etwa wie die Königin von Frankreich dachte, weil der König so einer war; hingegen eine so erfahrene Buhlerin wie Frau Imperia kannte die Männer bis in die geheimsten Winkel hinein, denn sie hatte bei einer hinreichenden Anzahl ihre Erfahrungen gesammelt. In ihrer Kemenate zeigte sich jeder Mann so schamlos wie ein Hund, der über seine Mutter herfällt; jeder gab sich eben so wie er war, denn er sagte sich, daß er nicht ewig mit ihr zu tun habe. Oft hatte sie diese Erniedrigung beklagt, aber manchmal gab sie doch zu, daß die Sache eben ihre zwei Seiten hatte und dies war eben die Kehrseite der Medaille. Denn oft brachte ein Bewerber eine ganze Eselslast von Goldstücken, um eine Nacht bei ihr zu erkaufen, und mancher Wollüstling hatte sich die Kehle abgeschnitten, weil er abgeblitzt war. Die Festtage für sie kamen bloß, wenn sie sich mit so einem jungen Spitzbuben verlustieren konnte, wie das Pfäfflein einer war, von dem in der ersten Geschichte die Rede gewesen ist. Maßen sie aber nun in etwas gesetzterem Alter stand als in jener holden Zeit, so setzte ihr der Liebe Glut bei weitem ärger zu und erwies durch böses Zwicken und Brennen ihre feurige Natur. Sie litt, als ob man ihre Haut sengte und verbrühte, und sie wäre am liebsten dem jungen Edelmann um den Hals gefallen, hätte ihn als holde Beute in ihr Bett davongetragen. Aber sie mußte ruhig bleiben und das schuf ihr arge Pein. Als er zu ihr trat und sie begrüßte, da tat sie gar hoheitsvoll und wappnete sich mit ihrer ganzen Würde, wie alle Frauen, die von der Liebe Pfeil getroffen sind. Ihre steife Begrüßung gegenüber dem jungen Gesandten erregte allgemeines Erstaunen und einige Spaßvögel meinten, sie hätte wohl für ihn einen Auftrag. Und darüber machten sie ihre Scherzlein, wie das dermalen so Sitte war. L'Isle-Adam dachte nur an seine Liebe daheim und zerbrach sich wenig den Kopf darüber, ob Frau Imperia würdig oder würdelos war; ja er machte gar auch einige Witze darüber. Das stach der Huldin in die Nase; sie änderte die Tonart und zog andere Saiten auf. War sie zuvor grämlich gewesen, so wurde sie nun zuckersüß; trat zu ihm hin, belebte ihre Stimme, ihren Blick, wiegte den Kopf, streifte ihn mit dem Ärmel, sagte »edler Herr,«

erstickte ihn schier mit umgarnenden Worten, spielte mit ihren Fingern in seiner Hand und lächelte ihm am Ende gar huldvoll zu. Er dachte gar nicht daran, daß sie an solchem Gesellen Gefallen finden könnte, maßen er doch arm wie eine Kirchenmaus war und keine Ahnung hatte, daß seine Schönheit alle Schätze der Welt aufwog. Deshalb steckte er seinen Kopf nicht in diese Schlinge und verhielt sich abwartend, die Hand in die Hüfte gestützt. Diese Verständnislosigkeit verwirrte der Schönen das Herz, und jeder Funke ward zur neuen Flamme. Wenn ihr das nicht glauben wollt, dann kennt ihr den Beruf der schönen Imperia nicht, die so oft den anderen hatte einheizen müssen, daß sie selbst zum Ofen geworden war, darin zahllose, kleine Freudenfeuer glimmten. Die waren jetzt zu einer Riesenflamme entfacht und lohten durch ihr Innerstes und waberten, und brannten sie und setzten ihr gar unerträglich zu. Nur das Wasser der Liebe konnte sie zum Erlöschen bringen; aber der junge l'Isle-Adam ging hinweg, ohne etwas von diesem Feuerbrande zu merken. Die Huldin war über seinen Fortgang ganz verzweifelt. Sie verlor derartig jede Fassung, daß sie ihm Diener nachsandte, die ihn bitten sollten, er möge die Nacht bei ihr verbringen. Niemals in ihrem Leben hätte sie so etwas getan, weder für einen König, noch selbst für den Papst oder den Kaiser, denn gerade weil sie die Männer knechtete, war ihre Schönheit so hoch im Preise gestiegen. Ihre Kammerzofe, die mit allen Hunden gehetzt war, holte also den Edelmann ein und sagte ihm, er würde sicherlich einen köstlichen Empfang erleben, denn offenbar sei die Gnädige geneigt, ihn mit allen nur erdenklichen Zärtlichkeiten zu überhäufen. Solch ein Glücksfall beseligte ihn tief und er kehrte in den Saal zurück. Da nun jeder bemerkt hatte, wie die Gnädige bleich geworden war, als er von hinnen ging, so entfachte sein Zurückkommen eine allgemeine Jubelfreude. Denn jeder sah darin einen Beweis dafür, daß sie ihr schönes, liebevolles Leben wieder aufnehmen würde. Ein englischer Kardinal, der schon aus manchem Humpen getrunken hatte, und auch hier gern mal einen Schluck gekostet hätte, trat zu l'Isle-Adam hin und flüsterte ihm ins Ohr:

»Haltet sie aber auch fest, damit sie Euch nicht entwischt!«
Jener Vorfall wurde auch dem Papste erzählt, als er sich am anderen Morgen erhob, und er erwiderte:
»*Laetamini, gentes, quoniam surrexit Dominus.*«

Das wurde allerdings von den alten Kardinälen als eine Entweihung des heiligen Textes aufs tiefste verurteilt. Aber der Papst las ihnen darob gehörig die Leviten und sagte ihnen mit strengem Ton: ›vielleicht seien sie gute Christen – gute Politiker seien sie jedenfalls nicht.‹ Denn man muß wissen, daß er sehr auf die schöne Imperia zählte, um den Kaiser einzuwickeln, und von diesem Gesichtspunkt aus überhäufte er sie mit Schmeicheleien.

Als die Lichter in ihrem Palaste erloschen, die güldenen Gefäße am Boden lagen und zwischen ihnen die Trunkenen auf dem Teppich schlummerten, da faßte die Gnädige ihren erkorenen Freund bei der Hand und wandelte mit ihm in ihr Schlafgemach. Sie strahlte vor Seligkeit und gestand ihm: sie sei von so wildem Verlangen ergriffen, daß sie drauf und dran gewesen wäre, sich wie ein Tier auf den Boden niederzuwerfen und ihn dort zu umfangen; und daß sie ihn wohl zerquetschen würde, wenn das ginge. L'Isle-Adam legte seine Kleider ab und schlüpfte ins Bett, als sei er daheim. Als die Gnädige das sah, da riß und trampelte sie ihre Röcke zu Boden und warf sich mit einem Ungestüm auf ihn, das all ihre Zofen in Verwunderung setzte. Denn sie wußten, daß Imperia im Bette von einer seltenen, schamhaften Zurückhaltung war. Und dies Staunen ergriff bald das ganze Land; denn das Pärlein blieb neun volle Tage im Bett liegen, aß, trank dort und ließ es sich gar meisterlich und unübertrefflich wohl sein. Die Gnädige versicherte ihren Zofen, daß sie einen Liebesphönix erwischt habe, der immer wieder neu aus seiner Asche erstünde. Dieser Sieg, den ein Mann über Imperia davongetragen hatte, war bald zu Rom und ganz Italien in aller Munde. Denn sie konnte sich bisher rühmen, keinem Manne untertan gewesen zu sein, alle, selbst die Fürsten, angespieen zu haben – was die Burggrafen und Markgrafen betraf, so erlaubte sie ihnen kaum, ihre Schleppe zu tragen, und sagte, wenn sie nicht auf ihnen herumtrampele, dann würden jene bald auf ihr herumtrampeln. Die Gnädige gestand ihren Zofen auch, daß sie in dem gleichen Maße, wie sie die anderen Männer schlecht behandelt habe, deren Liebe sie hätte ertragen müssen, nun dies holde Kind bezärtele, so gut sie es nur verstünde; daß sie ohne ihn nicht leben könne, noch ohne seine schönen Äuglein, die sie blendeten, noch ohne seinen korallenroten Mund, danach sie immer dürfte. Weiter sagte sie: wenn es ihm beifiele, ihr Blut zu trinken, ihre Brust zu essen (es waren die schönsten Brüste der Welt!), oder ihr Haar abzuschneiden (davon sie nur ein winziges Härlein dem edlen römischen Kaiser gegönnt habe, der es jetzt als unschätzbare Reliquie am Halse trage), so würde sie ihm von Herzen gern all diese Wünsche erfüllen. Als diese Worte bekannt wurden, da sank eine Wolke der Unzufriedenheit auf alle Männerherzen nieder. Aber Frau Imperia erzählte gleich am ersten Tage, da sie wieder ausging, allen Damen in Rom, sie würde eines gar kläglichen Todes sterben, wenn dieser Edelmann sie verließe; sie würde sich dann gleich der Frau Cleopatra von einer giftigen Schlange stechen lassen oder einem Skorpion; kurz und gut: sie erklärte frank und frei, daß sie ihrem lockeren Leben für ewig Lebewohl sagen wolle und der Welt bald zeigen würde, was wahre Tugend sei. Sie wolle ihren herrlichen Königsthron mit Villiers de l'Isle-Adam vertauschen, bei dem sie lieber Magd sei, als Herrin über die ganze Christenheit. Der englische Kardinal machte alsbald dem Papste die lebhaftesten Vorstellungen: solche wahre Liebe zu einem einzigen Manne sei doch bei einer Frau, die für alle eine Quelle des Glückes bilde, geradezu eine nichtswürdige Verderbtheit, und er müsse eine solche Ehe, die der Welt Schönheit verschandele, durch ein ›in partitus‹ kurzerhand und in jeder Beziehung für nichtig und ungültig erklären. Aber die Liebe dieses armen Wesens, das nunmehr den ganzen Jammer seines Lebens eingestand und dabei so schön war, daß selbst dem boshaftesten Kerl der Spott im Halse stecken blieb, brachte alles Gerede zum Schweigen, und alle verziehen der guten Imperia ihr Glück. An einem Fastentage befahl sie ihrem Gesinde, am Fasten teilzunehmen, zu beichten und fortan streng nach den Geboten Gottes zu leben. Sie selbst warf sich dem Papst zu Füßen und zeigte soviel Reue, daß sie Vergebung für all ihre Sünden erhielt. Ihr war, als gäbe diese Absolution ihrer Seele die ganze Jungfräulichkeit wieder, die sie ihrem Liebsten leider nicht in voller Pracht hatte darbringen können. Immerhin dürfte aber der Fischteich des Papstes doch nicht so überaus wundertätig sein, denn der arme Jüngling saß gar fest im Netze, glaubte sich im siebenten Himmel, ließ alle Aufträge des Königs von Frankreich fahren, gleichermaßen auch seine Liebe zu dem Fräulein von Montmorency, kurz alles, um nur Frau Imperia zu heiraten, mit ihr zu leben und mit ihr zu sterben. Das war die Wirkung der weisen Erfahrungen, die selbige Meisterin der Liebe im Lande der Wonnen gesammelt hatte.

Nunmehro konnte sie ihr Wissen für eine lautere Liebe gar profitlich verwenden. Sie nahm von ihren Freunden und Freudengefährten bei dem prächtigen Festmahle Abschied, das sie anläßlich der Hochzeit veranstaltete und bei welchem es über die Maßen hoch herging. Alle italienischen Fürstlichkeiten waren zugegen, und man sagt, das ganze Fest habe sie eine volle Million Gülden gekostet. Angesichts solcher Summe wird wahrscheinlich jeder den Herrn d'Isle-Adam beglückwünschen und ihn keineswegs schelten, denn sie beweist, daß weder er noch Frau Imperia auf Geld Wert legten, und sie ihr riesiges Vermögen über zartere Dinge völlig vergaßen. Der Papst segnete ihre Ehe und sagte, es sei gar schön und erbaulich, solchen Entschluß einer Buhlerin zu erleben, die durch diesen Schritt über die Ehe zu Gott zurückgekehrt sei. In jener Nacht aber, da alle zum letzten Male die Königin der Schönheit anschauen durften, die fortan als schlichte Schloßherrin in Frankreich leben wollte, hub gar mancher an, die vergangenen Nächte zu beklagen, wo fröhliches Lachen erklang, wo Ausgelassenheit herrschte, Maskeraden, tolle Streiche und holde Süßigkeiten, die einem das Herz leicht machten, an der Tagesordnung waren; zu klagen über all den Zauber, den dies holde Wesen ausströmte, das schier verlockender ausschaute, als im Lenze seines Lebens, maßen die Glut der Liebe seine Schönheit mit einem Strahlenkranze umfunkelte und sie der Sonne gleichmachte. Gar viele jammerten über ihren betrüblichen Einfall, so ehrsam zu enden. Aber Frau l'Isle-Adam rief ihnen scherzend zu: nach vierundzwanzigjährigem öffentlichen Dienst habe sie wohl einen friedlichen Ruheposten verdient. Zwar warfen etliche ein, solange die Sonne noch Strahlen aussende, sei jeder berechtigt, sich daran zu wärmen, und sie wolle sich nun nicht mehr sehen lassen. Aber darauf gab sie zur Antwort: sie wüßte alle gar freundlich anzulächeln, die sie besuchen würden, um sie in ihrer Rolle als Hausfrau zu bewundern. Und hier fand der engelländische Gesandte das rechte Wort, als er sagte: sie sei wahrhaft zu allem fähig und würde es wohl gar fertig bekommen, auch die Tugend bis zur höchsten Vollendung zu bringen. – Allen ihren Freunden machte sie ein Abschiedsgeschenk und den Armen und Kranken in Rom stiftete sie riesige Summen. Endlich verteilte sie alles, was sie aus dem Nachlaß des Kardinals von Ragusa durch ihre Tochter Theodora geerbt hatte, an das Kloster, darin ihre Tochter sich hatte aufnehmen lassen wollen, und an die Kirche, die sie für sie erbauen ließ.

Als das Pärlein abreiste, ward es einen großen Teil des Weges von Edelleuten in Trauergewändern und einer Masse Volkes begleitet, das die zwei mit tausend Glückwünschen überschüttete, sintemalen sich Frau Imperia ja nur den Großen gegenüber hart gezeigt, an den Armen aber tausend Wohltaten geübt hatte. Die Königin der Schönheit wurde in allen Städten Italiens gefeiert, die sie auf der Reise berühren mußte, denn das Gerücht ihrer Bekehrung war überall hingedrungen und alle waren neugierig, das Ehepar zu sehen, das sich in so seltsamer Liebe zugetan war. Gar mancher Fürst lud die zwei an seinen Hof, sintemalen es ja für sie ein Herzensbedürfnis war, diese Frau mit Ehren zu überhäufen, die den Mut gehabt hatte, auf ihren Liebesthron zu verzichten, um schlichte Hausfrau zu werden. Aber ein Lästermaul, der Herr Herzog von Ferrara, wagte es doch, dem Herrn von l'Isle-Adam ins Gesicht zu sagen, dies Riesenvermögen habe er nicht sehr teuer erkauft. Gegenüber dieser Beleidigung, der ersten, die ihr widerfuhr, zeigte Frau Imperia ihr hochgemutes edles Herz; denn sie stiftete das ganze Geld, das ihre Liebeständeleien ihr zugetragen hatten, für die Ausschmückung des Domes Santa-Maria-del-Fiore zu Florenz. So blieb ihr am Ende nur ihr Gutsbesitz und alles, was der Kaiser ihr aus reiner Herzensgüte nach seinem Scheiden zum Geschenk gemacht hatte. Aber das war immer noch eine gehörige Menge. Der Herr von l'Isle-Adam aber focht mit dem Herzog einen Zweikampf aus und verwundete ihn dabei. Und solchermaßen blieb weder an ihm noch an seiner Gemahlin der geringste Vorwurf haften. Vielleicht wurden die zwei fortan nur um so feierlicher begrüßt, wenn sie in eine Stadt kamen, zumal in Piemont, wo man großartige Feste feierte. Die Lieder, Sonette, Oden und Trinksprüche, die für diese Gelegenheit verfaßt wurden, sind auch sorglich gesammelt worden. Aber jedes Lied mußte neben ihr verblassen, die nach einem Ausspruche Boccaccios die Poesie selber war. Den Vogel schoß allerdings der römische Kaiser ab, der kaum die dumme Bemerkung des Herzogs von Ferrara vernahm, als er schon seiner lieben Freundin durch Eilboten einen Brief sandte, der in wohlgesetzten lateinischen Worten zum Ausdruck brachte, wie sehr er ihr von Herzen zugetan und erfreut sei, sie glücklich zu wissen, und doch wieder betrübt, daß er es nicht sei, der ihr dies Glück habe bieten können; leider verlöre er nunmehr das Recht, sie zu beschenken; sollte aber der König von Frankreich ihnen nicht hold sein, so würde er es sich zur Ehre so würde er es sich zur Ehre anrechnen, einen Villiers an seinen Thron zu fesseln, und er würde ihm dann jedes Fürstentum zur Verfügung stellen, das ihm von all seinen Domänen am meisten zusage.

Der schönen Imperia Ehezeit
Welches Ende diese Ehe nahm.

Da Frau von l'Isle-Adam im Zweifel war, ob man sie bei Hofe empfangen würde oder nicht, so machte sie erst gar nicht den Versuch, sondern lebte auf dem Lande, wo ihr Gemahl sich gar prächtig einrichtete. Denn er kaufte die Herrschaft Beaumont-le-Vicomte, was zu jenem Wortspiel Anlaß gab, das unser vielgeliebter Rabelais in seinem trefflichen Buche mitteilte. Des ferneren erwarb er die Herrschaften von Nointel, Carenelle, Saint-Martin und andere Nachbargüter von l'Isle-Adam, wo sein Bruder ansäßig war. Zu Beaumont erbaute er ein prachtvolles Schloß, das später von den Engländern zerstört wurde, und schmückte es mit herrlichem Hausrat, fremdländischen Teppichen, Bildern, Statuen und Raritäten, die zum Teil schon seine Frau gesammelt, maßen sie dafür großes Verständnis hatte. So wurde er nicht nur einer der größten Gutsbesitzer, sondern er besaß damit auch eines der schönsten Schlösser in jener Gegend. Das Pärlein führte ein Leben, darum es von allen beneidet wurde. Ganz Paris und der Hof sprach nur von dieser Ehe, von dem Glück des Herrn von Beaumont und vor allem von dem ehrsamen und tugendhaften Leben seiner anmutigen Gemahlin, die viele noch aus alter Gewohnheit immer weiter Frau Imperia nannten; sie war stolz und ohne Makel wie ein blinker Stahl, besaß alle Tugenden einer ehrsamen Frau und konnte gar mancher Königin zum Vorbild dienen. Ob ihrer Frömmigkeit war sie auch bei der Kirche gut angeschrieben. Denn wenn sie zwar mit den Dienern der Kirche, den Äbten, Bischöfen und Kardinälen etwas arg umgesprungen war, so hatte sie doch ihre Beziehungen zu Gott deshalb keineswegs abgebrochen, sintemalen selbige ihr doch immer ihr Weihwasser verabfolgt hatten.

Solche Lobgesänge hatten zur Folge, daß der König einmal nach Beauvoisis kam und von dort aus dies Wundertier besichtigte, sogar dem Edelmann die Ehre antat, in Beaumont zu schlafen, drei Tage bei ihm blieb und mit der Königin und dem ganzen Hof dort eine Jagd veranstaltete. Er war geradezu geblendet, und die Königin und der Hof gleichermaßen, denn die Schöne war von bezaubernder Liebenswürdigkeit und wurde in bezug auf Höflichkeit und Schönheit für vorbildlich erklärt. Alle, und der König voran, wünschten dem Herrn l'Isle-Adam zu solcher Gemahlin Glück. Deren Bescheidenheit erreichte mehr, als Stolz hätte erzielen können: denn die Schloßherrin wurde eingeladen, zu Hofe zu kommen und an allen Festlichkeiten teilzunehmen und daran war nur ihr hochgemutes Herz, ihre sieghafte Liebe zu ihrem Gatten schuld. Im übrigen waren ihre Reize auch unter der Tugend schlichter Verkleidung nicht verblaßt. – Der König verlieh seinem ehemaligen Gesandten die Ämter eines Statthalters von Isle-de-France und eines Präfekten von Paris, die eben frei geworden waren, verlieh ihm auch den Rang eines Vicomte von Beaumont, wodurch er zugleich Gouverneur der ganzen Provinz wurde und bei Hofe eine einflußreiche Stellung bekam. Aber diese Freuden wurden der Frau von Beaumont vergällt, und es gab ihr einen tiefen Stich ins Herz, da ein Kerl, der auf dies Glück eifersüchtig war, sie voller Bosheit, aber wie im Scherz fragte, ob Beaumont ihr eigentlich von seiner ersten Liebe, dem Fräulein von Montmorency, erzählt habe. Die war jetzt zweiundzwanzig Jahre alt, maßen sie zur Zeit jener Hochzeit zu Rom sechzehn Jahre zählte. Sie liebte ihn so, daß sie unvermählt blieb und überhaupt nicht von Ehe reden hören mochte. Sie starb schier vor Gram, konnte ihren Herzliebsten nicht vergessen und war drauf und dran, in das Kloster zu Chelles einzutreten. Frau Imperia hatte während der sechs Jahre ihres Glückes diesen Namen überhaupt noch nicht gehört und schloß daraus, daß sie von Herzen geliebt sei: War doch auch diese ganze Zeit wie ein einziger Tag dahingeflossen; beiden schien es, als seien sie erst gestern getraut worden, jede Nacht wurde ihnen zur Hochzeitsnacht, und mußte der Vicomte einmal sein Weib für kurze Zeit verlassen, um eine Arbeit weiterab zu beaufsichtigen, so war er immer tiefbetrübt, sie nicht bei sich zu haben; und ihr ging es ebenso. Der König war ihm über die Maßen zugetan, aber er preßte ihm auch einen Dorn ins Herz, indem er ihn einmal fragte: »Hast du keine Kinder?«

Worauf Beaumont mit einem Ton, als habe man eine wunde Stelle berührt, zur Antwort gab: »Mein Bruder hat Kinder und so ist unsere Erbfolge gesichert.« Aber da trug es sich zu, daß die zwei Kinder seines Bruders jählings starben, der eine durch einen Sturz vom Pferde, der andere an einer Krankheit. Herr von l'Isle-Adam war davon so erschüttert, daß er bald darauf verschied. Und so kamen die Besitzungen der beiden Brüder in eine Hand und der jüngere Sohn wurde Haupt der Familie. Damals war sein Weib fünfundvierzig Jahre alt und sicherlich wohl und kräftig genug, um Kinder zur Welt zu bringen. Aber sie empfing nicht. Wie die Linie derer von l'Isle-Adam erlosch, da stellte sie alles an, um Erben zu haben; und als nach siebenjähriger Ehe auch nicht das geringste Anzeichen darauf hinwies, daß ein Kindlein kommen würde, da ließ sie sich einen weisen Arzt aus Paris kommen. Der setzte ihr auseinander, daß in diesem Falle beide Ehegatten mehr Liebesleute als Eheleute seien und durch die großen Freuden, die sie allemal empfänden, eine Empfängnis unmöglich machten. So zwang sich denn die wackere Frau während einer langen Weile, so ruhig zu bleiben wie eine Henne beim Decken. Denn der Physikus hatte sie auf das Vorbild der Tiere verwiesen, die immer Junge zur Welt brächten, weil sie den Gesetzen der Natur folgten und durch keinerlei Künsteleien und lüsterne Spielereien diese Gesetze störten, wie die Damen das zu tun liebten. So gelobte sie all diesen Unfug zu lassen und der Vergessenheit anheim zu geben. Ach, mochte sie auch so tugendsam bleiben wie jene biedere Deutsche, (die hierob daran schuld war, daß ihr Mann sie mit Zärtlichkeiten umbrachte; und als der Ärmste zum Papste ging und um Absolution bat, da erließ selbiger das berühmte Breve, darin er die Damen des Frankenlandes ersuchte, sich etwas mehr zu bewegen, damit solche Sünde nie mehr vorkommen könne) – trotz alledem also empfing Frau von l'Isle-Adam nicht und sank darob in tiefe Trübsal. Mählig aber merkte sie, wie ihr Mann bisweilen ins Grübeln verfiel und als sie ihn beobachtete, wenn er sich allein glaubte, dann sah sie, wie er ob seiner Kinderlosigkeit Tränen vergoß. Bald weinten beide Gatten zusammen, denn da ihre Ehe die Eintracht selber war, so war es ja unvermeidlich, daß sie ein Herz und eine Seele waren. So oft die Schloßherrin das Kind eines armen Mannes sah, dann verging sie schier vor Leid und brauchte einen ganzen Tag, um wieder zu Kräften zu kommen.

Ob des Grams, den sie empfand, befahl l'Isle-Adam, daß Kinder seiner Gemahlin nicht mehr über den Weg laufen dürften; und er suchte sie mit sanften Worten zu überzeugen, wie oft einen Kinder in Kummer und Sorgen stürzten. Worob sie aber entgegnete: Kinder, die solche Eltern hätten, müßten die schönsten Kinder der Welt werden. Sagte er, seine Kinder könnten doch genau so gut plötzlich sterben, wie die Kinder seines Bruders, dann erwiderte sie, sie würde sie so wenig aus den Augen lassen wie eine Henne ihre Küken; kurz sie wußte auf alles eine Antwort. Sie ließ endlich eine Frau zu sich rufen, die als Hexe verschrieen war und in dem Rufe stand, mit diesen geheimnisvollen Dingen Bescheid zu wissen. Aber die sagte, gar manche Frau könne nicht empfangen, obgleich sie in allen Künsten der Liebe wohl bewandert sei. Am sichersten sei immer noch die Art, wie Tiere sich begatteten. So suchte die Schloßherrin dem Beispiele des lieben Viehs zu folgen. Aber ihr Leib mochte nicht schwellen, er blieb schlank und blink wie zuvor. So wandte sie sich wieder an die Ärzte und ließ einen berühmten Mann aus Afrika rufen, einen Araber, der nach Frankreich gekommen war, um eine neue Wissenschaft zu begründen. Der war in der Schule des Herrn Averroës ausgebildet worden und gab das grausame Urteil ab: da sie zu viel Männer in ihren Armen gehabt, zu vielerlei Künste in ihrem Berufe als Priesterin der Liebe geübt habe, so seien dadurch jene Teile für immer vernichtet worden, wo Mutter Natur die Eier anspeichere, die durch den Mann befruchtet werden müßten und daraus dann die Kindlein entstünden.

Diese Gründe schienen so über die Maßen dumm, blödsinnig, im Widerspruch zur Heiligen Schrift und allen üblichen Anschauungen, der gesunden Vernunft und der herrschenden Wissenschaft, daß die Ärzte zu Paris aus dem Witzeln gar nicht herauskamen. Der arabische Arzt mußte seine Schule wieder aufgeben und von seinem Meister Averroës war fortan nie mehr die Rede. Als die Schloßfrau wieder einmal heimlich nach Paris kam, da sagten ihr die Ärzte dort, sie möge nur weiter so tun, wie sie früher getan habe, denn noch in der Zeit, da sie nur der Liebe lebte, habe sie der schönen Theodora das Leben gegeben, dafür habe der Kardinal von Ragusa gesorgt. Solange eine Frau noch ihre regelmäßigen Blutflüsse habe, könne sie auch noch Kinder haben, und sie solle nur recht eifrig darum bemüht bleiben.

Das schien ihr bei weitem das vernünftigste; bald erfocht sie wieder Sieg auf Sieg, oder eigentlich: eine Niederlage nach der anderen, denn die Blüten mochten doch keine Früchte entwickeln. Nunmehro schrieb sie grambeschwert an den Papst, der ihr so sehr zugetan war, und klagte ihm ihr Leid. Der gute Papst antwortete ihr in einem gar gnädigen Handschreiben: da, wo Menschenwissen versage, müsse man sich an den Himmel wenden und Gottes Gnade herabflehen. So beschloß sie mit ihrem Manne zusammen barfuß zu Unserer Lieben Fraue von Liesse zu pilgern, die in dieser Beziehung hochberühmt war, und daselbst eine wunderbare Kathedrale als Dank für ein Kindelein zu geloben. Aber sie verdarb sich nur ihre schönen Füße, die ganz wund wurden, und das Kindlein blieb aus – nicht aber so tiefer Gram, daß ihr einige ihrer schönen Haare ausfielen und andere weiß wurden. Schließlich kam die Zeit, wo ihr die Gabe der Mutterschaft überhaupt entschwand, wo jene quälenden Dünste des Trübsinnes auftreten, davon die Wangen vergilben. Damals war sie neunundvierzig und wohnte auf dem Schlosse l'Isle-Adam. Die Ärmste magerte ab wie ein Aussätziger im Spittel und sie war um so unglücklicher, als l'Isle-Adam immer weiter in sie verliebt war, obgleich sie ihre Pflichten nicht hatte erfüllen können, weil sie einstmals von Männern zu viel mißhandelt worden war, und obgleich sie, wie sie voll Verachtung sagte, nur noch ein abgespielter Klimperkasten war.

»Ach!« rief sie eines Tages aus, als diese Gedanken ihr das Herz zerrissen; »trotz der Kirche, trotz des Königs, trotz allem ist Frau von l'Isle-Adam doch nur die alte schlimme Imperia.«

Und wenn sie so sah, wie ihr Gemahl, ein Edelmann in der Blüte seiner Jahre, große Güter, des Königs Gunst, eine Liebe ohne Gleichen, ein Weib wie kein zweites, Freuden ohne Ende hatte und gerade in dieser Hauptsache für ein Familienoberhaupt von Unglück verfolgt war, dann verfiel sie in eine wahre Wut. Wenn sie dachte, wie hoch er im Vergleich zu ihr im Range stand und wie sie ihre Pflicht, ihm Kinder zu schenken, nicht erfüllt hatte und fortan auch nicht erfüllen konnte, dann wünschte sie sich den Tod herbei. Sie barg ihren Schmerz in der Tiefe ihres Herzens und erdachte endlich ein Opfer, das ihrer Liebe würdig war.

Um ihren heldenhaften Entschluß durchzuführen, wandte sie noch mehr Zärtlichkeit auf denn je, pflegte unendlich sorgsam ihre Schönheit und benutzte jedes Mittel, um ihren Leib in seiner vollen Pracht zu erhalten.

Damals hatte just der Herr von Montmorency seiner Tochter Widerstand gegen eine Ehe überwunden und man sprach bereits viel von ihrer bevorstehenden Vermählung mit einem Herrn von Chattillon. Frau Imperia wohnte nur drei Meilen von dem Gute Montmorency ab. Eines Tages schickte sie ihren Gatten auf die Jagd und begab sich nach dem Schlosse, wo das Fräulein von Montmorency wohnte. Sie ging im Garten vor dem Hause auf und ab und ließ dem Fräulein durch einen Diener melden, eine Dame habe ihr eine eilige Mitteilung zu machen und bäte um Gehör. Ganz verwirrt durch die Schönheit und Vornehmheit der Unbekannten, davon die Dienerschaft erzählte, kam das Fräulein eiligst in den Garten und traf dort ihre Nebenbuhlerin, die sie aber nicht kannte.

»Meine Liebe,« sprach die arme Frau, die ob der Schönheit des Mägdeleins in Tränen ausbrach, »ich weiß, daß man Euch zwingen will, den Herrn von Chattillon zu heiraten, obgleich Ihr den Herrn von l'Isle-Adam liebt. Vertrauet nun meiner Prophezeiung, die ich Euch hier künde: derjenige, den Ihr geliebt habt und der Euch nur entrissen ward, weil er in eine Schlinge geriet, in der auch ein Engel sich gefangen hätte – er wird sein alterndes Weib verlieren noch ehe die Blätter fallen. So wird Eure Liebe von Erfolg gekrönt sein. Faßt also Mut, wagt es, die angebotene Ehe auszuschlagen und Ihr werdet Euren Herzliebsten erringen. Versprechet mir nur, l'Isle-Adam von Herzen zu lieben, denn er ist eine Perle; gelobt mir, ihm nie Kummer zu machen und entlocket ihm die Geheimnisse, die Frau Imperia in der Kunst der Liebe zu üben wußte: Wenn Ihr, so jung wie Ihr seid, sie gleichfalls zu üben lernt, dann wird es Euch leicht sein, die Erinnerung an jene aus seinen Gedanken zu verwischen.«

Das Fräulein von Montmorency war so verdutzt, daß sie keine Antwort hervorbrachte und die Königin der Schönheit von hinnen gehen ließ; sie hielt sie für eine Fee, bis ihr ein Arbeiter sagte, diese Fee sei die Frau von l'Isle-Adam. War ihr diese Begegnung darum nicht minder unerklärlich, so ging sie doch zu ihrem Vater und sagte ihm, sie würde sich über den Ehevorschlag erst im Herbst entscheiden.

– Während des Weinmonats wollte Frau Imperia ihren Mann nicht von ihrer Seite lassen und ließ all ihre Liebeskünste spielen, als ob sie ihren Mann zugrunde richten wollte. Und l'Isle-Adam vermeinte in jeder Nacht bei einer anderen noch unberührten Frau zu ruhen. Erwachte er dann morgens, so bat sie ihn, er möge sich diese Form der Liebe in ihrer ganzen unübertrefflichen Vollendung wohl einprägen. Und um sein Herz bis ins Innerste zu ergründen, sagte sie: »Ach, du Ärmster, wir taten nicht klug mit dieser Ehe; ein Jüngling von dreiundzwanzig Jahren wie du durfte nicht eine alte Frau von beinahe vierzig Jahren zum Weibe nehmen.«

Darob erwiderte er, sein Glück würde von allen beneidet; trotz ihres Alters fände sie unter den Mägdelein nicht ihresgleichen; sie schiene überhaupt nicht zu altern, aber er würde auch ihre Runzeln lieben; ja selbst im Grabe würde sie noch schön, würden ihre Gebeine der Liebe wert sein.

Bei solchen Worten quollen ihr die Tränen aus den Augen; aber eines Morgens erwiderte sie voll List, das Fräulein von Montmorency sei gar schön und treu. Darauf erwiderte er, sie täte ihm weh, denn sie werfe ihm das einzige Unrecht seines Lebens vor, sei nen Treubruch gegenüber seiner Jugendliebe, die sie aus seinem Herzen verdrängt habe. Diese zarten Worte ergriffen sie so, daß sie ihn umfing und an sich preßte; denn mancher hätte weniger schlicht und offen darauf geantwortet als er.

»Teurer Freund,« rief sie. »Bereits seit einigen Tagen leide ich unter einem Herzkrampf, der mich schon in meiner Jugend dem Tode nahe brachte, und der arabische Arzt hat mir die Gefahr, die mich bedroht, bestätigt. Wenn ich sterben sollte, so will ich, daß du mir hoch und heilig versprichst, das Fräulein von Montmorency zum Weibe zu nehmen. Ich bin so sicher, daß ich bald sterben werde, daß ich deinem Hause meine Güter nur unter dieser Bedingung vermache.«

Als l'Isle-Adam diese Worte hörte, ward er totenbleich und der bloße Gedanke, von seiner geliebten Frau auf ewig getrennt zu werden, raubte ihm alle Kräfte.

»Ja, liebster Schatz,« fuhr sie fort, »dort, wo meine Sünden wohnten, dort hat mich Gott gestraft. Die seligen Wonnen, die ich empfinde, haben mein Herz gedehnt und, wie der arabische Arzt sagte, die Gefäße geschwächt, die eines Tages springen werden.

Allezeit habe ich zu Gott gefleht, mich in diesem Alter von hinnen zu nehmen, denn ich will nicht sehen, wie die Zeit meine Schönheit vernichtet.«

Da konnte diese edle, hochherzige Frau alsbald wahrnehmen, wie heiß sie geliebt wurde. So hört denn, wie sie das größte Liebesopfer erlebte, das je auf dieser Erde dargebracht wurde: Sie allein kannte all die Bande, die des Ehebettes Seligkeiten um einen Mann schlingen können, und der arme l'Isle-Adam lag so fest in diesen Banden, daß er wohl lieber gestorben wäre, ehe er auf die wundersamen Zärtlichkeiten verzichtet hätte, die selbige Bande schlangen. Als nun aber der Edelmann ihren Worten entnahm, daß in einem solchen Wonnerausche ihr Herz brechen könne, da warf er sich vor ihr auf die Knie und sagte: um sie nicht zu verlieren, wolle er fortan auf jeden Liebesbeweis verzichten; er würde glücklich sein, wenn er sie nur neben sich sähe und fühlte; er wolle sich damit begnügen, ihre Bänder zu küssen und ihre Röcke zu streifen. Darob zerfloß sie in Tränen und sagte: lieber wolle sie sterben, als eine Knospe dieses Rosenstrauches missen, und sie wolle so sterben, wie sie gelebt habe; zu ihrem Glück wisse sie, wie sie zu handeln habe, um zu erreichen, daß ein Mann sie umfinge, wenn sie es wolle – ohne überhaupt nur ein Wort zu reden.

Hier muß nun eingeschoben werden, daß sie von dem Kardinal von Ragusa einst ein kostbares Geschenk erhalten hatte, das dieser Lüstling kurz ›in articulo mortis‹ nannte. Ich bitte ob dieser drei lateinischen Worte um Verzeihung, die von dem Kardinal stammen. Das war ein kleines Glasfläschchen venetianer Arbeit, kaum so groß wie eine Bohne, und enthielt ein so schnellwirkendes Gift, daß der Tod in demselben Augenblick, wo man das Gläschen zerbiß, ohne jeden Schmerz eintrat. Dies Gefäß hatte er von der Signora Toffana bekommen, der berühmten Giftmischerin in Rom. Das hatte sie in ihrem Ringkästchen wohl verwahrt, und vor allen Gegenständen, die es zerbrechen oder angreifen konnten, durch Goldplättchen geschützt. Gar manches Mal nahm die Ärmste das Gläschen in den Mund, aber nie konnte sie sich entschließen, es zu zerbeißen, so sehr beglückte sie just die Stunde, die ihre letzte hatte sein sollen. Dann wieder gefiel sie sich darin, alle Arten von Liebkosungen sich wieder in Erinnerung zu rufen, und beschloß, das Gläslein zu zerbeißen, wenn sie die vollkommenste Seligkeit empfände.

Das arme Ding starb in der Nacht zum ersten Oktober. Und durch die Wälder klang ein Tosen, wie wenn alle Liebesgötter schrieen: »Die große Königin ist gestorben!« so wie die heidnischen Götter beim Kommen des Heilandes flüchteten und riefen: »Der große Pan ist gestorben!« So haben es wenigstens damals einige Schiffer gehört und ein Kirchenvater hat's uns überliefert.

Frau Imperia starb, ohne irgendwie entstellt zu werden, so war Gott darum besorgt, daß sie bis zum letzten Augenblick ein Musterbild für alle Frauen blieb. Man sagt, daß die Flammenfittiche der Freude, die neben ihr saß und weinte, ihrer Haut eine gar wundersame Färbung verliehen hätten. Ihr Mann versank in eine unbeschreibliche Trauer, aber er ahnte nicht, daß sie gestorben war, um ihn von einer unfruchtbaren Frau zu befreien; denn der Arzt, der sie einbalsamierte, sagte kein Wort über die Todesursache. Dies unvergleichliche Opfer kam erst ans Tageslicht, als der Edelmann bereits sechs Jahre mit dem Fräulein von Montmorency vermählt war. Die war nämlich so töricht, es ihm dann zu erzählen, und der Ärmste versank fortan in tiefe Trauer, bis der Tod ihn erlöste. Denn er konnte die Freuden von Imperias Liebe nie vergessen, und dem dummen Ding fehlten alle Anlagen dazu, selbige wieder aufleben zu lassen. So also lieferte Imperia den Beweis dafür, daß das geflügelte Wort jener Zeit wahr war: diese Frau wird nie in einem Mannesherzen sterben, über das sie einmal geherrscht hat! Das lehrt uns, daß nur der die Tugend ganz erfassen kann, der das Laster geübt hat; denn prüde Frauen mögen so fromm sein wie sie wollen – solcherart würden sie nie ihr Leben zum Opfer bringen.